远大抱负

YUANDA BAOFU

吕根连 著

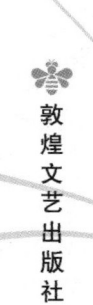

敦煌文艺出版社

图书在版编目（CIP）数据

远大抱负 / 吕根连著. -- 兰州：敦煌文艺出版社，2021.6
ISBN 978-7-5468-2000-2

Ⅰ.①远… Ⅱ.①吕… Ⅲ.①长篇小说－中国－当代 Ⅳ.①I247.5

中国版本图书馆CIP数据核字(2021)第006734号

远大抱负

吕根连　著

责任编辑：尚再宗
封面设计：马吉庆
版式设计：苏金虎

敦煌文艺出版社出版、发行
本社地址：(730030)兰州市读者大道 568 号
本社邮箱：dunhuangwenyi1958@163.com
0931-8159371(编辑部)　0931-8773112　8120135(发行部)

湖北画中画印刷有限公司印刷
开本 710 毫米×1020 毫米　1/16　印张 19.25　字数 310 千
2021 年 6 月第 1 版　2021 年 6 月第 1 次印刷

ISBN 978-7-5468-2000-2
定价：58.00 元

如发现印装质量问题，影响阅读，请与出版社联系调换。
本书所有内容经作者同意授权，并许可使用。
未经同意，不得以任何形式复制转载。

目录

一 /001	二 /019	三 /046	四 /067
五 /093	六 /113	七 /133	八 /148
九 /167	十 /185	十一 /199	十二 /216
十三 /232	十四 /253	十五 /274	十六 /290

抱负远大

　　李向民走出呼头火车站正好是早晨八点。他背着从K大学带回来的行李，中午才走到黄河大桥，累得两条腿不住地颤抖，一屁股坐在护栏边的桥面上。他记得很清楚，三年前大哥李向生送自己上学时，也是在桥上分的手。自己背着同样的铺盖卷只用了一个小时，就赶上了开往南京的火车。现在他不仅汗流浃背，浑身没有一点劲儿，连气都有点喘不上来，好像刚刚在K大学的操场上打完一场激烈的篮球比赛。他的个头一米八五，虽然偏瘦，但从小在地里跟着大哥干活儿，诸如送粪、耕地、浇水、锄草、割麦、打场等，早已锤炼成了钢筋铁骨。村里大他好几岁的壮汉都不敢和他摔跤。凭借身高和蛮力，他成为采矿系篮球队的主力，尽管球技一般，却像一头没有驯服过的野牛一样左冲右突，在女生屈指可数的K大学，常赢得异性的青睐。

　　过了好一会儿，他挣扎着站起来，刚要迈步，突然头昏目眩，才感觉到浑身发热，赶忙伸手抓住护桥栏杆。他不相信自己病了。从小到大，他还没有感冒过。就是瘦了点，那是吃不饱的缘故。上高中的三年，每顿饭一个四两面的玉米窝窝和一份烩菜，不到五分钟就吃光了。那烩菜跟菜汤差不多，厨师在大铁锅里加了很多水，他把嘴放在饭盒边上用力一吸溜就进肚了。有一次同学们排着长队打饭，锅里竟然舀出来一只老鼠，引发了全体学生的抗议。此刻望着混浊的河面，他心里比咆哮的河水更澎湃，两颗豆大的泪珠从眼角慢慢滚出，顺着鼻翼滑下，无声地滴落在紧紧抓着栏杆的手背上。直到现在，面对河南岸那个不起眼的小山村，就要踏过大桥顺着护河堤走进去，他才恍若梦醒，意识到退学是天大的错误。因为那个一贫如洗的家是大哥的。自从老父亲冥顽不化抗拒"专政"，爬上村东头三棵柳树中那棵最高的，用裤带吊死后，改造的矛头直指母亲。老人家的脖子上用细麻绳挂着一双只在出嫁时穿过三天的绣花鞋，被游街批斗，已经疯了十一年。家早已不复存在，大哥娶妻另过，自己只是寄人篱下。可怜的老母亲住的西厢房，其实是一间大粮仓改造的，在东墙开了一个门洞，连窗户也没有。

这样的家庭状况，自己竟然退了学！当初发奋读书跳出了穷山沟，今天又回来了！他真想一跃而下，背着身上这卷伴他度过六年的行囊，永远离开这个世界。可他实在不甘心就这么沉在水底啊，那样就连一个墓穴都留不下，只是让后沟村人在昏暗的油灯下骂上几晚，而后再没有人提起。尤其是何家和马家，嫉妒李家出了一个大学生，在村里一度垂头丧气，现在正好幸灾乐祸，可以添油加醋地宣扬李二狗的二儿子，他一定是犯了什么大逆不道的错才被学校开除的。

但一切都已晚了，K大学不是旅店，退了学还能再回去。何况系书记苦口婆心地劝过，上个重点大学不容易，不要草率行事，自己却像着了魔似的，没有回头。难道仅仅因为学采矿专业，好不容易从山沟沟跳出来，毕业后再回到大山里，而且是钻进百米深的井下，觉得没有出息、对不起祖宗？自己爱好文学，大二时发表过短篇小说，就算能证明有文学天赋，那也不能因此而放弃明年到手的大学文凭。难道现在回家，明年重新高考？可那个风雨飘摇的家，拿什么来支撑自己胡闹，又怎么面对没明没夜到处承揽木工活儿、供养你上学的大哥？好在老母亲有点疯了，见到儿子回来，潜意识里有种团聚的喜悦，会呆呆地朝自己傻笑。

也许回家能考验周盈盈的爱。她曾在信中表白："我爱你，比爱父母亲都爱。如果你不变心，我们两颗温暖的心，永远不会变冷。"现在退学了，重新变回原来的身份，正好看一看她的爱到底有多真，会不会像化肥厂的冷却塔，将那颗温暖的心迅速冷凝。

李向民喉咙里咕噜一声，痛苦地支撑住摇晃的身子，抬起手抹了一下眼窝里转动的泪水，紧咬着下唇艰难地走过大桥。他的头又开始剧烈地疼痛，好像有千斤巨石从头顶压下来。这样的忍受已经有五年了，是从高二上学期开始的。当然不敢让同学们知道，怕走漏风声高考体检过不了关。再说，讲给同学听只能引起误会："你头疼都比我们学习好，是全校的尖子生，要是不疼那还了得。这不是故意标榜自己聪明吗？"也没向大哥提起，怕他担心甚至失望。大哥没明没夜地干木工活儿挣钱，一心培养自己念书，就是指望自己将来有出息，为老李家争光。可现在，背着行囊走回后沟村，天啊，他怎么有脸见老母亲和大哥，还有像疼爱儿子那样对自己的大嫂，见了面该怎么开口说话？自己是犯了哪门子浑？！

他踉踉跄跄地走下护河堤，眼看就要进村了，却鬼使神差地拐向旁边一间破败的观音庙，一把推开门，跌坐在泥塑菩萨下。

这座看似不起眼的破庙，已有上百年的历史，"文革"前很有些灵验。李向民两岁时患了一种怪病，一哭就浑身抽搐昏死过去。父亲没钱给他治病，跑进庙里磕头许愿，当着菩萨的金身把他的名字改为"李观音保"，祈求神灵的保佑。说来也奇怪，自从改换名字后，既便是他哭得满炕打滚儿，也再没有昏死过。后来何、马两家乘着那场史无前例的热潮，在村里兴风作浪，要扫除一切牛鬼蛇神，逼得老父亲把他的名字改回原来的小名"李民民"。

直到村里的狗不再叫唤，家家户户都熄灯睡觉，李向民才背起行李卷，沿着田间的垄道悄悄走进村西头。老李家原来住在村子的中心，是爷爷从内蒙古贩卖牲口挣了钱，用五千块现大洋购买了四百亩水地，成了远近闻名的大户。一些穷人觉得靠着大树好乘凉，都围着他家盖起了房子。可老人家一九四九年前就撒手人寰，他倒是享尽了福，却让唯一的儿子变成了"黑五类"。一九八〇年七月十日，高考后第二天，大哥李向生请村里的神汉——周盈盈的父亲周长生卜了一卦，卦象显示村西乃风水宝地，今天就是动土的大吉之日，于是下午开工。两个月后，李向民和母亲随着哥哥一家搬到了村子最西边。新房子正好在周家的后面。周长生原来就与李家是二十几年的邻居，因为一九七八年的春天做了一个奇特的梦，梦中仙人指点，说后沟村西头是文曲星下凡的落脚点，谁家住在那里就会出状元。第二天周长生早早起来跑到村子西，用罗盘比画了一个时辰，半月后破土动工，房子一盖好，没等粉刷就急匆匆搬进去，唯恐时间耽搁跑了仙气。这个秘密周半仙一直没有对外讲，连老婆都蒙在鼓里。只是因为大女儿和李向民从小一起玩大，两人的感情越来越深，迟早会睡在一个被窝里，他才找各种理由劝李向生把家搬过来，但始终没有说出做梦的事。

李向民轻轻推开西厢房的门，唯恐大哥出来看见，一闪身走进去，随手把门关好。母亲和着衣服躺在土炕中间，上面只铺着两块破烂的油毡，一条补丁压补丁的褥子，发出一股呛人的尿臊味。母亲没有睡着，见有人进来惊叫道："啊啊，赤脚大仙，快把牛鬼蛇神抓走！"

"妈，是我。"李向民辛酸地叫了一声，弯腰把行李放在炕上，解开捆绑的绳子。

母亲惊愕了一下，随即傻笑道："你是我妈，嘻嘻，大仙让我见到我妈哩！"

李向民的心像被蛇咬了一口，紧咬着下唇怕喊出声来。黑暗中看不清母亲的五官，但那一头乱发白而发亮。其实老人刚到六十岁，按照社会大妈的年龄标准，正是跳广场舞享受晚年的时候。"也好，她没有认出来，要不，知道自己退学，咋受得住打击呢？"他苦笑着摇了摇头，把带回来的褥子挨母亲铺开，和着衣服躺下，盯着黑乎乎的屋顶犯起心思。无奈两天两夜在火车上没合眼，抵御不住疲劳的侵袭，很快进入了梦乡。

当他睁开眼的时候，大嫂区桂枝正怔怔地坐在炕沿上，见他醒来，勉强挤出一丝笑容问："回来了？"

"嫂子，我退学了。"李向民坐起身，难为情地把脸扭过一边，声音很低，好像是自言自语。他怕大嫂看见自己眼里的泪花。

"你睡了一天两夜，都把人吓坏了。今天我一直坐在炕边，不敢离开。"区桂枝抬手抹了一下眼窝，"学校怕你出事，给你哥打电话了，把情况都说清了。"

"我对不起大哥，辜负了你们对我的期望。"

"你退学，也有自己的苦衷。不过这么大的事，应该和家里说一声。

你哥气得昨天一早出门做活儿去了，让我不要再理你。"区桂枝说完有点后悔，赶忙解释道："那是他的气话，一母同胞，打断骨头还连着筋哩，哪能不理？"

"是我不好，念书花了你们那么多钱，却半途而废。大哥生我的气，是恨铁不成钢，丢了他的脸。"李向民转回头，一脸懊悔地看着大嫂，"我明天去县城打工，不能再给哥嫂添麻烦。母亲就让你费心了。"

"一家人咋说这话，你尽管放心去，老人我会照顾好的。但不要去打工，我这儿有五百块钱，你拿着到县一中补习，明年再考。"区桂枝说着从上衣口袋里摸出一个手绢包递给小叔子，一字一顿道："你是个有志气的人，从小不服输。在哪儿跌倒，就从哪里站起。明年考个更好的大学，让那些笑话咱的人，再笑不出来。"

李向民的眼窝湿润了。自从在一中上学，嫂子总是省吃俭用，把积攒下的零花钱偷偷塞给他，唯恐自己在同学中寒酸，伤了自尊心。只要星期六回来，就让他脱下衣服洗一遍，细心地用烙铁烫平整。俗话说，老嫂顶母。母亲虽然还健在，但是个不知人事的疯子，要不是有一位贤惠善良的嫂子，自己真成了一个无人疼爱的野孩子。他哆嗦着手接过手绢包，迟疑了一下又放进区桂枝手里，哽咽道："嫂子，自从你进了我家门，就像母亲一样疼爱我。这钱我不能要，你是背着大哥给我的，这么一大笔钱他回来一定会发现。再说，我也该自食其力了。既然路是自己选的，就该承担起后果。"

"民民，你哥那脾气你也知道，犟得很，认准一条道，十头牛也拉不回来。你要是不拿，就是生你哥的气，同胞手足闹矛盾，我心里怎么好受？"区桂枝叫着李向民的小名，眼里噙着泪，又把手绢包递过来。

"嫂子，我要去工地当壮工，自己养活自己。"李向民推开嫂子的手，一脸刚毅地说："我一边干活儿一边复习，明年一定能考上，绝不让嫂子失望！"

"我相信你会考上，但最好去上补习班，考一个名牌大学。"区桂枝有些激动，"你坚持不拿，就是要跟你哥怄气，把我夹在中间，怎么做人？"

"嫂子，你就不要为难我了。我想证明给我哥看，这个世界没有过不

5

去的坎儿。只要心不死，就能重新站起来。"李向民打定主意不要大嫂的钱，但又怕伤了她的心，顿了顿委婉地说，"这钱你先替我保管着，要是在县城找不到活儿干，我再回来向你拿。"

"要这么说，我就给你存着。"区桂枝心里有些失落，走到门口回头道，"等会儿我把那只大公鸡杀了，给你补补身子。"

第二天早晨，李向民背上那卷行李，刚走出院子，迎面碰上周长生。他想转身退回，但人家好像是等了很久，故意大声问："回来啦？"

"我退学了。"他的声音很低，像做了见不得人的事，脸腾地红到脖颈。

"这就是命，生来不是吃皇粮的人，就是误打误撞上，老天爷也会让你退出来。"周长生两眼怪怪地盯着他，好像不认识似的，板起面孔道，"我给你和盈盈算过一卦，你们大相不合，属虎的人克属兔的。"

"是吗？"李向民知道对方是有备而来，也就没什么不好意思的，嘴角露出一丝讥讽道，"记得去年你和我哥说，我俩男属虎女属兔，尤其是男初一女十五，又都生在午时，五百年才能遇上的一对，是天造地配的姻缘。"

"二侄子，此一时彼一时，人的运数随着环境的变化在转换。我前晚观天象，北斗黯淡无光，此乃不祥之兆。果然你被学校开除，就是应验。"

李向民哼了一声，冷冷地盯着这个曾经的准丈人说："你就放心吧，回去告诉盈盈，我不会强人所难，也不会连累她。"

"那就好，明人不用细提，快马不用加鞭，二侄子果然是明事理的人。"周长生说着从背后拿出一捆书递给他，"这是你送给盈盈的复习资料，我替她还给你。"

李向民苦笑一声接过来，心里全明白了：这是盈盈自己的想法。他还以为是周长生自作主张，怕自己缠着他女儿。这捆书的上面有一封信，一眼就能认出来是盈盈的笔迹。他眼前一黑，身子向前一倾，差点摔倒。没想到她会这么快提出分手。本想着这次退学回来，正好可以验证一下她对自己是不是真爱。如果是，他会一生一世地呵护她，不管将来遇到什么坎坷，哪怕为她去死，也会义无反顾。谁知两小无猜的爱情，竟然经不起一场退学的考验。在她眼里，自己再也不会有希望了？世俗的爱啊，原来只是地位和虚荣的附属品。他紧咬着下唇，唯恐嘴一张喊出骂人的脏话，心里不断地告诫自己，一定要挺住，决不能被失恋打倒！哪怕所有的人都背叛了，也要坚强起来。他把书抱在怀里，像踩在厚厚的麦秸上，摇晃着朝前走去。

　　达县和他三年前离开时相比没有什么变化。街面还是那么宽，所不同的是每隔一段距离放着一个垃圾箱，人行道被铁栅栏分隔开。那条通往一中的主街道两侧安装了高高的路灯，顶部像一个鹿头造型。他沿着大街不知不觉走到母校门口，不由得站住向里眺望，随即快步离开，怕遇到熟悉的老师，没法跟老师说。拐过一个十字路口是县教育局大门，院里有三排蓝砖起脊房。前面两排做办公室，最后是职工宿舍，背面有几十亩空地。他想起高中同学蔡永锋的哥哥蔡永文在这儿上班，还是管后勤的股长，住在把西头。他跟着蔡永锋来吃过几次饭。有一次竟然碰见周盈盈，才知道蔡家兄弟是她的表哥，周长生是他们的亲舅舅。

　　李向民看见教育局后面高耸着两座塔吊，长长的横臂像巨人的胳膊缓缓转动着，有四栋楼高出前面的起脊房，周边搭着脚手架，远远望去正在施工。"要是能在这儿当壮工，离一中又近，可以随时打听到高考信息。"他心里这么想着，脚已迈进大门，快步朝后面走去。第三排房的东侧有一个小门，刚好一个人通过，能进到施工场地。他的行李被门框卡住了，只好把铺盖卷扔在地上，先过去问一下雇不雇小工。走不多远，看见两栋楼之间站着几个人，其中一个指手划脚的好像是领导。他犹豫了一下，忐忑不安地凑过去，一看正是蔡永文，赶忙调头走开，却被叫住："是小李啊，怎么在这儿？"

　　"我想……找活儿干。"李向民低着头，真想找条地缝钻进去。退学回来，最怕见到的就是熟人。

　　"你不是在K大上学嘛，现在又不是假期，怎么要打工？"蔡永文走过来，疑惑地盯着李向民。表妹周盈盈上个星期来家吃饭，还眉飞色舞地提起他，快乐得像个就要结婚的小女人。

　　"我……退学了。"他迟疑地答了一句，随即低下头。

　　"什么？"蔡永文以为自己听错了，一步跨过来抓住他的胳膊，"你说什么,退学啦?"

李向民鼓起勇气抬起头,涨红着脸没有吱声,轻轻点了一下头。

过了好一会儿,蔡股长才缓过神来,感叹一声道:"K大是全国重点大学,当年你考了全县第二,比永锋高出整整六十分,怎么就不念了?真是可惜啊!"

"也许我错了,不该任性,可世上没有后悔药。"李向民见那几个人走过来,知道是工地上的头头,也顾不得什么脸面,抓住机会道,"你能不能和工头说一声,我想当小工。我能吃苦,力气也大,村里的男人两个都摔不过我。"

"嘿,书娃子也敢吹大话。"一个大汉跨前一步,瞅着李向民道,"只要你能把我摔倒,今天就上班,工钱是小工的两倍。"

"赵老板,你这块头站在这儿像一座铁塔,全县的摔跤大王,一个学生娃怎么能是你的对手?"蔡永文打着哈哈直摆手,"他是我弟弟的同学,又和我大舅一个村子,你就给安排个苦轻点的活,算我欠你一个人情。"

"不要照顾,我可以吃苦。老板刚才说的话要是算数,我想和他摔跤。要是我输了,调头就走,不再麻烦人家。"李向民的倔脾气上来了,高中时他不知摔倒过多少街上的混混。那些泼皮一到学生们下晚自习就跑进校园,拦住漂亮女生调戏,有的见了男生挥舞皮带便抽。一天刚下晚自习,三个混混突然冲向蔡永锋,不由分说照头就打。他正好从教室出来,看见同学们纷纷跑开,以为发生了什么事,过去一看蔡永锋躺在地上呻吟。一个流氓凶神恶煞地朝他骂道:"看你妈个B,给老子滚开!"说着伸手朝他门面打来。他既没答话也不躲闪,飞起一脚朝对方狠狠踹去,只听扑通一声,小流氓还没反应过来就向后栽倒。同学们见有人出头,又围过来。两个混混见势不妙,扶起地上的同伙溜走了。

"嘿,小子,看来不吃点苦头,你不会长记性。"赵老板拉开架势,李向民扑了过来。

两人扭在一起,半个小时过去了,谁也不能摔倒对方。蔡永文看得目瞪口呆,心里暗暗称奇。他以为李向民是个文弱书生,看上去个头高,力气肯定不足,哪是赫赫有名的全县摔跤冠军赵二牛的对手。他知道赵老板今天能给自己面子,已经是很讲义气了。一个达县最有实力的建筑公司董事长，教育局长见了都要屈尊叫一声老哥。他这个甲方代表只是个摆设。而且，赵二牛是县公安局赵啸林局长的弟弟，老父亲曾是游击队的神枪手，在解放中州的战斗中，从死人堆里把政委邱朝东背出来，身上中了七颗子弹。一九四九年后邱朝东被任命为中州地区党委书记，他却要求回老家种地。赵老板这种家庭有背景的人，在达县可以呼风唤雨，就连那些街上的混混见了都绕道走。不过此人仗义，慷慨大方，好打抱不平。

又过了十几分钟，两人都累得满头大汗，眼看谁也摔不倒对方，两人相视一笑，心照不宣地同时撒手。赵二牛伸手拍在李向民的肩上，朗声道："好小子，有种，是块摔跤的料。"

"那我今天能在您这儿上班啦？"李向民咧着嘴，一脸的灿烂，这是他退学后第一次露出笑容。

"去吧，找项目部陈经理，就说我让你来的。"赵老板又重重地拍了他一把。

项目部在工地的东南，离李向民进来的那个小门不到二十米。经理叫陈连奎，四十多岁，山东东平县人，十岁开始练习半步崩拳，传承了该拳创始人郭老的绝学。曾在济南建校工民建专业学习，临近毕业时与人斗殴，被学校开除，一气之下上峨眉山当了道士，三年后回老家承包工程。听李向民说出与赵老板摔跤的经过，他就喜欢上了这个倔强的小伙子，不由得上下打量起来。他闯荡半生，一直想收个徒弟传授自己的武功，却没有找到合适的人选。见眼前这个学生模样的娃子个头高挑，虽然偏瘦，可筋骨强健，胸脯挺拔，两肩宽展，是一个练武的好苗子。他一伸手拍在对方的肩上，故意使出几分力道，见李向民身子只是微微一动，就知道根基不错。当下已有了主意，却不动声色道："你练过武功吧？"

"小时候跟村里一个遣返户练习长拳，不过只学了四年，那家人就搬走了。"李向民疑惑地看着眼前这个大汉，好奇地问，"陈经理，你是搞建筑的，怎么知道我习武，你会看麻衣相？"

陈连奎抬手摸着下巴上的短胡须，故作高深地说："我不光会看相，还是习武之人，十三岁得到半步崩拳的真传，苦练了三十年。我不想死后把绝学带进棺材里，想收一个弟子。崩拳乃形意五拳之首，从中盘打出，其形短，其力猛，如飞箭穿心，似山崩地裂。而长拳动作幅度大，起伏转折多，不利近身短打，容易遭到对手快攻。"

"这么说，崩拳是长拳的克星？"李向民似有所悟。

"我们习武之人讲究的是硬打，用实力说话，不搞口头之争，你练过后就能体会到。你如愿意做我的徒弟，把两种拳路融会贯通，说不定能创出一套新拳法。"

"我要挤时间复习功课，明年参加高考，怕没空闲练武。"李向民见陈经理脸色一沉，知道他不高兴，赶忙补上一句，"不过，晚上十点后，还是可以学拳的。"

"你是高中生？"陈连奎盯着李向民，惊讶地问，"那为什么不上补习班，来工地当小工？"

"挣学费，不想再给家里添负担。"

陈经理摇了摇头，不无讥讽地说："你就这么自信，明年能考上？"

"考名校没把握，上录取线，不成问题。"

"嘿，我真是看走了眼！小子，既然这么肯定，为什么今年没考上？"

"我是前天从K大退学回来，只能参加明年的高考。"

"什么？你再说一遍，你被K大开除了？"陈经理忽然哈哈大笑道，"这么说，咱俩是一根藤上的两颗苦瓜哇。"

"不是开除，是我自己退学。你也退过学？"李向民小心翼翼地问。

"我在济南建校就差两个月毕业，因为给同学出气把人打残，被校方开除了。"陈连奎的右脸抽搐了一下，显出痛苦的表情，"唉，都怪半步崩拳过于凶悍，自己出手太重，没有收住力道。"

"练武之人都见不得不平之事，这也不能全怪你。"李向民低声宽慰了一句。

"我看你沉着稳重，有悟性，又有长拳功底，是练崩拳的料子。咱就这么说定了，今天晚上开始，在教育局后院练习。"陈连奎伸手从裤兜里摸出一把钥匙，递过去道，"这是我的办公室钥匙，晚上可以过来复习，工棚里人多，光线又暗。"

"谢谢陈经理。"李向民接过钥匙，忽然想起说了半天还没给他分工种，忙问，"我去哪个班组干活儿？"

"呵，说得高兴，把正事给忘了。你身手敏捷，就当架子工吧，能学点技术，也不太累。"

"我不怕累。"

"就算你能吃苦，干上一天重活儿，一倒头就睡着了，还怎么复习？"陈连奎嘱咐道，"搭脚手架是个细活儿，比较危险，要注意安全，决不能麻痹大意。"

李向民点了一下头，欢快地离开项目部。他暗暗庆幸自己的运气好，几天来的辛酸和自卑一扫而空。他从那个小门把行李抱到架子工的住处，有意选了个上铺，离屋顶吊下来的灯泡近些，拿起那捆曾经送给周盈盈的书（都是自己用过的复习资料），放在墙和枕头之间，顺手把周盈盈的信揣进裤兜里，跳下床推门出来，快步走进施工现场。

半个月过去了，那封信一直揣在裤兜里没有拆。他怕看到信里内容，经受不住伤害。他大致能猜出来，周盈盈会委婉地提出分手，或许信封里放了几缕秀发，表示多么的不舍，让把她永远记在心里。甚至咬破手指，写一段动情的血书，说出是父亲逼迫，才不得已分手。最后还会假惺惺地表白，今生不能同床共枕，来世一定做一对鬼夫妻，等等。但说这些又有什么意思呢？自己的心被撕碎了，青梅竹马的感情被当成了儿戏，曾经的真情被肆意践踏，岂是一封信就能了结的！

一连好几天，李向民早上从那扇小门进去背政治题，总能看见一个梳着两根小辫子的女生面对着院墙看书。从那背影猜测，女孩的个子在一米六八以上，因为穿着平底鞋，头顶正好与院墙平齐。三年前他和蔡永锋站在院墙下比过个子高低，量出院墙是一米七。女生穿着白色外衣，上面点缀着碎小的蓝花，被结实的身体绷得很紧，显得有些不太合身，好像是前几年缝制的。他想，一早在校园外看书的人，大都是附近租房的"老补生"，最好向她了解一些高考动态，毕竟自己的复习资料是三年前的，虽然知识更新不快，但高考命题变化很大。如果可能，跟她弄几套模拟考试的卷子，检测一下与考题的差距，免得夜郎自大，明年落榜了怎么面对家人？自己是背水一战，没有退路，只能成功不能失败，哪怕考个专科学校，也必须离开后沟村。

这样想着，又有点犹豫不决，不知道该怎么过去和人家打招呼，万一女孩不与陌生人说话，看都不看一眼就走开，那就很难堪了。他必须等待一个合适的机会。

可去哪找自然相识的机会呢？除了早晨和晚上，白天自己要爬在脚手架上，没有时间离开工地。"你怎么变得缩手缩脚，胆小起来了？"他嘟哝了一句，假装低头看书，边默念边朝女生慢慢走近，女生还是没有察觉，只好大声念出声来。

女生先是一惊，随即转过身抿嘴一笑道："你叫李向民吧？"

"啊……是，你认识我？"他有点不知所措。这女生个子确实不低，头顶与他的鼻子相齐，两只大眼睛清澈透亮，像一池刚从山涧流出来的泉水。嘴唇厚厚的，嘴角微微上翘，给人一种倔强的感觉。美中不足的是鼻梁骨稍显扁平，但不影响整个五官的漂亮和纯朴。这让他突然想起自己贤惠善良的大嫂。她们之间有一种相似的东西，究竟是什么，他也说不清楚。

"永文哥说工地上来了个退学的大学生，和永锋哥是高中同学，我猜，一定是你。"

"你是永锋的堂妹，八一届的？"李向民想起来了，蔡永锋遭三个混混殴打，就是由她引起的。

"嗯，我叫蔡琳，在一中补习。"女生脸上泛起一片红晕，把头扭向一边，似乎觉得补习生考不上大学，低人一等。

"我想请你弄一套模拟题，检测一下自己的水平，不知道好不好弄。"他有点不好意思，可不抓紧说又怕她突然离去。

"晚上你来取，我住在后排东头，挨着那个小门。"蔡琳的声音很低，好像怕人听见似的。

"等发了工资，我会给你钱的。"

"我不要钱。"女生说着走出两步，回头见他站着没动，犹豫了一下道，"学校里都在议论你，差一年就毕业了，为什么要退学？"

李向民苦笑了一下没有回答。望着她离去的背影，心里忽然有一种温暖和踏实感，就像曾经和周盈盈在一起的那种感觉。这些天他实在太苦恼了，要是遇不上赵二牛和陈连奎这两个好人，找不到活儿干，不知道自己还能不能坚持到今天。他从裤兜里掏出周盈盈的信，拿在眼前端详了半天，真想一把撕烂，可又想弄清里面的内容，这个绝情的女人究竟写了什么！不知道哪来的勇气，也许是刚才那个女孩给了他鼓励，他一把撕开封口，里面只有一张纸条，加上标点不过四十个字：

亲爱的，请允许我最后一次这么称呼你，我没有勇气面对现实，离开你实在是不得已。

多么简单明了！如果按五岁开始计算，他和她应该度过了十七个春秋。从小孩摆家家到成双结对去三里外的小学上课，直到她没有考上高中，他每个星期五下午步行二十里，从一中回到后沟村给她辅导功课，三年来风雨无阻。自己大二时她考上本地的农业学校，因为能歌善舞，加上容貌出众，很快脱颖而出，当上了校学生会主席，成为被人追捧的校花。

李向民仰起头，望着东边染红的天际，止不住泪水从脸上滑落。他没有想到她会这么绝情，连一句安慰的话都不愿写。这些年他为她付出那么多，只是在送自己去K大上学走到防洪堤下时，才紧紧拥抱过一次。她激动得浑身颤抖，喃喃自语着，听不清说些啥，一只手搂住自己的腰，另一只手去解裤带。他知道接下来会发生什么，一个即将步入大学校门的人，竟然在光天化日之下行龌龊勾当，这与村里发情期的狗有何区别？他一把推开她，转身朝大桥跑去。

这能怪谁呢？她说得对，每个人都必须面对现实。一个农村娃子要想跳出穷山沟，摆脱脸朝黄土背朝天的命运，唯一的出路就是考学。而他却毫不顾及她的感受，就像没有考虑大哥大嫂的辛劳付出一样，从象牙塔顶跳下来，挤进打工的行列中，变成一个卖苦力的架子工！

他没有理由怪她。种瓜得瓜种豆得豆，自己酿造的苦酒必须自己喝下。如果那天大着胆子吃了禁果，生米煮成熟饭，她还会决绝地分手吗？也许正是那次伤了她的心，认为自己考上了大学，嫌弃一个农村姑娘，才不愿和她做那个。他苦笑着摇了摇头，慢慢把纸条撕碎，抬手朝空中抛出，看着飘落的小纸片无情地带走曾经海枯石烂的爱情。

晚上在大灶吃完饭，他拿着一本数学习题集，匆忙走出工地，推开那扇小门，几步跨到最东边的房前，抬手轻轻敲了两下门。过了好一会儿，里面静悄悄的，没有一点反应。他有些失落，忍不住又敲了一次，手上稍许用了点力。半刻钟过去，屋里毫无动静。她肯定没有回来，说好晚上来取，难道反悔了？女孩的心思像天上的云，总是随风而变，周盈盈就是最好的例子。他懊恼地走出大院，走过十字路口，不知不觉到了一中大门口，看见四个小青年围住一个女生推来搡去。那女孩正是蔡琳。

李向民的脑袋嗡的一声，一个箭步冲过去，大声喝道："学校门口，竟敢调戏女生？"

"妈的，哪个王八蛋裤带没系紧，露出你这么个杂种，也敢跳出来管老子的闲事？弟兄们，给我打！"说话的小青年瘦高个儿，但头很大，似乎与身体不匹配。穿着没有肩章的警服，在夜幕地掩护下让人以为是警察在抓小偷。他拽着蔡琳没有动，只是把大脑袋在脖子上扭了两下，显得不屑一顾。那三个混混犹如得了圣旨，身子往下一缩，凶神恶煞般扑向李向民。

一刻钟过去，四个人打成一团竟然分不出胜负。李向民的左脸被打了一拳，肿起来了，像半个瓢。对方一个抱着头，一个捂着胸脯，好像伤得不轻。那个没有受伤的混混扑上来，照李向民的门面就是一拳。李向民把头一扭，随即学着陈连奎的动作，从胸前闪电般击出一掌。只见那人噔噔退了两步，闷声向后摔倒。

那个大头见弟兄们没有占到便宜，丢开蔡琳，从腰间解下带铁钉的皮带，朝李向民劈头盖脸打下来。李向民向后一闪，皮带狠狠抽在背上，一个趔趄差点摔倒。与此同时，先前那两个小混混冲上来，一前一后死死抱住他，让他无法挣脱。

大头再次抡开皮带，恶狠狠照李向民门面抽来。他的身子被钳制住动不了。就在这时，就听一声怒喝，大头的手腕被攥住，皮带悬在空中。

"二爹！"大头瞪着两颗铜铃似的眼珠子，惊愕地看着赵二牛。

"混账！这要出人命，你不想活了？"赵二牛一把夺下皮带，扔在地上。

"这小子下手太狠，我那个兄弟都起不来了。"大头指着李向民恶狠狠地怒骂，"今天算你走运，哪天让老子逮着，整死你！"

"他是我的工人，你敢找麻烦，我饶不了你。"赵二牛转身朝抱着李向民的两个混混喝道，"还不快滚？"

大头朝李向民唾了一口，扶起地上的兄弟，心有不甘地转身离开。那两个小混混跟在后面，不时回头挥一挥拳头。此时，早已躲在门卫室的三个警察跑过来，满脸堆笑地向赵二牛招呼道："赵总，我们来迟一步，大侄子险乎闯了祸，要不是您制止，真要出了什么事，弟兄们就没法向赵局长交代了。"

"张所长，赵军如果没有你们庇护，也不敢这么嚣张。我大哥再护短，也不至于让儿子闹出人命吧？"

"赵总教训得是，我们一定引以为戒，把此事上报局长。"

"就不烦劳张大所长了，我会和大哥说的。"赵二牛说着转过身，见蔡琳给李向民擦嘴角的血，疑惑地问，"小琳，你怎么在这儿？"

"赵叔，那几个人围住我不让走，动手动脚的，才引起打架。"

赵二牛明白了，李向民是打抱不平，就像自己年轻时候的样子。他心里一阵欣慰，突然喜欢上眼前这个帅气的小伙子，看着他背上的血印，关心地问："伤到哪啦，要不我带你去医院？"

"没事。"李向民道，"给老板添麻烦了，我想请个假，这几天怕出不成工了。"

"你安心养伤，我给陈连奎说一声，工资照发。还要把你见义勇为的事迹在工地大张旗鼓地宣扬，让每一个民工都敢于伸张正义。"赵二牛瞪了眼张所长，连招呼都没打，虎着脸转身走了。

蔡琳扶着李向民，沿着人行道朝东走去。两个人不知该说什么，默默地感受着心灵之间的默契。走着走着，她慢慢把头靠在李向民的胳膊上，犹如一对情侣在晚间散步，而不是一个人搀着另一个受伤的人。直到走进教育局大院，怕被别人看见，她才把头直起来，扶着他顺院墙根走到后排。他要去开那扇小门，她一把拉住道："你身上有伤，怎么能住工棚，就住我这儿吧。"

李向民惊愕地看着她，以为自己听错了，摇了摇头。

"不要误会，我去和同学住。"蔡琳的脸上腾地升起两朵红晕，低着头掏出钥匙，赶紧打开东边的房门。

"那也不行，我一个大男人住在这儿，传出去说不清。"李向民站着没动。

"你先进去，我找永文哥过来，把情况说清楚，让他作证。"蔡琳不容置疑地说完，快步朝西头走去。

蔡永文占着两个单身宿舍，隔墙中间开了一扇门，改成套间。里间做卧室，外间前面为客厅，后半部分用玻璃隔成厨房，吃饭时把靠墙的折叠桌打开，摆几个学生用的木凳，吃完饭再收起来。蔡琳推门进去时，蔡永文正坐在沙发上看书，见堂妹进来，抬起头疑惑地问："有事吗？"

"有事，现在去我宿舍。"蔡琳一脸尴尬地看着堂哥，羞涩地搓着手。

"出什么事了，脸色这么难看？"蔡永文打量着堂妹，见她上衣掉了两颗纽扣，头发也有点乱，好像刚刚被人欺负过。赶忙把书放在茶几上，朝里屋瞅了一眼，随即站起身。

蔡琳没有答话，一把拉住堂哥，快步走到东头，推开门。蔡永文见李向民两个脸蛋浮肿，后背衣服上有一道血痕，正往出渗血，吃惊地问："咋弄成这样？"

"他为了保护我，和一群流氓打架，被带铁钉的皮带抽的。工棚里阴暗潮湿，晚上让他住在这儿，我和同学去住。"

"让我过来，就是做个见证？"蔡永文笑道，"你去和你嫂子住吧，我陪着小李，顺便用酒精给他擦一下伤口。"

"谢谢永文哥！"蔡琳感激地叫了一声。

"谢我干什么，我是帮小李，又不是帮你。"蔡永文瞅着堂妹绯红的脸蛋，故意逗她。

"他是护我才受的伤，要不是他，我今天就惨了。"蔡琳撒着娇，一副可怜的小女人样。

"有那么严重吗？"蔡永文装出吃惊的样子。

"就是。"蔡琳噘着嘴，"要是那帮流氓胡来，我还有什么脸活下去？"

蔡永文很清楚小妹的脾气，真要被强暴了，非去寻死不可。但见她说着话，眼睛却瞟向李向民，就知道她喜欢上这小子了。一个女孩有了意中人，瞒不过脸上那片红晕。他不好点破，随口道："我回家取酒精，你烧一点热水。"

蔡琳嗯了一声，麻利地提起铝壶，弯下腰从靠墙的坛子里舀水。蔡永文瞅了眼堂妹撅起的屁股，圆滚滚的，曾经的小女孩出落成大姑娘了。忽然想起她和表妹盈盈同岁，上周表妹来家吃饭，他故意提起李向民在后面打工，她只是轻描淡写地说了一句："我们分手了。"

"就因为退学？你俩可是青梅竹马，上个月说起他还很自豪，看得出你是真心喜欢。小李好学上进，有思想，肯吃苦，人又长得帅，品行也好，即使再考不上大学，将来也会有出息的。你要三思而行，不要轻率做出决定，错过一个好小伙。"

"我受不了那么大的压力，同学们都知道他退学了，说什么的都有。"周盈盈气愤地说，"有人说他跑香港，也有人说他把女同学的肚子搞大了，还有更离奇的，说他煽动学生上街游行，反正很不正常。你想，好端端的过一年就毕业了，为什么要回来？父亲逼我分手，说他八字太硬，五月初一正当午时生，是贵人之命，但生不逢时，会一生坎坷，甚至性命不保。"

"要是他明年考上，你不后悔？"

周盈盈的嘴角抽搐了一下，过了好一会儿才幽怨地说："像他这种一根筋的人，因为出身不好，就与社会格格不入，戴着有色眼镜看世界，哪怕清华北大毕业，也不会出人头地。我是爱他，可他一点不顾及我的感受，自私自负，任性偏执，不能为我改变一点点，将来还怎么一起生活？"

蔡永文摇了摇头，驱除脑袋里的各种胡思乱想，快步走回家，找到酒精和棉球，轻轻关上门出来。此时蔡琳正用热毛巾细心地敷李向民肿胀的脸，见堂兄进来，羞涩地道："永文哥，你给他脱下衣服擦伤口吧，我去和嫂子睡了。"

蔡永文嗯了一声，扶李向民躺到床上，脱掉上衣，见背上有一道两寸宽一尺多长的伤痕，每隔一寸有两个钉眼，血糊糊的肉向外翻出，不禁倒吸一口凉气，赶忙用棉球蘸上酒精，给他擦伤口。没想到酒精擦上去，小伙子只是稍微动了一下，连哼都不哼。他心里由衷地赞叹，像这种有血性的青年，现在社会上已经不多了，难怪堂妹一见钟情，临离开时眼里流露出不舍的神情。

两个星期后，李向民的身体基本恢复。这多亏了蔡氏兄妹的精心照顾，尤其蔡琳，只要没课就陪伴在身边。当然两人谈论的都是学习，她把课堂上老师讲的重点复述一遍，弥补他不能系统复习的不足。他则给她讲解难题，尤其物理概念，结合习题的解答才能准确掌握。她的进步很大，打架那天送她的习题集很快做完了，只有几道难题他给做了指点。最重要的是，她突然显得很活跃，再没有因为"老补生"自卑，好像一下卸去了思想包袱，昂起头充满了自信，对高考的恐惧烟消云散。

他又搬回到工棚，和民工一起吃大灶。工友们都知道他见义勇为的事，赵老板号召大家向他学习，还表扬他不怕苦不怕累，干活从不偷懒，虽然是一个刚入道的小工，却很快掌握了搭设脚手架的技术。

这以后再没人来嘲笑一个小工。他上班时工具包里装着书，一有空就拿出来看。工友们只要听到他嘴里背诵什么，尽量走开不去干扰。一连几个晚上，他做了多套模拟卷，感到现在的考题比当年考K大时量大且灵活，对基础知识的要求更全面，不是一味地追求难题、偏题。考生要是多思考一会儿，时间就不够用了。这就要求学生对各种类型的题都做过，一拿笔就能做，而且非常熟练。如果不去学校强化训练，掌握答题技巧，就会眼高手低，想考名校几乎不可能。

李向民对明年的背水一战，隐隐有点担忧。万一名落孙山，有何颜面回后沟村，不正应验了周长生的卦象，自己生来就不是吃皇粮的命？到时只能背起大嫂在自己上高中时缝制的这套行李，悄悄离开达县到外地打工，连见蔡琳一面的勇气都没有了。为了顺利考上，还是放弃退学时学文的念头，乖乖考理科。自己数理化有优势，尽管语文成绩好，但历史和地理没学过，考文科能不能上线，只有后沟村那座破庙里的观音菩萨知道。

二 抱负远大

十一月底,气温骤降到零下五度,工地不得不放假。李向民背着行李卷,又回到后沟村。本来不需带走行李,明年开春还要来打工,但不背回去家里没有多余的铺盖,总不能脱光衣服躺在那几块拼凑的油毡上。一九四九年前他的父亲李二狗凭着爷爷在后沟村购置的四百多亩良田,丰衣足食,堪比现在的百万富翁。村里的老人都记得,当年李二狗骑着高头大马,身披大红花,从张家村迎娶张馨女,两班吹鼓手一前一后拼命吹,那威风犹如状元郎奉旨夸街。今天他的后人穷得连多余的一套铺盖都没有。这也算因果轮回。

时间转眼就过去了小半年。李向民却因为分地的事跟本社社长马二驴闹起了纠纷。

这天,社长马二驴一坐在何三骡烧得滚烫的土炕上,就大声道:"三哥,你是村长,李民民那狗日的一回来,就想分责任田?"

"按政策应该分,人家把户口迁回来了,不给分咋堵他的嘴?"

"毬!今年我就不调整土地,娶回来的,聘出去的,生下的,死了的,都不动,看那小子能把我咋!"马二驴从上衣口袋里摸出半盒卷烟,用食指弹出一支递给村长。他虽不会抽,但兜里总是揣着上档次的香烟,见着想巴结的人就掏出来。在后沟村他只讨好两个人,一个是老支书田

19

憨福，此人办事公道，德高望重。另一个就是自己的挑担哥何三骡。他掏出打火机，把身子探过去，恭恭敬敬地给村长点着。

何三骡吸了一口烟，舒服地吐出两个圈圈，知道妹夫是为女儿的事，还耿耿于怀。其实那事怪不着人家，自己的闺女没考上大学跳了河，硬说是那小子金榜题名刺激了她。这也有点太不讲道理了。不过也不能说没有一点关系，要是当年两人都名落孙山，这场悲剧或许不会发生，因为李民民学习远比外甥女好，人家都考不上，她还有啥想不开的？不过他不想把话说透，尽管是自己的亲妹夫，对这种小肚鸡肠的人，决不能敞开心扉。他半眯着眼道："你是社长，调不调地你说了算，用不着和我商量。不过，那小子不是省油的灯，从小就不服管教，敢和大人打架，脑子又灵活，鬼点子多。现在退学回来，连死的心思都有，把他逼急了，万一想不开做出什么事来，后悔就来不及了。听三哥一句劝，这种玩命的主儿，还是不要去招惹。"

"你是怕他不成？"

何三骡若有所思道："李二狗被逼上吊，张馨女变成疯子，都跟何、马两家有关，李家和我们是血海深仇啊！李民民不是善茬儿，昨天早上我路过村西头，看见那小子打拳，出手凶狠，一招就能要命。"

"会拳又咋，难道还怕他不成？双手不敌四拳，何、马两家八十多口人，每人一脚就把他踹死了。再说，他要敢耍狠，就让派出所把他铐起来。我明天就去乡里，和三宝所长说一声。"马二驴看着何三骡，心想这人怎么越活越怕事了，当初选村长可是瞪着牛眼，谁不投他的票，凶巴巴地要吃人。

"人家又没犯法，能咋？"何三骡不满地看了妹夫一眼，"凡事要用脑子想，你先把社里想分地的人安稳住，不要让挑动起来。光凭他一个，也扑腾不起什么浪。"

此时李向民正在赫挨小家。两人从小玩尿泥长大，情同手足。他老子叫赫毛眼，在村里无亲无故，老实巴交，也是被何、马两大姓欺负的对象。但娶了一个母夜叉老婆，大名范爱爱，外号多嘴婆，一天到晚东家进西家出，就像一只麻雀不停地叽叽喳喳，说长道短，搬弄是非。多嘴婆一进家门看见李向民和儿子坐在从旧货摊买回来的沙发上，撇着嘴问:"二侄子,听说周家的大丫头把你给甩了?"

赫挨小瞪了母亲一眼,把身子侧向李向民,正要说话,范爱爱不满道:"你瞪我干什么?周盈盈是一只白鸽,心高着呢!从来不拿正眼看人,怎么会把蛋下在鸡窝里?"

"民民要不退学,周长生恨不得跑去提亲哩。"赫挨小愤愤不平,"我们从小学念到初中,她的成绩还不如我,不是民民辅导她,能考上农业学校吗?人不能没良心,要是明年民民再考上,她又会哭着跑回来的。"

"再考上?放着好好的学不上,跑回来自讨苦吃,能怪周家的女儿吗?"

李向民看着多嘴婆咸吃萝卜淡操心,虽然心里有气,又不好发作,端起赫挨小给他倒的一碗白开水,喝了一口道:"不要说盈盈了,我不会怪她,那已成历史。我过来想了解一下,按照村里的惯例,冬天调不调地。"

"什么惯例!那要看马二驴高兴不高兴,后沟村是马家和何家的天下,就是政府说了也不算。"范爱爱扭着屁股走了出去。

"我就不信,马二驴一个小小的社长能一手遮天!"李向民等多嘴婆关上门,鼻孔里冷哼一声。

"你上大学走的那天,马召娣从黄河大桥上一头扎下去,再没有漂上来。听马家人说,前一天她去向你借书,你没给借,回来哭了半夜。马二驴对这事怀恨在心,认为召娣的死与你有关。她的遗书中,说从初中起就暗恋你,可你却和周盈盈好,嫌她长得不好看。"

"她就是长成西施,我也不会娶她!上代人的恩怨还没了结呢。关键是对她没感觉,和她老子一样霸道,总爱显示自己,在上学的路上都怕别人超过她,心眼小得像针眼。"李向民转念一想,还是惋惜道,"都怪我没看出来,不懂她的心思,要是把书借给她,让她有了指望,或许能避免一场不幸。"

"这不怪你。我们是同学,在学校你一直谦让她,没有因为上辈人的恩怨和她红过脸。是马家人不讲理,在村里称王称霸惯了,趁你退学回来故意刁难。"赫挨小顿了顿,忽然想起什么似的,"要不我陪你去找田支书,把情况说明了,让他主持公道?"

"这主意好。田大叔做人厚道，遇事讲理，就算他不愿出面，和他打声招呼，将来闹腾起来也有人讲理。"李向民说着站起来，"我们现在就去，说不定能碰见田野。"

田野是田憨福的独子。老支书生了五个女儿，最后一个是"带把的"，总算留住了香火。为了培养宝贝儿子，让老师有意安排田野和李向民同桌，想让他带动一下。田野每次考试照抄李向民，就连作业都一字不差，初中毕业时成绩名列全年级第五，却在考高中时一败涂地，语文和数学加起来不到五十分，弄得田支书很没面子，只好拼着老脸求乡里领导帮忙，在计育办安排了一份工作。

赫挨小跟着李向民走出门，嘴里嘟哝道："田野现在是大忙人，整天东家进西家出，挨家挨户搜查孕妇，刮宫结扎。他不会在家。"

李向民没有搭话，他见的是支书，田野在不在无所谓，当然在家能帮着说几句话更好。他俩走进田家大院。院子足有四亩地，门前用砖铺出一条小路，其余都种上果树。两个人走进正房，支书正坐在炕上抽旱烟，刚要开口说话就被烟呛着了，低下头不停地咳嗽起来。

等老支书缓过气，李向民走到炕边问候道："田大叔，身体还好吧？"

"结实着哩。"老汉把烟杆随手丢在灶台上，一边下地一边道，"你这娃子，书念得好好的，咋就回来了？"

"让大叔失望了，我准备明年再考。"李向民最怕别人问这个。

"大叔，马二驴蛮不讲理，听说他不想给民民分地，请你主持公道。"赫挨小见李向民很尴尬，直截了当说出了来意。

"分地这种事麻烦着哩，都是社里做主，村委会插不上手。"田支书双手一摊，一脸的无奈。

"马二驴故意刁难民民，大叔要是不主持公道，不定闹成啥样子。"赫挨小从裤兜里摸出多半盒云烟，弹出一支恭恭敬敬递给田憨福，麻利地掏出打火机给老人点着。

"那个驴日的犟得很，我的话也不好使，要是何三骡出面，事情就好办了。"田憨福坐进靠墙放的沙发里，也不招呼他俩坐下，使劲吸了一口香烟，可能是烟盒拆开时间太长，烟叶干燥，他被呛得连连咳嗽。

赫挨小赶忙给支书捶了两下背，赔着笑脸道："这事马二驴肯定与何三骡合计过，说不准就是何的主意，他咋会帮民民。"

"这就不好办了，何三骡一直和我顶牛，想让我给他腾位子。你也是党员，去年选支书的事你很清楚，我只比人家多两票。"

李向民瞅了一眼赫挨小，没想到这个憨厚的农民，只有初中文化，居然成了党员，真是士别三日当刮目相看。他听了田支书的话，觉得不无道理，村长是全体村民直选出来的，要是不听他的话，也拿人家没多少办法。况且，农村天高皇帝远，只要家族人口多就能形成势力。何、马两家是姻亲，大大小小有八十多人，而且个个蛮横霸道。自己总不能为了分地，强人所难，让老汉去丢脸。正寻思打声招呼离开，田野推门进来，伸手在他肩上擂了一拳，兴奋道："回来半年了，咋不吱一声？"

"你是大忙人，整天和孕妇捉猫猫。我得打工挣钱，养活自己哇。"李向民调侃着胖墩墩的老同学。田野的个子还是没有长高，那颗大脑袋与他肩膀齐平。

"听说你想分地，马二驴不同意？"田野瞟见老父亲阴沉的脸，就知道他俩是来搬救兵的。

"那老小子说今年的地不调整，生下的、娶回来的都不分，想用这种办法堵我的嘴。"李向民哼了一声，"我就不信没有说理的地方，明天去找乡长，让政府出面。"

"社里的事找县长都没用，那些大官怕惹麻烦，下来检查工作都绕着村子走，尤其后沟村水土太硬，一听说何、马两家都直摇头，去了也白去。上个月乡上强行让马二驴的儿媳流产，七个乡干部被马家和何家几十号人打出村，还动用了派出所。那个所长钱三宝拿出手铐咋咋呼呼，好像要把闹事的带回去，实际是护着那群人，做做样子而已，一个也没处理。"田野不满道，"只要钱三宝当一天所长，何三骡有这个好外甥撑腰，何、马两家就有恃无恐。"

"一个小小的所长，乡上就拿他没办法？"赫挨小摇了摇头。

"他是公安局赵啸林局长的干儿子，靠山硬得很。"

"公安局长咋了，难道乡长书记怕他？"赫挨小扭了一下脖子，大声道。

"赵啸林是行署副专员邱志伟的妹夫，邱的老子是解放中州的游击队政委，第一任地委书记。乡长可以不怕赵局长，但不敢得罪邱氏家族。"

"他姥姥的！照你这么说，官套着官，一个护着一个，老百姓到哪讲理去？"赫挨小的脸憋得紫红，"我就不信，没有人管得了他们，总有管他们的人！"

李向民的脸色比赫挨小更难看。他和赵军一伙打架，原以为只是得罪一个公安局长的公子，没想到老鼠拉楔子大头在后面。邱家在中州无人不知，老爷子邱朝东是传奇人物。小时候听父亲讲，邱朝东骑在大白马上，手中驳壳枪百步穿杨，一个国民党整编旅旅长，被邱政委一枪打破头盔。现在钱三宝不知什么时候成了赵局长的干儿子，一定会报初中时打架的仇恨。一旦与马二驴打起来，姓钱的会不分青红皂白地将自己铐走。可事到如今没有退路，责任田就是饭碗，一个连生存权都被剥夺的人，还要瞻前顾后吗？

赫挨小瞅着李向民心事重重的样子，突然想起什么似的问："民民，初二那年你替周盈盈出头，把钱三宝打得鼻青脸肿，忘了吗？"

李向民没有答话，知道再待下去没意义，田支书就是想帮忙，也心有余而力不足，只好朝老人笑了笑，与田野打声招呼走出来。

赫挨小以为他生田憨福的气，紧跟在身后解释道："田支书不是不想帮，他也没办法，马二驴和你斗气，不会听他的。"

"我不怪他，是生自己的气。"李向民恨恨道，"一个七尺男儿，被人家逼得走投无路，还当一个怂包，厚着脸皮求人，真是羞耻！"

"那你想怎么办？"赫挨小看着李向民阴沉的脸，担心地问。

"村子东南马二驴有一块四亩水地，马召娣死了应该退出来，明天我就去送粪。"李向民目视前方，一脸决绝的样子，把牙齿咬得咯咯响，"你把这话传出去，要让后沟村的人都知道，到时去看热闹，做个见证。"

"民民，就是强行占地，也不要占马二驴家的，去摸老虎的屁股。周盈盈去年考上学校，周长生没有退地，你把她家的地占了，一个独户人家，每天求神算卦胆小怕事，不会闹腾什么。再说，盈盈忘恩负义，理亏在前，她家会息事宁人的。"

"我不做欺软怕硬的事，要斗，就要与何、马两家斗，哪怕打死人被枪毙，也是为父报仇，替老母亲出一口恶气。"李向民转身拍了一下赫挨小的肩，仰天大笑道，"只是这么死去，比鸿毛还轻！"

赫挨小张了张嘴想说什么，没有说出来。他知道眼前这个从小玩大的伙伴，一旦下了决心，九头牛也拉不回来。两个人低着头，默默地走进后沟村，各自回家。

第二天李向民故意睡了个懒觉，直到九点多才从炕上爬起来，因为他要村民都看到自己的壮举。如果一早把粪送进何二驴家的地里，人家会以为他胆怯，是偷偷摸摸的行为。他穿好衣服蹲在地上洗了一把脸，站起来静静地注视了一会儿老母亲，见她朝自己傻傻地笑，根本不知道就要生离死别。一扭头推门出来，操起墙边的铁锹大步朝牛棚走去。

昨晚他做了精心的准备，把铁锹的木柄换成了钢管，而且加长了一尺多，用电焊机焊接在锹头上，以防用力过猛打断。还特意选了一把尖头铁锹，挥舞起来比方头的好使，站在院里操练了半个小时，才心情郁闷地上炕睡觉。他刚把牛套在车上，嫂子区桂枝跑过来一把拽住牛角道："挨小说你要占马二驴的地，是真的？想种地，咱家渠南有六亩水田，明年给你。"

"我要种自己的责任田，那王八蛋不给分，就种他家的。"

"马家几十口人，在村里霸道惯了，你这不是自己找打吗？"区桂枝眼里噙着泪，"民民，我知道你退学回来心情不好，你哥也没给你好脸色，可你是有志气的人，嫂子相信你明年还能考上，为老李家光宗耀祖。你现在和马家斗气，万一出了什么事，就是自己作践自己，那些土牛木马的人，根本不配你去拼命。"

"嫂子，我知道你是为我好，但今天这一架非打不可，一是为死去的父亲，二是为自己争口气。"李向民慢慢扳开区桂枝紧攥牛角的手，一脸愧疚道，"万一我今天被打死，或者我打死人被公安局抓走，母亲就拜托给你了。记得给我哥说一声，我对不起他对我的培养，要不是他从十五岁撑起这个家，我早已是一个到处飘泊的流浪汉了。"

区桂枝抬起手抹了一下眼窝。她知道说再多的话都没用，眼前这个看起来有点书生气的小叔子，生来就是一个倔种，一旦决定了的事，明摆着是火坑也要往里跳。她瞅着李向民把牛车套好，赶在猪圈边，一锹一锹把粪装进用柳杷子圈起来的车里，不禁哭出声来。

"你号什么丧，我现在还没死呢！"李向生从房里出来大喊一声，"天要下雨，娘要嫁人，你管得了吗？"

"老李家就你们弟兄两个，他要有个三长两短，看你怎么办！"区桂枝向来唯丈夫是从，自从嫁给李向生，十几年从没有顶过嘴，今天是小叔子生死关头，实在憋不住了。

"不知天高地厚的东西，拿着鸡蛋往石头上碰。人家几十号人，他是去找死！"李向生骂完，又折回家，把门重重地一摔。

李向民知道大哥真的生气了，他装作没听见，很快把车装满，铁锹高高插进粪里，坐在车辕上，故意扯开嗓子唱着《黄土高坡》，在村里慢悠悠地转了一圈，才吆喝着老黄牛出了村。

不多一会儿牛车停在马二驴的四亩水地里，还没卸完粪，马大驴、马二驴、马三驴和马四驴带领着男女老少五十多口人，一拥而来。成年者手里拿着铁锹，年少的握着镰刀、斧头甚至弹弓。马二驴冲在最前面，大声喊道："从后面围住，一齐上！打死我顶命，与你们无关。"说着一把斧头向李向民飞过来，李向民一躲。

"操你祖宗！"李向民抡起特制铁锹，像头野牛咆哮一声，迎着冲来的马大驴，照那颗秃顶劈下去。就听有人哇的一声吓哭了，除了四兄弟，其他人都愣怔怔地停在原地，把眼闭了起来，不敢看铁锹劈开脑袋的血腥一幕。

大多数村民躲在不远处的树后或草垛旁，幸灾乐祸地看这场免费闹剧。只有何二骡、何三骡和何四骡双手叉腰，站在旁边为马家助阵，随时准备参加战斗。范爱爱嘴里叼着一根旱烟杆，挨着何家三兄弟，看得带劲儿，唯恐错过某一个精彩的细节。李向民觉得背后一股劲风扫来，就知道那"三头驴"手里的铁锹到了。他身子往下一蹲，同时把特制铁锹向后一抡，一阵噼啪之声，听到有人扑通栽倒。

马二驴高举的铁锹劈空，因用力过猛收不住身子，借势照着李向民的胸脯捅过来。李向民没想到老东西改变打法，一时来不及躲闪，抬起左臂往上一挡，就听嘎巴一声，一阵钻心的疼痛。

何三骡看得眼花缭乱，不知道李向民是怎么破解这一招的，但见马大驴躺在地上，身子蜷缩成一团号叫着，看样子伤到了要害处。就在他犹豫着要不要参战时，马四驴再次抢起铁锹，向李向民脑袋劈过去。

这一次李向民没有躲闪，因为马二驴和马三驴顾不上打架，两个人抱起马大驴朝村里跑去。他轻蔑地瞟了一眼马四驴，等铁锹劈到时，身子往后一仰躲过去，同时右手攥着自己的锹把末端，猛地捅向对方的胸口。这锹把比普通铁锹长半米，钢管发着寒光，马四驴措手不及，吓得啊啊叫着向后倒去。

李向民见一击落空，老小子竟然躲了过去，双脚蹬地腾空弹起，抡起铁锹砸下去。在这当儿，砰砰两声枪响，钱三宝带着三个干警，从南边渠沟里冲出来。就在李向民愣神的时候，钱所长扑上来，咔嚓一声把他铐住。

村民们惊魂未定地从大树和草垛后走出来，谁也没有为李向民说句公道话，都怕得罪马家。李向民被警察押向草垛后的一辆警车，上车时赫挨小跑过来，拉住钱三宝的胳膊道："钱所长，我以一个共产党员的名义担保，李向民是自卫，绝没有故意打人。"

"嘿，从哪冒出个傻B，邋里邋遢的，还是个党员？"钱三宝鄙夷地扫了一眼，用力一甩胳膊，拉开车门坐进驾驶室，从裤兜里掏出钥匙打着马达，等同事把李向民推上车，一脚踩下油门冲了出去。

马二驴和马三驴把大哥抱回家，叫来村里的赤脚医生，却怎么也弄不醒他，赶忙套了一辆马车去县医院。马大驴老婆和两个女儿坐在车上，一边哀号一边诅咒："该天杀的李向民！一出门就被车撞死，找个老婆没屁眼。"

区桂枝和丈夫吵了一架，嫌他太不近人情，弟弟被警察不分青红皂白带走，还坐在炕上无动于衷。她一咬牙揣上给小叔子私藏的那五百块钱，直奔乡政府。

一进乡政府大院正赶上下班，乡干部们从办公室往外走。她怕错过了找不着领导，赶忙退回门口守株待兔。很快看见乡长魏新之腋窝下夹着一个黑色公文包，与何三骡说着话走过来，好像很亲热的样子。她想等姓何的离开再搭讪，但怕乡长也走了，索性大步迎上去道："魏乡长，你在我家吃过饭，还记得我吧？后沟村李向生家的，我过来请你主持公道，民民被派出所抓了，是冤枉的。"

"噢，你来得正好，何村长刚才把打架经过说了。这事触犯刑法，要报公安局立案。"

"乡长，他和马家是亲戚，你不能听一面之词。"区桂枝一把拽住魏新之，急切道，"我小叔子被马家五十多号人围攻，他们手里都拿着铁锹镰刀，要是不防卫，早被剁成肉酱了。"

"现在马大驴人事不省，如果死了，人命关天，不管是故意伤人还是防卫过当，都逃不脱法律制裁。"魏乡长说着就要走，区桂枝猛地抱住他的腰，也顾不得什么脸面，哭诉道："乡长，你得听我把话说完，要不我就死在你面前。"

"你这是威胁领导，一个妇道人家，抱住大男人像什么？"何三骡阴沉着脸，大声喝斥。

"姓何的，平时我家那个让你，是不想惹是生非，你以为怕你不成？狗急了还跳墙，何况是大活人。今天我把话撂在这儿，如果你昧着良心做假证，别说民民放出来要报复你，我也会让你不得安生。"区桂枝转过脸不理会何三骡，盯着乡长一字一顿道，"马家兄弟四个人围攻一个人。你说，这是不是正当防卫？"

魏新之不耐烦道："这事乡里管不了，找公安局去。"

"你是乡长，我是村民，你不管谁管？"区桂枝不依不饶。她今天豁出去了，不讨个说法，决不离开乡政府。

"你总得讲点理吧，乡政府又不是万能的，什么事都能管。"魏乡长哭笑不得。

区桂枝也觉得，今天在这儿别说乡政府管不了这种事，就是县政府也不好使。她说："那好，你管不了，让我见一下民民，这点事总能办吧？"

魏乡长见这女人松口，赶忙应承道："好，我和你去找钱所长。"

派出所在乡政府后院把西头，何三骡不想去，和魏新之寒暄几句走了。其实找乡长前他见过外甥，当然不是去陈述打架的经过。钱三宝事先就已经风闻李向民要强行占地，昨天晚上在马二驴家喝了半夜的酒，鸡一叫就带着三个干警埋伏在那块地畔的水渠里。原以为李向民会在天亮前趁人不备送粪，没想到他九点多才到。

钱三宝见乡长领着区桂枝进来，故意仰头看着天花板，不阴不阳地问："这都下班了，乡长大人还光临指导？"

"这是李向民的大嫂，想见一见嫌疑人。"

"公安部有明文规定，重案犯人在押期间，不准与亲属见面。魏乡长，实在是不好意思，要守规矩嘛。"

"人不是刚逮回来嘛，家里送点衣服，就通融一下吧。"魏新之掏出一盒带嘴香烟，弹出一支递给钱三宝，"就算我欠你一个人情，好不好？"

钱三宝是故作姿态，虽然公安系统不受乡里领导，但毕竟要配合工作，不能把关系搞僵。再说，他和魏乡长平时也没什么过节，低头不见抬头见，这点面子还是要给的。见魏新之手里拿着一盒中华烟，没想到平时一毛不拔的铁公鸡，今天忽然大方了，就故意挖苦道："一根烟就想让我违反纪律，这也太抠门了，是不是她孝敬你的？"

"一个农民，见都没见过这么高档的烟，就别说风凉话了。"魏新之见钱三宝松了口，笑道，"昨天我路过公安局，去啸林局长办公室坐了一会儿，临走就顺手牵羊。我也抽不惯，就送给你吧。"

钱三宝接过烟盒揣进裤兜里，好像忽然想起什么似的，拍着脑袋道："我倒忘了，你和干爹是战友，这个面子我得给。不过，派出所要两间宿舍的事，大乡长还得多多关照哇。"

"那是自然，啸林昨天还提起你，夸奖你会办事哩。"魏乡长一边恭维着，转身瞪了眼区桂枝，"人关在隔壁，还不过去？"

区桂枝感激地点了一下头，一步跨出门。钱三宝看着这女人的背影，压低声音问："她是你的亲戚？"

"不是，下乡时在她家吃过一次手擀面条，味道不错。这女人很能干，也明事理，要不是为了救小叔子，绝不会跑来乡里撒泼。"

区桂枝一见小叔子右手被吊起，铐在横穿墙壁的铁管上，脚刚好踩着地，左胳膊无力地垂下来，小臂上渗出一片血迹，好像被打断了。她叫了一声"民民"，扑上去，双手扶起他受伤的胳膊哽咽道："是不是断了，咋不让他们给你治？"

"姓钱的说我装病，不送医院也不请大夫，故意折磨我。"李向民愧疚地看着大嫂，泪水在眼眶里直打转，"那小子太坏了，怎么会让你进来？"

"我去求魏乡长，他找的钱三宝。"区桂枝腾出右手拭去小叔子眼里的泪珠，"这帮人心狠着哩。我再去找魏乡长，让他和钱三宝说，给你治伤。"

"不用了，下午就送看守所，那里有医务室。要是去找……"李向民犹豫了一下，把到嘴的话咽了回去。

"民民，有话就和嫂子说，别藏在心里。"

"嫂子，我是属于正当防卫，没有过错。你去县城跑一趟，找我工地的老板赵二牛，他的公司在公安局对面，三楼，上面写着鑫辉建筑有限公司，把我的遭遇告诉他。"

"他能救你吗？"区桂枝忐忑不安地问。

"能不能救不知道，只有这一条路了。他是公安局赵啸林局长的弟弟。"

"刚才听魏乡长和钱三宝对话，公安局长是钱的干爹。他们应该是一伙的。"区桂枝紧张地看着小叔子。

"是，不过没关系。赵老板是个大好人，一娘生九子，和他哥不一样。"李向民听见有人推门，故意大声道，"等我出去，还要分马二驴的地！"

区桂枝从派出所出来，没有回后沟村，顾不上吃饭，步行去县城。下午三点找到鑫辉公司，和门卫问清赵二牛的办公室，转身跑上三楼，一把推开门闯进去。

赵二牛见一个妇人不敲门冲进来，脸往下一沉，问："谁让你进来的？"

"我是李向民的嫂子，有急……"

"就是李向民，也不敢不敲门。"赵二牛打断妇人的话，"出去，有事让他自己来。"

区桂枝傻眼了，没想到赵老板这么凶，小叔子怎么指望这种人救他？她转身走到门口，眼泪像断了线的珠子掉下来。如果马大驴救不活，民民会以故意杀人罪被判处死刑。她浑身没有一点力气，一阵头晕目眩，扑通坐在地上。

赵二牛被吓得腾地从椅子上弹起，过了好一会儿才反应过来，走到女人身边问："你怎么了，没事吧？"

区桂枝用手撑住地，想站起来，费了好大劲没有成功。由于急火攻心，走了二十多里路，从早上到现在水米没打牙，身体软得好像散了架。她摇了摇头，有气无力道："我没事。可怜我那小叔子，还指望你救他，恐怕等下辈子了。"

"小李出事了？"赵二牛心里咯噔一下。

区桂枝哽咽着，说话也有点语无伦次，把打架的来龙去脉，后沟村的恩恩怨怨，何、马两家欺压乡邻的恶行，都仔仔细细陈述了一遍。

赵二牛听得眉头紧皱，按照打架的经过，李向民没有过错，应该属于正当防卫。但问题的关键是证人证言，派出所的现场取证材料，对犯罪定性很关键。很显然，钱三宝会向何家人取证。何三骡又是村长，他的证言有一定权威性。如果其他目击者都说出实情，并能说明何、马两家是亲戚，而且长期狼狈为奸，欺负乡邻，案件就有转机。最重要的是有人站出来证实，钱三宝前一天晚上在马二驴家喝酒，已经知道马氏家族要对李向民下手，于第二天鸡叫时潜伏在事发地畔的水渠里，等到马家吃了亏才出来制止。这样，钱三宝为马二驴站台撑腰，作为派出所的头头，有执法犯法的嫌疑。可这么一来，大哥就会庇护钱三宝，为干儿子开脱罪责，案件会变得复杂起来。他苦笑一声道："也许，钱三宝在马二驴家喝酒，是去劝说不要打架。"

区桂枝愣怔地盯着赵老板，失望地叹了一口气："要是这样，钱三宝为什么不在打架前制止，要等到打起来，才从渠沟冲出来？"

赵二牛一时语塞。平心而论，他不想把大哥扯进去，那样对预审案子不利。现在考虑的是怎么把小李无罪释放。至于钱三宝是不是合谋，自有检察机关做出裁定。他想安慰一下区桂枝，又不知道说些什么，解释道："钱三宝是马二驴的外甥，可能偏心一点，但不至于怂恿打架。他前年抓赌被人砍了四刀，差点见了阎王，那个所长的位子也是拿命换来的。"

"他上初中时和民民打过架，就记了仇！"区桂枝稍微宽松的心又紧绷起来，赵老板还给姓钱的说好话，怎么会帮小叔子？她挣扎着站起来，

31

绝望的泪水再次从眼眶涌出，竟忘了和人家打招呼，颤抖着手拉开门，踉跄地走出房间，差点和进门的一个大汉撞上。

来人是项目部经理陈连奎。他过来与老板辞行，准备明天回山东。

"我正想找你。她是李向民的嫂子，小李出事了。"

"出啥子事了？"

见赵二牛阴沉着脸不说话，他已经猜到几分："不是打坏了人吧？"

"岂止打坏，可能死了。"

"什么？"陈连奎的脑袋嗡地大了，没想到自己刚收的徒弟，闯了这么大的祸。

"受伤的人昏迷不醒，正躺在县医院抢救，是死是活都不清楚。"赵二牛阴沉着脸，把区桂枝的话复述了一遍。

"这他妈是陷害、预谋，那个王八蛋所长，应该绳之以法！"陈连奎的火气腾地上来了。

"钱三宝是不是参与，还不能下结论。这个时候决不要再出乱子。"赵二牛盯着陈连奎，"案子的关键是找到证据，后沟村的人都怕得罪马家，不敢站出来做证。你在峨眉山当过道士，会些法术，懂得装神弄鬼的把戏，农村人迷信，要想方设法让他们开口，记着把大鹏带上当个帮手。"

李向民在看守所里度过了除夕夜。虽然关进号子，因为赵二牛与所长打过招呼，没受什么欺负。第一天晚上只是被头儿打了两耳光，在马桶边蹲了一夜，他没有还手，因为左胳膊骨折，脖子上挂着绷带，睡觉前才从医务室被押进来。现在他已经习惯了里面的生活，和另外九个犯人相处融洽。

他坐在木板拼成的大床上，身体靠着墙，双手交叉在胸前，无聊地想着心事。突然监室的门哐当一声打开，一个干警喊道："李向民，带上行李出来！"

他心里咯噔一下，难道要放自己？这种概率几乎等于零，案子还没有定性。那么就是换监室？他狐疑地背起嫂子托人送来的铺盖，跟在干警身后，通过一条阴暗的L形走廊，忐忑不安地进了审讯室。

"你取保候审了，在上面签字。"审讯室的办公桌后坐着一个中年警察，用两根手指敲了敲桌上的文书。

李向民诧异地瞪大眼，以为听错了，站在当地没有动。

"愣着干什么，不想出去？"中年男人一脸的严肃，看样子像个领导。

"取保候审？"他以前听过这个词。凡能取保候审的，背后都有强大的靠山。而他认识的人里，只有赵二牛有这个能力。或者由于马大驴没有死，已经痊愈出院，那就不应该是取保候审，是无罪释放。因为自己也断了一条胳膊，完全够得上重伤害，和那驴日的就扯平了。但不管怎样，能在大年初一走出高墙，自由自在地过春节，是不幸中的万幸。他拿起桌上的笔唰唰签下自己的名字，满心欢喜地走出看守所大铁门，就听一个熟悉的声音传入耳朵："向民，过来！"

他循声望去，见张大鹏站在摩托车旁，向他招手。

"大鹏！"他激动地喊了一声，嗓音有些沙哑，像见到亲人似的奔过去。

"把行李捆在后座上，我送你回后沟村。"

"还是背着哇，要不太挤你了。"李向民坐在后面，双手抱住张大鹏的腰，疑惑地问，"你咋知道我出来？"

"昨天晚上赵老板打电话，让我来接你。"

"先去老板家，我给他拜个年。"李向民猜到是赵二牛把自己保出来的，现在被张大鹏证实了。

"老板知道你会去，特意说他们兄弟回老家和父亲过年，让你不要来，安心在家复习，一定考上大学。"

李向民激动道："要不是遇上赵老板，我就惨了。"

"就算遇不上赵老板，也不至于重判。马大驴没有死，腰椎和六根肋骨粉碎性骨折，腰部以下失去知觉，只能用手撑着坐起来。"

李向民不禁啊了一声，他很明白瘫痪的后果，要是终生卧床不起，那得花多少钱治疗？自己这辈子再努力，都得给马家打工了。

"你不知道，为了证实你是正当防卫，陈经理带着我装扮成道士，去后沟村智取证据，把范爱爱、你哥和周长生好好戏耍了一番，哄得他们把所见情况细说了一遍。我都偷偷录了音。"张大鹏添枝加叶，把装神弄鬼的经过吹得神乎其神。

33

"老弟，这些都是赵老板的安排。"张大鹏见李向民不说话，继续道，"老板把录音放给赵啸林听，还录了一盘磁带送给他，要求成立专案组重新取证，不能只听前沟乡派出所的一面之词。但赵局长不表态，弟兄俩争吵起来，差点翻脸。你今天能取保候审，估计昨晚又争辩了，赵老爷子一定在场，发了脾气。"

张大鹏拐上土路，从四挡减到三挡，坑坑洼洼的路面让摩托车颠簸起来。

"真想不明白，老板和赵局长一母同胞，长得也很像，做人的差别咋这么大啊！"

"因为你扯上了两个人。一个是钱三宝，要是判你无罪，他就得受处分。他是马家的帮凶，头一天晚上在马二驴家大吃大喝，密谋了半夜，以为你早晨送粪，预先埋伏在那块地畔的渠里，直到打架马家占了下风，才不得不冲出来。姓钱的是赵啸林的干儿子，局长太太邱玉梅视同己出，有人说就是两人的未婚生子。当年邱玉梅在师范上学，未婚先孕怕被学校发现，休学一年把孩子生下，偷偷放在张家村钱贵才家的门口。另一个人是赵局长的儿子赵军，一听说你打架被刑拘，幸灾乐祸。他长得和钱三宝活脱脱一个人，瘦高个，大脑袋，连说话的音调都一样。"

李向民叹了一口气："朋友多十个都显得少，仇人有一个就遭殃，也许这辈子都躲不开。"

"两个星期前我在公司整理资料，突然听到有人在董事长办公室喊叫，跑过去一看是赵军对着老板发飙：'你不要多管闲事，处处罩着那小子，胳膊肘往外拧！'公司员工跑来十几个，见是老板的侄儿，都面面相觑地走开。"

"我的身家性命握在赵家兄弟手里，人家的一喜一怒，就决定我升天堂还是下地狱。"李向民心灰意冷，自嘲道，"我不在乎判几年，只要被判刑，就失去考试资格。你说，一个囚犯和一个流浪汉，区别很大吗？"

张大鹏心里也很难受，自己也是从农村走出来的穷娃子，对李向民的处境深有感触。一个农民的孩子，要是不能参加高考，唯一的出路就被堵死了，还谈什么理想！他只比李向民大两岁，虽然没经历过大风大浪，自觉比他成熟多了，遇事不会冲动。其实这种成熟就是退让，甚至是一种窝囊，受了委屈忍气吞声，回到家里对着墙壁骂上一顿，等发泄完心情就会慢慢好起来。看得出李向民是个见了棺材也不死心的倔种，为了争个理，敢和你翻脸。不过这种人重情义，没有坏心眼，与赵老板和陈连奎是同一类人。

"县法院院长人很正直，办公室墙上挂满锦旗，被老百姓称为达县的包青天。"张大鹏说。

李向民想起一件事。上高一时县委书记冯伟光的公子半夜跑进女生宿舍，强奸了一个高三女生，用弹簧刀捅重伤一人。因为社会影响恶劣，法院重判其死刑，缓期两年执行。院长郑存仁因此得罪了冯书记，直到现在提拔不起来。这样的人不会枉法办案。可当年如果媒体没有介入，给法院形成巨大压力，冯公子会判死缓吗？要是自己的案子也让记者跟踪报道，公安局不得不重新取证，就有柳暗花明的机会。他伸手拍了一把张大鹏的肩膀，道："要不找记者，采访我的案子？"

"这办法只能山穷水尽时使用。"张大鹏踩下刹车，望了眼前面的村庄，"我怕进去被认出来，就送到这儿吧。"

"到家里吃顿饭，大年初一跑这么远的路，我心里过意不去。"李向民跳下摩托车，愧疚地看着张大鹏，"这辈子，真不知道该怎么报答你和师傅。"

"不要说这些见外话，考上大学，就是最好的回报。"

李向民的眼睛湿润了。

张大鹏一脚踩下油门，摩托车转了一个弯，呼地冲出去。

四月一日教育局工地复工，李向民背着那卷行李走进工棚，又投入紧张的脚手架搭设中。蔡琳已经开学一个月，每天盼着他早点回来，除了相思之苦，还有一大堆难题等他解答。她知道今天开工，晚自习回来站在那个小门边，等了半小时不见他过来，鼓起勇气走进去，悄悄找到架子工的住处。

她第一次来后面。一个大姑娘晚上到工地，也许会看到哪个大汉站在旁边撒尿，或朝你龇牙咧嘴做某种下流动作。她偷偷从敞开的门口望进去，见李向民坐在昏暗的光线下看书，张了张嘴想喊一声，怕惊醒熟睡的民工，这些人劳累一天困乏得打起鼾来。可又不敢走进去，有两个壮汉四仰八叉躺在木板搭成的床铺上,只穿着裤衩。正犹豫间,一个中年胖子跳下床,好像出来解手,吓得她转身跑开。

　　两个星期过去了,她每天早早起来在院里背政治题,渴望李向民能悄悄走到身边,突然喊她的名字。但期待的场面始终没有出现,让她有点难以忍受,比站在海边等海市蜃楼都心焦。她隐隐有一种不祥的预感,他是故意躲避自己,这种感觉越来越强烈,胸口像被夹在两块石头之间,憋得喘不上气来。她不相信他会变心,两个在苦难中挣扎的人,正需要相互鼓励和帮助。就算他考上大学自己落选,他也不会离去,因为他不是那种背信弃义的人。

　　她克制着情绪,尽量用看书来抵御相思之苦。现在是高考冲刺阶段,绝不能因为儿女私情影响学习。那样就是无知,对不起父母的培养,更对不起如花的青春。她相信爱是一种缘分,不是自己的抢不来,抢来也是一颗苦果;是自己的跑不了,哪怕到了天涯海角,有情人终成眷属。她等到月底,实在忍受不了思念的煎熬,晚自习回来径直走进堂哥家,直截了当问:"永文哥,李向民是不是出了事?"

　　蔡永文正从沙发上站起来准备去睡觉,见蔡琳一脸焦虑的样子,就明白了她的心思。看来开工后两人还没见面,那小子故意躲着她,把她蒙在鼓里。他觉得应该告诉她实情,道:"年前小李回老家分地,和同村姓马的五十多人打架,把一个打残了,大年初一才取保候审出来,案子正在审理。"

　　蔡琳惊叫一声,身子一个趔趄,向后倒去。

　　蔡永文一把扶住,安慰道:"陈连奎和张大鹏到后沟村取回证据,赵二牛交给了赵啸林,属于正当防卫,只是公安局一直不出结论。"

　　"如果拖下去,会不会取消高考资格?"蔡琳眼里含着泪花。

　　"我问过招生办,没有正式判刑,不影响考试。"

　　蔡琳终于明白了事情的原因,心里感到一丝宽慰。他没有变心,自己不该瞎猜。这样想着脸红起来,看着堂哥不好意思,道:"回来都不见,故意躲我。"

　　"他是怕拖累你。"蔡永文小心翼翼地安慰堂妹,可又怕李向民被判刑,她跟着受罪。

"谁怕拖累啦？"蔡琳抬起手擦了下眼睛，破涕为笑，"我以为他变心了，这些天好憋气，连饭都吃不下。"

蔡永文提醒道："如果小李被判刑，你真的等他吗？现在趁他有意疏远，顺坡下驴。"

"只要他不做亏心事，是个光明磊落的男子汉，哪怕判了刑，我也等着他。"蔡琳朝堂兄笑了一下走出来，月光照在脸上，显得决绝而悲怆。

五月份是全省安全生产和"打假打黑"联合大检查，由分管工业、建设和安全的省委常委、副省长孔纯一带队，建设厅、公安厅、安监局、工商局以及陕中日报社等有关单位参加。孔副省长是年前从中州地委书记任上高升的。他第一站首选家乡，指明去达县教育局住宅小区视察。这个项目是他特批建设的。他大学毕业后分在这里，知道老师们的居住条件很差，除了后院一排宿舍外，大都在附近租房住。天天喊着提高教师待遇，不能只停留在口头上。他大笔一挥拨出专项资金，在达县率先建设教育系统住宅小区。

这几天蔡永文忙得焦头烂额，从早到晚守在工地，连办公室都没时间去。赵二牛更是全力以赴，亲自坐镇指挥，给管理人员每人发一身蓝色毛哔叽工作服，要求必须佩戴胸卡上班，安全帽上印刷"鑫辉建筑公司"字样。凡违反规定，发现一次罚款五十元，并赶出工地。工人出入现场走专用通道，不戴安全帽不许通过，严禁酒后作业、说不文明的话。所有楼房横挂醒目的安全标语。楼前设置指示牌和宣传栏。旁边放着一溜学生用过的旧课桌，上面整整齐齐摆着几十顶安全帽，供参观者选用。施工现场每日两次大扫除，洒水净地，不允许乱扔垃圾，所有材料堆放在指定场所，准备回填的土用塑料布覆盖住，给人一种清洁、井然有序的感觉。

十号上午九点，十一辆吉普车驶进教育局大院。一行三十六人没有进办公室，绕过两排红砖房从那个小门直接进入工地。县四大班子成员和教育局、建设局、安监局、工商局主要领导早已站成两排，从八点半恭候在现场。赵啸林因事刚赶到，急忙站在末尾。领导们按照级别大小跟在孔副省长后面，赵二牛和陈连奎例外，一左一右陪伴着首长，边走边介绍工地情况，大家都在九号楼前停下脚步。这栋楼是小区最高的，共十三层，施工进度最快，几个架子工忙着拆卸外墙双排脚手架，已经拆到与第十一层窗口齐平。赵二牛抬手指着楼顶，让孔副省长向上看，正要开口说话，楼顶一个抹灰工修补女儿墙，以为赵老板指自己，心里一慌没站稳，突然身体一歪横着栽下来。

所有人都吓傻了，大家的目光正随首长向上看，惊讶得张大嘴巴却什么也喊不出来。赵二牛瞪着两颗铜铃似的眼珠子。就在人们惊诧间，抹灰工落到十一层，被脚手架的横杆挡了一下，突然有一双手死死抓住那人的左脚腕。

"小李，危险，快撒手！"赵二牛惊得灵魂都出窍了，因为李向民被抹灰工带离了脚手架，像在空中打秋千似的，仅仅凭身上的安全带吊在空中。赵老板很清楚，安全带哪能承受住两个人的重量，随时会绷断。要是再搭上他们的性命，鑫辉公司就彻底栽了。他的喊声还未落音，就见李向民身上的两根安全带断了一根。

人们都屏住呼吸，孔副省长惊得啊了一声，还没来得及说话，就见李向民使出浑身力气向上一抛，抹灰工被甩在两根横杆上。不巧的是其中一根横杆正在拆除，一头的扣件已卸掉，六米长的钢管斜在空中，被抹灰工身体一压，就听咯嘣一声另一头的扣件裂成两半，钢管和抹灰工随即下落。此时李向民刚松开那人的脚腕，猛地弯腰抓住他的肩膀，双臂一较劲，一把将其抛进窗洞口。与此同时，李向民身上另一根安全带也断了，身体顺着外层脚手架落下。

领导们惊得心都要蹦出来了，有一个女的经不住刺激，吓得瘫坐在地上。陈连奎一边奔向正在下落的徒弟，一边大声喊："快，抓住脚手架！"

好在李向民是站着下落，他伸手抓住一根直立的钢管，却没有抓牢，继续下降。他张开双臂不停地去抓，又一次次抓不牢，但能大大减慢降落的速度。当离地只有二层楼高时，他双臂用力一挥，抓住一根横空挑出的钢管，身体随即弹起来。可惜固定钢管的扣件承受不住这么大的冲力，嘎巴一声断开，一起掉下来。就在着地的瞬间，他双手用力将钢管往下一戳，人甩出六七米远，昏死过去。

所有的人都跑过来，陈连奎冲在最前面，一把抱起徒弟大声呼喊：

"向民，醒醒！"

记者们在抹灰工从楼顶栽下的瞬间，就抓拍下了画面。此刻抢在领导们的前面，相机上的闪光灯不停地闪动，拍摄下这一惊险时刻。

"这种舍己救人的事迹，要在全省大张旗鼓地宣传。"孔副省长扭头看着陕中日报社社长，"做好跟踪报道，制作一部纪录片，展现小伙子的成长过程，塑造中国农民工的光辉形象。"

没等社长表态，县委书记冯伟光凑过来道："老领导放心，达县一定做好宣传，把英雄评为年度杰出青年，树为全县学习的榜样。"

陈连奎抬起头苦笑道："他是一个取保候审的嫌疑犯，怎么能当英雄？"

此言一出，现场一下子寂静无声。谁也无法相信，一个嫌疑犯会舍身救人！这不合常理，任何英雄人物的产生都不是偶然的，都有一个逐渐成长的过程，而且从小就表现出了优秀品质。难道这是嫌犯厌世的心理在作祟？孔副省长的嘴张了一张，想说什么又咽了回去。

赵二牛看着领导们一个个沉默不语，刚才都还一脸的亢奋，兴奋的表情瞬间消失得无影无踪，心里不禁咯噔一下。他要抓住这个机会给李向民翻案，凑近大哥身边故意高声道："小李是无辜的，我这里有一份证据，完全能证明他是正当防卫，请公安局调查。"说完从上衣口袋里掏出一叠材料，递到赵啸林手里。

赵局长知道弟弟是给他创造一个表现的机会。要是李向民成了焦点人物，即使不被树为学习楷模，上面一定高度重视这个案子。刑警大队只是按照派出所的上报材料定罪，没有去后沟村走访调查，不知道钱三宝头一天晚上在马二驴家大吃大喝。这件事自己也是后来才听说的。如果只是喝酒吃饭，外甥到姨夫家也无可非议，可社会上传言他参与了谋划，性质就不一样了。自己作为公安局的一把手，有多少双眼睛盯着，不把事情查个水落石出，恐怕有故意包庇的嫌疑。虽然"正当防卫"在司法实践中一直有争议，侦察工作有难度，容易引起误判，但处在这种风口浪尖上，必须要拿出一个态度。人啊，关键时候还是看亲兄弟，虽然除夕夜二弟把录音笔拿出来播放了一遍，详细陈述了打架的经过，说那小子人品纯正，有胆有识，是一个难得的人才，可要不是老父亲发话，他是绝不会同意取保候审的。他愧疚地看了二弟一眼，大声道："请领导们放心，这里面可能有误会，公安局一定全力侦办，绝不冤枉一个好人。"

救护车鸣着笛停在九号楼旁边。陈连奎抱着李向民冲过去，人们七手八脚把抹灰工也抬上车。众人目送"120"消失在楼后，才把目光收回看着首长。孔副省长紧绷着脸，抬头望了眼九号楼，谁也猜不透他的心思，他一句话没说走出工地。

李向民被送进达县人民医院外科病房，下午从昏迷中醒过来，两条小腿骨折需要做手术，其他没有什么大碍，右胳膊擦破皮，上了创伤药。

蔡琳中午没有回住处，下了晚自习走进教育局大院，才听到李向民为了救人从十一层楼摔下来，吓得哇的哭出声，调头跑出大门，朝县医院跑去。

冲进门诊大厅，看见陈连奎从楼梯上下来，顾不上害羞，跑过去一把拉住问："多少号病房？"

"204！"陈连奎话音未落，蔡琳已经跑上楼。

当跑到204门口，她的心噗噗直跳，突然不敢走进去，害怕看见他血肉模糊的样子，或者浑身缠满纱布，只露出眼睛、鼻子、嘴巴。她双手按在胸口，想让自己平静下来，泪水却像断了线的珠子，滚过脸蛋，顺着细长的脖子滚进内衣里。她实在承受不住内心的压力，嘴角抽动了两下，失声哭泣起来。

"蔡琳吗？"李向民虽然没有听过蔡琳哭，但感觉出是她的声音。在这个世界上，只有三个女人会为他流泪——老母亲、嫂子和她。

蔡琳止住悲声，一头冲进去，扑在他的身上，旋即又害羞地站起来，眼前的情景让她目瞪口呆。他并没有自己想象的那样血肉模糊，更没有缠满纱布，而是脸色红润，精神状态比未出事时还好，根本看不出是一个伤员。她惊讶地问："从十一层摔下来的？"

李向民伸手拉她坐在床边，她像触电似的颤了一下，害羞地缩回手。尽管相识近一年，两个人从来没有拉过手，只是去年一中门口为她打架，她扶他走回教育局大院，把头悄悄靠在他肩膀上。此刻她不知道该庆幸还是悲哀，从三十多米的高空掉下来，竟然什么也没有缺少，真是上天保佑！他看她傻傻地站着，调侃道："你以为我成了植物人？"

她长出一口气，嗔怪道："救人也不能不要命呀！"

"当时人从眼前掉下，就那么一瞬间，哪顾得上去想！"李向民感叹一声，"真是玄乎，现在想起来都后怕，要是再来一次，就没这么幸运了。"

"伤在哪儿了？"蔡琳弯下腰，想揭开被子看他的伤口，手伸过去又缩了回来。

"我穿着裤子哩。"李向民掀开被子，指着两条打着夹板的小腿道，"骨折，不严重，五点就做完手术了。"

"专家主刀？"

"院长做的，成立了一个治疗小组，冯伟光书记亲自坐镇。"李向民一脸兴奋，"赵啸林来过，说我的案子很快就有结果，公安局不会冤枉一个好人，更不会让舍己救人的英雄寒心。"

"你是用命洗刷自己的清白。"蔡琳突然捂住嘴，把头扭过去哽咽起来。

"不管怎么说，这次有了转机，能参加高考了。"李向民拉了一下她的衣角。

蔡琳抹了一把泪。

"六·一"儿童节上午九点，教育局组织二十个红领巾列队去住院大楼，迎接坐着轮椅出院的李向民。他接过小朋友们送的鲜花，笑得很开心，因为在十分钟之前，赵啸林亲自送来公安局的文书：他属于正当防卫。这意味着他获得新生。

中午，鑫辉建筑公司为了欢迎李向民归队，举行了一次特别的午宴。项目部宰杀了一头二百多斤重的大肥猪，从前沟乡买回十只大绵羊，让当地酒坊送来二百斤散装白酒，在九号楼前的空地上用木板搭成回字形饭桌，中间是工地管理人员，外围坐着清一色农民工。四百多人大碗喝酒大块吃肉，场面壮观，酒气冲天。

赵二牛端着一碗酒，满面红光地站起来，大声道："今天，公司在九号楼前，举行这次特别的午宴，是为了庆贺向民归队！这第一碗酒，敬给舍己救人的向民，大家都要尽兴！"

李向民坐在轮椅里，也端起碗喝了一大口。他心里很激动，因为听到赵二牛一改以前的称呼"小李"，亲热地叫他"向民"，觉得把自己当成了小兄弟。虽然医生嘱咐不让喝酒，但今天是特殊日子，不能辜负了人家的好意。

赵老板继续道："有向民这样的好员工，公司才没有被建设厅勒令停工，没有注销鑫辉的资质，给公司挽回了巨大损失，给甲方挽回了面子，给达县争了光。当然，救了一条鲜活的生命，保住一家人的幸福，功德无量，尽管他是违章作业。在此，我代表公司宣布，奖励向民一千元！"

张大鹏挨着陈连奎坐着，打开黑色手袋拿出一个鼓鼓的红纸包，站起来在空中挥了两下，转身递给李向民，双手使劲鼓起掌来。一时间掌声雷动。农民工有的是力气，手掌厚实，又喝了半碗酒，激情澎湃，拍起来欢快而带劲。

李向民没有丝毫思想准备。他犹豫了一下，颤抖着双手接住红包，在轮椅里深深鞠了一躬，眼睛里滚动着感激的泪花。拿着这笔钱，就能去精神病院给老母亲治病。

"现在请向民讲话，他讲完，我们把剩下的半碗酒干了。"赵二牛说着坐下，侧身看着李向民。

"我不太会讲话，就大胆地说几句。"李向民坐直身，尽量提高声音，这饭桌太大了，怕坐远的人听不见，"很庆幸遇上老板这样的好人，遇上我师父，遇上对我兄长般相待的张大鹏，还有在座的工友们。是你们给了我第二个温暖的家，对我呵护和鼓励，使我从灰暗的阴影中走出来，坚持到今天。"

他抬起手擦了一下湿润的眼窝，顿了顿继续道："我救了一名工友，得到鑫辉公司丰厚的奖赏，心里感到不安。换作你们，也会伸出手去，没有人会见死不救。谢谢大家，谢谢鑫辉公司！"

因为赵老板给大家下午放假，这顿饭一直吃到三点，爱喝酒的还意犹未尽。李向民今天出院，身体感到困倦，讲完话张大鹏把他推进项目部。陈连奎从后面跟过来，让徒弟搬进他的办公室，不能再住工棚，那里潮湿阴暗，怕引起伤口感染。

李向民没有推让，知道师父把他当成了自己的孩子。张大鹏欢快地跑到隔壁，麻利地搬腾房间，也就是一张办公桌一把椅子，还有两只皮箱和一些堆在床头的换洗衣服。那张大铁床没有搬，只把铺在上面的被褥拿走，搬到了大办公室。

张大鹏犹豫了半天道："有件事想告诉你，不许和任何人说。"

"什么事这么神秘？"

"我想……等她从山东过来，请你一起吃饭。"

"你是说陈娟？"李向民看着张大鹏绯红的脸庞，就猜出是什么意思了。去年停工张大鹏向师父辞行时，陈连奎从怀里掏出一张相片递过来道："这是我女儿陈娟，和你同岁，在老家东平县当民办老师。"

"真漂亮！"他接过相片脱口而出。

"她命苦，十六岁那年母亲出车祸走了。"陈连奎一脸的痛苦，"当时我心情不好，安葬完妻子后找到肇事司机，打断了他的双腿，然后就到处流浪，直到八〇年来到鑫辉公司，才稳定下来。"

"那人把你告了？"

"头两年东平县公安局在全国各地通缉我，后来老父亲卖了一头猪，找到他家赔了一些钱，把案子结了。那司机是一个酒鬼，喝醉骑着摩托车撞的。"

看来，张大鹏要当师傅的女婿了。

七月七日、八日和九日，就像巫婆设定好的魔咒，是每个高考生最难熬的日子，既满心期待它的到来，又惴惴不安地怕来临。因为这三天决定着他们人生的起点、走向和归宿，承载着父母的殷切希望；对那些农民子弟来说，决定能不能吃上皇粮，能不能娶个漂亮贤惠的婆姨，影响到子孙后代的命运。

一中考场出现了一个奇特的现象，一位农民工推着轮椅上坐的考生，走进警戒线内，而这个考生四年前是这里的骄子，以全县第二名的成绩考入K大，去年退学回来复考。

学子们不约而同地把目光聚焦在缓缓推向考场门口的轮椅上，一些在警戒线外的家长，当得知坐轮椅考生的经历后，发出惊讶的唏嘘声。不为别的，凭他舍己救人的传奇一幕，就该保送上大学，或者进军校。

第三天上午最后一门考完后，蔡琳替换下那个农民工，不顾别人惊异的目光，推着轮椅慢慢走出校门，朝与一中相隔两条马路的电影院走去。她路过一个地摊停下来，买了一包葵花子和一袋小酸果，放进李向民的怀里，很快到了影院售票口。

电影马上要开始，她不问演什么，买了两张票，用轮椅推着李向民走进去，在昏暗的光线下找到座位，使出全身力气扶他从轮椅中站起，挪到座位上，小心翼翼地让他坐好。她把轮椅推到一个角落，又赶紧跑回去。

屏幕上放映《被爱情遗忘的角落》。沈存妮和小豹子在谷仓中要做"那个"。蔡琳害羞地低下头，伸手轻轻碰了一下李向民的胳膊，悄声问："考得不错吧？"

"还行，全答完了。"李向民也压低声音，"你呢？"

"最后两道题没做。"蔡琳遗憾道，"有一道会做，没时间了。"

"今年的物理题难，量大，考生都没答好。"李向民顿了顿，"你个子高，长得漂亮，又不近视，报考警校最合适。"

"你想让我当警察？"

"我怕你受气，穿上警服就没人敢欺负了。再猖狂的混蛋，也不敢跟警察耍狠。"李向民盯着蔡琳，"你要是报陕中警察学校，我就考陕中大学，能同城上学。"

"你考了高分，可以报北京或上海的名校。"蔡琳失落地看了他一眼，"我还不知道能不能考上，不要因为我，影响你填志愿。"

"考不上清华北大，就不去外省了，离家近节省路费。我想用鑫辉公司的奖金，把母亲送进省精神病院，听说那里的医疗水平全国一流。"

"要是考上警校，就能和你一起照顾老人，你一个大男人不方便。"蔡琳心事重重。

两个小时后电影结束，等观众走完就剩他俩，她去推轮椅，却怎么也找不见轮椅，急得差点哭出声。李向民笑道："丢了也好，我正想试着走路，快两个月了。"

"伤筋动骨一百天，还是听医生的话，我去再买一辆。"蔡琳转身要走，被李向民一把拉住，"先扶着我试一试。"

"两条腿都有伤，没法着地呀。"

"你站在前面，我双手扶住你的肩。"

蔡琳腿稍微弯曲，好让他把手搭在自己的肩膀上。李向民双臂用力，慢慢站起来，刚提起右腿要迈步，因重量全压在左腿上，一阵钻心的疼痛，赶忙使右脚着地。他摇了摇头道："给我买一副拐杖吧，扶着你用不上劲。"

"你坐下等一会儿。"蔡琳转身跑出了影院。

李向民脚不敢离地，慢慢挪动，感觉比刚才好了一些。一直等到蔡琳满头大汗跑过来，把拐杖递在他手里。

拐杖是铝合金的，很结实。他调节了一下把手的高度，夹在腋窝下握住手柄一使劲，身子离开了地面。蔡琳扶着他，一点点挪出了影院。

两个人在路边的一家面馆吃过饭，沿着大街走到一中南墙的小麦地，坐在垄道上望着金黄的麦子，一时找不到话语。过了好一会儿，蔡琳伤感道："我要是落榜了，就回村里当民办教师，找个人嫁出去。"

李向民吃惊地扭回头，紧紧盯着她，不解地问："你不愿意……难道我们之间……你只是同情我？"

"你考上大学，会有更高的目标，我不想拖累你。"蔡琳眼里闪着泪花，脸色很难看。

"这么说，我要是考不上，你就不理我了？"李向民故意问。

"我陪你到处打工，流浪天涯。"蔡琳突然高兴起来，好像李向民真的落榜了，但随即低声说，"你一定能考上，每门都答完了，说不准全县第一哩。"

"要是你嫁给别人，考上我也不去念，又不是没上过大学，还不如我们一起出去闯荡。"

"那我不成罪人了？"蔡琳嘴上这么说，心里却甜甜的，轻轻把头靠在李向民肩上。

时间就这么慢慢流逝，两人都不再说话，静静地坐着，直到夜幕降临。一中的教室里亮起灯，高一和高二年级的学生开始上晚自习。李向民扭过头，突然双手抓住蔡琳的肩膀，动情地盯着她清澈的眸子，想吻那两片厚厚的嘴唇。但犹豫了半天，只是把她轻轻搂进怀里。

三

抱负远大

　　李向民以达县理科第一名的成绩考入陕中大学，他的成绩也是陕大最高录取分数。他背着行李走进校门，虽然很欣慰，但并没有那些新生的激动。他已经是"二进宫"，说实话陕大并不比K大有名，迎面那座主楼只有六层，显得不怎么宏伟。不过环境很整洁，地面上看不到乱扔的碎纸和烟蒂。也许是开学第一天，校方专门清扫过。远远看见大楼的台阶下摆着一长溜课桌，各个系打着横幅，别出心裁地写着欢迎词语。他快步走过去，把东头是物理系的新生报到处。一个女生站在前面登记，剪着齐耳短发，上身穿白色半袖衫，下身一件天蓝色短裙，看上去比蔡琳矮一点，身段像是学舞蹈的，腰细腿长，衬托得臀部特别大。

　　女生办完手续没急着离去，站在一旁瞅他登记。当看到录取通知书上的名字后，惊喜地喊道："你叫李向民？"

　　他边写边扭过头，好漂亮的一张脸蛋，五官那么精致，浑身透着一股高雅的气质，一看就知道不是普通人家的女孩。他并不认识她，疑惑地问："我们见过？"

　　"在《陕中日报》上，看过你的事迹。"女生一脸兴奋，"没想到我们班还有会横空救人的英雄。"

　　"哪有那么玄乎，不过是侥幸，都是记者为了赚眼球，瞎编嘛。"

"我叫孟丽娜，呼东市一中毕业的。"女生大大方方地伸过手，显得成熟而又稳重。

李向民迟疑地轻轻握了下她细嫩的手指，赶紧放开，提起她身边的行李，不自然地说："我给你拿着，先去女生宿舍。"

孟丽娜没有客气，既然是同班同学，男生照顾女生是天经地义的。也许他在向自己传达某种信号，心里突然泛起一股涟漪，甜丝丝的，从来没有过的感觉，比知道保送到陕大上学的那一刻都开心，身子不由自主地颤抖了一下，脸腾地红到了耳根。她感觉到心跳在加速，甚至有点急促不安，不知道该怎么搭话，咬着下嘴唇走在他的左侧。

新生女宿舍在二层，男生在一楼。李向民把自己的行李扔在门房，陪孟丽娜从步梯上去。原以为来得最早，没想到八个人的宿舍只剩下靠门的上铺。同学们见一男一女进来，不约而同地扭过头，好奇地打量着这一对靓妹帅哥。李向民朝大家笑了笑，把行李放在空铺上，自我介绍道："我叫李向民，来自中州地区，一楼102宿舍。"

一个女生从靠窗的床上跳下，笑着走过来道："我叫孙慧，中州一中毕业，你是哪所中学的？"

"达县一中。"

"好呀，晚上有个同乡会，在学校北门口的艳阳楼举行，你也去参加吧。"孙慧故意瞅了眼孟丽娜，"我们是新生，初来乍到，多认识几个老乡，说不定能帮上什么忙。"

"要是晚上没要紧事，我就去拜会一下。"李向民不好意思拒绝，毕竟是第一次见面的同学，又是女生邀请。嘴上答应着，和孟丽娜打声招呼走出来。

第二天下午最后一节课是自习，一个年轻老师走进教室，自我介绍道："我叫宋忠利，你们的班主任。因为大家互相不熟悉，先根据学生履历档案，指定班委会和团支部成员，两个月后再由同学们选举确定，好不好？"

"好！"同学们异口同声道。

"孟丽娜是我班唯一的党员，呼东市保送生，高中期间评为市级优秀学生干部，指定为团支部书记。"宋老师说完带头鼓掌，同学们欢快地拍手,只有孙慧手里玩着钢笔,无动于衷。

"组织委员孙慧,宣传委员高志良。"大家又一次鼓掌。

宋老师等掌声平息,不紧不慢道:"我班有一位特殊学生,在K大上了三年大学,去年退学在工地打工,一边挣钱一边复习,以全县理科状元考入物理系,是陕大理科分数最高的,距清华录取线仅差6分。"

同学们互相瞅着,想知道和清华擦肩而过的人,是哪方神圣。

"这位同学舍身救人,今年五月份上过《陕中日报》,叫李向民,指定为班长。"班主任很自豪地道,好像跟着沾光似的。

大家没等老师带头,不约而同地鼓起掌。李向民站起来鞠了个躬。宋老师宣布完其他几位班委会成员,说了些"从高中进入大学校门,是人生更高的阶段,应该把自己造就成一个能独立思考、崇尚科学精神的社会栋梁"之类的话,离开了教室。下课后班委会和团支部成员留下开会,安排本学期工作,每个人作表态发言。等九个人说完已经过了开饭时间,孙慧提议到北门口的艳阳楼酒馆"打平伙"。孟丽娜大声道:"AA制没意思,我是本市人,今晚尽地主之谊。但有一个条件,男同学必须喝五瓶啤酒,谁完不成指标谁掏酒钱。"

"好主意,我们支部全体通过。"高志良兴奋地一掌拍在桌子上,一激动用力过大拍疼了手,拿在胸前揉搓着。

孙慧有点不高兴,不愿意孟丽娜出风头,可又不好反对。再说高志良和自己是高中同学,他都表了态,怎么也得给个面子。班委会成员全是男生,没有那些小肚鸡肠,不就是五瓶啤酒嘛,大不了多上几回卫生间。李向民站起来,手一挥道:"走,今晚同学们放开喝,让孟丽娜多出点血。"

艳阳楼总共三层,装修并不豪华,饭菜相对便宜,专门面对学生开的。老板娘是个重庆人,四十岁左右,会做生意,把房间安排得很合理。一层是卡间和厨房,二层是包厢,三层为客房,主要接待外地学生家长。有时也留坠入爱河的男女生过夜,褥子上常被弄得黏糊糊的,趁机多要几个钱。学生们怕张扬出去,谁也不敢讨价还价,临走还得赔笑脸。孟丽娜领着同学们坐在一楼靠门的卡间,要了四十五瓶啤酒,六盘凉菜,每人一份回勺面。

孙慧有意和李向民坐在一起，压低声音问："昨晚为什么没来这儿？"

"我去精神病院，回来晚了。"

"那里有什么好去的，都是一群傻不拉几的人。"

"我妈疯了十几年，想住院治疗，去了解一下情况。"李向民有点不高兴，孙慧竟然没一点同情心。那些丧失行为能力的人，都有一段不为人知的坎坷经历。他故意扭转头，见孟丽娜盯着自己，尴尬地拿起一瓶啤酒，大声倡议道："同学们，今天团支部和班委会临时组建起来，两个月后能不能选举胜出，就看大家的努力了。我相信只要精诚团结，以身作则，为同学们服务好，不会有一个掉队。希望八四一班是个充满活力的集体，追求自由，崇尚科学，独立思考。四年后的今天，每个人都能自豪地说，我没有虚度光阴，不愧为当代大学生。为了我们有缘同窗学习，来，每人吹半瓶！"

孟丽娜把啤酒倒进水杯里，刚端起要喝，高志良挡住道："书记，你这动作太文雅，班长说的是拿瓶吹。"

"我从来不喝酒，这都是破例，就能者多劳吧。"

"不怕，你喝不了我替。"高志良夺过杯一饮而尽，朝李向民道，"把酒分开，每人五瓶，团支部的我兜底，班委会内部消化。班长，怎么样？"

"只要你怜香惜玉，甘愿替孟丽娜和孙慧喝，我们没意见。"生活委员刘刚抢过话头，拿起一瓶啤酒咬开盖，对着嘴一口气喝完。

李向民瞅了眼刘刚，觉得这个人有点怪，似乎很自负，一副满不在乎的神情。但今天是第一天见面，也不便说什么，看着高志良笑道："呵，就给你这个表现机会，把两朵班花照顾好。"

等回勺面上桌，大家已经喝光了二十九瓶。高志良和刘刚喝得最多，两人各吹了六瓶。孟丽娜确实不会喝酒，没半瓶脸就红扑扑的。孙慧也不胜酒力，一瓶进肚，舌头都大了，拿着酒瓶站起来道："孟丽娜，你是大城市的千金，长得又漂亮，我要是咱班的男生，第一个就追你。不过现在把话挑明，哪天我们成了情敌，你要让着妹妹，别争得你死我活，好不好？我提前敬你一杯，算是拜托啦！"

"爱情是自私的，不能分享。孙慧，我们都是一中出来的，放心吧，你不会剩下，有我兜底。"高志良大声调侃。

"说得好！八四一班四十人，才十二朵金花，一妻两夫制还剩四个光棍哇，干吗要在一棵树上吊死？"刘刚跟着起哄。

"只要你们大男人接受两夫一妻，保证不吃醋，我们都愿意。"孙慧嘻嘻笑着。

"哈哈，剩下的那四个，也全给你。"不知谁喊了一嗓子。

李向民见孟丽娜剜了孙慧一眼，一副反感的神情，拿起瓶打诨道："只要八四一班的女生肥水不外流，就是我们男生的荣幸。如果哪个帅哥能获取两朵金花的芳心，其他哥们儿决不眼馋，要引以为傲。团支部阴盛阳衰，班委会的爷们要抓紧表现，熄灯前结束战斗。来，为了两位班花不争风吃醋，亲如姐妹，干杯！"

孙慧侧身看着高大帅气的班长，在酒精地刺激下失去了女孩的矜持，一把搂住他的胳膊，把酒瓶倒立起来，脖子一仰咕咕喝干。

欢快的日子总是过得很快，转眼半个月过去了。李向民把老母亲接到呼东市，送进精神病院。区桂枝不放心跟过来。医院是封闭式管理，怕影响病人的治疗效果，不让家属随便见患者。区桂枝在医院附近的小旅馆住了几天，见不上婆婆，知道待着没用，临回家时去陕大看望小叔子。正好李向民不在宿舍，她从兜里掏出一直保存的那五百块钱，悄悄压在他的床垫下。

一个星期后李向民收到嫂子的信，才知道留了钱，匆匆回到宿舍翻开床铺，却只有三百元。心里咯噔一下，没想到堂堂大学生，也有偷鸡摸狗的人！可为什么不全拿走？这人会是谁呢？他不动声色地观察着室友，七个同学一如既往，每天下了晚自习躺在床上，赶在熄灯前抓紧议论有个女生和男生走得近，看见在阅览室或假山后卿卿我我，好像有那个意思。高志良在他的下铺，爬床上朝对面大声道："刘刚，音乐系有个叫苏伊娜的，厚嘴唇大眼睛，看上去很特别。我打问过了，和你是老乡，找个机会认识一下？"

"只要你请客，我保证把她约出来。"

"明天晚上，艳阳楼见，怎么样？"

"就你们两个多没劲，把弟兄们都叫上，给你壮壮胆。"张立群和高志良的床铺挨着，两人头对着头睡，探过脑袋问："是不是屁股挺翘的那个？"

"你别瞎搅和，要有那个意思，哥们儿忍痛割爱，明天你做东。"

"操！这点血都不想出，还要追求音乐系的？那些女生都是有钱人家的千金，出手很大方，思想又前卫，我这个寒门竖子，可不敢去招惹。还是早点睡觉，做个好梦，或许梦见个仙女。"张立群缩回脖子，一把拉上被子蒙住头。

李向民心里很乱，把这个小偷不揪出来，以后不知会发生什么事情。作为班长有责任爱护同学，不能让一个掉队，更不能任其走上犯罪的道路。自己就是前车之鉴，虽然不是被K大开除，但毕竟浪费了大好时光，在痛苦中挣扎了一年，差点自暴自弃从黄河大桥上跳下，追随马召娣而去。要是能发现蛛丝马迹，旁敲侧击让其改邪归正，也是一件功德之事。他实在想不明白，还有比自己更困难的家庭，没钱上学需要去偷？果真如此，应该向系里说明情况，减免学杂费用，发动同学们捐助。或帮助其勤工俭学，活人不能让尿憋死，总会渡过难关的。这么想着就听刘刚道："高志良，要是你答应我一个条件，我好人做到底，帮你抱得美人归。怎么样，成交不？"

"只要不向我借钱就行！"高志良故意大叫一声。

"你小子太抠门儿，还想追校花，拉倒吧。"刘刚嘟哝道，"我现在遇到点麻烦事，差二百块钱。"

"上星期借的一百元都没还，咋好意思再开口？"

刘刚没有答话，一把拉上被子，转身面向墙壁睡去了。

"难道是刘刚偷走了钱？"李向民的脑袋嗡的一声，不由得向斜下方瞅了一眼。那个瘦弱的身材上盖着一条崭新的缎面被子，枕头旁放着一台录音机，他在同学中算富家子弟。他苦笑了一下收回视线，茫然地瞪着天花板，一阵熄灯铃响过，宿舍进入了黑暗世界。

两个月后，班委会和团支部改选，无记名投票。孙慧与刘刚被淘汰出局，张立群当选组织委员，四川姑娘吴娟娟接替刘刚。孙慧认为自己落选是孟丽娜暗中搞的鬼。她晚上熄灯后故意听录音机，虽然戴着耳机，但磁带转动发出的嗡嗡摩擦声，让睡眠很轻的呼东市姑娘在床上辗转反侧，整夜整夜的失眠。在煎熬了半个月后的一个星期二晚上，当按时熄灯的铃声准时响过，孙慧故伎重演，孟丽娜终于忍不住大声道："能不能关掉录音机，不要影响别人睡觉！"

"我戴耳机听歌，碍着你什么了？"孙慧讥讽道，"宿舍八个人，怎么就你娇贵，耳朵比山猫都灵，你烦不烦啊！对我不满明着来，别背后捅刀子，做些见不得人的事。"

"你没选上，拿我撒气，真是不可理喻。人应该有自知之明，每天睡懒觉不按时出早操，宋老师批评你好几次，同学们的眼睛是雪亮的。"孟丽娜很生气，没想到她这么刁蛮，"要是自己做得好，就算我使坏，也不会有人听。李向民全票通过，是关心同学换来的。高志良得了急性阑尾炎，他半夜背着去医院，一直守到天亮。明年再选班干部，你说他的坏话，看看有几个人信！"

"不要拿班长说事，他再好，也是警校那个女生的男朋友，别人只能害单相思，变成可怜的林妹妹，睡不着觉还怨天尤人。"孙慧太损了，一点儿也不给对方留情面，直接揭穿孟丽娜的小秘密。

"狗嘴里吐不出象牙！"孟丽娜骂了一句，拿被子蒙住头。

"怎么，戳到心口上了？"孙慧伶牙俐齿，打嘴仗全班无人匹敌。

李向民近来喜忧参半，老母亲病情好转，半个月前认出了他，尽管过一会儿又意识不清，疯言疯语起来。可交了一千元的住院费，很快就要花完，尤其一种美国产的镇静药，特别昂贵，吃十粒够他一个月的伙食费。照这样下去，大嫂留下的钱只能维持到元旦，当然其中五分之二也许刘刚替他消费了。"必须勤工俭学，挣一笔钱，不能让母亲的治疗半途而废，好不容易有了疗效，一定要坚持下去。"他心里琢磨着从图书馆出来，肚子饿得咕咕叫，查找有关精神病方面的资料错过了晚饭时间，只好走出北校门，径直走进对面的艳阳楼。

饭馆里只有三个梳寸头的小青年，一胖一瘦一中等身材，长得很有特点。如果按照由低到高的顺序，从上到下站在台阶上，三颗脑袋正好在同一个水平面。三人喝得红光满面，看样子都酒大了，站起来摇晃着往外走。胖子袒露着胸脯，上面文着一条龙，与进门的李向民撞了一下，随口大骂道："瞎了你的狗眼，敢挡大爷的路？"

李向民退出门外，站在一边没有吱声，知道学校门口经常聚众闹事，一些不三不四的社会青年故意找学生麻烦。尤其见到漂亮女生，做些猥琐下流的动作。三个混混刚大摇大摆走到马路边，酒店里追出老板的女儿朝他们道："还没付钱，二十五块。"

"哥今天没带钱，下次一起结。"胖子朝姑娘淫笑着。

"我们小店，概不赊欠。"

"是吗？那你把哥亲一口，就给你。"

"臭流氓！"姑娘气得差点哭起来。

"好倔的小妞，哥就喜欢你这种野性子。"胖子说着一把攥住姑娘的手，猛地往怀里一拉。她正要喊叫，一张蓄着小胡子的嘴吻上来。

"放开！"李向民实在忍无可忍，大喊一声扑上去。胖子只觉眼前一黑，还没弄清是怎么回事就仰面倒在地上。

另外两个小混混看见同伙吃亏，唰地从屁股后拔出弹簧刀，双双刺向李向民的胸脯。北门口进出的学生很多，看到这一幕都惊叫起来，纷纷躲在一边观望。那个女孩伸出双手，想推开李向民，却落了个空。正疑惑间见三个寸头滚在一起，像得了疟疾似的不停地呻吟着。

老板娘跑出来，瞅见地上抽搐的小混混们，吓得面无血色，一把拉住女儿就往回走。

"妈！是这位大哥哥替我出气，你要感谢人家。"女儿挣脱母亲的手，跳过去挽住李向民的胳膊，一脸崇敬道，"走，回饭馆炒最好的菜，我要慰劳你。"

"我正饿了，不过自己掏钱，来一份回勺面。"李向民被姑娘挽着，有点不好意思。

老板娘剜了女儿一眼，阴着脸走回艳阳楼，转身对跟进来的李向民道："我不是不感激你出手相助，人都是有良心的，以后你天天来这儿吃饭，我都不会收钱。可那三个人是有来头的，我们惹不起，这下麻烦大了，警察马上就到。"

"警察怎么啦，难道他们还要欺负好人？要不是大哥哥厉害，我被臭流氓侮辱，还不如去死。"

"妈这样没明没夜地赚钱，每天忍气吞声，还不是为了你？等明年你考上大学，我就回老家种地，再不用受这些泼皮欺辱！"老板娘发泄完叹了一口气，摇着头走进厨房。

"我叫白佳莹，陕大附中上高三。你叫什么？"姑娘等母亲离开，拉着李向民坐在靠窗的卡间，一双火辣辣的大眼睛紧紧盯着他，脸上流露出难以抑制的兴奋，好像刚才那一幕根本没有发生。

"李向民，物理系的。"

"我明年也考陕大，当你的小学妹，好不好？"白佳莹毫不遮掩自己的想法，"妈妈让我考四川大学，回老家念书，但现在我改变了主意。"

"不是因为我吧？"李向民故意调侃道。

"就是。"女孩噘着嘴，"能和自己心仪的人在一起，是天赐的缘分。"

李向民心里咯噔一下，自己又不是英雄救美，想占什么便宜。正要说话，四个警察冲进来，为首的大声喊道："谁叫李向民？"

其实这是明知故问，整个餐厅里只有一男一女。李向民走出卡间，吃惊地看着眼前的警官，怎么与打倒的那个胖子长得一模一样？

"跟我们回派出所！"警官不由分说掏出手铐，咔嚓一声铐住李向民。

"你们不能抓好人，李哥哥是为了救我，才和那三个流氓打架的。"白佳莹扑上来，一把抱住李向民。

"把她也带走，回去做笔录。"警官一挥手，那三个警察一拥而上。

老板娘听见喊声，顾不得解下围裙从厨房跑出来，赔笑道："陈所长，那几个人调戏我女儿，这个学生才出手相救。他是见义勇为，很多同学都能做证，怎么也抓？"

"是不是见义勇为，不是你说了算，带走！"陈所长瞪了妇人一眼。

那三个小混混还躺在地上。胖子见警察出来，突然打起滚儿来。陈所长跑过去扳了一把，知道他是故意做样子。所长转身瞅了眼一动不动的瘦子，见一柄弹簧刀斜插进他左胸，地上血红一片，看样子伤势很重。李向民也觉得奇怪，自己只是把两个人用力一拉一推，难道是被推的那个刺中了同伙？正在疑惑间，"120"急救车鸣着笛冲过来，跳下几个护士把小寸头们抬上车。

白佳莹做完笔录，答应不能离开呼东市，必须随叫随到，才被放出来。见母亲等在门外，一下扑进怀里，委屈地放声大哭。过了好一会儿才稳住情绪，抬起头愤怒道："妈，我们要救李哥哥，不能让他受冤枉。"

"咱娘俩异乡人，大眼瞪小眼，怎么救？"老板娘搂住女儿，轻声责怪道，"那胖子是陈所长的弟弟，平时都来白吃白喝，你傻啊追出去要钱？"

"我就是看不惯，一个所长的弟弟，就可以横行霸道，无法无天？"

"那瘦子的姐姐，是呼东市公安局副局长，谁能惹得起？小李这娃子强出头，不知深浅捅马蜂窝，怕连书也念不成啦。"老板娘无奈地摇了摇头，"想救出他，只有一个法子，让同学们去派出所要人，引起上面重视。前年在艳阳楼抓了一对学生，人家和男朋友给父亲开房，两个人正好被警察查夜堵住了，硬说卖淫嫖娼被带走。要不是几百号学生声援，市里派人下来调查，就白白吃了亏。"

"那我们快走，去找李哥哥的同学们。"

母女俩走进校园，刚好下晚自习，白佳莹打问到物理系教学大楼，拉着母亲快步赶过去，拦住从楼里出来的学生，哭诉李向民打架的经过。人们越聚越多，突然孟丽娜扒开人群冲过来，拉住白佳莹急切地问："李向民被带走了？"

"他被铐在铁床上，脸都给耳光扇肿了。陈所长为弟弟出气，还用警棍电他。大哥哥大姐姐们，你们不能无动于衷，看着自己的同学被不明不白地冤枉。他是为救我才与流氓打架，遭恶人陷害，求求哥哥姐姐们，一起去派出所讨要公道，我给你们跪下了。"白佳莹说完甩开孟丽娜的手，扑通一声跪在地上。

"同学们！李向民是见义勇为，理应受到嘉奖，却被派出所不分青红皂白抓走，是可忍，孰不可忍！作为当代大学生，连自己的权利都不能维护，还怎么主持正义和公平，做中国的脊梁？我们不能仅仅停留在口头上报效国家，当黑恶势力践踏法律尊严的时候，应该义不容辞地挺身而出！讨不回公道，誓不罢休！"孟丽娜慷慨激昂，挥舞着手臂带头朝北门走去。

很快，离校园北门不到百步远的派出所被同学们围住，高喊着"放人，打倒黑保护伞"的口号。但直到天亮，李向民都没有放出来。

中午，分管公安的副区长站在台阶上，宣布李向民是见义勇为，奖励五百元，希望学校组织颁奖大会，发荣誉证书。一场闹剧才算平息。

李向民因祸得福，声名鹊起，被同学们传得很玄乎，仿佛武侠小说中的侠客，好多学生想拜他为师，要求举办武术培训班。孟丽娜找到他鼓动道："李向民，同学们有这个愿望，就该顺势而为。每人收十元学费，大家都能掏得起，少喝几瓶啤酒而已，对你却能解决上学费用，于己于人都是好事，何乐而不为？"

"我也有这个想法，不过要有个名堂，最好挂上什么名义，开展起来方便。"

"校学生会正组建社团，成立一个武术协会，不就师出有名了？我认识团委杨书记，走，现在就去找他，让给学生会打声招呼。"

两人走进学校综合大楼，团委在一层，正好杨光烈从办公室出来。孟丽娜紧走几步，迎上去道："这是我班同学李向民，想组建武术协会，你能不能和学生会打声招呼？"

"你就是李向民？大名鼎鼎啊，昨天卢书记还说起，要开一个表彰大会。"杨书记上下打量着他，"办武术班是好事，既能让同学们健身，又能活跃学校气氛，团委全力支持。"

"谢谢老师。"李向民感激道。

"不用客气，抓紧先举办一期，到时我也报名，可不要留一手啊。"杨书记年龄不大，看上去也就三十出头，个子和他差不多，一样英俊帅气。

元旦过后李向民举办了第一期武术速成班，学期二十天，保证掌握崩拳的基本技法。但能不能速度迅猛，一拳击倒对手，还需要坚持练习。速成班招收了五十名弟子，结束那天正好是放假，李向民没有回家，母亲还在精神病院，回去一个人待在那间粮仓似的房里，还不如住在宿舍。孟丽娜隔三差五跑过来，他们一起去学校附近的电影院看电影，犹如一对热恋中的情人，只是不好意思挽着手臂。大年除夕上午，她跑到李向民宿舍，一进门就道："走，去我家过年。"

李向民心想，他要去医院陪母亲过年。"这不好吧，你爸是副市长，门第太高，我去了不合适。"一学期下来，同学们的家庭情况都互相了解了，李向民看着孟丽娜，有点犹豫。

"是爸让我叫你,想见你这个武术大师哩。"孟丽娜一脸灿烂,不由分说拉着他的手走出宿舍,边下楼边介绍父母的脾性,好像怕男朋友第一次登门说错话。

　　她家离陕大很近,拐过两条路就到市政府家属区,共有六栋步梯楼,好像盖起来很多年了,显得有些陈旧,外墙的马赛克脱落得像害了白癜风。孟丽娜拐到小区东北角,领着李向民走进二号楼一单元,上到三层打开东户门,扯开嗓子欢快地喊道:"爸,我同学到了!"

　　李向民忐忑不安地走进去。他是第一次到这么大的领导家,好奇地环顾着四周。除了起居室对面的厨房和餐厅,还有四个门关着。凭他在工地干活儿的经验,那是卧室和书房。估计这套住宅足有一百八十平方米,而且装修得犹如五星级酒店,墙面贴着乳白色壁纸,地上铺的全是实木地板,进门靠墙放着落地式摆锤钟,发出悦耳的呱嗒声。他想换拖鞋,却找不着地方,孟丽娜推开门拿回一双道:"在门外鞋柜里,你没注意。"

　　李向民不好意思道:"我出去换吧。"

　　"进来了,就坐在沙发上换。"孟凡达从卧室出来,慈祥地看着李向民。

　　"孟市长好!"李向民有点不安,赶忙接过拖鞋,蹲在原地换上。

　　"来家里就不要称呼官衔,你和丽娜是同学,叫叔亲切。"孟凡达瞅了眼摆钟,"到饭点了,一起吃点吧。"

　　孟家只有两个女儿,妹妹比丽娜小好几岁,已经坐在餐桌旁。李向民跟着孟副市长坐过去,见夫人跟着保姆从厨房端着菜出来,赶忙站起叫道:"阿姨好!"

　　孟丽娜的母亲叫杨晓敏,省委宣传部外宣处处长,身材保持得很好,脸上的皮肤细白又嫩,根本看不出是近五十岁的人。她上下打量着李向民,面无表情地"嗯"了一声,挨着老公坐下。

　　孟凡达打开一瓶茅台酒,边倒边说:"来,尝尝。"

　　茅台酒果然名不虚传,一股酱香立刻飘满房间,闻着就让人嘴馋。李向民端起酒杯喝了半杯,仿佛咽下一口酱油,味道还不如周长生家酿的高粱白,不禁皱了一下眉头。

孟副市长看着李向民，知道他喝不惯酱香的味道，一个学生娃最过瘾的就是喝一两块钱的烈性酒，越辣越带劲。记得自己第一次去杨晓敏家，时任市委书记的杨正业拿出茅台酒，一个劲劝他喝，说酒品能看出人品。他也想照葫芦画瓢，试试丽娜第一次带回家的男同学，能不能把持得住。尽管女儿没有挑明是处对象，但那眼神里满含爱意，早已泄露出内心的秘密。他不动声色地又斟满一杯，端起道："好酒透亮纯净，酱香微黄，喝到嘴里醇厚协调，绵甜爽口，香味悠长。喝酒讲究猛，喝茶要细品，来，干一个。"

李向民本来不想多喝，毕竟是第一次上人家的门，可又不能显得过于拘束。几杯酒下肚，就觉得胸口发烧，喉咙里火辣辣的。酒劲上了头，来时告诫自己要察言观色，谨慎说话，早已全忘掉，随口道："我们村里有一家酒坊，每年高粱熟了开始酿造，等到出缸时酒香飘满整个村子，闻着就嘴馋。"

"酿酒不光讲究工艺，还要水质好，高粱的产地也很关键，不是哪里都能酿出名酒来。"孟副市长瞅了眼小伙子，觉得快到时候了，只要再喝几杯，就会原形毕露，说着拿起酒瓶又要倒。

李向民赶忙站起来抢过瓶，斟满酒恭恭敬敬地递过去道："趁着没喝多，我给叔叔拜个早年，祝您春节愉快，万事如意！"

孟凡达接过杯，笑道："你也陪一个。"

李向民端起杯一饮而尽。

孟丽娜知道父亲有意考测李向民，不住地给他眨眼，示意不要喝多。见他不理会自己，只好道："我给爸敬一杯酒。"

"我还没给阿姨敬哩。"李向民阻止她，继续道，"世上只有妈妈好，祝您新春大吉大利，身体健康，愿天下的母亲都能度过一个快乐祥和的除夕。"

杨晓敏应付地抿了一小口。

李向民突然想起精神病院里的老妈妈，自己应该在那里过年。他的眼睛有点湿润，喉咙里好像有什么东西堵着，使劲儿咽了一下口水，真想推开门冲出去。但他不能给孟丽娜难堪，只好装出一脸崇敬的样子道："阿姨，如果您不介意，我唱一首《母亲》。"

孟丽娜知道李向民嗓音浑厚，元旦晚会上一首《烛光里的妈妈》，唱哭好多女生，赢得一片喝彩声。她帮衬道："给妈妈唱完，再给爸爸唱。"

　　杨晓敏瞅了一眼女儿，竟然给这小子称呼爸爸妈妈，好像成了未过门的女婿！她正心里不是滋味，就传来李向民高亢的男高音，一下把她镇住了。如果不是在眼前，说什么也不会相信，这声音不是从自己的偶像阎维文嘴里唱出的。当歌声一停，她情不自禁地拍起手来。

　　紧接着，李向民给孟副市长唱刘和刚的《父亲》。孟凡达一边拍手，一边跟着唱起来。一家人沉浸在节日的欢乐中，再没有什么距离感，仿佛眼前这个阳光帅气的小伙子，就是老熟人家的孩子似的。

　　"五·四"青年节前夕，全班同学去呼东市郊外春游。这次活动是班委会和团支部共同组织的，租了一辆公交车，把四十位学子拉到大青山脚下，按照预先分好的组比赛爬山。李向民故意落在最后，接应爬不动的同学，担心出现什么意外。他是山里长大的孩子，别说爬海拔两千米的大青山，就是攀登更高的山峰也不成问题。将近中午，同学们翻过山顶，聚集到山后的昆都龙大水库边。孟丽娜前头带队，李向民仍然跟在最后，沿着混凝土堤坝观赏碧波荡漾的水面。忽然上百只白鸥从水上掠起，场面非常壮观，大家跳着脚向空中挥手。吴娟娟的高跟鞋踩进一条混凝土裂缝里，脚腕扭伤，身子向前摔倒，正好扑在领队的后背上。孟丽娜啊地惊叫一声，身体失去平衡，一头栽进水里。

　　昆都龙水库面积四平方千米，水深平均八米，是陕中省最大的水库，里面养着无数的鲤鱼，每年元旦前后冬捕一次。同学们大声吼叫起来，吴娟娟吓得哭喊道："谁会水？快救丽娜，快啊！"

　　李向民奔过来，边跑边脱掉上衣，朝一沉一浮的孟丽娜跳下去。五月的北方水温很低，冰冷刺骨，丽娜的手在水面上拍了最后一下，再没有浮起来。李向民扎了一个猛子，过了好一会儿不见动静，岸上的人脸色大变，女生们惊恐得不敢哭出声，以为这一对金童玉女做了水神的祭品。突然，两颗脑袋钻出水面，同学们狂呼起来："班长，加油！"

　　吴娟娟跺着脚大喊一声："快！解裤带，结成一条绳，拉丽娜上来！"

　　男生们如梦方醒，抽出裤带手忙脚乱地系在一起，有的裤子都掉在地上。高志良弯下腰等在李向民游来的岸边，堤坝高出水面两米多，想爬上来根本不可能。张立群多了一个心眼，手提着裤腰朝前面的堤防所边跑边喊："快救人！有人落水啦！"

二十七个男生的裤带结在一起，有十几米长，李向民游到岸边，系在孟丽娜的胸部。她已经昏迷，一只手却死死抓着他的胳膊，也许是求生的本能。高志良大喊一声："拉！"

男同学们排成队，一个抱着另一个的腰，像条长蛇阵一齐发力，孟丽娜被拉上岸。大家松了一口气，再看班长已没有了踪影。静静的水面犹如一面镜子，没有一点波澜，哪怕冒个泡，也许他能钻出来。在这恐怖的一刻，张立群边跑边喊道："让开，堤防所的人来了！"

两个工作人员将三个救生圈扔下水库，扑通跳下去，潜入水底，很快钻出水面，呼了一口气，又钻下去。这样反复了几次都毫无结果，女同学们哇哇哇地哭出声。高志良正给孟丽娜挤压胸部，一听哭声心烦意乱，抬起头哄骗这群傻妹子道："班长练过闭气功，在水底能待两个小时，不会死的。"

"真的吗？"吴娟娟止住哭声，疑惑地问。

话音未落，两个护堤员抱着李向民钻出水面，抓过一个救生圈套进他的脖颈。每人又各抓着一个救生圈，向堤防所的方向游去。

孟丽娜和李向民在市医院救治了四天，两人一起康复出院，被孟副市长和夫人用专车接回家。这一次今非昔比，他成了孟小姐的救命恩人，再没有过大年时的考验。

孟副市长和李向民一老一少很是投缘。其实第一次见面，他就喜欢上了这个干练帅气的青年，觉得女儿慧眼识人。美中不足的是小伙子学理科，要是中文系的高才生，将来到呼东市工作，跟着自己历练几年，一定能堪当大任。这么想着，暗自感叹道："学理的人思维缜密，做事认真细致，但难免刻板。如果学些哲学和文学方面的知识，文理兼通，就是一个难得的人才。"

"爸，向民文笔很厉害，经常在校刊发表文章，还在《陕中日报》上登载了四篇。"

"好啊，要全面发展，争取进入学生会，把境界往高提，让自己的思想更开阔，不要只满足于班干部。我和你妈在陕大中文系上学时都是校学生会的。当年卢子辉担任主席，毕业才留到校团委，要不也熬不到今天的级别。"

卢子辉就是陕大校党委书记，已经当了九年，风传要晋升副省长，主管文教卫工作。午饭后，夫妻二人把李向民送到楼下，吩咐司机送回学校。

第二天下午，物理系召开表彰大会，系书记汪志高主持，把李向民奋不顾身救人的英雄事迹描绘得栩栩如生，好像当时他就站在岸上，目睹了整个事件的过程。李向民上到主席台，从汪书记手里接过证书。按照大会议程安排他十分钟的发言，他却言简意赅："八四一班只有我一个会水，假如还有人会，也一定会毫不犹豫地跳下去。感谢系里给我这么高的荣誉，让我受之有愧，谢谢大家！"

台下响起经久不息的掌声。对李向民最有意义的，是汪书记宣布散会前的最后一句话："经系党总支一致通过，批准李向民同学为预备党员。"

李向民有点纳闷，自己本学期才写的《入党申请书》，算起来还没有两个月，就成为一个无产阶级的先锋战士，尽管是预备的，这也来得太快了。

大二伊始，召开学代会，通过选举产生新一届学生会，再由团委具体分工，内部产生主席。两个学生食堂门口赫然贴着大红告示，于九月二十八日公开竞选，当场演讲。各系热血学子跃跃欲试，不想错过表现的机会。尽管知道这个舞台只是学生自治管理，毫无报酬地为同学们服务，出了校门就狗屁不是，但这是迄今为止最公平的选拔方式。孟丽娜鼓动李向民道："要抓住机遇竞选，争取当副主席，凭你的影响力，应该没问题。"

"为什么不竞争主席？"李向民调侃道。

"主席人选是内定的，要有深厚的家庭背景。"

"你是副市长的千金，要是参加竞选，一定够分量。"

"我不想凭借爸爸的影响，要靠自己的努力。"孟丽娜认真道，"你比我合适，更有竞争力。"

"我要选上，谁当班长？"李向民对进学生会很自信，别说自己救人，在校园里名声大噪，就凭培养出的两期武术弟子，各年级各系都有，早已形成不小的影响。

"张立群有能力，可以替你。"

李向民没有作声，他无法反对，要不是张立群心思缜密，提前跑到堤坝所叫人，自己早变成烈士了。

"我知道你想让高志良当，他和你走得最近。"孟丽娜盯着李向民的眼睛，毫不隐晦地说，"我准备竞选系学生会主席，要是成功了，让他接替我的职务。"

"这都是我们的一厢情愿，他俩能不能选上，最终由同学们说了算。"

九月二十八日正好是星期六，陕大第八届学代会在图书馆顶楼大厅如期举行。上午是例行程序，除了校领导和学生代表们，没有别的人参加。下午两点半选举新一届学生会，整个大厅座无虚席，两边的通道和门口都挤满了人。校党委宣传部龚明部长作了热情洋溢的讲话，号召同学们积极参与，以火热的激情投身社会实践，活跃校园气氛，打造一个百花齐放百家争鸣的新陕大，肩负起时代的使命。团委书记杨光烈宣布竞选开始，参选者按照事先排好的顺序，每人给十分钟演讲时间，必须严格遵守，因为有二十名精英要登台。让李向民没想到的是，只有前任校学生会的部长或系学生会主席才有资格竞选主席团成员，他只能拼部长的位子。"操！当一个义务服务的学生干部，都要论资排辈，搞得和组织部提拔领导似的。"他嘟哝着扭头看了一眼孟丽娜，真想跳起来离开。大学是倡导个性和自由的地方，是追求真理的神圣之地，学生会不应该成为团委的附属。

"我也是第一次听说，设立这么多条条框框，好像组建一个官僚机构似的。"孟丽娜苦笑一声，"既然报名了，就要全力以赴，别和自己过不去。龚部长是个学者型领导，思想很激进，你竞选上就能和他多接触。"

李向民正要搭话，台上叫到他的名字，犹豫一下走上去。

开过晚饭后学代会才圆满结束，李向民以票数第一胜出，当选为宣传部部长。其实这是个务虚的职位，没有多少实际工作，主要任务是协助龚明编辑校刊《争鸣》。半个月过去了，他除了校对稿件外，没有其他任务，闲暇时写点诗和散文，近水楼台先得月，接连发表了十几篇。尤其那部中篇小说《嫂子》，以区桂枝为原型，刻画了一个农村妇女资助小叔子考上大学的淳朴形象，在校园里引起不小反响。

　　放假前夕，李向民突然接到一项任务，校对龚部长的小册子《三匹马拉车》。其实这是一个私活儿，完全可以不接受，不过他还是欣然答应了。这位兼职哲学系硕士生导师的领导是北大毕业的高才生，但就是有点恃才傲物。对这样一位有争议的人物，李向民很想走近他，甚至期盼成为忘年之交，所以抓紧时间认真地校对。没想到该书观点过于大胆激进。

　　"这样的书稿也敢发表？"李向民嘟哝了一句，心情复杂地翻过几页，苦笑着摇了摇头。忽然见龚明推门进来，赶忙站起道："龚部长，什么时候付印？"

　　"校对完就送印刷厂。"龚明坐在对面椅子上，紧紧盯着李向民，"听说你是第二次上大学，是个有思想的人，对稿子有啥看法？"

　　"精辟独到，振聋发聩。"李向民并不是奉承，平心而论，他对书中的大部分观点是认同的。

　　"只可惜……"龚部长忽然脸色一沉，不再说下去。过了好一会儿，才低沉着声音道："也许我的书一出版，会引来口诛笔伐，甚至我个人会受到处分。"

　　李向民理解龚部长的苦衷，作为学者不怕学术观点的争论，但他又是一个处级干部，不得不考虑头上的乌纱帽。他看着龚明，用征询的口气问："要不，把敏感的话题删掉？"

　　龚明摇了摇头，苦笑道："那样这本书就没有发表的价值了。"

　　李向民胸中油然而生钦佩之情，不过他还是担心龚部长的前途，试探地问："不会真的有事吧？"

　　"一所高等学府，不能学术争鸣，这个学校就没有希望了。"龚部长站起身，拍了一下他的肩膀，长叹一声走出房间。

　　寒假在不知不觉中过去，春节的气氛还没有散尽，新的学期匆匆而至。最让李向民担心的事发生了，龚明被免职。李向民因校对书稿受到牵连，孟丽娜借父母的名义去求卢书记才免于处分，从宣传部调到体育部。他组建起一支校级篮球队，每周带领队员与各大院校巡回比赛，忙得不亦乐乎。

不知从何时起，孙慧的肚子隐隐鼓起来，有人猜测是张立群的，因为两人关系很密切，好像在谈恋爱。但更多的传言指向堂堂物理系书记汪志高，一位很有学术造诣的教授，卢子辉的表弟。李向民想找孙慧谈一次心，陕大绝不会容忍一个女生腆着大肚子上课，败坏学校的风气。晚自习后他故意等在门口，和孙慧并排走出教室，没话找话道："近来还打篮球吗？你要愿意的话，欢迎加入校队。"

"我怕去了孟丽娜吃醋。"孙慧撇了一下嘴，讥讽道，"不过有警花守护着你，还轮不到她。"

"你一直误会她，入学改选班干部时，谁也没有暗中使坏。"

"那是猴年马月的事，我早忘了。"孙慧鼻孔里冷哼一声，"我是看不惯她的做派，装出一本正经的样子，有意穿得朴素，好像红色接班人似的。其实就是一个女权主义者，热衷于社交活动，好出风头，所有虚伪的表演都是因为崇拜权力！"

"人各有志，只要做自己想做的事情，不损人利己，就无可非议。"

孙慧若有所思，叹了口气道："很多事利己不损人，不也一样遭人非议吗？"

李向民笑了一下，抓住机会道："不过，知道自己做了错事，就不能一错再错，要赶紧想办法处理好。"

孙慧的脸一下红了，尽管她对李向民没了想法，但还是很信任他的。过了好一会儿，她低下头黯然道："我不想打胎，要逼他离婚娶我。"

"糊涂！"李向民几乎是喊了出来，激动地说，"你是学生，会被开除的！听我一句话，赶快到医院做了。要是需要家属签字，我陪你去，当你临时男朋友。"

"我已经决定生下来，你不要劝了。"孙慧抬起头盯着他，"你心地太纯正，孟丽娜很会算计，你们在一起不合适。"

"你不是说了，蔡琳比她早到嘛，我们不会有那种关系。"

"你是没有想法，可她有！如果你有政治野心，你们倒是能比翼双飞呀。"孙慧转身离去。

"五·四"青年节后，孙慧挺着个大肚子去上课，这成了校园里一道回头率最高的风景。李向民在校刊《先锋》上看到一篇题为《不一样的女生》，文笔尖酸刻薄，讽刺物理系开了陕大的先河，需要建一座托儿所。校长徐伯清专门召开校务会，怒斥道："堂堂大学校园，是培养国家栋梁的地方，怎么能出现这种败坏道德、违反校规的现象？会后教务处会同校办，去物理系彻查此事，一旦情况属实，立即开除！"

"校园里传言，这事与系里某个领导有关。要是只开除女生，会引起学生们抗议。"教务处长耿亮去年给物理系转一个学生，汪志高硬是不接收，心里早有怨恨。但他没有把汪书记说出来，毕竟人家背后有校党委书记卢子辉，卢是汪的表哥。

"不管是谁，背后有什么人撑腰，不处理，我这个校长就辞职！"徐伯清拍案而起。

一周后，孙慧被校方勒令退学。汪志高仅仅被通报批评，连一份检查都没写。汪志高坐在办公室生闷气，拿起那本批评风流韵事的《先锋》，一页一页地撕烂，扔进脚边的废纸篓里。他并不在乎什么处分，让他心烦意乱的是孙慧怀着自己的血脉，当初答应只要怀孕就离婚娶她。家里那个黄脸婆是接受贫下中农再教育时，为了推荐上大学，不得已娶的大队支书的女儿，只有小学文化不说，长得也不怎么样，还不会"下崽"。他把手中撕了一半的校刊摔在桌上，霍地站起来自言自语道："我爱她，就是辞职，也要和她在一起！"

物理系的楼门前聚拢了上百号学生，张立群挥着手臂大声道："同学们，孙慧是受汪志高的诱惑，才被玷污的。我们要向校方讨个说法，女的被勒令退学，男的为什么不开除公职？一个堂堂系书记，陕大学科带头人，欺骗没有踏入社会的女生，致使其怀孕失学，却只是不痛不痒地通报批评！试问，天底下还有公道吗？"

"我们去校党委讨个说法！"高志良喊了一嗓子，带头朝行政大楼走去。

人群在经过其他系时，一些热血学子踊跃加入进来。尽管他们根本不认识孙慧，也不清楚事情的来龙去脉，仅仅凭着同情和冲动，有的甚至是为了红火热闹。当涌进大院时，已经有几百位同学，尤其是女生，高喊着：

"惩治引诱女学生的禽兽!"

"整肃校风!"

男生们受到异性的鼓舞,一个个义愤填膺,振臂高呼,大有不达目的不罢休的气概。到晚饭时间了,没有人率先离开,怕别人骂怂包软蛋。大家要为孙慧讨个公道,要求校方收回成命,恢复学籍。

这场校园风波断断续续持续了一个星期,直到孙慧和汪志高失踪。同学们感到受了戏弄,人家是一对痴情男女,爱得生死不弃,双双远走高飞,别人瞎操什么心?这才索然无味地收场,重新坐回教室。

四

抱负远大

　　四年的大学生活在不知不觉中结束了。李向民没有虚度光阴，大三时竞选上学生会副主席，以"陕中省优秀大学生"的称号毕业，参加过团中央举办的"全国大学生菁英培训班"。除在物理系名列前茅，每年拿一等奖学金外，还选修中文系的课程，获得文学学士学位证书。如果不是蔡琳前年毕业，急不可待想走入婚姻殿堂，要他分回中州，系里那个留校指标非他莫属。或者被保送上研究生，前途不可限量。

　　他抬起手瞅了眼腕上的电子表，离预订的火车票只有一个小时了，赶忙背上捆好的行李，提起装满荣誉证书和书籍的黄色帆布包，匆匆走出宿舍。

　　陕大门口有一个通往火车站的公交站台，李向民焦急地左顾右盼，还是不见孟丽娜的影子。一辆公交车停在站牌下，他犹豫着上了车，走到后排把行李放好，一抬头看见她边跑边挥手，红红的小嘴一张一合，喊什么一点也听不到。

　　他正要下去，公交车启动了，只好隔着后窗玻璃朝她摆手，示意不要追了。又不是生离死别，中州与省府只有二百千米，若是想见，坐班车两三个小时就能见着。心里虽然这么想，双眼却被泪水模糊，大概人在此情此景中就会像个小孩似的，无法抑制情绪。他是物理系最后一位离校的，忙碌了一个多月，孟丽娜每天陪在身边，把同学们陆续送到车站，依依不舍地挥泪告别。可最后轮到两人说再见的时候，却只能看她追着公汽跑，那两坨还未完全丰满的乳房，在紧绷的白色夹克里上下跳跃。他真想喊司机停车，扑下去把她搂进怀里。四年的同窗生涯，只在八米深的水底救她时拥抱过，当时是什么心情，只有死神知道。突然一个右转弯，公交车拐上另一条道，孟丽娜的倩影消失在视线外。

要是退学后没有遇见蔡琳，或去陕大报到前两人没私订终身，他会不顾一切地追求这个"官二代"，直到踏上婚姻的红地毯。那样孟副市长就会兑现承诺，把自己分到市政府；或者像杨处长说的那样，进省委宣传部上班，前途将一片光明。但现在他失去了选择的权利，和所有早恋的情男痴女一样，他们已经偷吃了禁果，必须为对方负责。让他苦恼的是，蔡琳吃孟丽娜的醋不让他留校，怕两人一天到晚在一起，迟早会出事，还说苦苦等了他四年，不能再等下去。他说起要考研究生的想法，她更直截了当地说她已经身怀有孕，需要有人照顾。他想，这只是借口，哪个女人不想自己的男人有个好前程，将来夫贵妻荣？她一定是有难言的苦衷，遇到摆脱不了的追求者，才这么迫不及待地想结婚。当然，她的肚子逐渐隆起，穿着宽大的上衣都遮掩不住。一个漂亮的人民警察未婚先孕，出入公安大院，那种尴尬可想而知。

决定分回中州前他犹豫再三，因为有一件事让他耿耿于怀。大队长阎保成拼命地追蔡琳，而且托媒人提亲，她母亲一口答应了。这是蔡琳亲口告诉他的，说的时候很开心，好像满足了某种虚荣心。难道女人多一个追求者，是一件值得炫耀的事情？最让他气愤的是，寒假回到公安局后院的单身宿舍，她竟然把自己带到姓阎的面前，让人家评判自己！

火车在一声长鸣中徐徐启动。他坐在靠窗的位置上，心烦意乱，不知道自己的选择是对还是错。孟丽娜追赶公交车的画面让他很揪心，觉得辜负了人家的一片心意。虽然她的个子不如蔡琳高，可那精巧的五官恰到好处地镶嵌在鹅蛋形脸上，清秀中透着一种高雅的气质，让人感到亲切和信任。记得那天他把唯一的读研指标让给她时，两人默默地站在图书馆的台阶上，久久地凝视着对方，谁也不想先说话，好像一开口就会破坏彼此的心境。不知道过了多久，她把双手交在胸前低声道："你留在物理系当团支部书记吧，几年后就能晋升校团委副书记，再熬到一把手的位置，想办法调到团省委。走这条路，是从政的捷径，能更快地实现当官梦。要是分回去没靠山，凭资历往上走，很难出人头地。"

现在为了和蔡琳团聚，回中州人事局报到，还不知道被分到什么单位。自己家一贫如洗，毫无背景，就是想求人跑动一下关系，连两瓶拿得出手的酒都买不起，更别说给领导送钱了。"就算有钱，给谁送呢？"他心里五味杂陈。

人的命运只有一半掌握在自己手里，一张大学文凭不过是挤进公务员行列的入场券，什么时候能出人头地还遥遥无期，也许一辈子都晋升不了。"寒门出贵子"是穷人美好的寄托，就像一个光棍汉盯着女明星的照片，躲在家里手淫，脑残而已。其实他可以选择有预见性的生活，让蔡琳投入大队长的怀抱，自己和孟丽娜幸福地走进婚姻殿堂，一个成为大学教授，一个顺着团委工作的捷径跻身上流社会。

看着窗外急速倒退的田野，李向民没有回家的急迫心情，甚至希望前方铁路出故障，火车不得不原路返回。自己一分配就得去蔡琳家提亲，硬着头皮面对从未见过的丈母娘，接受人家挑剔的眼光。他隐隐有种不祥的感觉，因为从蔡琳的眼里，读出了阎大队长在她家受到的礼遇。蔡母会想方设法为难一个穷书生，甚至一口拒绝这门婚事。"要是那样就甩袖而去，返回陕大改派到呼东市，做孟副市长的乘龙快婿。"他笑了，笑得很开心，但随即摇了摇头，眼前现出蔡琳凸起的肚子，那可是自己的骨肉啊！

这列火车是从北京开过来的，两个小时后到达呼头站。李向民背起那卷行李，提着帆布包走出检票口，朝对面的长途汽车站走去。几个揽客的乘务员跑过来，争着替他拎包，让人哭笑不得。这年头运输公司把班车承包给司机，乘客成了上帝，乘务员热情得就像一个孙子。他紧跟在后面，看见班车门口一个姑娘上车，旁边留着小胡子的青年故意一伸胳膊，手中的墨镜碰在地上，镜片瞬间变成几瓣。

"赔钱，一百元！"小胡子一把拉住女孩，硬生生把她从踏板上拽下来。

女孩转过身，愕然地看着地上破碎的镜片，欲哭无泪。但很快明白过来，大声反驳道："你故意的，讹人！"

"妈的！还敢顶嘴？"小胡子见女孩不认账，抬手打了一巴掌。

李向民一个箭步冲过去，因为女孩转身的一瞬间，他认出是周长生的二女儿阳阳。他左手抓住小胡子的胸口，右手一扬回敬了小胡子一耳光，因为用力过猛，那肉墩墩的脸上顿时现出五道红指印。

"你……敢打老子？"

啪！没等小胡子反应过来，右脸又狠狠挨了一掌。李向民大喝一声："滚！"

"你等着！"小胡子捡起地上的眼镜架，恶狠狠地瞪了李向民一眼，龇牙咧嘴地跑开了。

提包的乘务员被唬得目瞪口呆，他从来没见过有人敢打这些泼皮无赖。人们明知讹诈也得花钱免灾，乘务员更是看见装没看见，不敢惹火烧身，因为每天要在车站拉人，说不定什么时候给你扔一块砖，都不知道从哪打来的。那些装模作样在广场巡逻的保安，睁一只眼闭一只眼，晚上躲在旮旯里与泼皮们喜滋滋地分钱。这个中年乘务员拉住李向民，好心提醒道："小兄弟，他叫同伙去了，你快跑吧。"

李向民没有搭理，看着周阳阳问："就你一个人？"

"我姐去厕所了，让我先上车。"阳阳今年十七岁，初中毕业没考上高中，在中州报社印刷厂打工。

"上车去吧，一会儿打架时，不要下来。"李向民从背上解下行李，把黄色帆布包放在脚下，靠近车身，等混混们冲过来。

"向民哥，我把包拿上去占个位，要不一会儿没座了。"周阳阳感激地看着他，小脸蛋红扑扑的。

"我要是被打倒，你就假装不认识我，千万不要承认。"李向民话音未落，那个小胡子领着两个混混，每人手里握着一把弹簧刀，凶神恶煞般扑上来。

李向民一看，是三个精瘦的泼皮，身材矮小。他根本不把他们放在眼里。身子往下一蹲，右腿横空扫出，三个小东西还没弄明白是怎么回事就都倒在地上。

周阳阳把包放在座位上，担心李向民吃亏，偷偷站在车门口观看。

见他一个扫堂腿就打倒三个混混，双手一拍跳下车，拉住他的胳膊叫道："向民哥，你真厉害！"

这一幕被周盈盈全看在眼里，小混混们冲过来时她刚赶到，李向民的个子高，一眼就认了出来。在这个世界上她可以忘掉父母，但绝不会忘记眼前这个帅哥，尽管她把他抛弃了，但心里无时无刻不在思念着。就听李向民一声大吼："还不快滚！"

三个泼皮本来是虚张声势，诈唬那些胆小的人讹点钱财，没想到今天遇上了硬茬儿，爬起来头也不敢抬溜走了。周盈盈瞅了一眼妹妹，看着她好开心的样子，像碰见了梦中的大明星，一脸崇拜的神情，不禁生出几分不快。她转身看着昔日的情人，指着地上的行李，勉强笑道："这是你的？毕业了？"

"嗯。"李向民心里五味杂陈，既高兴偶遇她，又感到尴尬。知道她去年生了一个女儿，还在哺乳期，可身材依然苗条，与结婚前没有多大变化，多了点少妇的风韵。

"上车吧。"周盈盈说着先走上去，阳阳红着脸放开李向民的胳膊，跟在姐姐后面。

周阳阳占的是三人座。周盈盈靠窗坐下，故意将头扭向车窗。李向民把铺盖卷放在车顶的行李架上，上车后见阳阳站着没坐，就知道她是有意让自己挨着姐姐。他把帆布包塞进座椅下，朝她笑了笑，不好意思地坐在中间。

周盈盈三年前从中州农业学校毕业，分配到达县农业局。因长得漂亮，能歌善舞，口才又好，成了农业局大型活动的主持人。在一次地区各系统联欢会上，她以主持人的身份代表达县农业局唱了一首《黄土高坡》，被坐在第一排的行署副专员邱志伟看中，当场表态把她调到公安局政治部，负责单位的文艺演出和比赛。当时邱志伟兼任公安局局长，这件事被传得沸沸扬扬。最后为消除流言，邱副专员又通过组织部门，想把她调到团委。但请神容易送神难，周盈盈不愿离开公安系统，脱下那身漂亮的警服，提出要到团委必须提拔。无奈，邱志伟只好将团委的一个副科长调到公安局，腾出位置把她交换过去。

李向民是通过蔡琳知道这件事的。她描绘得有声有色，故意加进一些细节。女人就是这样，最爱贬低男人的前女友，收集有关桃色新闻。周盈盈的爱人张学义和她一个村，是个不折不扣的"醋坛子"。蔡琳说得没错，张学义对老婆与邱志伟来往耿耿于怀，经常偷偷摸摸跟踪，半夜躲在人家的院子里，冻得浑身直打哆嗦，又不敢冲进去。其实他根本用不着侦察，有些事情坐在沙发上一想就明白了。这世上没有免费的午餐，人家无缘无故为什么要帮忙，难道是因为革命工作的需要就把你调过去？可张学义就是不愿这样去想，非要眼见为实，认为社会上的流言蜚语都经不起检验。他宁信其无不信其有，是不敢接受这个现实。万一抓奸在床，面对一个权势熏天的大人物，该如何是好？

　　班车驶出车站，通过一段坑坑洼洼的油路后，拐上直达东河县的快速通道，加速前进。正好是中午，人们昏昏欲睡，有的打起轻微的鼾声。周阳阳没有一点儿困意，满脑子都是打斗的那一幕，遗憾的是时间太短了，她没来得及看清楚。她用指头捅了捅李向民的胳膊，压低声音道："向民哥，马大驴前天死了。"

　　"病死的？"李向民心里一沉。

　　"他把被子扯成布条，搓成细绳套进脖子，另一头拴着大枕头，扔在炕下就勒死了。"

　　"哦，还有这种死法？"李向民脸色铁青，毕竟马大驴的死与自己有关，再恶毒的人也是一条生命。

　　"马大驴死的前一天，把三个弟弟叫过来，要他们给自己报仇。向民哥，回村里要提防点，马家人心狠手辣，没一个好东西。"周阳阳关切道。

　　"这倒无所谓，我从来没考虑过自己会死在姓马的手里。"一听周阳阳的话，李向民刚才那点怜悯之情瞬间飞到九霄云外了，生气道，"马家害死我大，逼疯我妈，我不找他们报仇，已经是便宜他们了。他们却想找我算账，真是生来坏种，注定要祸害这个世界，那就早点来吧。"

　　"你从小在心里埋下这仇恨的种子，迟早会把你毁掉的！"周盈盈听见李向民的话，很不高兴地扭过头，"那年你K大再有一年就毕业，为什么要退学，能给我一个解释吗？"

　　"我错了，别再提了。"李向民将身子靠在椅背上，好像很疲惫地闭上眼睛。

"你知道我承受了多大压力吗？我离开你，是因为伤透了心。你太自私了，只由着自己的性子做事，从来不顾及别人的感受，心里根本就没有我！"周盈盈突然失去控制，忘了是在班车上，大声道，"像你这种偏激的人，桀骜自负，只能给亲人带来不幸。你就是清华北大毕业，获得博士后，谁跟了你，谁就会倒霉。"

李向民眼都没睁，苦笑道："百年修得同船渡，千年修得共枕眠。我们不是同路人，怎么会有缘呢？退学后你大给我占了一卦，说我俩大相不合，命中相克，不能走到……"

"那是瞎说！"周阳阳打断李向民的话，"要不是我大逼着姐姐和你分手，咱们现在是一家人哩。"

"我不怨你姐，也不怪你大，是我太幼稚，不懂人心。"李向民怪异地笑了一声。

"你是自私，偏激！"周盈盈气愤地大喊道。

车里的鼾声听不见了，人们都坐直身，不约而同地看过来。周盈盈意识到自己失态了，把脸扭向车窗，又眺望起急速向后退去的田野。

班车进入东河县城，路过公安局门口时李向民叫停车，和阳阳打过招呼，瞅了眼阴沉着脸的周盈盈，见她没有说话的意思，提起黄色帆布包下了车。他接过乘务员从车顶递来的行李，朝路边一家烩菜馆走去。一进门，看见蔡琳站着给阎保成敬酒。她正唱到《千年等一回》中的"是谁在耳边说，爱我永不变，只为这一句，断肠也无怨……"他像被蛇咬了一口，脸憋得通红，转身冲出饭馆。

蔡琳早看见他进来，想唱完再招呼他，没想到他这么小心眼儿，只好撇下众人追出来。李向民转身拐进公安局大院，朝后排单身宿舍走去。蔡琳追过来，抓住黄色帆布包要替他拿。他生气地甩开，挖苦道："回去给大队长唱情歌呗。"

"我们刚出警回来，一起吃个便饭，你发哪门子神经？就这小家子气，以后还怎么一起生活！"蔡琳嘴里嘟哝着，赶了几步超在前面，掏出钥匙打开门。

"吃个便饭还要唱歌，难道你们警察是不唱不喝？是不是你也放开

73

喝，不管不顾，想生个痴呆儿！"李向民心里窝着火，气咻咻道，"天底下再大度的男人，也不想自己的女人去给人家卖唱。"

"谁卖唱啦？这是在社会上，不是学校，别太幼稚！"蔡琳感到委屈，下意识地摸了把隆起的小腹。今天被众人劝着喝了一小杯，破了大案高兴呗，一激动没有控制住。她涨红着脸走进家，坐在床上把头扭向一边，赌气不和李向民说话。其实这也不是头一回，去年过元旦局里活动，邀请家属参加，她把他拉进舞厅。阎保成抢着和她跳舞，一次跳完又一次，只要舞曲一响就过来邀请，好像故意气李向民。她不好意思在那么多人面前拒绝，尽管心里很不愿意，只能随着音乐翩翩起舞。阎保成借着酒劲儿用力搂她的腰，好几次凸起的下身碰上来，她只好撅着屁股挪开。她知道李向民看见了，眼睛一直紧紧盯着她，心里肯定翻江倒海。那晚零点才散场，一回到宿舍两人就争吵，窗外有一个鬼鬼祟祟的人影，爬在玻璃上往里眈着。

李向民见蔡琳不理自己，大声道："我怕你受气，才让你报考警校，没想到现在外面人不敢欺负了，却成了窝里一块肥肉。"

"我现在不受别人的气，是受你的气！"蔡琳扭回头，气愤道，"人家是凭本事当上大队长的，立过一等功，擒获毒贩挨过十一刀，不是你想的那样。"

"我是说的气话，有点偏激。可他……这么说，是你心中的英雄？"

"是不是英雄不重要，反正值得钦佩！"蔡琳一脸无辜，"他是我的顶头上司，我能得罪吗？你要是有本事，来公安局当局长，我每天二十四小时陪着你！"

李向民强硬道："不敢得罪，就投怀送抱？"

"你……什么屁都能往出放？"蔡琳气得浑身颤抖，眼里噙着泪，一把拉过枕头，脸朝墙躺在床上，揪下被单蒙住头。

李向民隐隐感觉到，她在阎保成的猛力攻势下开始动摇，甚至随时都会缴械投降。因为她不顾自己毕业回来，而且几个月没见面，毫不留情地赌起气来，这在半年前根本不可能发生。人太可塑了，尤其一个刚入社会的女生，经不起世俗的诱惑，身边又无人保护，最容易在强权下就范，成了人家的囊中之物。烩菜馆里深情的演唱，就是最好的见证。

或者，是自己走出校门心里失落，没了自信，才产生这么多的猜忌？当然，姓阎的要是提拔为副局长，在东河县就是最年轻的科局领导，实权在握，要风得风要雨得雨。自己呢，就算有大学学历，再去救人N次，也许一辈子捞不到个科长，甚至连孩子上学的问题都解决不了。他懊恼地抓起地上那个黄色帆布包，一把揪开拉链，哗啦倒出一堆荣誉证书，气愤地踹了一脚，嘟哝道："拿回这些玩意儿做甚！难道明天摆在人事局的办公桌上，说自己在学校里怎么怎么出类拔萃？"

过了好一会儿，他还是弯下腰把四年的"成果"整理好，重新装进帆布包，只拿了"陕中省优秀大学生证书"和报到证，瞅了眼假装睡觉的蔡琳，推门而出。他想，优秀大学生证书很有分量，每年陕大只颁发三本，由学校报省团委评定，足以证明获得者是陕大的佼佼者。本来计划明天去报到，下午好好放松一下，到街上逛逛，没想到一见面蔡琳就给了他个难堪。

走出公安局大院，路东就是政府大楼。可能出于保卫的原因，全国各地上行下效，公安局总是离党政办公场所很近。李向民穿过马路，拐进行署那栋浅灰色五层步梯楼，径直上到二层，找见人事局计划分配科，直接敲开科长办公室的门。

办公桌后坐着一位清瘦的男人，大概三十好几，脸色蜡黄但细皮嫩肉，看上去像有什么病。见人进来他抬头看了一眼，也不搭理，又审阅起文件来。科长身子坐得笔直，细长的脖颈上系着一条蓝领带，上面有一些小白点，还别着一个精巧的领带夹。不过别得太上了，显得有点张扬，但总体给人的印象不是很差，应该算个合格的公务员，做事细心又很讲究，只是傲慢些。

李向民紧走几步凑过去，等了足有一刻钟，见领导没有说话的意思，把报到证和荣誉证书放在桌上，低声介绍道："我叫李向民，是从陕大毕业回来的。"

科长扫了一眼报到证和证书，抬起头上下打量着眼前这个一米八几的学生，眼睛不停地眨动着，蜡黄的脸上毫无表情，根本看不出他在想什么。过了好一会儿他拉开抽屉，拿出一张表放在桌上，声音尖细地说："半个月内，去技工学校报到。"

"我不适合教书，能不能换一个……"李向民的脑袋嗡地就大了，没想到自己会被分到学校。如果想当老师早留在陕大了，何至于回到一个偏远的小地方！

"不服从分配？"科长毫不客气地打断他的话，嗓音细得像从一个娘们嘴里发出的。

"这是不是……局里的意思？"李向民故意停顿一下，装出胆怯的样子。他想知道问题出在哪儿，一个小科长没有这么大的决定权。

"你要有疑问，就去找局长，我无可奉告。"科长的声音往高挑了一下，好像二胡的弦突然绷断了似的，很是刺耳。说完，又旁若无人地翻阅起文件来。

李向民知道再待下去没有用，这个假太监不会给自己好脸子，他拿起自己的东西和那张表扭头出来，找到局长办公室的门敲了几下，站在一边等着回应。过了好一会儿，没有一点儿动静，他抬起手又敲了两下。对面房间一个小伙子探出头，对着他的背影道："局长调走了。"

他听着声音耳熟，急忙转过身，惊喜道："蔡永锋？"

"向民！"蔡永锋一步跨出门，紧紧搂住他，激动道，"这几天我一直盼着，别的毕业生都报到完了，你咋才回来？"

"我在学生会，每天送同学们到火车站，最后一个离校。"

"你到了哪里，都是先为别人着想。"蔡永锋松开手，上下打量着老同学。

李向民盯着他，疑惑地问："你不是留在陕中省，怎么在这儿上班？"

"上个月调回来的。"蔡永锋拉着他走进办公室，随手关住门。正好其他同事不在，他拉过一把椅子让他坐下，压低声音道："现在人事局没有局长，是常务副局长赵啸林主持工作。"

"哪个赵啸林？"李向民心里咯噔一下。

"达县公安局的，年初调回来的。"

李向民腾地从椅子上弹起："我刚才还不明白，为什么分到技工学校，原来是这样！"

"你去求赵二牛，让他出面。要不，这事不好办。"

"他也太小肚鸡肠了！"李向民忽然想起四年前赵啸林亲自去医院送

公安局的文书，当时一脸歉疚，并没有怀恨自己的意思。作为一个处级领导，应该有一定的胸怀。他有些怀疑自己的判断，看着蔡永锋问："是不是我误会了赵啸林？"

蔡永锋被问得愣怔了一下，一时答不上来。他知道李向民和堂妹处对象，半路杀出个阎保成，而计划分配科科长阎保国是阎保成的大哥，阎保成会不会故意使坏？还有，赵军这些天经常来人事局，不去找老爸，直接走进计划分配科，也许与这件事有关。要是这样，赵局长就是无辜的，并没有从中作梗。他提醒道："计划分配科科长叫阎保国，是阎保成的大哥。这个人说话像个娘们，做事却很果断，甚至有点阴险。"

"人要是背运，喝凉水都塞牙。"李向民自嘲道，"阎大队长死死追着蔡琳，这当大哥的暗中帮一把，也是尽弟兄情谊嘛。况且，你二妈答应了人家，看来你的妹夫不好当哇，我这个穷秀才恐怕要败走麦城了。"

"你阴阳怪气说什么，蔡琳不会变心的！听大哥讲，她对你很痴情。"蔡永锋盯着李向民，"我二妈人挺好，就是势利一些，一个民办教师在农村受够了气，总想攀附有权有势的人，这也难怪。我二爹又没本事，除了种地只会放羊。要不是二妈坚持让堂妹念书，她早出嫁了，还能和你认识？"

"我不怪老人，做母亲的都是为子女好，盼着嫁个好人家。只是心里憋屈，觉得她和以前不一样了，经不起权势的诱惑。"

"这就是你的问题了，在学校如鱼得水，进入社会感到失落，对自己没了信心。堂妹是应付阎保成。人家是大队长，总不能说翻脸就翻脸，你不要疑神疑鬼。我和她从小长大，她的脾性我清楚，看着柔顺随和，其实主意很硬。等你上班后就能理解她的苦衷，顶头上司要给你穿小鞋，随时都能找出一堆理由。"蔡永锋顿了顿又道，"阎保成很霸道，做事雷厉风行，当警察是一把好手，在公安局评价很高。虽然老子是东河县县长，但当大队长是凭自己的本事上去的，没有沾光。"

李向民脸憋得通红，低下头一言不发。自己被分配到技工学校，当一辈子教书匠，即使将来熬到校长的位子，又怎么和公安局的大队长相比呢？过了好一会儿，他抬起头苦笑道："要是蔡琳嫁给阎保成，将来会夫贵妻荣。我是个穷书生，不论怎么努力都是一个普通人，什么也给不了她。不如忍痛割爱,让她有个好的归宿。"

"你这是逃避!蔡琳嫁给阎保成,过上荣华富贵的生活,就会快乐吗?"蔡永锋一拳砸在李向民的肩膀上,"蔡琳是什么样的人,你应该比我更清楚。我真被你弄糊涂了,那么坚强的一个人,有思想有抱负,怎么会说出这样的话?在这个世界上,什么都可以相让,就是爱情不能!"

"此一时,彼一时。"李向民长叹一声,"在学校我被同学们追捧。走入社会是低能儿,一无是处。"

"你要是爱蔡琳,就应该不顾一切地去追,而不是选择放弃,那是不负责任!"蔡永锋不想再刺激他,换了个话题道,"有个陕大物理系的毕业生来报到,分在计划委员会。我向他打问你的情况,他叫高……什么来着,长得大方脸,个头有一米八。"

"高志良,我的下铺。"李向民正想打听那小子分在哪儿。计委是实权部门,只要有项目审批,胆子大一点,很快就会有车有房,成为先富起来的那部分人。他不由得感叹一声说:"志良运气好,就算将来当不了官,也会提前进入小康。"

"不是运气好,是他舅舅杨怀仁厉害,行署副秘书长兼办公厅主任,他给外甥分配个好单位,不过是一句话的事。"蔡永锋话音未落,两个同事推门进来。

李向民知道不能再聊了,起身告辞。蔡永锋把他送出大门口。李向民心里憋得慌,又不想回到公安局后院和蔡琳怄气。曾几何时,自己多么自负,现在因为分到技校和阎保成的挑战,就心灰意冷了?不!他不能被打倒,也没有资格自暴自弃,老母亲和大嫂还期待着自己,何、马两家会幸灾乐祸,周长生又会说"生来就不是吃皇粮的命"。他一定要改变现状,就算不为理想去奋斗,也要为老李家争一口气,让大哥在后沟村抬起头做人。他这么想着,毫无目的地朝西走去,一抬头看见东河县汽车站,想起蔡永锋说的话,何不坐上车去达县找赵二牛?

刚拐到汽车站大门口,迎面碰上一趟开往达县的班车,招手上去,找了个靠窗的空位。车上人不多,有四个小青年凑一块儿玩着扑克牌。一个大嫂从前排走过来,瞅了眼后面的一溜空座,故意和他挤在一起。他感到很别扭,把屁股往开挪了一下,侧身看着窗外。妇人突然伸手搭在他的肩膀上，凑过头压低声音问："下车打炮吗？"

"有病啊你！"李向民霍地站起来，一把推开女人，走到后排独自坐下。

一路上他郁郁寡欢，琢磨着怎么向赵老板开口，自己总给人家添麻烦。这次再让老板求他哥，说自己不想去技工学校，嫌当老师没前途，这话怎么讲出口呀！

他真想叫司机把车停住，跳下去原路返回，这么犹豫着，班车进入达县。"就再厚脸皮一次吧，除了求他，自己真是别无选择。"他心里宽慰着自己，经过鑫辉公司办公楼时下了车。一走进大厅感觉不对劲，随处可见乱扔的烟头和餐巾纸，地上好像半个月没有打扫了。他急忙跑上楼，找到董事长房间敲了两下，几分钟过去，没一点儿回应，意识到不对劲，返身下楼走到门卫室，对着小窗口探头问："赵总不在？"

"你是问原来的老板？"门卫是个老汉，新来的，耳有点背，"公司卖了，听说气病了，到北京治疗去了。"

"知道啥病吗？"李向民心一沉。赵二牛人高马大，身体很结实，这种人一般不得病，一旦病了就很严重。

"是啥来着，好像……"老汉想不起来，"反正是赖毛病，要换心脏。"

"什么？"李向民仿佛被人捅了一刀。自己唯一的贵人大难临头，企业倒闭，身患绝症，看来上天要毁灭你，连拯救你的人都不放过。

"小伙子，赵老板是你什么人？"老汉把头从窗口探出来，狐疑地上下打量着，想猜出这年轻人和赵老板的关系。

他抬头看着老汉满是褶皱的脸，没有理他。过了好一会儿，他等身体恢复了力气，慢慢站起来走出大厅，不觉走到汽车站，坐上最后一趟发往东河县的班车。本来想在达县住一晚，如果赵老板答应帮忙，第二天先回家看一看老母亲，可现在人去楼空，连回家的心情也没了。再说，囊中羞涩，想给老母亲买件衣服都拿不出钱，等上班后发了工资，让蔡琳借一辆单位的摩托车，两人骑上一起回来吧。她还没去过后沟村，好几次想去，都被自己拒绝了，那个一贫如洗的家会使她感到惊讶，自己会难为情。要是嫂子问起工作来，该怎么回答？他不想看到她殷殷的期

79

望凝滞在秀丽的鹅蛋形脸上。

还能求谁呢？他把脸贴在车窗玻璃上，苦苦思索着，脑海里掠过所有认识的人，最后锁定在高志良身上。既然他舅舅能把他分在计委，就能帮上自己的忙。高志良在自己的下铺，大学四年关系很铁，他是不会拒绝的。关键是杨副秘书长愿不愿意出面。官场中人金口玉言，一般不开口，再说天底下没有免费的午餐。可自己身上就剩下几块钱了，连一条红塔山烟都买不起。这些天送同学们到火车站，给每人买了一包水果，把办武术班攒下的学费差不多花光了。

班车进到东河县城已经晚上九点，李向民在公安局门口下了车。一天水米没打牙，饿得饥肠辘辘，大步走进旁边那家烩菜馆，要了一份烩豆角，两碗米饭，来到靠西墙的小餐桌上。这家饭馆虽不大，卫生挺好，擦洗得窗明几净。东边四个卡间，隔断没有通到房顶，上部空气对流。中午因为蔡琳唱歌，注意力集中在她身上，没有留意房间里的布置。他拿起桌上的茶壶正要倒茶，就听对面卡间里传出一个尖细的声音，不男不女，一听就知道是下午那个太监科长的声调："军子，我是按照你的盼咐办了，下一步该你出场喽。"

"谢谢国哥，只要那小子分到技校，就逃不出我的手心。他害得我老爸差点背个处分！这笔账要是不算，我怎么在社会上混？"

李向民听得真真切切，原以为是赵啸林作祟，没想到是赵军下套。他真想冲进去给这王八蛋一拳，报四年前背上挨那一皮带之仇。

"你是后勤科长，掌握着学校的所有家当，不给他分房，那小子还能在学校待下去？"阎科长声音虽细，但咬字清晰。李向民仿佛看见下午那张蜡黄的脸在酒精地刺激下正得意地邪笑。

"他也想分房？除非我赵军离开技校！我给他安排一张烂办公桌，一把缺腿的椅子。"卡间里一阵哈哈大笑，"如果那小子离开蔡琳，不与我们争女人，我兴许放他一马。"

"你都当爹的人了，还惦记那女的？别和保成撞上枪，好哥们儿变成冤家。"

"国哥放心，女人是衣裳，兄弟是手足，要是保成娶了她，我一定敬而远之，决不打主意。如果只是玩玩，军功章有他的一半，也有我的一半。"

"二弟是鬼迷心窍，真心爱上了那女人。上个月买了好多礼品，带着'介绍人'去蔡琳家提亲，人家都答应了。这惹得老父亲指着他大骂：'她肚里都有了孩子，要是你的种，就娶回家。否则，等我死了，再由着你！'"

"不是保成鬼迷心窍，那女人身上有一种说不清的东西，能勾住男人的魂。"赵军长叹一声，"咱们兄弟什么样的女孩没玩过，青春靓丽的，水灵可爱的，村姑傻样的，可就是没遇过见一面一辈子都忘不了的。国哥你说，人他妈就这么贱，几年过去了还能梦见她，睡梦中做那事，醒来大腿根都黏糊糊的一片。"

"嘿，国哥还惧内哇，真是难得。"

李向民紧紧盯着卡间，恨不得冲进去把这狗日的捶扁！正想着，服务员端来饭菜，他赶紧吃完结过账，怕赵军和阎保国出来看见，揪了一张餐巾纸边擦嘴边大步迈出门。

回到公安局后院宿舍，蔡琳不在家，双人床上放着一张纸条，写着："晚上出警，不知道几点回来，你早点睡吧。"他一把抓起揉成团，气愤地扔进墙角的废纸篓里。一个女人有孕在身，还要蹲在黑暗处抓捕犯人？也许阎保成紧挨着她，作为大队长保护女战友，义不容辞。或许这只是一个借口，她和他们吃完饭去KTV消遣，又给大队长唱那首《千年等一回》。"操！当初为什么让她报考警校呢？"他嘟哝了一句，脱掉上衣躺在床上，跑了一天感到很疲惫，不一会儿就进入梦乡。

恍惚中见蔡琳伏在阎保成身上号啕大哭，嘴里不断喊叫："大队长！醒醒啊，你不要吓我！"

旁边的警察背起阎保成就跑，蔡琳紧跟在后面，冲向不远处隐藏的警车。李向民看得很清楚，地上有一摊殷红的鲜血，足有半平方米大，宰杀一头猪也就流这么多血，肯定凶多吉少。他心里隐隐有一种快感，但很快被慌乱所取代，胸口像压着一块石头喘不上气来。他大张着嘴，突然喊出声，才知道在做梦。但这种感觉很真切，完全不像梦境，仿佛蔡琳遇到了危险给自己托梦。他惊愕得一下坐起来，揉了揉昏涨的脑袋，跳下床顺手披上外衣，匆匆推门出来。

天空忽隐忽现挂着几颗星星，东方亮出了鱼肚白，昭示着黎明的到来。李向民被晨风一吹，陡然精神一振，拉开架势打了一遍半步崩拳，走出大门顺着马路向南跑去。这是他每天早晨的必修课，在陕大坚持了四年，遇上下雨就到体育馆锻炼，从未间断过。经过中州大医院时看到急诊楼灯火通明，一定在抢救人。难道梦魇成真？他不由自主地拐进去，跑到急诊楼窗下，瞅见蔡琳果然坐在过道的长条椅上，一脸焦急地盯着手术室门口，很悲伤的样子。

李向民使劲甩了一下头，以为眼前出现了幻觉，但现实让他明白，那是蔡琳真实的面庞。他的身子仿佛被电击了一下，浑身一颤，想扭头离开，可脚却不听使唤地踏进急诊楼。

"你……怎么来了？"蔡琳腾地从长椅上站起，惊讶地看着他。

"梦见你被逃犯打了一枪，惊醒后睡不着，想来医院看看，没想到你还真就在医院里。谁住院了？"

"咦！奇了。"蔡琳瞪大杏眼。李向民的梦境实在匪夷所思，好像冥冥之中有神灵指点。她拉住他的手，尽量装出平静的样子道："逃犯开枪拒捕。要不是大队长把我扑倒，躺在手术台上的就是我。"

"是吗？那你欠他一条命啊！"李向民脸色很难看，心里五味杂陈，仿佛自言自语道，"这下糟了，你拿什么来报答人家？"

"你酸溜溜的吃什么醋？满脑子邪念！"蔡琳放开他的手，很不高兴地把头扭向一边。

李向民意识到自己的话很无聊，也太无情，毕竟阎大队长救了蔡琳，现在还生死未卜。他涨红着脸，歉意道："我也知道不该这么说，可就是控制不住自己。对了，被打中胸部了吧？"

"嗯。"蔡琳扭回头，疑惑地问，"又是梦见的？"

"是。"李向民故作神秘道，"不要担心，他死不了。"

蔡琳正要说话，杨兵副局长带着两个警察走来，一脸严肃地问："几点手术的？"

"凌晨四点。"

"你回去休息吧，让他们守着。"

"大队长是救我受的伤，我要等他醒来！"蔡琳斩钉截铁地说道。

杨兵瞅了瞅她，又看了看旁边的李向民，没再说话，朝护士办走去。

等到上班时间，李向民离开医院，朝行署大楼走去，去找高志良帮忙。计划委员会在一楼，但不知道那小子在哪间办公室，正要找人打问，高志良从斜对面的厕所出来，看见他高兴地叫道："分在哪儿了？"

"技工学校。"

"操！要是当老师，你就留在陕大了，何必回来？"高志良愤愤不平道，"现在人事局没有一把手，是赵啸林说了算，他儿子和你有过节，这是公报私仇。"

"这是赵军让计划分配科的阎保国干的，与赵啸林无关。"李向民不想绕弯子，直接了当道，"你舅舅是行署副秘书长，有大靠山也不说一声，怕我沾光？"

"你我一个饭盒吃饭，一床被子睡觉，除了女朋友是自己的，什么时候分过彼此？"高志良怕在楼道里让同事听见，拉他走进楼梯口，压低声音道，"我舅舅与赵啸林面和心不和，是两条线上的人，他说话不好使。"

"不好使你怎么分到了计委，难道给人家当驸马了？"

"我给姓赵的进贡了这个数。"高志良举起一只手。

"五百？"

"后面加个零。"

"五千啊，你小子真够大方，下这么大的血本？"李向民苦笑一声，"我身上只有五块钱，这几天还要靠它填饱肚子。再说，即使我进贡，人家也不会要。"

高志良瞅着李向民一筹莫展的样子，伸手拍了一把他的肩膀说："走，去见我舅舅，即使说话不管用，出出主意也好。你现在走投无路，就死马当活马医吧。"

李向民心里明白，高志良怕自己误会他，才领着去见杨怀仁。他心里琢磨，如果杨和赵不对头，赵啸林为什么敢收高志良的好处，难道不怕杨怀仁知道？也许赵玩的是迷踪拳，故意做给杨副秘书长看的，要不解释不通。人心真是诡谲难测。赵啸林城府太深，要是他真和自己过不去，别说现在改分配没有希望，将来调动也会被卡住，这辈子恐怕离不开技工学校了。他心事重重地跟在老同学身后，很快上到三楼，等高志良抬手敲了敲302的门，一前一后走进去。

"舅舅，这是我陕大最好的同学李向民，当过校学生会副主席，陕中省优秀大学毕业生。"高志良一进门就介绍，从室友手里拿过荣誉证书和填好的分配表，紧走几步恭恭敬敬地递给杨怀仁。

李向民紧紧盯着这位一动不动的杨副秘书长。他的身子窝在转椅里，就像放着一只面袋子，看样子身高不足一米六。不过穿着很讲究，一身藏蓝色西服，价格肯定不菲，粗短的脖颈上系着一条深红色领带，别着一个金光闪闪的领带夹，显得很气派。那双深邃的小眼睛里射出睿智的光芒，尤其没有几根头发的大脑袋，一看就知道聪明绝顶。

杨副秘书长接住东西瞅了一眼，面无表情道："人才嘛，学校正是用武之地。"

"舅舅，向民不想教书，想改分配。"高志良直截了当道。

"人事局的事我帮不上忙，赵局长不买我的账，你不是也碰过壁？"杨怀仁见外甥没有走的意思，顿了顿道，"先去报到吧，让人家扣一顶不服从分配的帽子，就不好办了。铁打的衙门流水的官，以后有的是机会。"

李向民琢磨着杨副秘书长最后这句话的意思，是不是等赵啸林离开人事局后帮自己调动？还是在推托？这很正常，人家和你非亲非故，仅仅凭着外甥的引荐，怎么会随便给你承诺。像这种有实权的人物，那是金口玉言，也许一句话就能让你摆脱困境。他赶紧赔笑道："谢谢秘书长的关怀，以后还得请您多费心。"

走出302办公室，高志良拍着李向民的肩膀道："我舅舅好像要帮你，他这人向来话到嘴边留一半，让人琢磨不透。"

两人说着走下楼，高志良忽然想起什么似的，兴奋道："要不去见我舅妈，她是地区团委书记，一个非常爽快的女人，很有活动能量。父亲是游击队队长王洪志，中州一九四九年后第一任行署专员，和赵啸林的岳父邱朝东一起出生入死。"

"好啊，我现在是病急乱求医，就听你的，去碰一碰运气。"李向民跟着高志良拐向旁边的党委大楼，一共五层，外墙镶贴着白色瓷砖，反射着耀眼的光芒。门口放着一对石狮子，足有两米高，让人走进大院不由得心生敬畏。

两人上到顶层，左手第一间挂着团委书记的牌子。高志良抬手敲了两下门，里面没有回应。正要再敲，过道里匆匆走来一个高挑女人，盯着李向民的背影疑惑地问："找王书记？"

李向民听着耳熟，一转身见是周盈盈，脸不觉得有点红，尴尬地嗯了一声。

"刚在门口碰见她，回家了。"周盈盈穿着花格上衣，素面朝天，好像刚和男人吵完架跑来上班，没来得及化妆，回归了原来村姑的样子，清纯得让人心疼，根本看不出是个有夫之妇。她向前跨了一步，随手一指对面的房间说："这是我的办公室，要是不忙进去喝杯茶。这位是？"

"高志良，我大学室友。"李向民扭头对老同学道，"周盈盈，我们一个村的。"

高志良目不转睛地看着周盈盈，故意啧啧道："你们村真是风水宝地，尽出才子佳人哇！"

"是吗？"周盈盈嘴角上挑，抬手捋了一下挡在额前的刘海，有点故弄姿色道，"你也是一位帅哥呗，要是生在后沟村，一定有不少美女追捧。"

"可惜我没这福气，扛着锄头和美女们去劳动，肩上搭着雪白的毛巾，唱着欢快的情歌，嬉闹着走进田野，多么诗情画意啊。"

"没看出来学物理的，还有诗人的浪漫。"周盈盈嘴里调侃高志良，眼睛却瞟着李向民。

李向民好奇地瞅着周盈盈。昨天在车上还浓妆艳抹，假眼睫毛遮住黝黑的瞳仁，让人有种遇到狐仙的感觉。今天一见却清新淳朴，仿佛回到了后沟村那个纯真的少女时代。尤其笑起来两个迷人的酒窝，让意志不坚定的男人想扑上去亲一口。他调侃道："你要有心，晚上让他请客，不就认识了？"

"青梅竹马都无缘，吃一顿饭又能有什么用？岂不白白浪费你同学的钞票！"周盈盈幽怨地看着李向民。

高志良瞅着周盈盈的表情，就知道他俩原来有故事，自己瞎当什么电灯泡！呵呵讪笑一声，转身朝楼梯口走去。李向民苦笑着朝周盈盈摇了一下头，紧走几步跟在高志良后面。

杨怀仁住在行署后院。高志良熟门熟路，直奔第二排把东头的红砖起脊房。从门洞伸进手打开插销，等李向民进去把门虚掩上，快步抢在前面，故意咳嗽一声走进客厅。

团委书记王艳艳听到开门声从卧室出来，看见李向民，不禁上下打量起来。高志良赶忙跨前一步，大声介绍道："舅妈，他是我大学室友，叫李向民，校学生会副主席，陕中省优秀毕业生。本来可以保送研究生，但为了女朋友主动要求分回原籍，没想到被分到技工学校教书。想求舅妈帮忙，能不能改分配，留到政府部门当秘书，要不太屈才了。"

"赵啸林主持人事局工作，我出面人家不买账。"王艳艳说，"每年毕业生分配，多少人盯着，一旦确定了去向，只有常务会上才能变动。"

"要不你找邱专员求个情，他是赵啸林的妻哥，说话一定好使。"高志良一心想帮李向民，指名道姓提出要求。

"如果我能求邱志伟，就直接去找赵啸林了，没听你舅舅说过，邱、王两家不和吗？"

"社会上这么谣传，有鼻子有眼的，我不信。姥爷和邱朝东出生入死，一个是游击队长，一个是政委，怎么会有过节？"

"都是在那场运动中，选边站队造成的。"王艳艳一脸凝重，"因为两个老人立场不同，中州官场分成两派，到现在都无法调和。"

李向民听得眉头紧蹙，难道一对革命老人，与他和何、马两家一样，结下了解不开的恩怨？人啊，为什么彼此会有那么多的仇怨！他理解王艳艳的心情，不管帮不帮忙，也要把与赵军结怨的事说出来。他诚恳地说："四年前赵局长的儿子在校门口调戏女生，我打抱不平结下梁子。赵局长的干儿子钱三宝，曾是达县前沟乡派出所所长，为了帮助他姨夫马二驴，下套陷害我。因我救人被媒体关注，才被定性为'正当防卫'，钱三宝因此受了处分。昨天在公安局门口吃饭，无意间听到赵军和阎保国说话，赵军指使阎科长把我分到技校。他是那儿的后勤主任，想找机会整我。"

"哦，你就是从十一层楼扑出，舍己救人的那个农民工？"王艳艳一下子来了兴致，说，"当年我是《陕中日报》新闻部副主任，跟随检查团采访，要不是亲眼看见那一幕，到现在也不会相信是真的。"

"那是侥幸，如果再来一次，就没那么幸运了。"李向民感叹一声，"不过，这是偶然的事件，救了别人一命，也救了自己。"

王艳艳遗憾地说："要是没有打架的事，你至少会被评为地区杰出青年，报送团中央，说不定会被树成全国楷模。"

"我不后悔那次打架。马大驴是后沟村一霸，也是我家仇人，父亲就是被何、马两家逼死的。还有我妈，被整成精神病。"李向民恨恨道。

"那是时代造成的，很多人只是盲从，不知不觉卷进去，应该放弃仇恨。"王艳艳顿了顿，"因为那次报道，我了解过你，第一次考上K大，念了三年退学，又在打工中以达县理科状元被陕大录取。当时报社一直关注你，按照高考成绩，你可以报清华北大外的任何名校，为什么选择陕大？"

"考不上清华北大，就不想到外地念了，可以减少上学的路费。其实当时我有个很实际的想法，在省精神病院给母亲治病。"

"是想和蔡琳在一个城市上学吧？"高志良调侃道。

"这也是原因之一。"李向民没有回避。

王艳艳的脸上掠过一丝异样的表情，没想到这年轻人还是个多情种，想到自己曲折的婚姻经历，心里五味杂陈。但她不想在别人面前流露出来，换了话题道："我儿子明年中考，想请一个家教，你愿意辅导吗？"

"我怕教不好，可以试一下。"李向民不假思索，只要自己有时间，辅导一个初中生是很轻松的事。况且，这样能和他们拉近关系，以后就有机会调到行署，实现仕途梦。

半个月后，李向民不得不去技校报到。后院空着一排红砖墙宿舍，分管后勤的副校长同意他搬进去，但赵军假惺惺地说需要重新粉刷，让新老师有一个舒适的环境，无后顾之忧地投入到教学中去。至于什么时候开始粉刷，那要等到明年财政局拨下基建款才能敲定，也许是后年或更久。最让他气愤的是分了办公室没有桌椅，只好从库房搬来破旧的课桌和断了一条腿的凳子。好在这学期课都分出去了，他无所事事，每天去点个卯就可以逍遥自在。

不过这样也好，他有时间去王艳艳家专心辅导杨红星。经过两个月的精心辅导，这个中等生的成绩很快跃居全班前五名，连班主任都感到惊奇，在家长会上表扬了几次。这让王艳艳十分欣慰，对他很感激。但杨副秘书长对儿子的变化无动于衷，只是偶尔过问一下，好像儿子杨红星不是亲生似的。这让李向民产生很大的好奇，因为父子俩长得实在不一样，儿子高大，跟李向民一样帅气，爸爸个子矮小，尤其那对老鼠眼与儿子形成鲜明的对比。

元旦后两个星期，杨红星拿着期末考试成绩单，兴冲冲地走出校门，与早已等在那里的母亲一同朝公安局走去。今天，王艳艳一家宴请李向民，定在公安局门口的烩菜馆。蔡琳也参加，她还要看押一个女嫌犯，不能离开太远。李向民和杨怀仁、高志良提前坐在靠窗的一号雅间，等王艳艳和儿子一来，酒席正要开始，周盈盈跟着不请自到，主动当起饭桌的主持人。

宴会进行了半个小时，蔡琳匆匆走入，看见周盈盈和李向民碰杯，脸唰地红了。要不是杨副秘书长和王书记在场，不好扫人家的面子，她就会转身离开。她朝大家勉强笑了笑，走向给自己留好的位子，坐在李向民和王艳艳中间，竭力装出欢快的样子。

周盈盈喝完酒又斟满，落落大方地递给蔡琳道："妹子迟到半小时，少喝四杯酒，听说你有任务，就补一杯吧。"

"盈盈姐是海量，中州的名人，我哪能和你比呀。要不，我俩碰一杯哇！"蔡琳端着自己的酒杯，礼貌地站起来。

"好，今天王书记一家宴请你和向民，就听你的。在座的都不是外人，我和向民从小一起长大。你大妈是我亲姑姑，小时候我们就一起玩过。而且，我家那口子还是你家老邻居，听说差点成了你姐夫。"周盈盈边开玩笑，边主动和蔡琳碰杯，一扬脖干了。

蔡琳尴尬地笑了笑，用嘴在杯口抿了一下，顺手递给李向民。

"妹妹咋不喝？"周盈盈有点不高兴地看着蔡琳。

"我身体不舒服。"蔡琳一下脸红了，赶忙低下头。

周盈盈斜睨了李向民一眼，脸上掠过一丝捉摸不透的表情，但随即笑道："可以理解，女人嘛，总是比男人痴情，付出在前。"

这话讲得很艺术，想说未婚先孕不好意思开口，说提前付出，好像被男人逼迫似的。其实按照周盈盈的婚礼日期推算，女儿也是提前半年出生，都是大龄青年，哪有不偷吃荤腥的。当然自己是特例，其中另有隐情，不可告人。一圈酒敬完，她又提议共同干了一杯，才意犹未尽地坐下。

　　王艳艳端着杯站起道："今天是庆功宴，也是家宴，为啥这么说呢？志良是老杨的外甥。盈盈是团委办公室副主任，实际是我的秘书。向民是红星的老师，蔡琳是向民的未婚妻，所以都不是外人。这学期在向民精心辅导下，儿子从中等生一下子名列前茅，上午拿到的成绩单，数学和物理满分，全年级排名第一。为此，我们全家敬向民一杯，表示最诚挚的谢意！"

　　杨副秘书长和儿子站起来，红星的酒杯里倒的是茶水，四只杯子碰在一起，喝了个底朝天。

　　热菜上来后，蔡琳吃了几口就走了。她现在吃什么都恶心，孕期反应特别强烈，按照老人们的说法，"要生大胖小子"。高志良虽然知道周盈盈成了家，心里还是像猫抓似的，激情澎湃道："周主任，今天我舅妈高兴，你唱一首歌，我喝一杯酒，怎么样？"

　　"我唱三首，你喝三杯。"周盈盈故意激将。

　　"没问题，只要你唱，我都喝！"高志良喝多了，脸被酒精刺激得像猪肝一样紫红。

　　这顿饭一直吃到下午四点，周盈盈唱了十几首流行歌曲。高志良喝得站不起来，被李向民扶出烩菜馆，叫了一辆出租车送回家。

　　腊月二十七，蔡琳骑着刑警大队的"幸福二代"摩托车，带着李向民沿土路行驶了一百二十多千米，回到老家达县庙壕乡。蔡永文早一天回来，他被李向民请为媒人。按农村人的乡俗"订婚"，媒人要带新郎和主事的长辈去女方家，商定聘金和举办婚礼事宜。李向民和母亲相依为命，虽然老人家疯病治好恢复了意识，但镇静药吃多了有点呆傻，为儿子张罗不了这些事。李向民又不想花大哥的钱，也就没与哥嫂商量，家里没有来人。

　　蔡家在村子里算有头有脸的人家。蔡琳的母亲是村小学校长，虽然为民办教师，没有转正，但从事教育三十年，荣获过"中州地区优秀教育工作者"称号。父亲蔡二栓当了多年的生产队长,为人厚道,膀大腰圆,有一股子蛮力,是个种地的好手。家里大小事都是老婆说了算。她家院子很大,一米多高的土打墙修得齐齐整整,两扇柳木板大门敞开着,是蔡永文进来时故意打开的,表示迎接未上门的女婿。当摩托车驶进院子时,蔡永文听到声音,从屋里出来,把李向民迎进屋。

蔡二栓端坐在炕上,手里正卷着一支旱烟,见李向民高高大大,一脸的刚毅,剑眉下那双炯炯有神的眼睛显得沉稳和睿智,不由得点了一下头,喜欢上这个未来的姑爷。他扭头看向紧靠窗台坐着的老婆,想观察出她的态度,顺便把自己的想法表达出来。一见平时笑眯眯的婆姨脸上突然阴云密布,仿佛要电闪雷鸣,就知道她是铁了心反对这门婚事,赶忙把到嘴的话咽回去。蔡永文知道二妈主事,看她虎着脸不说话,心里暗叫不好,寻思这出戏怎么唱下去。此时蔡敏风尘仆仆推门进来,没发觉家里气氛不对,开口就嚷:"那个窝囊废,母猪难产都惹得他哭起来,一早待在猪圈里,害得我现在才来。"

"我们也是刚到。"李向民听蔡琳介绍过姐姐,一看她风风火火的样子,就知道这人心直口快,犹如来了救星,心情顿时不再压抑。

蔡敏上下打量着准妹夫,一米八几的个头,不胖不瘦。早听妹妹说他身手不凡,从十一层楼跳下救人,原以为是个膀大腰圆的汉子,没想到这么清秀,一副文质彬彬的书生气,根本看不出是练武之人。她从心里往外喜欢,羡慕妹妹好福气,甚至隐隐有一丝嫉妒。随口问:"择好日子了吗?就定在正月十八,是个良辰吉日,还有二十多天,来得及准备。"

"准备?来订婚两手空空,穷得连礼数都走不起,家里没来一个人,这哪是订婚,不如把人抢走算了!过几天传出去,这么大的村子,不知道要编出什么闲话来,蔡家的脸面往哪儿搁?"蔡母瞪了眼大女儿,"上个月琳儿的大队长来提亲,开着小吉普,从车里大包小包拿出一堆礼品。我不是爱那点东西,听说小阎要提副局长,前途无量。他父亲是东河县的大县长阎中厚,说句不爱听的话,这种人家打上灯笼也找不着,琳儿要嫁过去,是蔡家烧了八辈子高香。不是我小瞧小李,拿什么跟人家比?当一个穷教师,就是再优秀,一辈子都没出息!我猜既然阎大队长上门,一定是和琳儿商量好的，要不也不会贸然跑来，我就答应了他。"

蔡永文坐在炕沿上，脸色变得很难看。二妈说的话和自己订婚时岳母说的如出一辙。他和阎保国是中州师范同学，当初两人都追一个女生，就是他现在的老婆沈丽娟。媒人是母校分管政治思想工作的副校长，说起话来滔滔不绝，把阎家吹得如同王侯将相家，让丈母娘心花怒放，当场拍板非阎公子不结亲。要不是沈丽娟哭得昏天黑地，宁愿离家出走也不嫁不阴不阳的"公公"，班花早成了阎保国的媳妇。不过话说回来，要是丽娟嫁给阎保国，就能开上轿车住进小洋楼，自己就算努力几十年，都给不了她这些。人啊，不得不承认家庭对你一生的影响。一个穷人家的孩子要想改变命运，需要付出比人家多几倍的努力，因为你比拼的是两代甚至三代人。最让他愧疚的是直到今天，沈丽娟没有再踏进父母家门，和父母断绝了关系。他不能让堂妹重走老婆的路！想到这儿跳下炕，看着二妈道："向民是个优秀青年，在陕大当选学生会副主席，每年评为三好学生，本来系里保送上研究生，也可以留校，为了和琳琳在一起，才放弃大好的前程，要求分回原籍。这样的人，会用生命呵护妹妹，绝不会让她受半点委屈。一个有抱负有学识的人，只要努力适应社会，终有一天会出人头地的。"

"一个老师就算做得再好，哪怕当上校长，也是清贫一辈子。琳儿还不是跟着受罪？"蔡母想着自己大半辈子的艰辛，声音颤抖道，"我从教三十多年，熬到学校一把手，荣获的证书能装一麻袋，年年去学区开表彰会，照样没有社会地位，连转正都轮不上。要是等到小李咸鱼翻身那天，琳儿都熬成老太婆了，还能活出什么滋味？"

"妈，你不同意琳琳的婚事？"蔡敏终于看出了母亲的态度，气愤道，"当年要不是你反对，我早和张学义结婚了，能落到今天的地步？"

蔡母脸色铁青。当年反对大女儿的婚事，是因为太了解张家孤儿寡母的人性了。张寡妇是个既刁蛮又有心计的女人，民国时被土匪头子抢到山寨做了三姨太。本来，一个穷苦人家的女孩，闹腾上几天也就顺从了。可她一闹就是四年，硬是把前面的大太太和二房折磨死，自己坐上"压寨夫人"的宝座，而且绞尽脑汁架空了男人。一九四九年后"大瓢把子"被镇压。为了洗清肮脏的历史，她忍辱下嫁本村雇农张根厚。生下张学义的第二年，正赶上三年自然灾害，张老汉宁愿饿死，把仅有的一点粮食留给老婆孩子。也许是张寡妇基因强大，张学义一点儿没有传承张老汉的憨厚，不论五官还是性格，活脱脱和老娘一个样，阴险狡诈，而且，事事听从母亲的。要是蔡敏嫁过去，凭她那犟性子，能过得下去吗？老人不理会大女儿，看着琳儿长长叹了一口气道："我为你好，反倒成了罪人。你要执意嫁小李，等他比阎保成有出息了，抱上娃娃回来办婚礼！"

"妈，你这是赶我出门！"蔡琳眸子里滚出两颗泪珠，一把拉着李向民，转身冲出家。很快就听到摩托车的声音。蔡永文跑出来，发现两人已消失在大门前的黄土路上。

正月十八是黄道吉日，很多新人选在这一天完成终身大事。李向民和蔡琳请了五桌同学，还有一桌是后沟村乡亲。赫挨小带着母亲范爱爱来了，周盈盈和妹妹也来了。在王艳艳地主持下，婚宴办得红红火火。区桂枝由衷地高兴，前前后后忙了一个星期，还从家里宰了一头大肥猪。

五 抱远负大

　　成家对李向民来说，像完成一件顺理成章的事情，并没有带来多少快乐。新婚的蜜月期很快过去了，蔡琳的肚子越来越凸起。孩子生下要人照顾，一间单身宿舍不方便，得出去租房住。他也早想离开公安大院，每天碰见阎保成就心烦，还不得不打招呼，装出友好的样子。最让他苦恼的是谁来伺候月子。老母亲显然不合适，镇静药使她变得迟钝呆板，有时一个人站在院子里傻傻地发笑，她这种状态需要别人照顾。可岳母大人自从订婚那天再没见过，婚礼上蔡敏不顾母亲反对，领着那个窝囊男人（父亲）和蔡永文兄弟俩一起出席。蔡琳心里记恨，固执地不回父母家去，更不会请那个爱面子的小学校长（母亲）过来。

　　上午两节课结束，李向民郁闷地走出校门，沿着马路朝西走去。行署与学校隔着两条街，后面就是王艳艳的家。杨红星六月份参加中考，每天中午辅导半个小时。以红星现在的成绩，上最好的学校不成问题，可王书记的目标是考中州第一，要儿子将来念清华。李向民并不赞同王艳艳的做法，初中没毕业就定下清华的目标，无形中给孩子加大压力，会适得其反。但他既不能反对，又不敢贸然答应，万一在那决定人生命运的三天里红星发挥不正常，成绩平平，就鼻子比脸大了。凡事要留有余地，没有把握的话不说。尽管和王书记走得越来越近，可他必须掌握分寸，自己的前程押在这对夫妻身上，能不能跳出老师的行列，就看人家愿不愿意帮忙。尤其掌握实权的杨怀仁，是武专员面前的大红人，传言他很快就会高升。

李向民拐过两个十字路口，走到行署后院第二排把东头的红砖房前，见王艳艳正掏出钥匙开门，他快步跟进去。

偌大的客厅空落落的，王艳艳拉他坐在沙发上，拿起果盘里一个鸭梨，一边削皮一边道："行署要调整一批干部，我和老杨都会变动。"

"王书记要去哪儿？"李向民眼睛一亮，关切地盯着王艳艳。

"县长要退休，组织上让我接替。"王艳艳把削好的鸭梨递过去，"老杨转正，终于熬成婆了。"

"那太好了！"李向民脱口而出，他是由衷地高兴。仿佛自己调到了行署，坐在明亮的办公室里，再不用担心那只断腿的凳子跌倒，看赵军一脸讥讽的坏笑。剩下的时间就是等着这对夫妇上任，找机会提出调动的要求，也许她会主动说出来。他接过梨，手轻微颤抖了一下，强压住内心的激动，抬起头道："东河县是行署所在地，在中州举足轻重，您当上县长就是重量级人物，既年轻又是女干部，用不了几年就会成为陕中省的政治明星。"

"看你比我还高兴哩。"王艳艳心里很受用，"其实当多大的官对我来说不重要。一个女人最大的幸福是呵护好自己的感情。"

红星推门进来，看见李向民坐在沙发上，亲热地叫了一声"老师"，转向母亲问："今天去姥爷家吗？"

"等老师给你辅导完，一起走。"

李向民一脸惊讶的神色。一个家庭教师去拜见老爷子，这有点不合情理，但现在顾不得这些，能不能鲤鱼跃龙门，实现远大抱负，都与这对处级夫妻的关系密切相关。

"这没什么，你去了陪老爷子下盘棋。老人是个棋迷，只要有人和他玩会很开心的，像个老顽童。"王艳艳说。

"不知道老人棋艺多高，我怕陪不好。"

"以前他是政府大院有名的棋手，现在九十岁了，思维大不如前，哄他开心就行。不过不能让他看出是故意让他，也不要输得太惨，把握住尺度，下个棋逢对手最好。"

下午红星没课，三个人走出大门，拐过一条街就到了老爷子住的高干花园小区。这是专门为厅级领导建设的，里面有十二栋连体小二楼，每栋两户人家，独门独院。最特别的是紧靠小区后花园，一左一右两栋独体别墅，每栋建筑面积六百平方米，左边住着邱朝东，右边是王洪志老爷子家。这二位一个当了半辈子中州地区书记，另一个当了同样年头的行署专员，都是副省级待遇，同一天退休。王艳艳掏出钥匙打开院门，小保姆正扶着老人在石子铺成的曲径散步。李向民认出保姆是周阳阳，惊讶地张大嘴巴想打招呼，又怕生出歧意，把话咽了回去。

王艳艳快步走过去，换下周阳阳扶住老爷子，慢慢走回客厅。看着跟过来的李向民介绍道："爸，这是红星的老师，叫李向民，陕大毕业的高才生。"

李向民十分谦卑地说了声："老人家好！"

老专员神情严肃地盯着这位英俊的小伙子，看他挺拔的身材有一米八几，刚毅的脸上透着一股英气，仿佛见到死去多年的贤婿，眼睛一亮，自言自语道："怪了，就像一个人似的。"

王艳艳见老父亲没有回应叫声，让李向民很尴尬，忙说："向民棋艺很高，要不和你杀一盘？"

"好哇，快把棋摆到桌上。"老爷子转身朝书房走去，虽然九十高龄的人却步伐稳健。

周阳阳赶在老爷子前面进到书房，摆好棋盘，沏了一壶明前龙井，取下茶具上两只酒盅大小的茶杯，倒满放在棋盘旁，随即站在老人身后，小心翼翼地为他捏肩，两只水汪汪的大眼睛却盯着李向民。

两人棋逢对手。老爷子兴致很高，一直玩到厨房的老妈子把晚饭摆在餐桌上，王艳艳催促几次才罢手。吃过饭，杨红星要回家复习功课，李向民跟着王书记走出客厅，就听老爷子大声喊道："小伙子，回来，陪我再杀几盘！"

李向民闻言停住脚步，老人家这种听起来很亲昵的叫声，表示认可了他。王艳艳扭头笑道："老爷子就这脾气，心里喜欢你，不直接表露，就这么叫。今天他高兴，多陪一会儿，晚上不要辅导红星了。注意，不要让老爷子累着。"

"我知道。"李向民答应一声，转身走进书房继续对弈。一边假装思考走棋，一边似乎不经意地问："王老，听说您身经百战，百步之内能打断吊麻钱的线，是不是真的？"

"老子百发百中，那还能有假？"

"王老真不愧为大名鼎鼎的游击队长，我们这些小辈，都是听着您的传奇故事长大的。"李向民见老爷子得意，故意把话引到想知道的事上，"民间传说，赵啸林的父亲一边抱着冲锋枪射击敌人，一边从死人堆里把政委背出来，比三国时的张飞都勇猛。"

"是我双手开枪冲过去，掩护赵满仓背起邱朝东突围，我肩上还挨了两颗枪子！"老人拿棋子的手突然抖了一下，大声道。

李向民感到老爷子似有不快。社会上传的邱、王两家不和，弄得中州官场选边站队，难道是那个时候埋下的祸根？赵老爷子一九四九年后回老家种地，不愿出来做官，也许和这件事有关，不想得罪王洪志。但邱、赵两家是儿女亲家，显然赵老爷子和邱政委关系更好。他顺着老人的话道："其实掩护的人也很危险，把对方的火力吸引过去，又不能赶快逃跑，大都是敌人攻击的重点。王老是好人天佑，福大命硬，子弹才没有击中要害。"

"你小子是战斗片看多了，子弹又不长眼，管你好人坏人！"老爷子打了一个哈欠，把脖子左右扭动了两下，显出一丝困倦。

"王老，您累了，这盘算和棋，改日再陪您下。"

周阳阳赶忙扶起老人家，搀着走出书房，慢慢上了二楼。李向民来到客厅，等着打声招呼离开，可过了好长时间没有动静。正要推门走人，听到身后低声叫着："向民哥，到我房间坐一会儿。"

他转身跟着周阳阳朝客厅东边的卧室走过去。这间房足有五十平方米，靠北墙放着一张木制双人床，两边各有一只床头柜，西北角立着一个衣架。屋里没有桌椅，李向民只好坐在床边。周阳阳走到窗前拉上红花蓝底窗帘，他吓得差点跳起来，紧张地盯着她苗条的身段，那圆滚的酮体已经发育成熟，的确良裤子深深箍进股沟里，分出迷人的两半球。

周阳阳转过身，很大方地挨他坐下，扭头低声问："向民哥，什么时候给人家当家教的？"

"我……是王书记安排的，陪老人下盘棋。面子上过不去，才来拜访一下，走个过场。"李向民的脸憋得通红。

"跟王书记家走得越近越好哇，将来他们会报答你的。"周阳阳半揶揄半认真地叹了一声，"我是个女娃子，又没文化，只好认命给人家当保姆。你是大学生，后沟村的骄傲，我们都把你当偶像，盼你能干一番大事业，为咱村争光。"

李向民嘴角抽动了一下，抬起头盯着周阳阳："你不懂，一个从山沟里出来的穷孩子，不管多优秀，怎么努力，如果没有背景，连展露才华的机会都没有。要想成为人上之人，必须学会吃苦中苦。"

"我怎么不懂？我姐整天跟在王书记屁股后面，像个贴身丫鬟似的。为讨好人家，让我辞掉印刷厂临时工，给老爷子当保姆，伺候吃喝拉撒。还说只要让老头子高兴，就能给我安排正式工作，成为国家干部。我就纳闷了，她书念多了尽动歪脑子，连骨气都念没了。"周阳阳噘着嘴，"今天见你堂堂大学生还要低三下四，吃这种皇粮有什么稀罕！人要是心里憋屈，每天吃山珍海味也不会痛快。我打问过了，在行署门前那个理发店当学徒，半年就能另立门户。等攒下钱开个美容店，卖化妆品，说不定能弄成公司哩。"

李向民无地自容，没想到她是这么有个性的女孩，虽然理想不高，只要一步一个脚印干，或许真会干出点名堂。他心里由衷地为她高兴。如果年轻人都有这样的自强精神，不挖空心思拥挤在仕途上，何愁没有出路？自己不如一个初中生，机关算尽攀附权贵，像一只绿头苍蝇追逐腐烂的臭肉，不惜扭曲人格。他心里五味杂陈，真想大喊一声："权势贵族，将来我是你爷爷！"他必须出人头地，对得起蔡琳，风风光光地回去见那个虚荣的小学校长，让她后悔不认这个贤婿是多么的愚蠢。还有能掐会算的周长生，他要用衣锦还乡证明，自己不但吃皇粮，还是前呼后拥的大人物，远远超过那个后沟村最有前途的女婿。为了这一切，他可以忍常人之不能忍，要等待机遇的到来。他咽了一口唾沫，竭力平复着内心的激动，以一个大哥哥的样子道："你要学理发，先和你姐说一声，别惹她生气。"

"她不会同意的，和她说只能怄气，我的事我做主。"周阳阳倔强地说，"我姐说她要脚踩两只船，是双保险，既傍邱志伟，进入邱家的圈子；又紧跟王艳艳，成为王家的人。就怕她到头来两边不讨好，谁也不把她当自己人，竹篮打水一场空！"

"她也是没办法，在人家手下工作，不能不尽力。"李向民想替周盈盈说句好话，又觉得很牵强。他苦笑一下，随口问道："你知道邱副专员对她怎么样？"

"她从来不和我提姓邱的，也不准我和别人说。与她一见面，除了骂张学义，就是说你。"

"说我？一个被她抛弃的人，还值得提吗？"李向民摇了摇头。

"你又不是看不出来，她心里除了你再装不下别人。"

"她心里谁也没有，装的只有虚荣。一个追逐官场的女人，是为比她官大的男人活着的。"

"向民哥，你不能这样说我姐。她没有嫁你，可心是属于你的。如果女人的心没有背叛，哪怕变成失足女，也是一个贞洁的女人。"周阳阳伸手拉开床头柜，取出一本精致的日记，递给他道，"我姐让我给你的，她知道你会来这儿。里面记着中州官场社会形形色色的人物，各种关系和背景，勾心斗角的一些大事，牵扯省里的领导，内幕触目惊心，我都不敢相信是真的。有行贿贪污的金额和人名，两起车祸杀人灭口，就像离奇的谍战片。一个中州，复杂得远不是我们能想到的。你为什么要往这里面挤呢？我真不明白，人活着图个啥，每天提心吊胆琢磨人，到头来都是一场空。我姐在邱志伟喝得烂醉倒在沙发上睡着时，打开保险柜，发现里面有一本小册子，拿出来偷抄在日记上。说你以后会用上，让你好好保存，决不能泄露秘密。她自己也留了一份。"

李向民接过日记，手不由得颤抖了一下。他明白周盈盈的用意，让他了解中州的关系网，掌握那些大人物的罪证，说不定以后会用得上。同时也把一颗定时炸弹交给自己，和她绑在一起，成为一根绳子上的蚂蚱，同进同退。"难道她受到邱志伟的威胁，要我提前掌握邱家的证据，在危险的时候出手救她？"他摇了摇头，邱老爷子是游击队政委，为革命出生入死，决不会变成腐败分子。就算是铁定的事实，邱家树大根深，门徒遍地，从上到下形成了庞大的利益集团，牵一发而动全身，岂是一本摘抄的日记就能撼动！他这么想着站起来，心事重重道："你早点休息吧，我该回去了。"

周阳阳默默地送到大门口，看着他转身离去，压低声音道："向民哥，要经常过来。"

李向民回到公安局后院，已是晚上十一点，掏出钥匙打开门，走进去伸手拉着灯。见蔡琳不在，坐在椅子上看起那本神秘的日记来。

半年过去了，王艳艳说的人事变动没有出现，中州还是那么平静，似乎什么也不会改变。生活本来就是平淡无奇，一日复一日，不管有多少大人物像流星一样划过天空，太阳照旧从东边升起西边落下，老百姓一如既往地忙忙碌碌。只有一小部分人每天机关算尽，踩着别人往上爬。李向民那颗想挤入上流社会的心比往日更加迫切。因为上个月蔡琳生了个大胖儿子，他必须为娘俩的锦衣玉食去奔波。现在的条件还很差，租着一套九十平方米的房，小保姆早晨起来上厕所，好多次和他撞车。近来让他疑惑的是王艳艳心事重重，经常往省城跑，一住就是半个月，而且接连去了两趟北京，神神秘秘的，不知道在干什么。他好几次想问，可话到嘴边又咽了回去，人家不说肯定有原因。杨怀仁陪武专员在中央党校学习，有传言武要调离中州，由邱志伟接任。若真是这样的话，杨也得离开，自己的调动就泡汤了。

"难道有什么变数？"李向民坐在办公室那个破凳子上，百思不得其解。社会上早已传开，在庆贺杨红星中考取得中州第二名的宴会上，人们称呼王艳艳为县长。她态度含混且并没有严厉制止，这说明事情未出现变数，那么问题究竟出在哪儿？自己毕业回来已经一年，和学校领导只见过两次面，决不会被重用。况且赵军在校长面前煽风点火，到处散布他攀附王家，成了老师们闲谈的话题。必须另寻一条出路，发挥自己的长处，不能在一棵树上吊死，把命运绑在这对"处级夫妻"的身上。要静下心写点东西，在《中州日报》上发表出来。也许哪位大人物正要物色秘书，没准儿侥幸撞上狗屎运。应该继续完成K大时写的那部小说《大学风流》，争取年底出版，或许能一炮打响，从此改写人生。

这么想着走下楼，刚出校门，见蔡永锋骑着车过来，老远就喊道：

"向民，宣传部招聘一个文秘人员，你去应聘吧！"

等自行车停在面前，李向民疑惑地问："什么条件？也许人家早内定了，不过是走个过场。"

"三十五岁以下，中专以上学历，有一定写作能力。"蔡永锋拍了一把他的肩，"就算内定了，参加一次考试也没什么，凭你的水平都不用复习。要不，我现在带你去报名？"

李向民犹豫了一下，抓着老同学的肩膀坐上车前去。路过行署办公楼时看见周阳阳在理发店，正给一个小青年洗头，忽然想起周盈盈的老公是宣传部办公室副主任，忙问："张学义告诉你的？"

"不是，我从小就看不惯他，一肚子坏水。盈盈怎么就嫁了这么个人，还大她六岁！"蔡永锋扭回头，"招聘先要人事局备案，要经过我的手。"

"你看用不用跟他了解一下情况？"

"不用，那小子记恨你和盈盈过去的关系。"进到党委大院，蔡永锋把车存入车棚。

李向民见过一次张学义，是在蔡永文家里遇见的，个子一米七左右，不胖不瘦，留着小平头，看上去挺精神。只是那双三角眼总是半眯着，给人一种不怀好意的感觉。他跟在蔡永锋后面刚上到二楼，见张学义手里拿着文件夹走来，两人无法回避，只好硬着头皮迎上去。张副主任先是一愣，随即笑呵呵地和蔡永锋招呼道："二哥好稀罕，过来办事？"

"没啥，你忙你的。"蔡永锋勉强笑了笑。

张学义礼节性地朝李向民点了一下头，匆匆走上楼。

蔡永锋见对面办公室门开着，走进去问："招聘在哪报名？"

"找张学义主任。"女孩拿着一本杂志，正趴在桌上看得聚精会神，头也没抬。

"找他？"蔡永锋愣怔了一下，见女孩疑惑地抬起头看着自己，慌忙转身出来，对李向民苦笑道，"晦气，那小子负责报名！"

"他和你一个村，又是表妹夫，不看僧面看佛面，应该不会使坏吧？"

"你不了解这个人。"蔡永锋边走边道，"张学义从小偏激，心胸狭窄，为人很阴险。"

李向民摇了摇头，不相信周盈盈会和这种人生活在一起。蔡永锋一定小时候吃了人家的亏，还记忆犹新。再说人是会变的。两人没有办法，只好走进张学义的办公室，坐在靠墙的沙发上等那小子回来。

直到下班，张副主任才走进办公室，一进门就抱歉道："二哥，要是找我早说嘛，让你等了这么久。正好楼上开会，我做记录，本来没多少事情，部长滔滔不绝，刚散了。"

"我没事，就是过来问一下招聘的事，向民想报名。"蔡永锋尽量轻描淡写地道。

"呵，向民是后沟村的才子，盈盈经常提起。只要来考试，这个名额非你莫属啦！"张学义在楼道里一见李向民，就猜出是来应聘的。他把文件夹放在部长办公室，故意到阅览室看报纸去了。

"还要张主任帮忙。"李向民站起来，装出谦恭的样子。

"那是，一家人不说两家话，就是二哥不来，我也会关照的。"张学义从抽屉里拿出一张表，递给李向民。

办完手续，三个人走出党委大楼。张学义竭力邀请他们到家吃饭，蔡永锋知道他是虚情假意，婉言谢绝，他骑上自行车带着李向民，路过周阳阳的理发馆，提议和表妹一起吃个饭。李向民高兴道："今天我请客，不管能不能考入宣传部，总算一件喜事。"

两个人一进理发馆，李向民看见赫挨小坐在椅子上，脚边放着一只篮子，惊讶地问："啥时来的，咋不找我？"

赫挨小站起来，喜出望外道："去学校找了，门卫说刚走，又找不到你家。在街上溜达了半天，只好来找阳阳，没想到歪打正着。"

"你搬了家，我也找不到。"周阳阳给顾客理完发，边收拾边回头看着李向民，"师父昨天回四川了，把这个店留给了我。"

"呵，行啊，还真当上老板啦！"李向民由衷地为她高兴，"正好挨小来了，中午一起下馆子，给你庆贺一下。"

"先把这筐鸡蛋送回家，你哥让我带来的。他听说你跟王艳艳家搭上了关系，跑到我家说你一定会出息，老李家就要……"赫挨小见李向民的脸一下变成猪肝，把到嘴的话硬生生咽回去，换了话题道，"今年后沟村的葵花子收成好，每家堆了半院卖不出去，愁死人了。你在城里认识

101

的人多，想办法找个路子，帮一下乡亲们，顺便也能挣点钱。"

李向民没想到那么点事会传回后沟村，真是好事不出门，坏事传千里。可知道这事的人与远在二百千米的那个小山村毫不沾边，除非周家姐妹告诉周长生，神汉会第一时间转告给大哥。他偷偷瞟了眼周阳阳，见她毫无反应，随即打消了怀疑。他看着赫挨小道："南京有个全国最大的榨油厂，我K大同学的父亲当厂长，吃完饭打个电话，问一下情况。"

"不要等吃完饭，我着急得吃不下，现在就去邮局挂长途。"赫挨小眼睛一亮，"后天选村长，要把这事做成了，我就能胜过何三骡。"

"不用去邮局，我有局长办公室钥匙，能打外线。"蔡永锋小时候经常去舅舅家，和赫挨小一起玩过，他拍了一下他的肩膀笑道，"当村长牛逼哇，虽然职位最低，可是群众投票选举的官。等上任了，我和向民回去给你庆贺。"

"那是什么官，你这局长的秘书才前途无量哩。别看是个伺候人的职务，能办大事呢，比如马上打免费电话。"赫挨小虽然没见过大世面，但知道能拿领导办公室钥匙的人，不是勤杂就是秘书。

李向民很诧异，盯着蔡永锋问："你隐藏得够深啊，什么时候当的?"

"前几天，临时的，等着赵啸林给转正。"蔡永锋呵呵笑了一声。

李向民心里咯噔一下，没想到这么要好的同学，而且是蔡琳的堂兄，对自己都守口如瓶。他跟着蔡永锋朝对面行署大楼走去，身体内有一股醋意。这小子给了姓赵的多少钱，一定超过高志良的五千吧?

电话打得很顺利。窦厂长一听是儿子的大学同学，慷慨答应收购五十万斤。赫挨小很兴奋，中午喝了不少酒，坚持要下午回去，说要把这个大快人心的消息及时告诉后沟村的老老少少。自己光着屁股耍大的伙伴，什么性子李向民最了解。这个农民汉子拍着胸脯保证，只要他当上村长，一定将何、马两大家族的势力打下去。尽管钱三宝当上了公安局副局长，还兼任前沟乡的派出所所长。

吃完饭，李向民把赫挨小送上班车，抢着给他买了票，心里觉得从未有过的畅快。自己终于能给乡亲们做点事。作为一个山沟里走出来的穷孩子，让家乡人认可，给老李家增光，是何等荣耀的事啊。人们千辛万苦地劳作，就是要活得体面，给那些看不起自己的人看。他沿着马路边的人行道摇晃着往前走，秋后的凉风一吹，酒劲更上了头。忽然看见赵军从身边一闪而过，一下想起大哥知道自己攀附王家的事来，难道是这小子告诉钱三宝，再传给何家的？要是这样，说明他们很在意此事。只要能震慑住这帮王八蛋，就说明这是多么正确的选择。王家是邱家的克星，正像那本日记中记录的，中州早已形成以两个老爷子为核心的阵营。想走上仕途，必须进入其中一个圈子。非此即彼，别无选择。一个身无分文的穷酸儒，就像处于金字塔的底层，不这么干哪有出头之日？他完全没必要顾忌，只要不做亏心事，管它半夜鬼叫门！现在的关键是利用这种关系，迅速弥补生在后沟村的先天不足，跻身上流社会。

第三天正好是周六，李向民用一个月的工资给老母亲和嫂子买了两身衣服，又给侄儿侄女带了些糖果。中午吃过饭，让蔡琳向刑警大队借了一辆"幸福二代"，和蔡永锋骑上直奔达县。

一进村就看见大哥门前堆起两米多高的麻袋，像新建的大型粮库，一直堆到周长生家的房后。赫挨小正指挥二十几个人过磅、打包、码垛，听到摩托车声，远远迎过来，大着嗓门喊道："超过五十万斤啦，邻村还往来送，让窦厂长多采购些？"

"咱村的收完了吗？"到了赫挨小跟前，李向民跳下摩托车问。

"除了何、马两姓，都收了。"赫挨小骂道，"那些驴日的放狠话，说倒进水沟里，也不卖给你。"

"田家村的还有谁没收？"

"咱大队的都收了，别的大队要卖，收不收？"赫挨小很为难，"邻里邻村的，不收，磨不开面子。"

"这次收购，是助你选举，外大队的不要考虑。"李向民盯着眼前这个憨厚的汉子，"做事要心硬，能拉下面子，不要怕得罪人。上午预选没问题吧？"

"何三骡1091票，我只有909票，勉强进入候选。明天第二轮决定胜负，我怕够呛。"赫挨小苦皱着脸，"后沟村的人被何三骡欺负怕了，除了向生哥，没人敢投我的票。"

"你要有信心，这次是赶下何三骡最好的机会，只能成功，不能失败！咱村里的人虽然怕事，但为了利益会什么也不顾，你就听我的。"李向民从上衣口袋里掏出一个存折，举起来扬了扬，大声道，"这是三十万斤葵花子的钱，我先保管着，等你当上村长再结算。"

"要是当不上呢？"赫挨小瞪大眼睛问。

"钱给厂家退回去，买卖泡汤！"李向民看着打包的二十几个人，故意喊了一嗓子，"你们都停下来，挨家挨户宣传去，就说赫挨小落选，李向民就不收葵花子了。"

"这是强迫人投票嘛，让人家抓住把柄，告你变相贿选！"蔡永锋插嘴道。

"周瑜打黄盖，一个愿打，一个愿挨。"李向民冷哼一声，"榨油厂委托我和村里签合同，别人当村长我不信任，这有错吗？"

"向民，你这招儿够狠啊。村民一年的收入，就指望卖葵花子，要是卖不出去，明年开春都没钱买种子和化肥。"蔡永锋调侃道，"我得赶紧找大舅去，别让他和你顶牛，来年误了春耕。"

"去给壮壮胆，何家没什么好怕的，我李向民回来，就是要斗一斗他们。"李向民看着蔡永锋转身离开，朝背后大喊道，"告诉周大叔，被欺负了大半辈子，现在该挺直腰杆啦！"

见打包的人都走了，李向民拐进自家院子，正要进老母亲住的土坯房，嫂子推门出来。他忙把买的新衣服递上，笑道："这是蔡琳给你买的，不知道合不合身。"

"你们刚有娃子，正困难哩，还买这些做啥？"嫂子说着接过衣服，瞅了眼质地，一脸喜色道，"自从挨小说你收购葵花子，你哥就乐呵呵的，每天东家进西家出，唯恐把哪家漏掉，连外面的木工活儿都推了。"

"大哥盼着我有出息，给村里做点事。"看着嫂子打心眼里高兴，李向民一阵激动。真是个贤妻良母，把丈夫的喜怒哀乐看得很重，从来没有一声抱怨。但他明白，大哥开心不是因为收购葵花子，是看到赫挨小能胜选。在这个世界上，没有人比他更盼着何、马两家倒霉，再不敢肆无忌惮鱼肉乡邻。

"你一回来，何三骡就会知道，不定打啥坏主意哩，要小心防着点。"嫂子担心道。

"我就是要他下台，当不成村长，看他拿我咋的？"

第二天上午八点半，李向民和蔡永锋准时赶到村委会。前沟乡四名工作人员抱着两个选票箱，站在院子的台阶上。身边围着各社的社长，作为唱票人和监票人。李向民瞟了眼正恶狠狠瞪着他的马二驴，大步走到院子中间，高声道："乡亲们，我叫李民民，李二狗的二儿子，大家有认识我的，也有人不认识。今天是选举的日子，作为从后沟村走出去的娃子，借此机会想说几句心里话。虽然村长是个小官，但也由村民选举产生，是行使每个人权利的体现。这就要求你们珍惜手中的选票，选出自己信任的人。不要受别人要挟，怕打击报复。我在这里明确表态，如果赫挨小当不上村长，收购葵花子买卖取消，后沟村堆的那些麻包，谁家的谁拉回去。"

"这不公平，不能退货！"

"李民民，不许出尔反尔！"

人们群情激愤，高声喊叫着。两千多村民把村委会围得水泄不通，互相推搡着向里涌来。李向民望着黑压压的人群，知道关键时刻到了，赫挨小能不能竞选成功，就在于他如何引导。那四个乡干部见现场混乱，把选票箱高高举起，唯恐挤坏纸箱子。何、马两大家族的人围着何三骡，瞪着愤怒的眼睛齐刷刷看向李向民，恨不能扑上去将他撕碎。让民民吃惊的是，何三骡身边有一个特殊人物——已经升为公安局副局长的钱三宝，是来为娘舅家撑门面的。虽然一身便服却气势凌人，让没见过大世面的农民不免心虚。大哥和嫂子站在人群前面，投来担忧的目光。李向民感到无路可退，要给他们撑腰，他大声喊："你们自己掂量，把利害关系想清楚，谁想卖掉葵花子，就选赫挨小！"

片刻，人们安静下来。李向民抓住时机，慷慨激昂道："南京榨油厂是全国最大的粮食加工企业，想在托县建一座分厂，授权我考察厂址，签署有关协议。如果厂址选在后沟村，能解决三百个就业岗位，每年需收购五千吨葵花子，你们还愁卖不出去？但前提是必须选出我信任的村长。大家很清楚，我不可能与何三骡合作，因为他陷害过我。你们中还站着前所长钱三宝，已经荣升为达县公安局副局长，当年因我的案子受过处分，但毫发未损，而且得到了提拔！"

村民们惊讶地扭回头，看见威风凛凛的钱三宝，随即又看向李向民，没想到这个年轻人竟敢和钱副局长叫板，背后一定有大官撑腰。可他家原是"五类分子"，被踩得几乎永世不得翻身，能有啥背景？就听李向民继续道："选不选赫挨小是你们的自由，但买不买葵花子，是我的权力。我只为厂家负责，与诚实的人打交道。我怕企业吃亏上当，无心干扰正常选举。"

"李民民，你不过抱上了王家的大腿，牛逼什么？王家很快就会失势，你的好日子不会长了！"钱三宝脸憋得通红，愤怒道。

"钱副局长，不必恼羞成怒，站出来把自己当官的过程给大伙儿讲一讲，你是靠什么飞黄腾达的？"李向民冷哼一声，"你要不是赵啸林的干儿子，别说当副局长，六年前陷害我，就把你的所长给撸了。不过我要在这里澄清一个事实，我是给王书记的儿子辅导功课，我把她儿子辅导成全校第一、中州第二，难道不应该吗？一些人别有用心，借此大做文章，到处散布流言蜚语，处心积虑想败坏我的名声。我问心无愧，没有凭王家权势往上爬，也没沾老爷子半点光。和榨油厂联系收购葵花子，是我K大同学的父亲当厂长，借此机会给家乡办点好事。我上对得起自己的祖宗，下对得起自己的良心。今天把话说清楚，让乡亲们心里明白，免受小人蛊惑。"

十点投票准时开始，十一点半计票，十二点宣布结果：赫挨小1008票，何三骠992票，选举尘埃落定。李向民把存折当场交给赫挨小，和蔡永锋骑上"幸福二代"绝尘而去。

晚上，李向民做了一个奇怪的梦，梦见自己当上了达县县委书记，正赶上清明节这天上任。就职大会一结束，坐着自己的专车，让司机拉了满满一车纸火，直奔后沟村老李家的祖坟。一进坟地，扑通跪在父亲的墓碑前，大声道："大，孩儿来晚了，这么多年没给你烧纸，是没有出人头地，无脸踏进李家的坟地啊！今天我当了县委书记，特来告慰你的亡灵。大，可我不能给你报仇，何、马两家还在村里横行霸道。不过赫挨小很快就能取代何三骠当村长，周长生和范爱爱再也不用怕他们了，我母亲也能安度晚年。"他正要磕头，一股旋风刮来，把司机点燃的纸火吹到身上，顿时火光一片。吓得他大叫一声坐起来，惊出一身冷汗。

他抹了把额头上沁出的密密汗珠，苦笑着摇了摇头。自己在梦中也这么没出息，当上县委书记仅仅是为了光宗耀祖！他朝隔壁卧室瞅了一眼，蔡琳和儿子彬彬没有被他的叫声惊醒。自从生下孩子，蔡琳就借口双人床睡三个人太挤，怕压着小彬彬，要分床而睡。他没有反对，每晚独守空房，蔡琳不过来，他也不过去，两人再没做过一次房事。实在煎熬时就抱着枕头，幻想《追捕》里的"真由美"，直到天明后到院里打长拳。

星期一还没到上班时间，李向民走进办公室。因为上午九点宣传部招聘考试，他想提前去教务处请半天假。刚坐在那把断腿凳子上，就听有人叫他到校长办，他赶忙答应一声下楼。等敲开领导的门走进去，见沙发上坐着一瘦一胖两个陌生人，正疑惑间，校长阴沉着脸道："这是纪委的同志，找你调查事情，要实事求是地交代。"

李向民惊愕地瞪大眼，感到莫名其妙，张口要说话，瘦子手一挥制止了他。校长知道该回避，朝两人点了一下头退出去。胖子从公文包掏出一沓信纸，拿起笔看着他问："有人举报，你在前沟乡贩卖葵花子，有此事吗？"

"没有。"李向民明白了，一定是有人诬告自己，心里很不高兴，说，"我是为了给后沟村的乡亲们卖葵花子，联系了南京一个榨油厂，又没挣一分钱，难道做好事也犯法？"

"知道粮食不允许贩卖到外省吗？"

"不知道。"李向民反问道，"不过我很想知道，老百姓的粮食在本地卖不出去，为什么不能卖到省外？南京也是中国的地盘，而且那家榨油厂是国企。"

"谁让你乱说话的？你要懂规矩，问你什么就回答什么！"瘦子大声喝斥。瘦子的年龄比胖子大，看派头像是个领导，梳着大背头，系着粉红色领带，一身制服穿在身上很得体。

"有人举报，你用收购葵花子的名义干扰村民选举。谁不投赫挨小的票，就不买谁家的葵花子，是不是事实？"

"诬陷！"李向民腾地站起来，"我受厂家委托，与后沟村签订购销合同，要求诚信守约。何三骡不仅不诚信，而且是欺压乡邻的村霸。我表明自己的观点，他当选村长就不与其签订协议，这有错吗？"

"坐下！"瘦子大喝一声。

胖子放下笔抬起头，一脸不耐烦道："看一下笔录，把名字签上。"

李向民看也没看，拿起胖子的笔签了字，憋着一肚子怨气从校长办公室出来。自己一个普通教师竟然劳驾纪委审查，享受贪官的"待遇"，真是有点"受宠若惊"。如果自己不是党员，公安局会直接插手，也许现在已押进了看守所。肯定是钱三宝使坏。他匆匆走出校门，抬起手腕一看表，正好是九点，到了考试时间，他啊了一声顺着马路朝北跑去。

考场设在地委宣传部三楼大会议室，距离技校三千米多。途经周阳阳的理发店，穿过中州最宽的柏油路向东一拐不到五百米，就是地区党委大楼。李向民经过周阳阳的理发店时扭头瞟了一眼，见她拉起卷闸，准备打开地弹门。他顾不得打招呼，扭头刚跑上马路，发现阎保成骑着"幸福二代"正望着自己。突然，摩托车失控闯进自行车道，把前面的人撞飞两米多高，甩在旁边的路灯杆上。

李向民看得很清楚，被撞的人是杨红星。他大叫一声冲过去，抱起红星跑到马路中间，强行拦住一辆小轿车，直奔中州医院。

阎保成从地上爬起，左小腿上渗出一片血，疼得很厉害，好像骨折了。他看着歪在路旁的"幸福二代"和自行车，竭力回想着刚才发生的一幕。不知道被撞的人严重不严重，好像是个男孩，应该去医院看望一下。可现在走不动，对讲机也摔坏了，好在能瞭见公安局大门，他抬起手不停地挥动。他昨晚为抓捕两个杀人犯，带着六名刑警在歌厅一直守候到凌晨五点，回家打了个盹儿，醒来一看表，已是八点半。想起上午局里有会，头昏脑涨地走出来，骑上摩托车一脚踩彻油门，心急火燎地奔向公安局。要不是扭头看李向民，也不会冲进自行车道。那小子真是冤家，在马路上狂奔什么！

李向民把杨红星送进急诊室，第一时间拨通王艳艳的电话："王书记，红星出车祸了，在中州医院急诊室抢救。"

"什么？"电话那头惊叫一声，随即听到嘟嘟的忙音。

不一会儿王艳艳跑进来，看见李向民守在手术室门口，一把拉住问："碰哪儿了，严重吗？"

"头部，颅脑大面积出血，昏迷不醒。"

"什么车？肇事司机呢？"

"摩托。"李向民见她身子摇晃了一下，就要栽倒，赶忙扶住道，"王书记，这个时候你要挺住，司机跑不了，是阎保成。"

"那小子报案了！"杨怀仁大步走过来，身后跟着两个交警，盯着李向民问，"怎么样了？"

"还没醒，正在开颅。"李向民详细说了事发经过，让交警做了笔录。

一个医生走过来，看着杨怀仁问："秘书长，病人需要输血，血库里的血马上用完，你是什么血型？"

"A型。"杨副秘书长突然脸色一变，转身走到一边。

"你呢？"医生看着泪眼婆娑的王艳艳。

"也是A型。"

医生愣怔了一下，知道孩子不是他们亲生的，失望地摇了摇头。

"抽我的吧，我是O型血。"李向民跟着医生走进急诊室。

医生边扎针边问："你是病人的什么人？"

"老师。"

"孩子是不是他们亲生的？"

李向民一脸不快："大夫，你咋这么问？"

"这是科学。"医生见李向民误会了，解释道，"夫妻都是A型血，绝对生不出B型血的孩子。"

李向民哦了一声，随即点了一下头。一年多的疑惑终于解开了，红星不是杨怀仁的骨肉。只有这样才能解释清楚，杨副秘书长为什么对红星的学习不闻不问，那个貌似温馨的家，让人感到处处寒意。

胡想什么呢？要是儿子醒不过来，王艳艳能经受住打击吗？也许为了照顾红星，她会放弃去东河县当县长的机会，阎保成老爹就能推迟退休，这正是那小子的如意算盘。哦，难道是姓阎的蓄意制造这起车祸，故意扭头看自己，造成意外冲进自行车道的假象？做笔录时自己还说是一起意外事故，要真是预谋，自己就是罪人，对不起小红星，一场光天化日下的精心谋杀从此被瞒天过海。"不会的！作为一个人民警察决不会干出如此伤天害理的事。自己是不是因为嫉恨阎保成，吃人家的醋，脑袋里才会冒出这种荒唐的想法？"他竭力否定着自己，献完血走出急诊

109

室。杨怀仁已经离开。高志良不知什么时候赶到的，扶着舅妈坐在手术室门口的长条椅上。看她那悲伤焦急的样子，恐怕随时会倒下去。

下午三点半手术终于结束，杨红星醒过来了，但不会说话，手和脚动弹不得。主刀大夫说孩子能不能挺过去，就看他的造化了，将来最好的结果是能生活自理，达到四岁儿童的智商，也许还能稍好点。

王艳艳放声恸哭，撕心裂肺的嚎叫响彻整个就诊大楼。高志良紧紧抱住她。李向民的心跌进冰窟，照现在的情形，她别说去当县长，恐怕连团委的工作也干不下去，会提前退养照顾儿子，自己的希望将化为乌有。他好像做了一场梦，闭住眼，两行伤心的热泪顺着扭曲的脸蛋慢慢滑向脖颈。

"向民，不要太难过，红星会好起来的。"高志良拍了一下他的肩膀，安慰道。

一个月后，王艳艳为了让儿子得到更好的护理，通过关系把红星从重症监护室转到高干病房。正好王洪志心脏病发作，住进隔壁房间。王艳艳向组织部递交了退养申请，并以李向民为了救人甘愿放弃宣传部竞聘考试为由，写了一份长达六十多页的报告，要求组织上把他调到行署工作。报告中列举了大量翔实的理由，把当年她在达县教育局工地拍摄的舍身救人照片和跟踪报道的十几篇文章，连同报纸附在后面。还将近期李向民在《中州日报》发表的四篇通讯，以及在陕大荣获的各种证书彩印出来一并附上。

直到王艳艳的退养申请被批准，那份报告如泥牛入海，没有任何回音。已经到年底，各部门忙着做总结和开表彰会，主要领导谋求再上新台阶，跑到省里打点人情，谁也顾不上考虑别人的事情。李向民心灰意冷，想放弃调动。一个寒门学子，上升的通道已经被堵塞，只有老老实实工作的份儿。

操！谁他妈说金子总会发光，自己上了两个重点大学，在陕大取得文学和理学两个学位，不是金子也是银子吧？现在当一名技校老师，别说出人头地，连赵军的手心都翻不出去！

春节一过，王老爷子本来已经出院，突然病情恶化，又住进那间常年为他预留的高干病房。不到一个星期，邱朝东也搬进隔壁，像住自己的家一样,享受着和王洪志同等的待遇,只是这一次心脏严重衰竭,鼻孔里插进呼吸机的吸管。两个同生共死的老人,总是离不开见不得,在临终的时候还住在隔壁。

这些天李向民每天陪着王艳艳。红星一直住在高干病房,做着各种康复训练,能自己坐起来了,会呀呀咦咦地发出含混不清的音符,但一刻也不能离人。阎保成没有被追究刑事责任,车祸是意外事故。况且他头一天晚上抓捕犯人守候到天亮,身心早已疲惫,应该得到嘉奖。阎家主动承担了杨红星的所有治疗费用,多次到医院看望小红星,争取取得受害者家属的谅解。阎中厚退休的附加条件很明确,必须提拔阎保成为副局长,否则不提前离岗,而且冠冕堂皇地说他提出这个要求与发生这次车祸并没有关系。阎县长是邱老爷子的第三任秘书,与第二任秘书——地委书记郑为民是高中同桌,是邱氏的第四号人物,其要求自然会被有关部门慎重考虑。

王氏一直处于邱氏的下风,王艳艳只好让步,向阎家提出无限期给红星治疗。阎县长欣然应允,只要拿钱能摆平的事情,对他就不算个事。同时地委提拔杨怀仁为行署秘书长,作为交换条件,赵啸林从主持工作变为一把手。邱王两派各有所得,虽不是皆大欢喜,但双方都能接受。

李向民又看到了希望。杨怀仁作为行署的大秘书长,调动一个小秘书是一句话的事。可等了一个多月,王艳艳再三催促,杨秘书长只摇锁子不开门。

转眼到了端午节,行署专员武卫国来病房看望王洪志。他是老爷子的第二任秘书。正好李向民在陪老爷子下棋。他见爷俩很投机,不解地问:"小伙子是远房亲戚?"

"是亲戚。"老爷子爽朗地大笑道。

武专员疑惑地盯着这个儒雅的帅哥,好像在哪儿见过。忽然想起王艳艳的前男友,曾任中州团委书记的蒋鹏飞,两人活脱脱就是一个人,他脱口道:"太像鹏飞了,简直就是双胞胎。"

"卫国,我老了,自知不久于世。想让你把他带在身边,尽心栽培,就像当年我对你那样,能不能答应?"老爷子紧紧盯着武专员,深陷的眼窝里满是祈求的神情。

"老首长，您就放心吧，我一定照办。"武卫国觉得，老人家像变了一个人，听他说完开心地大笑，仿佛说完最后一件小事似的。

　　技校放假前一天，李向民被通知到行署秘书一科报到，接替上个星期提拔为达县副县长的杭英杰，给武卫国当秘书。

六

抱负远大

  王艳艳在退养前把周盈盈提拔为办公室主任。团委几十个人中，没有比她更胜任这个工作的，而且对她忠心，伺候得很到位。尤其她儿子出事后跑前忙后，像一个懂事的小妹妹，任劳任怨。当然也是看在李向民的面子上，尽管他没有说情。其实她心里明白，这对冤家心里都深藏着对方，那种无法替代的爱，从眼神中就能读出来。在这个世界上，什么都可以淡出，唯独初恋情人难以忘记，不管经历过多少不愉快，思念总会在心底默默地留住。

  现在她更孤单了。杨怀仁仍然对孩子的事不冷不热。这回她真正伤了心，懒得去答理他。老爷子一进冬季就卧病在床，看样子过不了大年，她得在两个病房来回跑。儿子开始扶墙走路，很容易摔跤，碰得鼻青脸肿却说不出话来，只能啊啊呀呀地叫，惹得她经常泪流满面。李向民自从当上行署一号秘书，每天忙得不可开交，一个星期过来一次，坐一会儿就走了。周盈盈晋升后很少再来，自己已经离职，人家有新领导要伺候，哪有精力顾及旧主人。这也是人之常情，不能过分要求别人。倒是周阳阳隔三岔五拿零食跑来，和老爷子说会儿话，扶着红星走上半个小时，再不舍地离开。

  她站在门口，从门上的小窗看着过道，今天来的人很多，都是去探望隔壁的邱朝东。她有点疑惑，老人是不是要咽气？这个曾经把自己当成儿媳的游击队政委，叱咤风云一生，终于要油尽灯灭了。她心里忽然掠过一丝悲哀，自己也说不清为什么会这样，邱王两家早已断绝了来往。正要转身离开门口，见李向民走过来，赶紧打开门招呼道："忙完了？"

"刚散会。"李向民走到老爷子床前，弯下腰低声问，"王老，晚上想吃点啥？我出去给您买。"

老人抬起右手摇了摇，身体已经很虚弱，含混不清道："不想……吃。"

"他半小时前喝了一杯牛奶，不能再吃东西了。"王艳艳示意他坐在床边，关心地问，"提拔的文件下了吗？"

"昨天发的。"

"你是一号秘书，按理说应该是正科。不过，只要当够两年副职，晋升是顺理成章的事。"

"这是组织原则，我懂。"李向民感激地看着王艳艳。

"像你这种情况，也能破格提拔，不过会引起闲话。中州现在越来越复杂了，名义上是邱、王两派在斗，实际上四分五裂，形成好多小团伙。郑为民学邱朝东的样子，常委会上搞一言堂，指使人向省委举报武专员，想让邱志伟转正。你要多留个心眼儿，防备别人设套。行署那帮秘书表面上过得去就行了，都是利益驱动，不可能成为真正的朋友。尤其你们科长白少成，和赵军是同学，只要逮着机会就会给你穿小鞋。他哥白少志是老邱家的人，在东河县当了十三年常务副县长，下面的人很多是他的死党。"

"听说白县长和邱志伟是师范同桌，关系很铁。"李向民感叹一声，"官场深不可测，比我原先想的更甚。人和人之间像蒙着一层面纱，琢磨不透。一个看似不起眼的人，背后却有一座大靠山。像接你位子的宋玉凤，不显山不露水，和我同岁就正处级，真是不可思议。我和她只有两面之交，一次是初中升高中时全乡统考，上午数学考完后回家，她被一只恶狗追着摔下一座小桥，右腿腕骨骨折。我正好从桥上经过，跑下去把她背回家，家里只有她母亲一个人。下午的语文考试她没参加，高中没有考上。第二次见面是她从乡里给我送K大录取通知书，才知道她在乡政府上班了，具体怎么进去的，我没好意思问。记得当时她泪眼婆娑，把录取通知书递进我手里，转身就跑开了。"

"这么说，你和她的缘分还不浅哩！"王艳艳若有所思道，"去年团中央领导来考察，指定去达县前沟乡，并点名宋玉凤全程陪同。一天的调研结束，晚宴上那位书记当场拍板，在山沟里建一个全国青少年培训基地，由团中央拨款，要求县里成立筹备办公室，指定宋玉凤为负责人。她只是乡计育办的普通职工，当时陪同的郑为民脸上掠过一丝惊疑，但随即呵呵笑着答应，扭头吩咐身后的组织部长，把筹备办定为副处级。"

"这些人是奔宋玉凤来的，为提拔她专门筹建一个基地，真是用心良苦啊。"李向民惊诧道，"这要有什么背景，才能得到团中央的青睐。"

"官场的事高深莫测，不是我们能想象到的。你要多接近宋玉凤。周盈盈很有政治头脑，宋玉凤一任命为基地主任，她就找理由回达县，跑去基地和宋玉凤套近乎，很快两人的关系就热乎起来。她叫宋玉凤为凤姐。"

李向民不由得暗赞周盈盈心思缜密，能敏锐地捕捉到官场信息，善于把握机会。他决定让盈盈明天把宋玉凤约出来吃顿饭，自己要及早铺路，万一武卫国调走，王氏集团失势，也好另栖高枝。

王艳艳见他不说话，继续道："你再到呼东市去拜访一下孔省长，他是我爸爸的第一任秘书。那年视察达县教育局工地，就是他带队，他对你的印象很好。"

"孔省长分管文化教育，给我颁发过省优秀大学生证书，很平易近人，还说与我有一面之交。"

"他现在晋升为常务副省长，陕中省第四号实权人物。你要多接触，取得他的信任，说不定将来什么时候就能用上。想在官场进步快，必须上面有人栽培，为你设计路径。"王艳艳倒了杯果汁递给他，换了话题问，"这些天周盈盈没过来，你见她了吗？"

"没有。"他接过杯喝了一口，"昨天让阳阳理发，说她姐被张学义把右眼打肿了，不好意思见人，请假在家休息。"

"他们不是一路人，就像我和杨怀仁，迟早会分手的。"王艳艳感叹一声，"我看得出，她心里一直装着你。"

115

"我们不可能回到从前，创伤深了，愈合得再好也会留下疤痕。"李向民站起来，"姐，我背红星去广场逛一逛，晚上那里放焰火。"

　　不知为什么，李向民觉得落难中的王艳艳很像自己的姐姐，就不自觉地改了口。王艳艳的眉梢一抖，随即故作没在意地说："哦，今天是元旦，我说隔壁来探望的人怎么那么多。"

　　李向民推门出来，进到杨红星的病房，背上他下了楼。广场在医院的北面，隔着两条马路，很快就到了。红星出事后第一次到外边，像个懵懂的儿童，开心得啊啊直叫。烟火活动是中州团委主办的，一眼看见主席台上周盈盈穿着红色连帽羽绒服，长长的秀发飘在半边脸上，正好把右眼的黑圈遮住，再戴上帽子压住头发。"真爱面子！"李向民嘟哝了一句，径直走上主席台。因为下午开会要他督导今晚的活动，正好检查一下工作。

　　"欢迎李科长指导。"周盈盈故意打着官腔。

　　"不是身体不适在家休息嘛，还带病工作，真是中州的女标兵哇！"李向民也学着她的腔调，挖苦道。

　　"你见阳阳了？"周盈盈脸一红，气愤道，"那个畜生真歹毒，一拳打在我的右眼上，眼底出血，甚也看不见。"

　　李向民忽然心软了，瞅着她生气的样子，关心道："眼睛不比其他部位，马虎不得，有病要及早治疗。我同学的哥哥是陕中医院眼科主任，我给你联系一下？"

　　"不用。大夫说眼球上的血管很细，瘀血吸收要一段时间，只要注意休息不熬夜，忌吃辛辣东西就行了。"周盈盈有几分感动地看着他，压低声音道，"打完架第二天，我和他离婚了。"

　　"女儿都三岁了，咋说离就离？"李向民吃惊地盯着她，不知道是惋惜，还是暗自庆幸。

　　"我们迟早要离的，迟离不如早离。我还不到三十，为啥要守着一个不爱的人，糟蹋自己的青春？"周盈盈激动起来，眸子里流露出一种深深的痛楚，"我现在好后悔当初和你分手，可一切都已经成了过去。活动结束，陪我到红太阳歌厅放松一下，我不想回那个家。"

　　李向民没有答话，苦笑着点了一下头，转身走到里面和其他工作人员打了招呼，说了些注意事项，背着红星走下主席台。

看完焰火，他把红星背回病房，去隔壁和老爷子坐了一会儿。他怕周盈盈等急了，匆匆走出医院，朝北拐过一条马路就到了红太阳歌厅。一进门见周盈盈和老板娘在说话。那女人好像在哪儿见过，长了一对小酒窝，笑起来很好看。周盈盈介绍道："乔雪梅，艳艳姐的朋友，歌厅老板。"

乔雪梅跨前一步，伸出纤细的小手热情道："欢迎大秘书光临指导，在王老爷子的病房，我们见过面。"

李向民想起来了，当时自己正给老人家按摩，王艳艳介绍时没有在意。他赶忙握住伸在面前的小手，没想到这只手柔软无骨，像十四五岁少女的，让人舍不得握紧。

"走哇，别想入非非了。"周盈盈轻轻拍了一下他的肩，跟在服务生后面，走进2号包厢。

房间不大，专门为情人设置的。靠墙放着宽大的沙发床，在昏暗的灯光下隐约看得见黏在上面的精斑。沙发前放着大理石茶几，上面有好多细小的刻痕，全是"我爱你、爱死你"之类的帅男靓女留言。大果盘里摆满各色各样南方产的水果，茶几旁有一打青岛啤酒。服务生看着周盈盈问："周姐，打开吗？"

"老规矩，啰唆什么，记在账上。"

"好嘞！"小青年爽快地答应着，麻利地启开十二个酒瓶，并排摆在茶几上。又跑到墙角调试好音箱，拿来两个话筒递给周盈盈，点头退出房间，听到一阵锁门的声音。

"这儿是团委定点地方？"李向民调到行署正好六个月，熟悉了各单位吃喝拉杂的路数，正所谓上有政策，下有对策，各有各的门道。政府的接待中心是中州大酒店，什么保龄球、洗浴按摩、卡拉OK、棋牌室应有尽有。给地区两个一把手常年预留高档套房，由秘书保管钥匙，他们忙里偷闲会来放松一下。

"一个小歌厅，将就一下，不比你这大秘书，出入豪华酒店，到哪都前呼后拥。"周盈盈放下话筒，拿起啤酒瓶斟满两杯，叹了一口气，"我原想脚踩两只船，邱、王两边都讨好，没想到王姐突遭变故，现在只能死心塌地跟着邱志伟啦。"

"你离了婚，变成了自由人，邱副专员会对你更好。"李向民心里很不是滋味，故意挖苦。

"不要说风凉话，他要是对我好，我还会抄那本笔记给你？要是流传出去，中州官场就会有一场大地震，我和你会遭灭口。"周盈盈犀利地盯着他，"我把命都交给你了，还换不来你的信任？要是我遇到不测，你要想尽一切办法把笔记本交给省纪委。"

"别说得那么吓人，大不了和他分道扬镳，何至于走到那种地步？"李向民心里咯噔一下，"要是现在就感到危险，早做准备，什么都比不上命值钱。"

"我不甘心，就这么便宜那个老男人。要不是和姓邱的走在一起，败坏了名声，我也不会嫁给张学义！"周盈盈恨恨道，"等他把我提成团委副书记，就谁也不欠谁，就各走各的。"

李向民终于明白她急于成家的原因。从前还以为是受了自己的刺激，破罐子破摔。自己真是自作多情。一个做梦都想挤进上流社会的女人，虚荣又有心计，甘愿拿漂亮脸蛋和魔鬼身材做赌注，怎么会在乎两小无猜的感情，青睐一个没有出息的穷书生？他调侃道："邱志伟很可能转正，你舍得放弃吗？"

"不是吧？武卫国说的？"周盈盈惊讶地瞪大眼睛。

"如果武专员走了，你想会是谁接班呢？"

"一定是邱志伟！"周盈盈脱口而出，都不用去想，所有中州的人都会这么说。可问题是武卫国会不会走。官场的事变幻莫测，说不定上面哪个大人物倒台了，下面就得重新洗牌。她迫不及待地追问："武专员自己要调走？"

"只是猜测。"李向民笑了笑。

周盈盈忽闪着一对大花眼，认真道："这种事不能乱猜，你是他的秘书，说出来别人会信以为真。"

"我只是和你说，别人又听不见。"

周盈盈一阵激动，没想到李向民会这么信任自己，心里突然升起一股久违的柔情，把头轻轻靠在他的胸前，喃喃道："要是人生能重来一次该多好，可惜不可能。我总是想起小的时候，尤其夜深人静时，自己默默地流泪。我知道伤害过你，伤得那么深。你的心跳得很厉害，就证明你明白我的心。我该怎么做才能弥补自己的过错？如果你需要，我会把一切都给你。"

自己的心从退学回来看见周长生那一刻，就已经变冷，尝到了什么叫绝情。他真想一把推开她，一抬手碰到了那个"肉馒头"，浑身不禁颤抖了一下。她好像受到了刺激，突然转过身把他压倒在沙发上，两片厚厚的红唇吻上去，滑腻的舌头顽强地伸进他的嘴里，随即撅起屁股扯掉自己的裙子和内裤，反手解开他的裤带。

李向民的脑子一片混乱。那张无情的纸条又映入眼帘，仿佛变成一条吐着信子的毒蛇，一口咬住了他的"命根子"。他很后悔来歌厅，早已恩断义绝，还要对不起蔡琳。难道男人就是一个下身动物，只要女人主动出击，就没有不沾荤腥的？他紧紧闭住眼睛，竭力平息着内心的欲望，让那个蠢蠢欲动的"老二"慢慢偃旗息鼓。

周盈盈的瓜子脸憋得绯红，圆滚滚的臀部使劲扭动着，急得张大嘴不住地呼哧，额头上沁出一层密密的汗珠。最终白忙活了十几分钟，只能满脸臊热地滚下身。

男女之间的情爱，性是一种无可替代的润滑剂。周盈盈感到从未有过的羞耻和痛苦，好像马上要疯掉似的。她穿好衣服苦笑道："你心里有怨气，不肯原谅我，要不，就是嫌我是邱志伟的女人，认为我身子脏！"

"不是的，是我不适应这种场合。"李向民口是心非，没想到她这么直白，急忙提起裤子。

"像我这种女人，要想满足各种需要，只能凭自己的美貌和青春，去依附有权势的男人。"周盈盈停顿了一下继续道，"蔡琳和阎保成肯定不清白，社会上传得沸沸扬扬，就你被蒙在鼓里。你想，一个堂堂公安局副局长，老子又是县长，背后的势力有多大，不用说你也明白。蔡琳又不是仙女，不食人间烟火，能不受诱惑？"

"你想脱自己的罪，就把别人拉进去，好像天底下的女人都和你一样！"李向民脸色很难看，气愤地瞪着周盈盈。他不许她诽谤蔡琳，可脑子里很混乱，猛然想起和蔡琳第一次做爱的情景，是她主动引诱自己。

当时就觉得很奇怪，曾经多少个夜晚想突破那道防线，她都毫不让步，怎么突然不坚守了？

"你可以不相信我的话，但我必须说出来，不然就是对不起你。我不想诽谤她，也不希望这是真的，因为我不愿看到你痛苦。"周盈盈幽怨地说，"女人是弱势群体。如果自己的男人不能满足她的虚荣心，她会利用一切手段挖掘自身资源。再说，不是失了身就不贞洁，只要她的心属于你，就不能算背叛。"

这是什么狗屁逻辑！弱势群体就可以让别人趴在肚皮上，给老公戴绿帽子，还是纯洁的？他没有反驳，一个拿身体做赌注的女人，什么事情都想得开，用不着自己去说教，现在最好找个理由离开。可他不想伤害她的自尊，既然来了歌厅还是唱一首歌再走。他伸手拿起话筒，尽量平静地道："我们好几年没有一起唱歌了，给你唱首《我只在乎你》吧。"

浑厚的男中音婉转悠扬，周盈盈听得如痴如醉。等歌声一停，他一把搂住李向民的脖子，噙着泪花道："只要你在乎我，我永远是属于你的。"

李向民没有吱声，递给她一杯啤酒，自己拿起另一杯，装出关心她的样子道："干了这杯走吧，你的右眼充血，不能熬夜。"

"门反锁着，不到零点不开门，想走都走不了。"周盈盈接过杯，"今天是我最幸福的时刻。"

两只啤酒杯碰在一起，发出一声脆响。与此同时，外面传来开锁的声音，门被咣当一脚踹开，冲进六个警察，为首的胖子大声喊道："警察！搜查卖淫嫖娼，带走！"

"这是歌厅，又不是妓院，你们不要胡来！"李向民脸色一沉，拉着周盈盈站起来。

"少废话，回局里说去！"胖子大手一挥，两个警察扑上来。

李向民身子往下一蹲，一个扫堂腿，还没看清是怎么回事，冲上来的人就倒在地上。另外三个人见这小子会武功，唰地拔出手枪，将黑洞洞的枪口对准了他的脑袋。

周盈盈吓得大惊失色，挡在李向民前面道："他是武卫国专员的秘书，主持完元旦活动，过来唱歌放松一下，犯了哪门子法？"

"秘书？"胖子冷哼一声，"上嫖的都是有权有钱的人，老百姓谁来这种地方？"

"来这儿咋啦？堂堂正正的歌厅，还是团委定点活动的地方！"

"不是定点，还找不到你们哩。"胖子一阵冷笑。

"我叫周盈盈，团委办公室主任，我要给你们局长打电话！"周盈盈毫不退让，大声喊道。

"用不着拿局长吓唬人。"胖子扭头瞪着同事，"愣着干什么？把男的铐起来！"

被打倒的警察刚好站起，看着战友的枪口指着对方，扑上去抓住李向民的胳膊，咔嚓一声戴上锃亮的铐子。周盈盈气得朝胖子吼道："执法犯法，我要告你们！"

"周大主任，省点力气吧，我们是奉阎局长的命令执行任务。乖乖去看守所蹲上一晚，明天再告，好不好？"胖子讥讽道。

"阎保成这个王八蛋！"李向民忽然想起，乔雪梅是姓阎的高中同学，要是房间里装上摄像头，周盈盈撅起屁股扭动的照片，明天就会清晰地呈现在公安局会议桌上，蔡琳会第一时间看到。面对那么多同事，她怎么能承受得了？这种花边新闻传得很快，一定会进入邱志伟的耳朵，自己和常务副专员抢食吃，结果可想而知。他紧张地抬头四处张望，想发现什么蛛丝马迹，被胖子一把推出包间。

第二天上午八点半，两个人被隔离审查，因为口供一致，又没有找到淫乱的物证，签字画押后走出看守所。周盈盈要去公安局找局长理论，李向民劝阻道："算了吧，再闹下去会满城风雨，说不定传出什么难听话。"

"那就这么便宜了姓阎的？"周盈盈恨恨道，"这是有人举报，故意打击陷害。"

"只能怪自己无防人之心。乔雪梅是阎保成的同学。好在包间没安装摄像头，要不就栽在歌厅了。"李向民心有余悸，"去把昨晚的账结清，不要留下把柄，以后不能去那里了。"

"乔雪梅和阎保成是同学？"周盈盈吃惊地瞪大眼睛，"那女人是中州的交际花，结交了很多官员和老板，我是跟着艳艳姐认识的。"

"敢开这种娱乐场所的人，都不是省油的灯，背后哪个没有靠山？"李向民说着招手拦住一辆出租车。

到了行署门口，两人一起下了车，周盈盈朝东侧党委大楼走去。走出几步回头幽幽道："等张学义搬出去，来家里把昨晚的作业补上！"

李向民苦笑了一下，没有答话。他刚转身走进一楼大厅，突然想起要周盈盈约宋玉凤吃饭，赶忙跑出来拉住她道："请你帮个忙，今天晚上把宋玉凤约出来，在中州大酒店撮一顿。"

"真巧了，她前天要我找时间约你，说你是前沟乡的大才子，还救过她。"周盈盈嘴角掠过一丝不快，一脸醋意道，"你什么时候救过宋书记的？我怎么一点也不知道，隐藏得可够深呀。这么说，你俩早就心心相印了，还用得着我当红娘吗？"

"举手之劳的事，怎么好在人前夸耀。那年在乡里中考，她被恶狗追着从桥上掉下去，我把她背回家。"李向民讪笑道，"你不会小肚鸡肠，不给我约她吧？"

"我本来不想穿针引线，她要见了你，肯定会芳心荡漾的。不过，你想高攀人家，为自己多留一条路，也是明智之举，那就称了你的心。走吧，我们一起去她办公室。"周盈盈剜了他一眼，转身朝东边的党委大楼走去。

李向民紧跟在后面，不一会儿走进大楼，上到顶层。宋玉凤坐的还是王艳艳那间办公室，门敞开着。周盈盈直接走进去笑道："凤姐，我把李向民给你带来了。"

"哦？"宋书记正看一份文件，吃惊地抬起头，没想到那个曾经腼腆的少年长成了一米八几的个头，挺拔英武，仪表堂堂，心里不由得一动。她迅速把目光移开，双手撑着老板桌站起道："我们有十年没见了吧？李秘书。"

李向民也眼睛一亮，当年那个梳着两根小辫子的姑娘，如今出落成亭亭玉立的大美人。只是穿着一身藏蓝色西服，显得有点过于正统，浑身透出领导的威严，让人有种敬而远之的感觉。他朝前跨了一步，装出谦恭的样子道："宋书记晚上要是有时间，在中州大酒店吃个便饭？"

"咱俩就不要客气了，叫我玉凤更亲切。晚上正好魏新之书记从达县过来，一起坐吧。"

周盈盈觉得自己再待下去有点多余，影响人家追忆昔日的情谊，拿起暖水瓶给他们泡了壶铁观音，悄悄退出来虚掩上门，心里酸溜溜地走进对面自己的办公室。过了好一会儿不见李向民出来，不由得踮起脚尖走过去把耳朵贴在门缝上，就听宋玉凤道："这些年总记得你，但一直没有机会再见面。听说你从K大退学了，我下乡时曾专门绕路去后沟村，结果说你到县城打工去了。"

"那时我很狼狈，见了会让你失望。"

"人在困难的时候，最需要帮助。"宋玉凤的声音很低，"后来在《陕中日报》上看到你救人的事迹，真为你高兴。没想到你会轻功，能横空飞人。"

"那都是记者吹的，我哪会飞檐走壁，两条小腿都骨折了。"

宋玉凤道："没有留下后遗症吧？"

"没有。"李向民心里一热。看那对清澈的眸子里满是温热的神情，根本不需要自己刻意去套近乎，就能自然地傍上去。也许说"傍上去"是对两人感情的侮辱，从十年前把她背回家的那天起，心里就彼此珍藏着对方。要是那会儿她或者自己大胆点，有一个不是那么矜持，冒失地捅破那层害羞的窗户纸，那么……

"你想什么呢？"宋玉凤见李向民心神不定，笑着问。

"我想……我没有资格。"李向民突然结巴起来，像一个腼腆的小男生，不知道为什么冒出这么一句话来。

过道里响起一阵急促的脚步声，周盈盈不敢继续偷听，做贼心虚地几步跨进自己的办公室，随手把门关好。快到下班时，李向民才从宋玉凤的房间出来，见周盈盈的办公室门紧紧关着，以为她出去了，转身朝楼梯口走去。

一走进行署大楼，门卫跑过来急切道："李秘书，王老爷子昨晚去世了，王艳艳打了好多次电话找你。"

"什么？"他一听脑袋嗡地就大了，自己竟然在王洪志离世时，和周盈盈在歌厅鬼混！老爷子用老脸去求武卫国，那一幕永远定格在自己的脑海里。要不自己怎么会调入行署当一号秘书，提拔为副科长，挤进中

123

州官场。他转身跑出大楼，朝花园小区跑去。

灵堂搭在别墅的大门口，三丈高的引魂幡像一面雪白的旗帜，插在灵棚的左前方，引领着老人家的灵魂。供桌上摆着一只整羊，一对童男童女站立两侧，一个道长手执拂尘居中。虽然是麻纸裱糊，仿佛沾了仙气，活灵活现。李向民奔过去跪倒在香炉前，一声悲号："王大爷！昨晚我离开时您还好好的，咋就走了哇！"

王艳艳一身麻布孝服，过来挨他跪下道："老爸临走时还记挂着你，要我好好照顾你。"

李向民泪如泉涌，头磕在地上，声嘶力竭。他此刻是发自内心，面对高大的灵棚和戎马一生的革命老人，即使素不相干也会悲伤致哀。

"昨晚你走了不多一会儿，老爸就突发心梗，一直抢救到天亮。"王艳艳点燃麻纸，哽咽道，"老爸从小打游击，身经百战，能活到九十二岁，也是福大命大。现在就剩下红星和我两个了，你烧完纸去病房把红星背过来，让他给姥爷磕个头。"

李向民站起来，一转身看见邱朝东的别墅门口也搭起高大的灵棚，心里一阵惊愕。两个老战友同时仙逝了。他跑来的时候心里悲痛，竟然没有注意到，世间真有这种不求同年同月同日生，但求同年同月同日死的战友之情。可两个老人一九四九年后住房不过二十米远，却老死不相往来，咋会这么心心相印呢？他顾不得细想，大步朝中州医院的方向走去。

很快，他背着红星返回别墅，看见邱朝东的灵棚前围着上百号孝子贤孙，雪白的孝服在午时红太阳的直射下发出耀眼的光芒。他心里不禁感叹一声，世事无常。不到一年工夫，王家居然落到了这步田地！杨红星生活不能自理，只有王艳艳一个人守灵，形单影只，其凄惨之状让人唏嘘。人在落难的时候，最需要帮助。那就由自己扮演一回弟弟的角色，帮王艳艳料理王老的丧事吧。他把红星放在供桌前，跑回王家拿出预先做好的孝服，又跑出来给他穿好。王艳艳过来点燃一捆麻纸，口中念着"爸！一路走好"，砰砰磕了四个响头。

下午，周长生带着九个道士从达县赶过来。他是后沟村有名的"阴阳先生"，学名叫"平事"。乡间有句顺口溜："小学念到中学，中学念到大学，大学念到硕士，硕士念到博士，最后才念到'平事'。"可见"平事"在老百姓心中的地位有多高。平事上管活人，下管死人，阎王面前的大红人。按照老爷子生前遗嘱，死后做道场超度亡灵，也好心安理得进入天国。因为打土豪闹革命杀了不少人，一次还把投诚的八个国军士兵误以为诈降砍了头。

周盈盈得知父亲来了，和阳阳一起赶到，父女三人在李向民地陪同下磕头烧纸。

道士在供桌前盘腿坐成两排。最年长的单独坐在前面，左手托着一个宝葫芦，右手执拂尘，口中念念有词，但听不清说些什么。

突然，邱家灵棚前的两班吹鼓手鼓乐喧天，唢呐声声，比死了亲爹都卖命，唯恐对方胜过自己。这边一些小道士定力不够，被悠扬哀婉的乐声搅得心神不宁，不时扭过头朝东望一眼，脸上现出羡慕的神色。

邱家灵棚人来人往，门庭若市。灵棚前早已搭起四个大型帐篷，从中州大酒店抽调了十名服务生和厨师，专门为前来吊唁的亲朋好友吃席服务。帐篷旁用彩光板装配了一间活动板房，足有八十平方米，像银行那样设置了收款台。里面端坐着三男两女，每个人身边放着一个保险柜，专门负责收礼金。

周盈盈把李向民拉到一边，压低声音道："去给邱朝东烧个纸吧。"

"我这边抽不开身哇。"其实他是怕王艳艳伤心。

"这是个机会，你去了邱志伟一定会记住。"周盈盈把嘴凑近李向民耳根，"你不是说武专员要调走吗？要考虑自己的退路，抓住这个机会好好表现一下。"

周盈盈见他犹豫不决，进一步道："成大事者不拘小节，能屈能伸才是大丈夫。既然走了仕途，就要有一张厚脸皮，不怕别人戳脊梁骨。我先过去，你一会儿来，不要忘了烧完纸搭礼钱。"

看着周盈盈的背影，李向民心里苦笑一下，她现在真是豁出去了。邱副专员的老婆就站在灵棚前，还要陪着这个隐形二奶磕头烧纸，就像一对要好的妯娌。他忽然觉得她是故意去挑衅，有点逼宫的味道，自己不能马上过去，让人家产生助阵的嫌疑。要瞅准邱志伟一个人守灵时去，不要让王艳艳看见，免得她产生误解。半个小时后周盈盈回来，拉着他问:"怎么不过去?"

"我等人少些,别给领导添乱。"李向民道。

"你就不要顾忌那么多了。"周盈盈明白他的心思,见王艳艳陪着武卫国走来,赶忙迎上去打招呼。

武专员在李向民和王艳艳的陪同下烧过纸磕完头,说了些节哀顺变的话,转身朝邱家的灵棚走去。尽管邱志伟要他下台,恨不得他一出门被车撞死,腾出一把手的位子来,可明面上还得做足样子,如同患难与共的拜把子兄弟,一副悲悲戚戚的表情。李向民想跟过去,见王艳艳一扭头走进灵棚,烧起麻纸来,只好陪着她跪下,又伤心了一回。

邱家来往的人络绎不绝,灵棚前向南一字排开六张八仙桌,上面摆着酒、香烟、茶水、烧鸡、烤鸭、手扒羊肉、猪肘子等,供守灵的亲朋吃喝。这边王家老爷子活到九十二岁,算"黄金入柜",是值得庆贺的事情。虽然亲友们脸上挂着悲伤,但只是做做样子,内心并不悲痛,守灵时可以大吃大喝。等到前来吊唁的人酒足饭饱散去,孝子贤孙才回家睡觉,以便养足精神第二天哭丧。到了零点,李向民瞅着那边灵堂前只剩下邱志伟一个人,王艳艳悲伤过度回屋休息,他像个小偷似的快步溜过去,扑通一声跪在供桌前。邱副专员正有点困顿,两眼半眯着,见一个披麻戴孝的人点燃麻纸,先是一愣,随即陪着磕头。

四个头磕完,李向民转过身一脸悲痛地看着邱副专员,声音沙哑道:"您节哀顺变,老人家一生英明,为国为民鞠躬尽瘁,将永载史册。"

"谢谢你过来吊唁。"两人从灵柩前站起,邱志伟握住李向民的手,拉到摆着酒肉的八仙桌旁,道,"现在清净了,陪我喝几杯。"

一直到天将放亮,两人边喝边聊,从战国时期谈到当今,又从世界各地讲到国内,最后说到王艳艳身上。邱志伟喝多了,卷着舌头道:"两位老人打游击时约定,不管谁家生儿生女,只要年龄相仿就结成百年之好。我比艳艳大三岁,师范一毕业,老爷子就想把婚事办了。可她对高中同学蒋鹏飞芳心暗许,还偷偷怀上了孩子,闹得两家很难堪,因此产生隔阂。后来发生一系列变故,'文革'中两位老人家选边站队,互相对立,最终老死不相往来。"

"两位老前辈一个是游击队政委,一个是队长,枪林弹雨中并肩战斗,同年出生,又同一天离去,连上苍都不舍得分开他们。"

"但愿在天堂,两人能化解心结。"邱志伟脸红得像猪肝,打着酒嗝道,"艳艳太要强,和王老爷子一样的脾气,带着不能自理的孩子,还要与杨怀仁离婚,真是太苦了她。"

李向民看得出来,邱志伟对王艳艳念念不忘,当年一定拼命追求过。他站起道:"天要亮了,我扶您回家睡一会儿,上午还得应付宾客。"

"不用,再给老爷子烧一回纸,你过去吧。"

两人在灵前磕完头,李向民匆匆走了,担心王艳艳起床出来,看见他在邱家灵堂前,会不高兴的。他跪在王老爷子遗像前,心里有种说不出的滋味。事情真是巧,老爷子不迟不早,和邱朝东仙逝在同一天,给他无意中创造出和邱志伟促膝谈心的机会。也许是同为戴孝之人,怀着同样悲戚的心情,跪在老人的灵柩前就是至亲好友,受了特殊气氛的感染,让他与大权在握的邱副专员有种莫逆之交的感觉。

人啊,没有无缘无故的恨。他和老邱家毫不沾边,本来就没有结怨的理由,为什么要怀恨人家呢?至于两个老爷子,出生入死早已结下过命的感情,只是碍于面子才怄了几十年的气,就像两个要好的孩子玩耍时翻了脸。过几天两位老人要入土为安,并排安放在革命烈士陵园,供后人瞻仰纪念,就像一对夫妻生前死后不离不弃。他一定要劝解姐姐王艳艳与邱志伟和好,放下过去的恩怨,或许会弥补曾经的遗憾。这不仅是为了她,也是为邱志伟好,当然最大的受益者是自己。

李向民陷入沉思,其实邱、王两家并没有多大的过节,都是身边那些追随者为了各自的利益,绑架着两位老人走向对立。现在当权的郑为民和武卫国,都各自是老爷子的第二任秘书,为了争权夺利斗得水火不容。还有他们下面的大大小小官员,围绕在两人周围,形成庞大的利益阵营,个个摩拳擦掌,跃跃欲试,唯恐落于人后分不到蛋糕!可转念一想,心里苦笑一下,难道自己不是一丘之貉,两头攀附,又想改换门厅。

春节过后,后沟村的榨油厂正式投产,李向民作为特邀嘉宾回去剪彩。他现在身份不同了,是行署一号大秘,身后又有武专员做强大的后盾,别说回到村里是大人物,就是到县委也是座上宾。何况这个榨油厂是他联系K大同学窦建光,让其父投资一百八十万在后沟村建的分厂。

他让周家姐妹和蔡永锋陪着回去。为了显示自己今非昔比，达到衣锦还乡的效果，他调用了行署车队的红旗轿车。小车驶进厂区大门，迎面是一栋三层办公楼，外墙镶贴着银灰色的瓷砖，楼门口拉着大红横幅"后沟村榨油厂开业庆典"。车还没停稳，突然从大门口涌入上百号村民，冲到轿车旁，好像早有预谋，把他们团团围住。

带头的是何三骡。自从赫挨小把他这个当了十几年的村长赶下台，他的仇就记在了李向民头上。什么榨油厂剪彩，欠着村民二十多万葵花子款，承诺年前支付，现在都到春耕季节了，家家户户等着钱买种子和化肥，却一毛不给，还他妈装B大搞庆典！何三骡身后是马二驴、马三驴和马四驴，他们像几个凶神，手里都握着铁锹，虎视眈眈。何三骡抬起手喊道："乡亲们！今天不付钱，就砸了这场子。"

"还钱！"

"李民民给个说法！"

村民都是没念过书的大老粗，像过年的麻炮一点就着。只要有人带头讨要欠款，就敢起来闹事，何况这里面有不少何、马两姓的人。李向民下了车，才知道榨油厂拖欠收购款。自他上次回后沟村助赫挨小竞选村长付了三十万，总厂再没有支付。他心里对窦厂长也很生气，本来想衣锦还乡显摆一下，却遭乡亲们围堵，来时的好心情一扫而光。但决不能在这节骨眼儿上认怂。他抬起头轻蔑地瞅了眼何三骡，望着大伙道："我不了解情况，等会儿打电话问总厂，给父老乡亲一个交代。不过，大家不能受蛊惑，被不怀好意的人挑唆，阻挠榨油厂投产庆典。"

"李民民！你不过是靠抱别人的大腿当了个芝麻官，咋呼个甚？"何三骡故意揭短。

"李科长是武卫国专员的秘书，今天回来，就是代表领导剪彩！"周盈盈怕两人动起手来，挡在李向民的前面。

"李二狗你个杂种，你害死我大哥，老子和你拼了！"马四驴突然扳开何三骡，举起手中的铁锹朝对方劈下。

在场的人都吓傻了。女人们发出一声惊呼，连何三骡也把头扭向一边，不忍看这血腥的一幕。他知道马四驴是个不要命的二愣毬，而且有一身蛮力，早想除掉李二狗，一直找不到下手的机会。李向民猝不及防，抱着周盈盈向后倒去，在身体着地的瞬间滚到轿车旁。马四驴见铁锹落空，二次打来，就听砰的一声，锹头砸在轿车顶上，车顶被劈开一个口子，锹把断成两截。与此同时，李向民双手撑地，身子横空飞起，两只脚狠狠踹向马四驴的胸部。人们还没有反应过来，就见这个莽汉向后栽倒，后脑勺正好碰在一个水泥墩上，鲜血顿时流出来。

马二驴和马三驴挥着铁锹要扑上去，被何三骡拦住道："先把四驴扶起来。"

马四驴直挺挺地躺在地上，两个哥哥怎么也扶不起他来。马二驴吓出一头冷汗，扯开嗓子大喊："四驴！你睁睁眼，别吓唬二哥哇！"

"三驴，掐住人中！"何三骡跑过来，把食指放在马四驴的鼻孔上，人已经没有了呼吸，赶忙扳开他的眼睛，见瞳孔散大，命已归西。他站起身捂住脸道："完了，人完毬了。"

众人一听无不骇然，除了马、何两家的人外，都悄悄溜走。马三驴从地上跳起，嗷嗷怪叫，举着铁锹朝冷眼旁观的李向民冲来。由于气急败坏，用力过猛，铁锹还没劈下就脱手飞出，锹头正好砸在转身要离开的范爱爱脑袋上，就听噗的一声，血浆四溅。平时最爱嚼舌根的多嘴婆，竟然没来得及哼出声，就栽倒在地。

"妈！"赫挨小号叫着，从人群中奔过来，抱着范爱爱的尸体大放悲声。

马三驴见自己闹出人命，索性豁出去了，捡起沾满血的铁锹又朝李向民砸来。此时提前赶到的两个乡派出所民警见事情闹大，顾不得钱三宝的交代，朝天砰砰开了两枪。就在马三驴惊愣的瞬间，李向民飞起一脚踹在他的裤裆，将这个亡命之徒踢翻在地。

民警跑过来铐住马三驴，又要铐李向民。周盈盈挡住道："放肆！凭什么乱抓人？"

"打死人还不能抓吗？"

"他舍命救我，是正当防卫，难道等着让铁锹劈死人吗？"周盈盈一脸愤怒，把李向民说成是救自己。其实她挡在李向民的前面，马四驴的铁锹劈下来，脑袋首先开花的是她。

"是不是正当防卫，不是你说了算。"年长点的警察一脸麻子，瞪着

129

周盈盈喝道，"你敢妨碍执行公务，一起带走！"

"有本事你就动手吧。"周盈盈轻蔑地看着眼前的麻子脸，"你们不分青红皂白，想抓人就抓吗？后沟村的父老乡亲都睁着眼睛哩，看得很清楚，不会让你们陷害好人！"

榨油厂剪彩是前沟乡的一件大事。一个拥有三百名职工的厂子，是达县招商引资的重点项目。邱志伟代表行署发来贺电。原计划，出席庆典的有县乡两级领导，由分管工业和煤炭的副县长杭英杰致辞，乡党委书记魏新之主持。魏新之是年前从乡长转任的。还有招商局、农业局和建委的一班人马。原计划与窦厂长洽谈二期投资事宜，但南京方面半小时前打来电话，说企业转制，取消了行程。魏书记特邀钱三宝参加，这小子虽然高升为副局长，还兼着派出所所长。原定为九点的仪式，已经十点了，主要嘉宾还未到，魏、钱两人站在楼门口翘首以待，目睹了打架的全过程。

魏新之一开始就站出来制止，高喊着挤进人群，被前面几个大汉故意挡着。他扭头求助钱三宝，却不见了那小子的踪影，知道是溜之大吉了。作为多年的老乡长，他很清楚马家的彪悍和霸道，李家与何、马两家有不共戴天之仇，自己也不想搅和在里面。可李向民今非昔比，行署一号秘书，是武专员卫国身边的大红人，又跟王洪志家关系密切。虽然王老爷子驾鹤西去，他栽培起来的领导遍布中州大大小小部门，岂是他这个乡干部敢招惹的。如果李秘书在前沟乡被抓，武专员怪罪下来，自己好不容易当上的乡党委书记，说不准会就地免职。他掏出手绢抹了一把额头上沁出的汗珠，跑过去护在周盈盈面前，大声责问警察："李秘书见义勇为，老乡们亲眼看见，你们不及时制止，却跑出来乱抓人，能承担起后果吗？"

"这个……"两名警察面面相觑。

"什么这个那个，把马三驴带走！"魏书记说完热情地握住李向民的手，使劲摇了摇道，"让李秘书受惊了，请到办公室喝茶，等杭县长一来，庆典就开始。"

"魏书记客气了，好像钱局长也在场，怎么不叫过来？"李向民问。

"小钱去办公室打电话，给一把手汇报这里的情况。"魏新之胡诌道。

李向民不好再说什么，正要转身，见一辆红色桑塔纳轿车快速冲进大门，停在他们跟前。杭英杰跳下车，握住李向民的手兴奋道："百闻不如一见，老弟真是一表人才。"

"你这么年轻就当上副县长，真是羡煞小弟了。"李向民见杭英杰三十出头，性情率直，一脸刚毅之气，心里暗暗决定结交此人。

杭副县长朗声道："老弟上过两次大学，是达县的状元郎，一定比我晋升快。"两人并排走向大红横幅。

庆典在马家和赫家号丧中进行。杭副县长做了简短的致辞，仪式就草草收场。最使领导恐惧的不仅是死了两个人，而且接到南京总厂的一个电话，说红红火火的大型国有企业一夜之间变成了私人企业，窦厂长贪污二百四十万被纪委隔离审查，后沟村榨油厂成了断奶的娃，面临着被公开拍卖。村民们的二十多万葵花子款，只好指望把工厂卖掉后支付。可短时间内找不到买家，乡亲们等着钱春耕。魏新之急得一脸愁云，哭丧着脸对杭英杰道："把厂子抵押给银行，贷一笔款吧。要不村民会闹到上面。"

"银行要榨油厂干吗？"杭英杰面露难色，"怕没有一家银行愿意放款。"

"这是唯一的办法，还得县里出面协调，先拿钱把村民打发了，让银行慢慢拍卖。"魏书记长叹一声，"要不给村委会贷款，把榨油厂买下，变成集体经济。"

"村委会还不了贷怎么办？"

"把榨油厂抵押，反正有东西在，银行也不违规。"

"这倒可以一试，就死马当活马医吧，或许榨油厂能搞起来。"杭副县长扭头看向李向民，"怎么样，你觉得可行吗？"

"村集体经济缺乏的是人才，需要一个能人来领头，最好把榨油厂变成乡镇企业，那样更有发展前景。"

"我看你可以下来挂职，专门负责乡镇企业，挑起这个重担。既积累经验，又能为家乡做贡献，一举两得。"

李向民闻言心里一亮，这是个不错的主意，一边在领导身边工作，一边扎根基层锻炼。打着集体经济的名义，借武专员的权威，争取在上面运作，说不定能闯出一片新天地来。而且负责一个乡的企业，即便无心捞钱，大把的票子也会哗哗流入腰包。他暗暗下了决心，抑制住内心的激动，故意显出犹豫的样子道："我怕干不好，把厂子搞砸了，对不起父老乡亲。"

"你要干不好，达县还能找出更合适的人吗？"杭英杰一把拍在他的肩膀上，肯定地说，"放心干吧，我会全力支持你！"

"有老兄相助，我就试一试，但愿不辜负老兄的厚望。不过，能不能挂职，还要武专员点头。"

"老领导是个爱才的人，只要你愿意多做事，一定会同意的。"

七 抱负远大

八月一日，李向民拿到组织部文件，挂职前沟乡副乡长，分管乡镇企业，第二天一早搭宋玉凤的桑塔纳车去前沟乡。宋书记到青少年培训基地，她是地区团委书记，还兼着基地的主任。路过乡政府大门口，李向民提着一包日用品下了车，走进前排起脊房的过道，正好碰见魏新之出去。魏新之热情地拉住他的手道："欢迎李科长，你这一来，乡镇企业就有救了。走，我送你到办公室。"

"我是一个新兵蛋子，没有基层工作经验，要好好向老领导请教。"李向民看着魏新之，装出恭敬的样子，"时隔六年，前后两次打架，要不是你关照，我恐怕早让钱三宝整进大牢了。"

"你是做大事的人，不要和小钱计较。他是副局长还兼着派出所所长，少不了一起共事。"

"只要井水不犯河水，我不会找他的茬儿。"李向民跟在魏书记后面，走进给自己提前安排好的办公室。

"这间房好几年没人用了，一直当仓库，条件简陋些。我让粉刷了两遍墙面，把木窗也重新上了漆，添置了一套新桌椅。"魏新之打趣道，"右面是我的办公室，左边是牛乡长的，你是我们的中间力量嘛。"

"那我就当好纽带，把党政一把手紧紧连接起来。"李向民调侃了一句,"这次挂职,能给家乡出点力,将来可以堂堂正正地入祖坟了。"

"你是上面下来的干部,没有后顾之忧,又有武专员支持,一定能把乡镇企业搞起来。要敢想敢干,不怕得罪人,大胆地打开局面。"魏书记拍着他的肩膀,"我有事去县里,顺便把杭县长请来,晚上给你接风洗尘。"

"谢谢书记!"送走魏新之,李向民转身回到屋里,环顾着还散发着油漆味的房间,把目光停留在靠西墙放的一盆玫瑰花上,忽然想起宋玉凤身上散发的体味,和这种淡淡的清香一样。来时两人都坐在后排,小车行驶到土路上颠簸起来,她把头靠在自己的右肩上。他浑身猛地一颤,右臂夹在两人中间不知搁哪儿好。他不清楚她心里想什么。她身上那层神秘的光环让人难以捉摸,总觉得她有种与生俱来的高贵气质。但能看得出,她对自己很信任。她说那年到后沟村找过自己,假如……

一阵急促的敲门声把他从遐想中拉回,一个大胖子推门进来,看着他大大咧咧道:"我叫牛根来,在你的左面隔壁。"

"牛乡长好!"李向民赶忙握住他的手,"从今天开始,我们就是邻居啦。"

"早听说你要来,怎么过了好几个月?"牛乡长松开手,坐在靠西墙放的三人沙发上。

"陪武专员在中央党校学习,给耽搁了。"

"你是领导身边的大忙人,这次下来两头跑,就更忙了。"

"谁叫我年轻呐,多跑跑腿,应该的。"李向民挨着牛乡长坐下,转身道,"我想利用山上的野生沙棘,开办一个加工厂,生产沙棘系列产品,比如沙棘醋和沙棘饮料,你觉得可行吗?"

"好啊,前沟乡漫山遍野长着沙棘,原材料没问题。"牛根来一下来了兴趣,"还有山里的泉水,长年流着,不利用怪可惜的。"

"对,搞个矿泉水厂,纯天然品质,肯定一炮打响。"李向民也兴奋地说,"团中央培训基地旁,有好多温泉。在山林中建一座温泉疗养院,吸引老干部来休闲度假,既可以创收,又能提高前沟乡的知名度,或许能拉来一些赞助。"

"每年上冻前,老乡在山上挖野生麻黄,运气好还能采到人参。不如把山林围起来，种植药材，条件成熟了办一个制药厂。"

"好主意，靠山吃山靠水吃水，发挥地方资源优势。不过要有一家龙头企业，带动农户发展，最好成立一个乡镇企业集团。"

"思路对头！"牛根来一拍大腿，粗着嗓门道，"现在就是缺少启动资金，要组建自己的公司，光靠招商引资不行，那些南方老板跑来玩两天，就没了踪影。"

"要想引来凤凰，先得搭起金窝窝。否则凤凰飞来了，挣了钱也会飞走，老百姓只是沾一点点光，最终不能共同富裕。想改变落后面貌，必须自力更生，由政府牵头把农户组织起来，走公司加农户的发展道路。"

牛根来激动地一把拍在李向民的肩上，站起来道："老弟，你要大胆地干，我和魏书记全力支持你。"

牛乡长走后李向民苦苦思索起来。组建龙头企业，必须从山区资源入手，沙棘系列产品、温泉疗养院、矿泉水厂、药材种植园区，这些产业不能做得很大，就像后沟村的榨油厂，因为榨出的油不能向外卖出去，处于半停产状态。只有利用当地品质优良的羊毛绒生产羊绒服装，向全国拓展市场，打出国外，产生品牌效应，才能立足。这就需要大力发展畜牧业，培植养殖大户，建立饲料加工基地，带动村民边农边牧。

可资金从哪儿来？银行都是嫌贫爱富，不会把钱贷给一个财政收入不足五十万的乡政府，况且拿什么做抵押呢？榨油厂投入一百八十万，拿去农行抵押仅仅贷了六十万元，还求到省分行，欠了很多人情。必须另辟蹊径，让上级政府无偿投资或出优惠政策。这得跑动省里甚至中央部委。他忽然想起团中央的培训基地，可以借扩展业务的名义加大投资，把周边打造成生态旅游区，先把温泉疗养院和矿泉水厂搞起来。他兴奋地推门出来，向办公室主任要了一辆"幸福二代"，一脚踩下油门冲出大院。

培训基地和乡政府隔着两座山，直线距离不到十千米，但骑摩托车要绕盘山路，半个小时后进入那块万亩盆地。一下山坡，迎面一栋三层楼，两边各有一座大型钢结构建筑。左面那座屋顶立着"黄河文化展览馆"七个金字，右面一栋门口挂着"青少年活动中心"条牌。李向民进了楼直奔二层。宋玉凤的办公室在走廊的东头，门敞开着，她正坐在桌后看报纸，见他进来笑道："怎么，还没过一天就跑来了，在乡里待不住了？"

"你在山这边，我在山那边，心里猫抓似的，咋能安稳啊。"李向民调侃道。

"贫嘴！"宋玉凤走出来拉他坐在沙发上，打开一包茶叶，撮了少许放进保温杯里，拿起暖水瓶用水一冲，房间里立刻清香四溢。

"好香啊，什么牌子的？"李向民吸了吸鼻子。

"山上的野茶。"宋玉凤把保温杯递给他，惋惜道，"可惜了这些好东西，要是加工出来拿到市面上，肯定卖个好价钱。"

"前沟乡到处都是宝，漫山遍野的沙棘，一年四季流不完的泉水，随处可以挖到的麻黄，几十眼冒着热气的温泉。还有家家户户的细毛羊，每年有多少绒毛贩子跑来廉价收购，老百姓是抱着金饭碗没钱花。"李向民接过杯，喝了一口含在嘴里细细品味，好像是个内行似的，其实他从来不喝茶，一个山娃子没有这种高雅的习惯。

"你挂职到前沟乡，就是冲着这些下来的？"

"关键是有你这尊大神，想沾基地的光，把家乡变成聚宝盆。"李向民说，"我想组建一个龙头企业集团，利用山上的资源，带动乡亲们共同致富。如果你能助我一臂之力，大事可成矣！"

"和我还卖什么关子，有话直说，怎么帮你？"宋玉凤认真道。

"借扩展基地业务的名义，让团中央投一笔钱，在山上建一座温泉疗养院。吸引北京的老干部来休闲度假，把前沟乡的知名度打出去，就能跟上面要政策和资金。"李向民顿了顿，好留出时间让她想一下，"可以把前沟乡打造成生态旅游区，挖掘悠久的黄河文化，挣全国人民的钱。"

见宋玉凤低头沉思，李向民继续道："先开办一个矿泉水厂和药材种植园，这样投资小，见效快，等挣了钱再开发沙棘系列产品。"

"商机不能等，这些项目要同时上。"宋玉凤抬起头盯着李向民，"要干就大刀阔斧，做大项目，一炮打响。由前沟乡牵头，团中央入股，打造一个混合型实体。"

"等条件成熟，就筹建大型羊绒服装厂，创出自己的品牌，让前沟乡细毛羊绒服走向全国。"

"为什么不走向世界呢？明天我和你进京，去找团中央领导。"宋玉凤一字一顿道，"我们虽然长在大山里，但一点不比城里人差。要让前沟乡在你我手上迅速发展，成为陕中省的创税大户。"

李向民忽然觉得眼前这个女人不只有高贵的气质，而且很有胆魄。自己比她似乎少点什么，少点什么呢？

晚上魏新之主持，乡里设宴为李向民接风洗尘。杭英杰迟来半小时，一进门就大声嚷道："我来晚了，你们喝了多少？我补上！"

"杭县长爽快，早给你准备好了，两瓷杯。"牛根来笑着站起来，拉杭英杰坐在预留好的首席上，左面是魏书记，右边挨着李向民。

杭英杰坐下，一手端一杯，左右开弓，两杯酒咕咕进肚。这瓷杯是平时用来喝水的，一杯正好二两。他虽然量大，但喝得太猛，酒劲一下上了头，脸立刻涨红起来，赶忙拿筷子夹了一口凉菜。

牛根来把酒斟满，看着魏新之道："人都到齐了，你讲两句？"

魏书记端着瓷杯站起来，看着李向民道："今天设便宴，为李乡长接风洗尘，欢迎才子回家乡挂职。向民是行署的大秘，人脉通天，能力出众，一定会把前沟乡的企业搞得红红火火。我在这里表个态，全力支持向民的工作，决不允许类似后沟村的围堵事件重演。在座的都是班子里的人，都盼着前沟乡摘掉贫困帽子。能不能在我们手上打一个翻身仗，在此一举。为了表示诚意，照老规矩，'一口到中央，两口到地方'，现在请向民讲话，讲完喝完。"

饭桌上共九个人，党政两大班子成员全到了。平时遇到这种事，钱三宝会不请自到，今天是为李向民接风，他装着有事回县城了。九只瓷杯碰在一起，大家喝了一半，牛根来全干了，拿过塑料壶给自己倒满。酒是老乡用高粱发酵酿造的，不知道多少度，一壶正好十斤。

李向民站起来，端着瓷杯道："我挂职一年，只做一件事，组建一个企业集团，包括筹建温泉疗养院、药材种植园、矿泉水厂、开发沙棘系列产品。但在短短的一年内，要完成这些项目就得争分夺秒，不能懈怠一天。要从青少年基地周边入手，在那些温泉旁建疗养院，争取团中央的企业入股。明天一早我去北京，顺便向牛乡长请个假。"

"呵呵，这事不用打招呼，我老牛陪你去。"

"你就不要操心了，去了也是累赘。"杭副县长转身拍着李向民的肩，"好啊，雷厉风行。是不是今天去基地，和宋书记约好了？"

"什么事都瞒不过老兄，等有了眉目，还得请你去首都签字。"李向民这么称呼，因为杭英杰是武专员的前任秘书。

"这种好事，我一定去。"杭英杰哈哈大笑。

众人起立，九只瓷杯碰在一起，一饮而尽。

这桌酒席一直吃到零点。牛根来喝得酩酊大醉，被老婆扶走了。魏新之喝得最少，后来偷偷换成水，假装喝多摇晃着离开。杭英杰也喝高了，但神志清醒，拉着李向民走到自己的专车旁，压低声音道："魏新之是老邱家的人，和赵啸林是战友，老谋深算，要多留个心眼儿。"

李向民点了一下头，问："听说冯伟光要调任中州财政局任局长，孔县长接替他的位子？"

"现在省里斗争得很厉害，孔省长要是能扶正，孔大公子自然就移到党委了。"杭英杰摇了一下头，"传言赵啸林要下来。"

"他来当书记，钱三宝就更嚣张了。"李向民不由得叹了一声。

杭英杰拉开车门，正要上车，回头道："马三驴昨晚从看守所跑了，在墙上刻出五个字'杀死李民民'。你要防着点儿。"

李向民脸色铁青，看着桑塔纳从大门口冲出，转身回到后排宿舍，和着衣服躺在床上，没有一点儿睡意。想着马三驴可能早已藏在大院的某个角落，正虎视眈眈地盯着自己走回房间，盘算着怎么下手，他并不是感到害怕。凭自己的武功，马三驴根本不是对手。这么想着，不一会儿就打起鼾来。

不知过了多久，他被一阵撬门声惊醒，知道是马三驴，大声喊道："你杀不了老子，滚回看守所去！"

门外突然停止了响动，不一会儿就听砰的一声，一个东西从窗口砸进来。李向民看清是一个打开盖的汽油壶，紧接着一根燃着的木棒扔入，噗的一声大火烧着了床。李向民一声惊呼冲向门口，可怎么使劲都打不开门，门被马三驴从外面反锁了。

"李二狗的杂种，老子今天烧死你！"马三驴双手举着铁锹，站在窗口外歇斯底里地吼叫着。

李向民呛得睁不开眼，伸手摸到钢筋焊的脸盆架，顾不得大火烧着自己，使出浑身力气砸向窗口。就听砰的一声，本来不结实的木头窗，刚才被汽油壶砸了个洞，现在哗啦一下全掉下来。一股大风吹进屋里，火苗借着风势烧到顶棚，把起脊房的椽檩烧得噼啪爆响。

马三驴站在窗外，挥舞着铁锹发出一阵凄厉的怪叫，在宁静的夜晚听着让人毛骨悚然。大院里住的人都跑出来，惊恐地望着马三驴，谁也不敢上前救火。

屋顶哗地塌了一大半，火苗呼一下冲向夜空，照亮了院子。李向民顺着掉下来的檩子爬上屋顶，顾不得身上着火，抱着一根椽子纵身跳下。在即将着地的瞬间，使劲将椽子杵在地上，卸掉下坠的冲力，借势就地一滚。

"老子和你同归于尽！"马三驴咆哮着冲过来，手中的铁锹照李向民脑袋劈下。

这要是一般人根本无法躲闪，连哼都来不及哼出声，就会脑浆四溅。可李向民功夫了得，只见他两腿弹起，双脚硬生生蹬住劈下的锹头，随着咔嚓一声，锹把断成两截。马三驴一声长啸纵身扑下，将半截锹把狠狠戳来。

李向民双腿还没有收回，为保护脑袋，只好用腿抵挡。就听噗的一声，半截锹把插进大腿根部，他大叫一声倒下去。马三驴因用力过猛，身体失去平衡，重重地摔在地上。

大家见凶手倒地，一齐跑过来，两个年轻人按住马三驴，另几个人把李向民身上的火扑灭。派出所就在乡政府大院，干警们听到动静全副武装冲过来，咔嚓一声给马三驴戴上铐子，连夜送往看守所。与此同时，李向民被抬上乡医院唯一一辆破旧的救护车，直奔县人民医院。

上午十点，李向民被从手术室推出。宋玉凤得到消息早已等在门外，急切地拉住大夫问："没什么后遗症吧？"

"不会，幸好没戳到大动脉，要不就凶多吉少了。"

宋玉凤跟进病房，帮着护士把处于昏迷中的李向民抬到床上，掏出手绢轻轻擦掉他额头上沁出的汗珠，坐在床边静静地等他醒来。她心里很着急，预订了十二点去北京的火车票，李向民走不成，自己一个人也

139

得去，想等他醒来打声招呼再走。可等到十一点半，还没有一点反应，她站起来刚走到门口，杭英杰跑进来，两人差点撞个满怀。她急忙道："杭县长，我得赶火车去北京，你等他醒来，说我一个人走了。"

"好，那边有事，打电话回来。"杭英杰转身把宋玉凤送到楼梯口，压低声音问，"社会上传言你要调团中央，是不是真的？"

"我也说不准。"宋玉凤不置可否，她确实心里没底，也不知道背后这股强大的力量到底来自何方，被不由自主地推着往前走。但有一点很明确，如果她不去团中央，年底就会当上陕中省团委副书记。看着眼前这个年轻的副县长这么关心自己的去留，一定是想争取地区团委书记的位子。在官场只要能上一个级别，甭管有没有实权，都是一次晋升。她和杭英杰没有打过交道，有些话不能说透，但给一个顺水人情还是可以的，随即大大方方道："我离开时，一定推荐杭县长。"

"谢谢宋书记关心，从北京回来，给你接风洗尘。"杭英杰目送她下楼，心里五味杂陈，一个名不见经传的小女人，突然轰动了中州官场，连郑为民都对她大献殷勤。自己大学毕业跟了武卫国七年，从县委一路熬到行署，要不是老父亲倚老卖老，从副专员的位子上退休时提出要求，恐怕到达县的机会也被阎保国抢走了。他苦笑一下回到病房，见李向民睁开眼，张着嘴想喝水的样子，赶忙过去打开一瓶饮料，倒在杯里用小匙一口一口地喂起来。

下午，李向民恢复了一点儿精神，能开口说话了，但失血过多，身体很虚弱。王艳艳和杨红星从东河县赶过来，红星现在能拄着拐杖行走了，智力也提高不少，达到学前班的水平，只是口齿不灵活，不住地往外流口水。杭英杰见有人照顾李向民，因为县里有事起身告辞。王艳艳送到楼梯间，压低声音问："通知家属吗？"

"蔡琳在外地办案，赶不回来。"

"是和阎保成出去的？"王艳艳脸上掠过一丝不快。

"嗯，蔡琳说是一次重大抓捕行动，阎保成亲自带队。"杭英杰明白王艳艳问话的意思，几年前就传阎保成追蔡琳，还救过她的命，两人关系很暧昧。可他不能火上浇油，解释道："蔡琳刚提拔为副大队长，正是表现的时候。"

"离开她，犯人也照样抓，她的心就不在向民身上。"王艳艳脸色很难看，"马三驴能从看守所跑出来，是钱三宝指使人干的。那几天赵军从东河县跑来，和钱三宝请看守所的几个干警大吃大喝。"

"我也听到一些传言，给孔县长做了汇报。"

"学文什么态度？"

"说武专员很生气，打电话要他严肃处理，不管幕后主使是谁，一定要查个水落石出。"杭英杰笑了笑，"看来老领导要动真格的，要拿姓钱的开刀，杀鸡给猴看。可公安局长是赵啸林一手提拔起来的，老邱家的死党，对孔县长的话阳奉阴违。"

"我去找冯书记，争取他的支持。"

"冯伟光虽然是老爷子的门生，看到邱家势力冒头，就巴结郑为民，脚踩两只船。"杭英杰走下两级台阶，回头道，"刑警支队副支队长韩飞是我高中同学，我和他说一声，让暗地里去调查。"

"这样最好，双管齐下。"等杭英杰离去，王艳艳转身回到病房，见李向民睡着了，嘱咐儿子几句，推门出来。

县委和政府是两栋四层楼，中间隔着一条柏油路。王艳艳径直敲开冯书记的门，冯伟光见是她，忙从办公桌后出来，故作嗔怪道："来也不打个电话，好让秘书去接你。"

"我现在是一介平民，怕打扰领导。"

"艳艳，这就是你的不对了，和我还客气？"冯书记满面春光，好像有什么喜事似的，道，"孔省长今天到达县，晚上给他接风洗尘。你正好回来了，一起参加吧。"

"我就不去了，替我问声好。"王艳艳淡淡道。

"那不行，要让省长知道了，会骂我的。"冯伟光笑道，"他可是老爷子的大弟子，和你亲如兄妹。晚上孔县长到了，也得叫你一声姑姑。"

"今非昔比了，老爷子走后，王家一落千丈，我哪有心情应付酒桌。"王艳艳直入主题，"我无事不登三宝殿，来找冯书记，就是要求查清马三驴逃跑的真相，给受害人一个交代。"

"政法委已经成立调查组，很快会有答案。"冯伟光让王艳艳坐在沙发上，拿起暖水瓶泡了杯铁观音，放在她面前的茶几上。

王艳艳端起杯礼节性地抿了一下，盯着冯伟光直截了当道："有人举报钱三宝是幕后主谋，不知道达县敢不敢查？"

"王子犯法与庶民同罪。一个公安局副局长，竟敢指使越狱，真是胆大包天！"冯书记一脸怒气，他点燃一支烟狠劲吸了一口，又徐徐吐出，似乎平息了胸中的愤慨，放缓语气道，"不过要有证据，赵啸林老婆刚从这儿离开，说社会上传言钱三宝谋杀李向民，要求组织上澄清事实，还干儿子一个清白。"

"此地无银三百两！"王艳艳冷哼一声，"邱大小姐吃斋念经，从不过问政事，现在却跑来求你。还没开始调查，就坐不住了？"

冯伟光没有作声，从内心里他是站在王艳艳这边的，毕竟受王洪志栽培多年，人在正常情况下都是懂得感恩的。可现在是邱、王两派斗争的关键时期，也许这件事就是一根导火索。武卫国给孔学文打完电话，接着把电话打给自己，看样子会揪住不放。眼前王大小姐咄咄逼人，说不定是带着武专员的指令下来的，而且孔省长正好从省城回来，难道是巧合？冯伟光是一个老江湖，明年换届给个副地级待遇，他就退居人大或政协了，算圆满收官，何必蹚这个浑水！

王艳艳见冯伟光心事重重，知道他怕得罪邱家，左右摇摆，进一步道："既然邱玉梅让澄清事实，我也要求查清真相，你就顺水推舟，责成政法委秉公办案，把调查结果摆在桌面上，让大家去评判。"

"也只有这样了。"冯伟光苦笑着点了点头。

王艳艳从党委大楼出来，担心儿子照顾不好李向民，快步朝医院走去。一进病房，见李向民拄着红星的拐杖，吃力地在地上蹭，赶忙过去扶住道："才做完手术，怎么就下地啦？别把刀口绷开。"

"没伤着骨头，不碍事。"李向民靠在墙上，脸色煞白，"我想出院，住在这儿也是打吊瓶，带上药回乡里，一样治疗。"

"卫国专员让我捎话，要你安心在达县养病，配合杭英杰把主谋挖出来。"

"领导要借题发挥？"李向民吃惊道。

王艳艳点了点头，见区桂枝提着一篮鸡蛋和一罐鸡汤走进来，迎上去问候道："嫂子消息挺灵通，这么快就赶来哩。"

"村里都知道民民的宿舍被烧了，民民差点让马三驴害死。"区桂枝把东西靠墙放下，走近几步端详着小叔子，心疼道，"听说流了好多血，要多吃点补品，别把身子搞垮了。"

"我结实得很，嫂子放心吧，这点伤就算马三驴给我留的一点记号。"李向民调侃道。

"从小到大，后沟村给你的伤害还少吗？"区桂枝抬手抹了一把眼泪，"你现在出息了，回来当乡长，要保护好自己，才能为乡亲们做主，不让他们再受恶人欺凌。"

"马三驴就算不被枪毙，也不会活着走出监狱。剩下一个马二驴，不敢为非作歹了。"李向民脸上掠过一丝不易察觉的得意，"嫂子回去告诉我哥，让他挺直腰杆做人。我既然回来了，就不会允许何、马两家再猖狂。"

"你也不要记挂家里，自从挨小当上村长，你哥被选成社长，不出去做木工活儿了，承包了村里的两个鱼塘，每天忙得不着家，乐呵呵的，像换了个人似的。"区桂枝是从心里往外高兴，仿佛终于翻身得解放。她是1974年嫁给李向生的，深深体会到被恶人压迫的滋味，在队里开完贫下中农大会，还不能回家对自己的男人讲，要时时刻刻划清界限，憋得一晚上睡不着觉。好在这种日子终于结束了，门口挂的五类分子木牌，犹如一道镇鬼的符，不知哪一天摘下扔进了猪圈。

"嫂子，向民回来了，好日子在后头哩。"王艳艳也受了感染，本来忧郁的心情好了起来。

一个星期后，李向民回到乡政府，宿舍正在抢修，只好住进办公室。他的右大腿缠着纱布，隔三天拄着拐杖去卫生院换一次药。他拨通蔡琳的电话，不知道该说什么，两人越来越没有共同语言了，支吾半天又说起儿子："彬彬最近没感冒吧？"

"没有。"电话那头很不高兴，"你能不能说点吉利的话？"

"儿子经常感冒，我不是担心嘛。"

电话里没了声音，好一会儿才响起："每次感冒就发高烧，有几次鼻孔出血，都止不住。"

"去医院做个体检，不要有其他病。"

"乌鸦嘴！那你回来带儿子检查一下，我中午去武汉，去半个月。"

"和谁去？"李向民的神经突然绷紧了。

"你无聊不？和谁又怎么啦？"话筒里传来砰的一声，接着发出嘟嘟的忙音。

李向民很生气，真想再拨过去。自己差点死在马三驴的铁锹下，她却像没事人似的，不仅不来看望，连一句安慰的话都没有。想当初在教育局后院，她的指头无意中碰到自己的手，竟然悄悄放在唇边吸吮，一脸憧憬的表情。难道结婚真的是爱情的坟墓？他苦笑着摇了摇头。

"不，没那么简单。"他嘟哝了一句。这里面一定有什么不可告人的勾当，把她牵制着，让她不得不受人摆布。他必须多留个心眼儿，弄清来龙去脉，别让人卖了还替人家数钱。正胡思乱想着，宋玉凤推门进来，后面跟着周盈盈。他赶忙扶着桌脚站起，笑道："我正想打电话，问一下团中央的情况，你就到了。"

"答应投资三百万，疗养院、矿泉水厂和沙棘系列产品生产一起上马，三年内把前沟乡的大山打造成生态旅游区，吸引南方的游客来观光。"宋玉凤说。

"搞旅游区，三百万不够吧？"

"人家就投这么多，以团中央的三产入股，剩下的钱让地方想办法。"

"还要股份哇，我以为赞助哩。"李向民撇了一下嘴。

"猪八戒娶媳妇，尽想美事。"宋玉凤说。

周盈盈拿起地上的暖水瓶，泡了三杯茶，端给李向民一杯，把两杯放在茶几上，自己挨着宋书记坐下。

"基地的事以后由盈盈负责，你直接和她联系。"宋玉凤端起杯抿了一口，扭头看着周盈盈笑道，"你的任命很快会批下来，要替团中央管好家当，不要顾念两小无猜的情分，开成夫妻店。"

"姐姐放心，我生是你的人，死是你的鬼。"

"我可不敢夺人所爱。"宋玉凤瞅了眼李向民，三个人都咯咯笑起来。

乡镇企业搞得红红火火。疗养院和矿泉水厂在基地北边的半山坡开工，沙棘醋和饮料车间把榨油厂扩建后一起生产，原来的牌子换成前沟乡实业股份有限公司。李向民兼董事长，赫挨小为总经理。春节一过，矿泉水和沙棘系列正式投产，举行了隆重的庆典仪式。周盈盈作为基地负责人做了热情洋溢的讲话。宋玉凤没有赶回来，年前调到团中央任青少年活动中心副主任，副司级干部。团地委书记的位子一直空缺，听说有意给周盈盈留着。杭英杰起初想跑动这个位置，后来得到消息，孔学文要接替冯伟光，就打消了到团地委的念头，一心谋求就地转正。

　　本来李向民顺风顺水，挂职半年政绩斐然，被评为陕中省杰出青年，下个星期去省城戴大红花，突然晴天霹雳，三岁的儿子查出急性白血病。最让他苦恼的是中州医院没有匹配的骨髓，无法进行骨髓移植。小彬彬的病情急剧恶化，浑身关节疼痛难忍，皮肤出现紫斑，高烧持续不退，随时都威胁生命。蔡琳请了半年长假，每天形影不离，好像一离开彬彬他就会人间蒸发似的。那种伟大的母爱，这时才淋漓尽致地表现出来，她想弥补以前到处抓捕犯人没有照顾好儿子的亏欠。阎保成也来探视彬彬。起初李向民没有在意，可能是他想见蔡琳，故意找个借口。自己虽然心里不痛快，人家手里提着大包小包的东西，常言道，举手不打笑脸客，也就装作热情接待。但次数多了，而且东西拿得一次比一次贵重，他不由得产生疑惑。他见阎保成提着一网兜好吃的东西走进儿子卧室，偷偷从半开的门口望过去，见那小子站在彬彬床前掉眼泪，显出一脸的悲哀，就有意咳嗽一声。阎保成假装揉眼睛，走出来朝他尴尬道："这几天眼疼，老是流泪。"

　　李向民不阴不阳道："阎局长要多注意休息，不能总是为了别人的事劳心费血嘛。"

　　"我们这些警察，就是劳碌奔波的命。"阎保成讪笑着，尴尬地快步离开。

　　"操！他对儿子咋这么上心？"李向民等蔡琳送顶头上司回来，没好气地问。

　　"你别阴阳怪气的，他喜欢彬彬，就多来几次呗。"

　　"我咋觉得他喜欢儿子，都超过喜欢你啦？"

　　"放屁！"蔡琳转身走进卧室，砰的一声关上门。

　　李向民没有去省城戴大红花，一家三口坐上开往北京的火车，次日一早到达，当天儿子就住进协和医院。夫妻俩找了间附近的小旅馆安顿下来。可半个月过去了，中华血库里找不到匹配的骨髓，蔡琳每天哭得像泪人。哭得李向民心烦意乱，发火道："哭有什么用，能把儿子哭好？明天去报社做广告，重金寻找匹配的骨髓。"

"你有钱吗？还重金，儿子看病的钱都凑不齐，大言不惭！"蔡琳冷哼一声。

"我把自己抵押上，一辈子做牛做马，挣的钱全还债。"

"你脑子进水啦，谁会相信你？"

"那你说咋办！总不能眼睁睁看着儿子，一天天走向……"李向民说不下去，突然哽咽起来。

第二天中午，宋玉凤从团中央赶过来，看着小彬彬一张雪白的脸，禁不住眼里滚动着泪花，建议道："青少年活动中心从全国征召献血志愿者，也许能筛选到匹配的骨髓。明天有一批来京参加比赛的孩子，先给他们抽血配型。"

"谢谢宋主任，你这么热心，从全国各地的孩子中筛选，一定能成功的。"蔡琳一把握住宋玉凤的手，激动得声音都有点颤抖，"你是彬彬的大救星，我真不知道该怎么报答，就给你磕个头吧。"

蔡琳说着双腿一屈就要下跪。宋玉凤赶忙扶住道："你这是干嘛呀，我和向民都是前沟乡的，人不亲土还热。再说，还不一定如愿呢。我先走了，下午齐彩彩带着女儿过来，歌舞团和团地委一直合作得不错，我得接待一下，就不给你们接风洗尘了。"

"你忙吧，有事我会给你打电话。"李向民把宋玉凤送到楼下，想着她刚才说的齐彩彩，心里有一种说不清的滋味。那女人是阎保成的老婆，年前随武专员慰问时见过，是歌舞团的台柱子，说话大大咧咧，一看就是个心直口快的人。因为她是姓阎的婆姨，当时多看了几眼，没想到慰问结束时她留给自己电话，不知出于什么心理，竟鬼使神差地来往起来。

宋玉凤见李向民心事重重，以为他因儿子的病想不开，安慰道："等配型的骨髓找到，我会找人和医院打招呼，安排最好的专家。你就放心吧。"

"在北京我是个睁眼瞎，什么熟人都没有，全靠你了。"李向民看着宋玉凤，自责道，"前沟乡的工作刚有起色，儿子这一病，又把事给耽搁了。"

"工厂那边有盈盈哩，你就安心给彬彬治病吧。"宋玉凤走出两步回头道，"疗养院定在党的生日那天剪彩，和团中央书记说好了，到时我陪他去。"

三个星期后配型的骨髓找到了，是东河县第一幼儿园彬彬的同桌阎晶晶，阎保成的女儿。这一消息让李向民和蔡琳既欣喜又震惊，怎么会是他的女儿？蔡琳的头都大了，作为孩子的母亲，对子女的身世最有发言权。她脸色煞白，比儿子还没有血色，瞅了眼惊愕在病床前的男人，低着头走出病房。

一连几天夫妻俩不说话，形同陌路。从医院到旅馆，虽然只隔着一条马路，两人一前一后走着，只感到路漫长而遥远。有好几次李向民张了张嘴，想提出做亲子鉴定，话到嘴边又咽了回去。他不忍心伤害蔡琳，要是鉴定出儿子是亲生的，如何面对她呢？将来彬彬知道真相，一定会怪怨自己。可不做鉴定，整天疑神疑鬼，看着一身警服的蔡琳，不由自主地生出恨意。那个活泼可爱的儿子，突然一夜之间变得自己不认识了。他无法再待下去，心里好像有无数条毒蛇在撕咬，怀疑和愤懑让他发疯，他终于坐上直达呼东市的火车，不辞而别。

八

钱三宝被调离公安系统。本来是撤职处理，邱玉梅以老爷子的名义强压郑为民，让给冯伟光打招呼。县委拟好的文件，又改为转任达县检察院副检察长。看守所两个干警因为玩忽职守被逮捕，所长受牵连免职，当了钱副局长的替罪羊。近一年来传得沸沸扬扬的越狱案，圆满画上了句号。但李向民心情很坏，看着康复出院的小彬彬，不由得联想到阎保成那张马刀脸，想找出两人的共同点。可怎么瞧，儿子都和自己长得一样，那对机灵的大眼睛，挺直的鼻梁，棱角分明的嘴，连两只招风的大耳朵，也像一个模子里倒出来的。他实在想不明白，彬彬的血液为什么和阎晶晶的完全吻合，就是亲姐弟也很难这样，竟然六个点全部匹配，难道冥冥之中早有安排？

他烦躁地从儿子卧室出来，走到客厅的角柜旁，拿起电话给齐彩彩家打过去，想约她出来问清楚，阎晶晶是不是她亲生的。但接通后又迅速压了话筒，要是阎保成接起，自己该说什么呢？

蔡琳从外面回来，见他心事重重的样子，扭头走进卫生间，砰的一声把门关上。两个人自北京不辞而别后很少说话，家里一些事不得不商量时，也只是三言两语。尤其涉及儿子，谁都不提小彬彬的名字，好像有什么忌讳似的，用打手势来沟通。这种家庭气氛，压抑得叫人真想哭，非憋出病来不可。

电话突然响起，他犹豫着拿起，没有吱声，想让对方先开口。就听话筒里传来齐彩彩的声音："喂，怎么不说话？"

厕所里传来哗哗的冲水声，李向民趁机压低声音道："一会儿到中州大酒店，请你吃饭。"

"几号雅间？"

李向民没有回答，因为厕所的声音戛然而止，怕蔡琳听见，随手压了话筒，快步走出门。

等他走进酒店大厅，齐彩彩已经坐在沙发上，两眼正瞅着旋转门。他笑着过去招呼道："好快呀，我还没来得及定雅间。"

"不是有什么烦心事突然想起我的吧？"齐彩彩咯咯笑道。

"不想待在家里，看蔡琳那张苦瓜脸，好像上辈子欠她什么似的。"李向民说着扭头朝吧台喊道，"把201雅间打开。"

"不好意思李科长，那间定出去了，要不坐202？"大堂经理笑盈盈地走过来，给他点了一下头，摆动着旗袍前面带路。

"又吵架了？"齐彩彩和李向民并排跟在后面。

"冷战半年了，像陌生人。"

"不是因为儿子吧？"

李向民扭头看着她，没想到这女人一下就猜出来了，难道她也怀疑阎保成和蔡琳有染？等走进包厢，大堂经理离开，他随手关住门问："晶晶和彬彬血液那么吻合，你不觉得有问题？"

"我咨询过大夫了，要是没有血缘关系，能匹配到六个点，几乎不可能。"齐彩彩撇了一下嘴，"想开点吧，现在的人有几个能守身如玉？她对不起你，你也可以对不起她，互找平衡嘛。何必把自己气得半死不活，还称了人家的心！"

"你真大度，是不是早就找到平衡点了？"李向民看着眼前这个漂亮女人。不愧是歌舞团出身，人生如戏，什么都不在乎。

"我要是有了相好的，还会出来见你？"齐彩彩两眼火辣辣地盯着他，"大秘书，凭你的相貌和才华，不会是没吃过荤腥吧？"

李向民摇了摇头，苦笑道："如果我破了戒，就不会要求她了。"

"那现在，还想守着防线？"

"要是找到证据，有一个说服自己的理由，就能放开手脚了。"李向民低下头，过了好一会儿喃喃道，"你说实话，晶晶是不是阎保成的？"

"你真傻得可爱，这种事你也敢问。"齐彩彩见李向民眼里滚动着泪珠，不想刺激他，安慰道，"人生就这么一回事，你越较真儿，生活就越对不起你。放下心里的纠结吧，既然我们改变不了别人，就要努力改变自己。实在过不了这道坎，就离婚，重新开始。"

"如果走出了那一步，就没有回头的路了。"李向民仿佛安慰着自己，"我不相信她会背叛我，她没有理由毁掉这个家。"

齐彩彩愣怔地瞪大眼睛，没想到世界上还有这样的男人，即使把亲子鉴定的报告放在面前，也会说医生弄错了。她摇了摇头，真想扑进他的怀里，验证一下这个男人是不是真的坐怀不乱。等凉菜端上来，她让服务生打开两瓶五十二度的剑南春，盯着他道："伤心是一天，快乐也是一天，今天我们一人一瓶，喝完就去唱歌。"

"喝一瓶舌头都大了，怎么唱呀！你不是想把我灌醉吧？"

齐彩彩递过酒瓶，调侃道："我想看一看，你喝多了，还能不能坐怀不乱。"

"假如酒后乱性，那是酒的错，不是我胡来。"

齐彩彩咯咯笑着，露出两个小酒窝。

李向民伸手拿起两只水杯，倒满一杯正要倒第二杯，被齐彩彩拦住了，只好把空杯递过去，讪笑道："好，自己倒自己的。"

等两瓶酒喝完，齐彩彩醉得趴在桌上，李向民扶她走出雅间。一转身，瞅见201雅间里正喝得起劲。高志良站起来敬酒，口齿不清道："我调报社一个月了，明天到达县采访，对象是没人敢去的三合煤矿。我得到一份举报材料，矿上拘禁流浪汉和未成年人，强迫其下井采煤，只给管饭，没有工钱。"

"三合煤矿是邱家的摇钱树，矿长是邱副专员的堂弟，这人吃喝嫖赌俱全，十足的混混，别去捅那个马蜂窝。"旁边的同事扭头看着他。

"当记者就要为百姓呐喊，弘扬正气，敢于说真话。要是我们也怕黑恶势力，这个社会就暗无天日了。"高志良涨红着脸，也许说的是醉话，等第二天酒醒了，早把豪言壮语忘得一干二净。

这小子什么时候调到报社的？怎么连自己也不告诉一声。李向民真想走进去灌他几杯，无奈齐彩彩软绵绵地靠在怀里，只好悄悄扶着走下楼。到了一层吧台，让大堂经理把饭费记在办公厅账上，扶着齐彩彩的腰往外走，迎面撞上周盈盈从旋转门进来，想回避已经来不及了，只好尴尬道："她喝多了，我送她回去。"

"就你们两个喝的？"

"别人还在雅间，我有事顺便送她。"李向民不善于骗人，脸一下红到脖颈，"这么晚了来酒店，有应酬？"

"玉凤姐刚到，就住在楼上。"周盈盈撇了一下嘴，酸溜溜地讥讽道，"你搂着阎保成的老婆，就不怕别人说闲话？"

"她自己站不稳，不扶着就倒了。要不你和我一起送，一会儿咱们再回来，一起去看宋书记。"

"这么好的机会还是留给你吧，我可不敢坏了人家的好事。"周盈盈说着头也不回，径直走向楼梯间。

走出门厅被风一吹，齐彩彩的酒醒了一半，故意把头靠在李向民胸前，撒娇道："我不回去，你要陪我上四楼，到KTV唱歌。"

"你喝多了，改天吧。"

"我不，就今天晚上！"

李向民见齐彩彩不依不饶，只好实话实说："刚才碰见周盈盈，说宋玉凤回来了，就住在中州大酒店，我得上去拜访。"

"好啊，那把她俩叫上，一起去唱。"齐彩彩突然转过身，盯着他的眼睛，过了好一会儿问，"你是不是喜欢姓宋的？"

"瞎说什么，人家是副司级领导，我只是小副科，癞蛤蟆还想吃天鹅肉？"李向民道。

李向民不想带她去见宋玉凤，万一说出些醉话来，会让大家很难看。再说，大晚上扶着个醉女人，能说得清吗？既然送不回家，只好消磨时间，等待她酒醒。见院子里有个小花园，就搂着她走进去，坐在牡丹花丛里。

不知过了多长时间，齐彩彩躺在李向民的怀里呼呼睡着了。等她醒来睁开眼，一激灵坐起，歉意道："我喝多了，什么也想不起来，一直躺在你怀里？"

"你回不了家，我只好陪着。"

"你连手都没动一下？"齐彩彩盯着他的眼睛，突然凄惨一笑，"是我长得不好看，不值得你动心！"

"不，你很美，真的。"

"那你为什么像傻瓜一样？"

"你喝多了，我不能乘人之危，嘿嘿。"

八月一日李向民挂职期满，正在乡政府收拾东西准备回东河县，突然桌上的电话铃响了，赶忙过去抓起喂了一声。

"向民，我在三合煤矿被控制了，快来救我！"

"志良，你……"就听话筒里传来啊的一声惊叫，好像高志良被人袭击，随即一阵嘟嘟的忙音。

李向民跨出办公室，跑到车棚里推出乡政府给自己配备的"幸福二代"，一脚踩彻油门冲出大院。

三合煤矿在青少年基地的西南六千米，属于前沟乡的范围，原先是中州煤炭局下属的国营矿，价值一亿八千万，八九年转制时郑为民以六千万卖给邱朝东。其实老爷子一分钱没出，把煤矿在建行的贷款六千万转在自己名下，只是换了一下法人而已，就把全民所有的煤矿变成私有财产。高志良的脑袋让两个保安打了一闷棍，捆住手脚扔到厕所旁堆放杂物的库房里。他被一股恶臭熏醒后，借着木板门缝透进来的光，看见墙角放着几张铁锹，心里产生了一线希望，横着身子滚过去。他双脚虽然被捆在一起，可用力一蹬，锹头便落在身边。他把捆脚的麻绳搁在上面，慢慢磨起来。

很快有脚步声传来，接着门被哐当一声打开。两个保安一左一右抓住他的胳膊，像拉麻袋似的把他拽出房间。一个满脸胡茬的中年男人站在门口，厉声喝道："你是干什么的，为什么带着相机？"

高志良扭头瞅了眼臭气熏天的厕所，一阵恶心，咳嗽起来。太阳已经西斜，在这四面环山的矿区，虽然后面有几排起脊房，有两个人看着他走过去，但人家熟视无睹。他感到从未有过的绝望和恐惧。自己被扔进茅坑，就像一只蚂蚁被人踩死，会无声无息地消失。就算李向民赶来，那又有什么用？连尸体都找不到。他必须隐瞒身份，好在进矿区时把记者证藏在一棵大树下，要不早已被发现了。他张了张干裂的嘴唇，有气无力道："我是一个大学老师，假期出来游玩，当然要带相机拍照，这没什么好奇怪的。要不是走迷了路，满山乱转，怎么能到这儿！"

"看你戴着眼镜，白白净净的，像个读书人。"中年男人一听是大学老师，不由得放松了警惕，但随即追问道，"哪里人？"

"郑州。"高志良随口而出，因为大学宿舍里有一个河南同学，每天晚上睡觉前学人家说话。

"说两句家乡话，要是让老子听出破绽，把你扔进茅坑。"

高志良沙哑着嗓子说了一通，不知道中年男人听懂没有，从裤兜里掏出一份合同和笔，扔在地上道："在上面签字，要不，送你上西天。"

保安上来解开绳子，高志良活动了几下腿，吃力地从地上坐起，捡起纸和笔签了一个假名，故意抖抖索索地递给中年男人。

"抖什么抖，又死不了。"中年人朝保安道，"押到2号井下，让大疤子看管好，这些臭秀才鬼点子多。"

李向民赶到三合煤矿时，正好望见高志良坐到罐笼里，想喊又怕引起别人警觉，正犹豫间，人已经下放到井里。他想起那晚扶齐彩彩从雅间出来，听到高志良敬酒时说三合煤矿强迫流浪汉挖煤，就明白是怎么一回事了。看来他没有生命危险。这事不能贸然行动，以免打草惊蛇，刺激对方杀人灭口。就让他受几天苦，和矿工们混熟，掌握第一手资料，再设法营救出来，而且不能引起邱大伟的怀疑。这么想着，调转头，脚下用力一踩，"幸福二代"朝县城的方向驶去。

进到城里已经是八点多。路过鑫辉建筑公司门口时，不由得想起赵二牛，朝里望了一眼。他知道公司早已改换门庭，楼顶立着"环球实业"四个大字，虽然过了下班时间，楼里还是灯火通明。忽然看见一个人走出，是张大鹏。他一脚踩住刹车，大声喊道："大鹏！"

张大鹏扭过头，见是李向民，犹豫了一下走过来。

"这些年你和师父去哪了，让我找得好苦哇。"李向民跳下摩托车，一把拽住，埋怨道，"为什么不和我联系？"

"好几次想找你，爸不让。"

"师父不让，你就不找了？"

"你别激动，爸是怕给你添麻烦，这几年过得真不容易，一言难尽。"

"那好，我们找个地方，边吃边聊。"李向民让张大鹏坐在摩托车后面，发动着直奔县招待所。

达县政府和党委是并排两栋四层楼，党委在东，政府在西，相隔不到二十米，共用一个大院。后面是招待所，一层是厨房和大餐厅，有八间包厢；二层是普通客房和棋牌室，东西两头各有一间大房，放着很多活动器材，专供客人锻炼身体；三层是豪华套间，只安排厅级领导入住。李向民是行署大秘，虽然只是一个副科，但角色不同，享受武专员的待遇。经理见他推门进来，满脸堆笑迎上去寒暄："李科长出差，咋不提前打个招呼，好给你接风洗尘。"

"开个客房，弄几个菜，快点拿上来。"李向民瞅了眼一脸媚态的经理，拉着张大鹏的手，朝楼上快步走去。

"李科长，302套间刚打扫完，门开着。"经理跟了两步，停住问，"喝什么酒？"

"老规矩。"

"好嘞！"经理说着转身准备去了。

李向民和张大鹏走到三楼，一个亭亭玉立的服务生早站在楼梯口迎候，甜甜地说了声"请"，在前面带路。

等服务员离开，李向民关住门问："说吧，遇到什么麻烦了？"

张大鹏坐在宽大的真皮沙发里，惬意地靠在椅背上，跷起二郎腿，环顾着装潢精致的房间，啧啧道："达县是贫困县，没想到招待所这么豪华，他们真会享受。"

"甭废话，你要急死我呀？"

"好，我说。"张大鹏坐直身，"你考上大学的第二年，我们就回山东了。我和陈娟举行了婚礼，定居在东平县。可三个月后，因为那个禽兽，一切都改变了。"

"发生了什么事？"李向民催促道。

张大鹏脸色铁青，喉咙里咕噜了一声，过了好一会儿，艰难地道：

154

"那个畜生校长，陈娟的表叔，把她强暴了。"

"妈的！"李向民脱口骂了一句。

"陈娟受了刺激，精神恍惚。我每天待在家里守着。她说到院子外上厕所，我做饭没跟出门，她就再没回来。"张大鹏痛苦地闭上眼，两颗豆大的泪珠沿着鼻翼滑落。

"找啊，在报上登寻人启事，报警哇。"李向民急得一把拽住张大鹏的胳膊。

"一个月后，在济南火车站，她卧轨了。"张大鹏浑身颤抖，哽咽起来。

"啊？"李向民跌坐在地上，良久，喃喃道，"她太刚烈了，师父怎么受得了，一个亲人都没了哇。"

"他一气之下，趁那个畜生被警察押着去医院治病，半夜潜入病房，拧断了那畜生脖子。"

"八年了。师父一直逃亡？"

"我跟着他去了新疆，越境到哈萨克斯坦，因不懂人家的语言，又偷跑回国。先后流浪到青海、西藏、贵州、广西、云南。爸年纪大了，不想再到处漂泊，前年回到达县。"

李向民霍地从地上站起，大声道："走，现在找师父去！"

"他不想见你。"

"为什么？"李向民说完，突然若有所悟，道，"师父是怕连累我吧？"

"他不见你，是怕你失望。"

"没有他和赵老板，我九年前就完了，还能有今天？"李向民摇了摇头，"他又不是不了解我。一日为师，终生为父。"

"你要这么想，我就放心了，明天带你去见他。"

"干嘛明天，一会儿吃完饭就去。"

"他在三合煤矿。"

李向民的脸一下阴沉起来，敏锐地感觉到师父当了邱大伟的保镖。为了逃避警察搜捕，躲进深山里，在无人盘查的矿区打工，确实是最安全的。况且，谁敢去邱家的煤矿惹事？借警察十个胆，也不会跑到邱大伟的地盘上抓人。也许师父正是考虑到这点才落脚在那里，想过几年安稳日子。当保镖不过看家护院，挣人钱财替人消灾，堂堂正正做事，没有啥丢人现眼的。

张大鹏见李向民不说话，讷讷道："不高兴了吧，就知道你有想法。"

"师父去了一个安全地方，不用亡命天涯，我为他高兴。"李向民挨张大鹏坐下，提醒道，"不能让邱大伟知道师父的底细，我怕那小子暗地里使坏。"

"不会的，他拜爸为师了。那小子虽然坏，却很讲义气，对师父言听计从。"

"这么说，我成邱大伟的师兄了？"李向民忽然想起师父说过，自己是他第一个徒弟，也是最后一个。此一时彼一时，人在江湖身不由己，没有师徒的情分，姓邱的不会罩着他。

话音刚落，两个服务生走进来，一个端着三个凉菜和一盆牛大骨头，另一个拿着两瓶剑南春和一条中华牌香烟，麻利地摆在一张小方桌上，然后悄悄退出去。李向民打开瓶盖，拿过两只水杯倒满，递给张大鹏一杯道："九年不见，干了！"

两瓶酒喝完，都有了醉意。李向民扶着张大鹏走进里间，和着衣服躺在宽大的双人床上，很快打起了鼾声。

第二天十点两人才醒来，匆匆洗漱完走出招待所，骑上"幸福二代"直奔三合煤矿。中午赶到矿区，李向民怕邱大伟看见，他们在行署见过两次，让张大鹏去叫师父，自己躲在旁边一棵大树下。很快，陈连奎大步走出来。李向民扑上去抱住师父，泪如泉涌。过了好一会儿，抬起头动情地说："师父，你老了，头发也花白了。"

"哈哈，身体还行，没啥毛病。"陈连奎面色红润，根本看不出是一个逃犯。

"情况我都知道了，不管遇到什么事，我们师徒不能生分。"

陈连奎双手抓住李向民的肩膀，身子往后挪了一下，端详起徒弟来。九年没见，眼前这年轻人英俊中透着智慧，显出一种稳重和成熟，已经不是当年那个血气方刚的毛头小子了，不由得点了一下头。

"爸，邱大伟在矿上不？"张大鹏插话道。

"进山打猎去了，晚上在青少年基地吃饭，多半在那过夜。"

"师父，我们去前沟乡吃饭吧，有一家饭店做的野山菌炖红公鸡，味道不错。"

陈连奎有点为难，张大鹏劝道："爸，正好邱矿长不在，出去放松一下。"

"两年了，我从未离开过矿区。"陈连奎尴尬道，"我答应过大伟，只要他不在，就坚守岗位。"

"师父的敬业精神，在鑫辉时就是出了名的。尤其在煤矿，安全生产很重要，一旦出事，就是人命关天的大事。我在K大学的露天开采专业学习时，去辽宁一家煤田实习，刚下到工作面，一辆拉煤的小火车驶来，正好是拐弯处，看不见，一个同学被压在车厢下，连抢救的机会都没有。"

"小心驶得万年船。"陈连奎意味深长地说了句。

李向民明白，这是一语双关。师父是一个逃犯，不能抛头露面，万一让警察盯上了就难逃一劫。可他哪里知道，陈连奎不敢离开矿区，并不是考虑自身的安危，是怕那些强迫下井作业的流浪汉换班到地面上睡觉时逃跑。这样的事经常发生。他不仅是邱大伟的保镖，而且负责井上的管理，就像一个黑包工头，控制着五百多名矿工。有二十几个和他身份一样的各种逃犯，都被委以重任，当着大大小小的头目。

张大鹏看了一眼岳父，明白他的用意，是在提醒自己。这座煤矿四面环山，只有一个出口和一个进口。在路口的两面山里，都挖洞住着保安，就像暗堡，随时监视着进出的人和车辆。同时在山顶布置了铁丝网，另外，朝里的一面用火药炸成悬崖峭壁，雇石匠把能攀登的石块全砸掉，像被刀切割过一样，连一只猴子都无法爬上去。生人要想进来，必须经过进出口进行严格的检查。陈连奎没有把这些秘密告诉李向民，毕竟九年没见，人心隔肚皮，对这种官场中人要多留个心眼儿。大鹏朝岳父会意地点了一下头，拍着李向民的肩膀道："向民，矿区有规定，不让外来人员进入。爸不好违规请你到办公室坐。"

"我就不留你们吃饭了，等有机会，另找地方吧。"陈连奎一脸歉意。

"不给师父添麻烦了，我们到乡里吃。"李向民盯着陈连奎，恋恋不舍道，"师父，我们吃完，给你带一份回来。"

"不用，我的伙食很好，大伟明天带回野鸡，又能改善一顿。"陈连奎看着他们骑上"幸福二代"离去，失落地走回办公室。

野山菌炖红公鸡饭店，是牛根来老婆开的。前年儿子去县城上高中，她一个家庭主妇没事干，每天只给老牛做饭，心想，不如开个饭店，老夫老妻吃在店里，还能挣两个零花钱。李向民一进门就大声喊："嫂子，做两个人的饭！"

"哈哈，你小子请谁吃饭？"厨房里传来一阵大笑，牛根来大步走出，"昨天听说你回来收拾东西，想晚上喝两盅，让你嫂子炖了一只红公鸡，怎么也找不到你，是不是去基地了？"

"有点急事，回县城了。"李向民扭头给张大鹏介绍，"这是牛乡长，兼饭店助理。"

"什么助理，今天你嫂子去城里，我是大厨。"牛根来握住张大鹏的手，笑道，"你和向民先坐，我去弄两个凉菜，咱们好好过一下酒瘾。"

"不急，你忙吧。"张大鹏看着牛乡长走进厨房，压低声音道，"这人我在三合煤矿见过，邱大伟叫他大哥，好像关系很亲密。"

"哦？"李向民心里咯噔一下，牛乡长看上去大大咧咧，像一个粗人，没想到心思缜密，深藏不露。傍上邱大伟就能进入邱家的核心圈，也许早已和邱副专员搭上了线，乡里传出明年他接替魏新之，这么说不是空穴来风。

张大鹏见李向民一脸疑惑，知道官场中人对人际关系很敏感，怕他问下去，忙把话题岔开道："三合煤矿管控得很严，不允许外人随便进入，吃完饭不要去见爸了，我们回县城吧。"

"一个鸟不拉屎的地方，像管理监狱似的，怕陌生人进去，难道有什么见不得人的勾当？"李向民很不以为然，"师父好像变了一个人，不那么直爽了，似有难言之隐，心事重重的。"

"他是没有留你吃饭，过意不去。"张大鹏心里一惊，忙打马虎眼，心想，这小子可能看出什么了，好厉害的眼力。

李向民正要说话，牛根来端着四盘凉菜从厨房出来，赶忙上前接住摆在方桌上，叫张大鹏坐下。牛乡长拿出一塑料壶老乡酿的高粱酒，倒了三大碗，端起道："起得早不如赶得巧，今天给李乡长饯行，正好和这位兄弟一起，不醉不散。"

"这是我的好朋友，张大鹏，九年没见了，昨天巧遇。"李向民端起碗，"来，老规矩，一口到中央。"

张大鹏见牛根来脸上掠过一丝惊疑，似乎认出自己但没有说破的意思，端起酒笑道："认识牛乡长很高兴，请以后多多关照。"

"那是自然，你是向民的兄弟，就是我老牛的朋友。"

这顿饭一直吃到下午四点，李向民想去基地找周盈盈，但张大鹏怕碰见邱大伟，两人骑着"幸福二代"直奔县城。路过环球实业公司，张大鹏下了摩托车，李向民驶进县政府后院。刚把摩托车放在招待所门前，一抬头见杭英杰站在身边。李向民笑道："我正要找你。"

"什么事？"

"三合煤矿拘押记者，强行带到井下挖煤。"

杭英杰眉头一蹙，过了好一会儿压低声音道："上个星期有人塞进我办公室一张纸条，说三合煤矿窝藏几十名逃犯，我担心是故意陷害，把这事压了。那矿是老邱家的摇钱树，郑为民暗箱操作，贱卖给邱老爷子，好像他也占百分之二十的股份，还有一个股东，社会上传言是省委副书记蒋国庆。这样的马蜂窝一旦捅了，如果没有真凭实据，给你扣一顶诬陷罪的帽子，就算没有牢狱之灾，也会丢掉乌纱帽。必须谨慎行事，做成铁案，最好惊动上层，才有胜算的把握。"

"那个记者是我大学室友，打电话向我求救，等我赶到时正被押下井。只要把他救出，他手上一定有证据。再说，我不能见死不救。"

"怎么个救法？调动警察，还没出动人家就会知道，早把那些逃犯转移了，只会无功而返。要想万无一失，最好动用部队，或请外省公安厅出警，这得搬动什么领导才能办到啊。"

"我们回中州，把情况汇报给武专员。"李向民说。

"这事太重大，也只有这样了，我到宿舍打个电话，让把车开过来。"杭英杰走回招待所，刚吩咐完司机放下电话，秘书打进电话，结结巴巴道，"杭县长，不……不好了，三合煤矿出……出事了。"

"慌什么，说清楚！"杭英杰呵斥道。

"二号井发生透水事故，困住几十号人。"

"孔县长知道吗？"杭英杰脑袋嗡地就大了，这是特重大事故。自己是分管县长，别说几十人，就是死一两个，头上的乌纱帽也会被摘掉。

"知道。在家的领导都要去，邱专员已经到现场了。"

"他怎么知道得比我们早？"杭英杰大吼一声。

"昨晚发生事故，邱志伟一早就到了。"

"什么？"杭英杰明白了，这是煤矿对县上故意隐瞒不报，随即砰地挂了电话，冲出招待所。正好桑塔纳开来，拉着李向民跳上车，命令司机加速去三合煤矿。

"怎么去煤矿？"李向民纳闷地问。

"二号井出事了。"杭英杰脸色煞白，闭住眼靠在椅背上喃喃道，"真是怕啥来啥，人要是背运，连上帝都拯救不了你。"

李向民心里咯噔一下，高志良就在二号井下，一定凶多吉少。他很后悔昨天为什么不冲上去，制止罐笼下降，或跟着下去救人。他自从当了秘书，变得优柔寡断起来，总是瞻前顾后，想得要比做得多。脑海里突然跳出高志良老婆的样子，那么温柔贤惠的一个女人，还有他嘴巴甜甜的女儿，每次去了都扑进自己的怀里，缠着给她讲狐狸精骗人的故事。孩子这么小，如果失去爸爸，那可就太惨了，都是自己一念之差啊！

桑塔纳在沙石路上飞速地颠簸着，平时半个多小时的车程，二十分钟就到了。远远看见二号井口拉起了警戒线，围着上百号武警战士。邱志伟站在前面，正和一个部队头头说着什么。没等小车停稳，杭英杰推开门跳下车，几步跑过去，站在邱志伟跟前，却不敢开口打断领导说话。

"邬支队长，请求总队增援，要带上潜水衣，半个小时务必赶到。"邱志伟大声道。

"首长，水位已经上涨到被困矿工的位置，不能再等了。为了万无一失，必须把一号井打通泄流，做好应急预案。"支队长紧紧盯着邱志伟。

"打通一号井，三合煤矿就报废了。"

"如果副巷道的岩层在晚上十点前打不通，被困的人就没救了。"邬支队长一脸紧张，"根据井下地质资料，那段岩层里瓦斯浓度很高，容易发生爆炸，风镐打洞风险很大。"

"按照现在的进度，副巷道十点前能打通吗？"邱志伟大声问。

"不发生新的事故,应该没问题!"

李向民紧挨着邱副专员,虽然天已经黑下来,但他把那张阴沉的脸看得很清楚,嘴角不住地抽动着,好像神经马上要绷断。在这千钧一发之际,他的一句话决定着几十人的生死,同样决定着三合煤矿的存废。这可是邱家唯一的家底,老爷子不惜毁掉一世英名,郑为民冒着国有资产流失的罪责,费尽心机才转制到手。况且,蒋副书记那儿怎么交代,为了救人把涨到四五个亿的资产放弃,报废有人家百分之三十股份的煤矿,这种决定他做不了。何况,仅仅是一个预案,担心发生瓦斯爆炸就毁掉一号井,这种不负责任的建议真是站着说话不腰疼。"等我下去看了再做决定吧,还有一条采空的斜井,或许能打通泄流。"邱志伟说着跨前一步,就要坐进罐笼里。

"我下去!在K大我学的是采矿专业。"李向民一把拉住邱副专员。

邱志伟只下过一次井,是去年陪蒋国庆下去的,可这次是发生了事故的巷道,本来心怵,但为了救人不得不挺身而出。见李向民站出来,心里十分感动,握住李向民的手嘱咐道:"救不出人就放弃,无论如何要活着出来,不能再搭进去。"

"邱专员,我陪李科长下去。"杭英杰脸色如灰,心情坏到了极点,甚至比邱志伟都着急,作为一个分管副县长,他没有脸站在井口。

邱副专员只是点了一下头,没有吱声,扭头看着支队长道:"派两个战士保护,不能有任何闪失。"

井下已经有五十名武警官兵,是邱志伟直接向中州军分区要的人,没有通知县里。他原打算把人救出来就不上报了,没想到事态越来越严重,预感到纸里包不住火,只好让秘书告诉县里,自己天没亮就赶来了。这么大的事故,达县不具备救援能力,既无设备,又没有人员。罐笼下到井底,四个人顺着主巷道朝前跑,很快听到风镐打洞的声音,拐进一条副巷,看见战士们抱着石头垒在两侧。

杭英杰边跑边大声问:"多长时间能打通?"

"报告首长,估计得三小时。"一个军官跑过来。杭副县长认出了来人,是消防支队的廖参谋。

"还有其他通道吗?"李向民看着这个大汉的额头碰破了皮,渗出一片血。

"有一条采空的斜井，距离困人的位置更远，两天才能打通。"

李向民明白这条巷道就是邱志伟说的空巷，等打通了，大水早漫过被困矿工的头顶，不会有一人生还。现在最直接的办法，就是潜入水里，游到困人的地方。可水已经一人深，没有潜水衣无法过去。再说水流湍急，夹杂着煤块和石头，即使穿着潜水衣想逆流而上，也是极为困难。他突然想起支队长说的打通一号井的巷道，忙叫人把采掘平面图铺在石头上，发现一号井的主巷道与困人位置的拐角处相隔十九米，最快要四个半小时才能打通，比现在打洞的副巷道时间多一个半小时。如果昨晚按照这个方案实施，被困人员早已获救。但他没有吱声，理解邱副专员的苦衷，老爷子革命一生，两袖清风，唯一留下这个煤矿，怎么能毁在儿子手里。

"怎么样，有更好的办法吗？"杭英杰焦急地问，抬起手腕看了一眼表，正好六点整。

"现在来不及了，打通眼前这条巷道，是唯一的选择。"李向民把平面图递给廖参谋。

战士们轮流替换，四台风镐同时作业，钻头打在坚硬的岩石上，溅起点点火星。如果瓦斯浓度高，随时会引发爆炸。杭英杰额头沁出密密的汗珠，不时抬起手看一下腕上的表，焦急地催问一声。时间走得那么快，折磨着急躁不安的人们。李向民戴着矿灯帽，从岩石上捡起一条毛巾，擦了一下脸上的汗，随手装进上衣口袋里。突然有人高呼："听到对面击打声了！"

"快，再加把劲！"杭英杰大声喊着，抬起手腕瞅了瞅表，正好九点，整整过去了三个小时。

一块大石头砸掉后，露出六七十厘米的洞，正好一个人钻过来。矿工们争先恐后地往出爬。战士们怕伤到人，只好挪开洞口去破碎旁边的岩层。等有人爬出来，官兵们抢上去背起，朝立井方向跑，把矿工放进罐笼，按下上升按钮送出地面。

李向民紧紧盯着洞口，心里默数着救出的人，盼望下一个轮到高志良。当第三十七个人爬出来，他扑上去背起就跑，头也不回地问："里面还有多少人？"

"十一……个。"高志良有气无力地说。

人在生死关头都高度紧张，憋着一股求生的欲望，一旦获救就像泄了气的皮球，突然瘫软下来。高志良想自己下来走，让他回去救人，可浑身没有一点力气，只好趴在他背上。突然听到一声闷响，一股巨大的毒气流顺巷道冲来，两人不禁咳嗽起来。

李向民啊地惊叫一声，知道发生了瓦斯爆炸。没有救出来的人再无生还的希望，不被炸飞也会被毒气呛死。刚才打开的洞口，会被炸裂的石头堵死，连风镐都会埋进去。与此同时，所有巷道已经断电，只能借助矿工帽上的矿灯，照出几步远的地方。但愿爆炸没有造成战士伤亡。他这么想着，加快了奔跑的速度，冲到罐笼边把高志良放进去。

"向民，你……快进来。"

"你先上去，我等一下杭县长。"李向民说着按下按钮。

武警官兵们跑过来，大张着嘴喘气，脸憋得黑紫，有的甚至弯下腰哇地呕吐起来。李向民见没有杭英杰，转身要跑进去，廖参谋一把拉住道："你不要命了？救不了人，白白送死！"

李向民甩开廖参谋，顾不上答话，一边掏出兜里的毛巾捂住嘴和鼻子，一边冲进去。跑到打洞的地方，看见杭英杰靠在洞壁，头上流着血，见他跑来断断续续道："不要……管我，快出去，我就是……活着，也会被……免职。"

"难道乌纱帽比命都重要？"李向民心里这么想，却不敢开口说话，怕吸进太多毒气，背起人就往外跑。跑了一会儿觉得头重脚轻，呼吸急促，实在跑不动了，慢下来一步一步往前走。他胃里一阵剧烈的翻滚，想吐又吐不出来，眼前一黑一头栽倒，脸正好对着地上一个盆口大的水坑，灌了几口水，清醒了些。他想不能这样死去，远大前程才刚刚开始，前沟乡的乡镇企业迈上了新台阶，凭借这份政绩年底就能从副科长转正。而且邱副专员今天很激动，使劲地握着自己的手，微微有些颤抖。他完全可以和邱志伟处好关系，脚踩两只船，在邱、王两大势力中游走，争取最好的结果。如果机遇好，两年后外放出去当副县长，就算挤进了上流社会，可以光宗耀祖，到时候在屈死的老父亲坟头上，大喊一声：

"大，儿子出人头地了！"他突然感到有了力气，仿佛看见救命的罐笼，驮着杭英杰向前爬去。

人在充满希望的时候，生命力是顽强的，只要心脏还在跳动，就不会甘心。他爬呀爬，并不长的路犹如万里长征，每挪一尺都有种撕心裂肺的感觉。他想放弃努力，不再这么苦苦挣扎，但他不想就这么离开人间，恍惚中他仿佛看见老母亲一头白发地疯跑来，挥舞着脏兮兮的手咿咿呀呀地乱叫着。他想拉住她，却抬不起手，头一歪昏死过去。

李向民醒来已经是第八天，一睁眼见高志良坐在床边，正给他按摩胳膊。他吃力地问："这是在哪儿？"

"你醒了？"高志良大叫一声，"在达县医院，你昏迷了八天！"

"我好像死了，怎么见到了你？"李向民想坐起来。

"别动，你身体很虚弱。"高志良按住他，"你还没好好享受生活，阎王爷不忍心收你哩。"

"杭县长呢？"李向民忽然想起，自己死过去时还驮着杭英杰。

"在隔壁，还没醒。"

"一共死了多少人？"

"十一个。县里只报死了两个。"高志良压低声音道，"其他九人都是在逃犯，没有人知道下落，谁也不会追究。我是最后一个被你背出来的，只有我清楚，里面还有多少人。发生事故那晚，所有人都觉得不会活着出去了，我说出自己的记者身份，写了一份事故经过，附有每个人的家庭情况，让大家签字。大伙儿都咬破手指按了血印。我用塑料袋包好纸，装进上衣口袋里，等着救援人员把我的尸体抬出去，整理遗物时发现。"

"怎么发生透水的？"李向民紧紧盯着高志良。

"邱大伟强迫矿工盗采临矿的煤，半年多偷采了十三万吨，挖进洪都煤矿采区一千七百多米。他不顾技术人员反对，仍不让停手，结果打通人家废弃的巷道，大量积水涌入，酿成大祸。"

"真是利欲熏心，不顾矿工们的死活！"

"三合煤矿非法拘押流浪汉和聋哑呆傻的人，收留逃犯。逼着人们每天下井十二小时，只管食宿不发工资，病了不让就医，死了扔进废弃的巷道。"

"丧心病狂！"李向民愤愤道。

"具体管事者，可是你最尊敬的人。"高志良苦笑了一下。

李向民突然意识到他是指陈连奎，一个曾疾恶如仇、好打抱不平、救过自己命的人。

高志良见他不说话，继续道："事故发生后邱大伟一直没出现。上面迟迟不表态。武专员与邱志伟较劲，报社不敢发表我的采访。"

"你把证据交上去了？"

"没有，我犹豫不决，想等你醒来商量一下。"高志良打开一瓶饮料，倒在碗里用汤匙喂他。

"把我扶起来，我自己喝。"李向民用手撑着床。

"那你喝完再躺下。"高志良扶着他靠在床头，把碗递过去。

李向民喝完饮料，盯着高志良道："要小心保存好，那份材料至关重要，估计国家安监局的人很快下来。"

第二天中午，李向民扶着墙走到隔壁病房。杭英杰像一个死人一样躺着。他走近床边低声呼唤："杭县长，我是向民，你睁开眼看一看，被困的矿工全部救出来了。"

他重复说了几遍，突然，杭英杰的眼皮动了动，眼角流出两滴豆大的泪珠。站在一边的妻子苏颖惊喜道："英杰！你能听到了？"

杭英杰再没有反应，无论妻子怎么呼唤，仍像沉沉睡着的孩子。苏颖扑上去，伏在他的胸脯上，放声恸哭。

"要隔一段时间呼唤一次，唤醒他的意识。"李向民说着走回自己的房间。

一个星期后，李向民收拾好东西准备出院，去隔壁看望杭英杰。苏颖诉苦道："从那天起我不断呼唤他，他一直没有任何反应，看来要成植物人了。"

李向民坐在床边，凝视着杭英杰，一字一顿道："杭县长，我今天要出院了，真想和你一起离开这儿。你要是我的好大哥，就睁开眼看一下，让我离开时放心。被困矿工全救出来了，就等着你……"

突然，杭英杰的眼皮动了一下，慢慢睁开，右手抬起来又无力地垂下。李向民一把攥住道："杭县长！你要坚强起来，我们还要一起做事。"

苏颖看得惊呆了,用手捂住嘴,怕哭出声破坏了气氛,只是不住地流泪。这泪水里既有惊喜又有悲哀,自己是他的老婆,怎么呼唤都没有一点反应。李科长第一次呼唤他流出了泪,第二次他就睁开了眼,好像冥冥之中有神灵相助,什么叫心有灵犀一点通?这就是。

杭英杰张了张嘴,吃力地蹦出五个字:"兄……弟,不……要……走。"

"好,我不走!"李向民弯下腰,把头抵在他的前额上,动情道,"大哥,我在隔壁住着,每天过来和你说话,我们一起出院。"

一个月后,两人同时办理了出院手续。李向民搀着杭英杰,苏颖跟在身后不住地抹眼泪。这一幕正好被赶到医院的高志良看见,他按下相机快门,记录下这珍贵的镜头。

九

抱负远大

国庆节一过,国家安监局的马副局长带着事故调查组一行十二人,住在达县招待所。李向民负责接待工作,每天全程陪同,唯恐慢待了上面的领导。正值中州撤地设市、年底换届选举,武卫国忙得不可开交,给老同学马成义接风洗尘后就很少见面,让他必须服务周到,把这当成中州的头等大事。李向民心里明白,武专员是故意回避马副局长,怕邱志伟抓住把柄告他跑动国家安监局,请大学室友来打击报复。李向民和调查人员从三合煤矿调查后回到达县招待所,已经是晚上九点。他把安监局的人安排在三楼豪华套间,刚走到二楼自己的客房,前天才买的BB机突然从屁股后响了,赶忙掏出来一看:"我在招待所大门口等你。"

"这他妈是谁呀,连姓名都不留,搞得神秘兮兮的!"李向民心里骂了一句,走出来,竟然没有发现人。正要转身回去,有人低声叫道:"向民,是我。"

李向民扭回头,见大门墩后探出一颗脑袋。他生气地快步走过去问:"干嘛躲着?像小偷似的。"

"你不知道,我和爸被通缉了。"张大鹏说完,四下张望。

"师父有命案,你又没犯法,怕啥?"李向民盯着他。

"环球公司是邱大伟开的,平时由我负责打理,招徕一些流浪汉和逃犯，送进三合煤矿当苦力。"

"你咋这么糊涂，干违法的事！师父呢？"

"我找了你大哥，安排在榨油厂当门卫。"

"后沟村不能待，何三骡会起疑心。你连夜回去，明天一早和师父去基地找周盈盈，就说我要把你们安排在疗养院。那里住的都是大干部，警察不敢去搜查。"

"我马上就走。"张大鹏嘴上这么说，脚却没有动，尴尬地说，"我和爸是逃出来的，身上没带一分钱。"

李向民掏出一个钱夹子递给他，抱歉道："这里面有三百多，先拿着应急。"

"爸让我问你，这事邱志伟能不能摆平？"张大鹏接过钱包，塞进内衣口袋里。

"就算邱家势力再大，只能保住邱志伟，邱大伟一定会被绳之以法。他不会庇护你和师父。"

"既然指望不上邱家，还不如远走高飞。你想办法筹上五千元，我和爸去内蒙古谋生。那里有辽阔的大草原，人烟稀少，牧民又热情豪放，可以安顿下来。"张大鹏顿了顿，"爸有一大笔硬货，等过了风头取出来，卖掉再还你。"

"你这是什么话！我要你们还吗？"李向民声音沉沉地说，"我去基地借一万块，明天这个时候在这儿碰头。不要打传呼，警察会查到的。回去和师父说，去留他自己决定，要好好保重。"

"凭师父的脾气，如果邱家不能保护他，他一定会离开陕中省，他怕案子连累你。"张大鹏说完，一闪身消失在夜色中。

李向民本来饿得饥肠辘辘，一下没了食欲，走回招待所拿起电话呼了杭英杰。很快BB机响了两声，屏幕上显示："我在孔县长办公室，你过来吧。"

几分钟后李向民推开政府大楼301的门，随手反锁上。走进里间卧室，见两位县长坐在沙发上密谈，他就挨着孔学文坐下，道："今天去三合煤矿，只见到两个门卫，一个管理人员都没有，看样子真的破产了。"

"这是邱志伟摆的迷魂阵，让调查组下去见不到人，无从下手。"杭英杰愤愤道:"不把邱大伟抓捕归案,不找到那几个骨干,就没有办法给他们定罪,只能处理透水事故。"

"矿难是一把双刃剑,报上去死了两个,要是再追查下去,真的查出更多遇难者,我和你都要负瞒报的罪责,弄不好被一撸到底。"孔学文吸了一口烟,吐出个烟圈,"武专员抓住矿难不放,想把郑为民和邱志伟整倒,谈何容易。社会上传言,三合煤矿有蒋国庆的股份,我家老爷子和他斗了几十年,一直处于下风。"

"向民,报社那个记者高志良是你大学室友,在煤矿采访被强行扣留,押到二号井挖煤,手里一定有证据。要不,邱大伟也不会对一个记者下手,去捅窟窿,给自己惹事。你把他找到,详细了解一下情况,没准会有意外收获。"杭英杰看着李向民。

"志良很有个性,如果手上有资料,一定会在报上披露真相。"李向民不想讲出实话,因为高志良那份证据太重要了,就像一颗炸弹,会把三合煤矿炸翻,让在座的两位丢掉乌纱帽。当然邱志伟能不能被撤职,要看老邱家的造化了,但即使保住级别,肯定会调离岗位。

"要想扳倒郑为民,靠一次矿难是没用的,只有彻底清查三合煤矿转制的老账,才能打中要害。"孔学文又吸了一口烟,仿佛自言自语,"可惜邱老爷子已作古两年,就算查出证据,都会推到死人身上。"

"他是始作俑者,他一手操作的,再怎么狡辩,也脱不了干系。那可是一个多亿的资产,中州最大的一笔国有资产流失了,不能白白便宜了那些蛀虫。"杭英杰说完,觉得有点不妥,"蛀虫"这个词太寒碜人。他瞅了眼孔学文,苦笑道:"能不能动他,关键要看上面的态度。至于犯多大的错误,也还得看事件本身。"

"你说得也有道理。"孔县长说着站起来,"明天还有一个会,早点休息吧。向民随时把调查组的情况反馈给英杰。"

杭英杰心事重重地走出政府大楼,转身时拉住李向民的手,压低声音道:"矿难还是不了了之为好,动静大了,对我们不利。老和尚斗法,遭殃的是小徒弟。要是邱、王两派不互相争斗,你挂完职就能顺利提拔正科。不过看邱志伟的样子,对你很赏识,不会从中作梗。"

"从调到行署那天起,我就尽量接近他,因为闹僵了不好协调工作。"

李向民苦笑道，"其实我们和邱家并没有什么过节，只是跟的人不同，不得不站在对立面。"

"这就是官场。政治是没有对错的，只看你跟着什么人。"杭英杰若有所思道，"这样斗下去，我难逃一劫。你不要步我的后尘，成为他们之间的牺牲品。"

"我想劝王艳艳与邱志伟和解，本来他们从小在一个院里长大，有感情基础。何况，邱志伟一直对她念念不忘。只要他俩冰释前嫌，邱、王两派就能携起手来，这对中州是一大幸事，对老百姓也善莫大焉。"

"你这是一厢情愿，多少年的恩怨，不可能一下子解开。"杭英杰摇了摇头，"你要想升迁快，只有两个选择：要么脚踩两只船，要么通过王艳艳调到孔纯一身边，远离中州这个是非之地。"

第二天调查组又去了三合煤矿，走访周边农户，记了满满一本子，返回时李向民和带队的说了声，让司机转道团中央基地。一进到周盈盈的办公室，他开门见山道："把基地的经费借我一万，过段时间还你。"

"这么多呀，干嘛用？"周盈盈略一迟疑，拿起电话通知财务科。

"陪国家安监局的人，每天吃喝开支不小，档次低了不行，小气不得。"李向民撒谎道。

"那么大的政府，还要跟我借？这可是公款，早点还来。"周盈盈话音刚落，出纳推门进来，把钱放在办公桌上，瞅着领导没有吩咐，一声不吭退了出去。

李向民把整捆钞票装进裤兜，转身要走，被周盈盈叫住："我知道这些钱是打点那些人，要多留个心眼儿，别陷进去。武卫国斗不过邱志伟和郑为民的。"

"要是走投无路了，就来基地给你当助手。"他调侃着推门而去。

回到招待所正好九点，李向民走到大门口，一直等到十一点半，客房的灯都熄了，才心事重重地走回去，心里直犯嘀咕："大鹏为什么失约，难道被捕了？"他躺在柔软舒适的大床上，眼前尽是师父的影子，直到天快亮了才迷迷糊糊地睡着。

三天的实地调查结束，一行人站在招待所院里，与前来送行的孔学文和杭英杰告别。孔县长的秘书急火火地跑来，喘着气说："三合煤矿的二号人物陈连奎投案自首了。"

"什么?"李向民喊了一声,身子猛地一颤。

调查组的人诧异地看过来,弄不明白是怎么回事,脸上露出疑惑的目光。

李向民脸上勉强挤出一丝笑意说:"陈连奎自首,三合煤矿的内幕就能水落石出,事故调查很快会突破。"

"公安局审讯结果一出来,我们及时给上级汇报。"孔学文握着调查组领导的手,一脸谦卑的样子。

"那好,就等孔县长的消息。"

看着专车驶出大院,孔学文转身拍了一下李向民的肩膀,意味深长道:"这事越搅越混了。"

李向民猜不透这话里的意思,只好点了一下头,等他离开后,走近杭英杰,压低声音问:"公安局里有没有熟人?"

"分管刑侦的副局长,是我高中同学。"杭英杰直截了当问,"听说你的功夫,就是跟陈连奎学的?"

"是,他不只是我的师父,还救过我的命。要不是他,我恐怕被判故意杀人罪,前几年就枪毙了。"李向民一脸沮丧,"他去自首,会把所有的罪名揽在自己身上,替邱大伟背锅。你给你同学打声招呼,我想求他。"

"走,回我宿舍,让他过来。"杭英杰说着迈开步。

李向民跟在后面走进招待所,杭副县长掏出钥匙打开201房间,几步跨到床头柜边,拿起话筒拨通老同学的电话说:"永忠,来我宿舍,马上。"

挂了电话不到一刻钟,门被推开,一个大汉急火火进来,大声道:"什么要紧事,这么着急?"

"给你引荐一位朋友,李科长,兄弟。"

"我叫乔永忠,公安局的,分管刑侦。"乔副局长握住李向民的手,"李科长很面熟,好像在哪儿见过,是不是一起喝过酒?"

"如果没说错的话,九年前你是警长,对不对?"李向民道。

"李科长叫……李向民?"乔永忠想起来了。当年那个案子是他一手经办，从杀人犯到正当防卫，案情一百八十度大转弯，最后赵啸林都不敢拍板，是地委书记一锤定音。

"要不是乔局长秉公执法，我就当冤死鬼了。"

"怎么回事？你俩把我弄糊涂了。"杭英杰瞪大眼睛。

"哪里，李科长是舍己救人的大英雄，谁敢冤枉榜样啊。"乔永忠把事情的来龙去脉详细地讲了一遍。

杭英杰听得很仔细，听罢感叹道："原来你救人不是头一回了啊！这回要不是向民，我在三合煤矿的井下，已经做鬼两个多月了。"杭英杰拍拍李向民的肩膀。

李向民有点不好意思，看着乔永忠换了话题问："三合煤矿的陈连奎投案自首了？"

"昨天晚上来的，正好我带班。"

"是不是把收容逃犯的事，全说成是他干的，邱大伟压根就不清楚？"

"是。"乔永忠惊讶道，"昨晚做笔录，只有刑警大队长在场，你怎么知道的？"

李向民没有回答，继续问："他提出要求，撤销对张大鹏和邱大伟的通缉，是不是？"

"对呀，你知道的不少哇。"乔永忠警觉地看着他。

"你们答应了？"

"不答应他就死活不交代，还威胁要咬舌自尽。真是一个犟种。"乔永忠摇着头，"公安局定案，不会因为有人把罪顶下来，就放过其他罪犯。"

"他咬定是自己一个人干的，你们再找不到其他证据，就无法对张大鹏和邱大伟定罪。"李向民笑了笑。

"这要看最后侦查结果。要是没有新的证据，只能认定是陈连奎所为。不过，他还是诚实的，主动交代了多年前的一起杀人案子。"乔永忠很有成就感似的说。

"那是一个正直的父亲能为女儿做的最后一件事情。"李向民两眼潮湿，双手抱拳恳求道，"他是我的师父，曾经疾恶如仇。如果不是女儿被强奸后自杀，他一气之下杀人报仇，就不会走上逃亡之路，也不会到三合煤矿。别人做了坏事他来顶罪，宁愿自己坐牢，也要换取女婿和徒弟的自由。这种人在当今社会已经很少了。我想求乔局长，尽量关照师父。他欠你的恩情，我来报答。"

"这个嘛……我会秉公办理的。"

"放心吧向民，永忠是咱兄弟，一定会尽心尽力的。"杭英杰把两人的手拉在一起，又把自己的手搭在上面，大声道，"高中时永忠落水，是我救了他的命；两个月前我的命，是向民救的；现在我和永忠的命，都是向民的。我们以后就是兄弟，今生不求同年同月同日生，但求同年同月同日死。"

三人紧紧抱在一起。他们中午在招待所特意备了一桌酒席，一直吃到晚上，都喝得有了醉意，才意犹未尽地散了。李向民摇晃着打开客房门，刚脱下衣服躺在床上，BB机滴滴响了两声，坐起一看是高志良留言："有人往我家里扔进一把匕首，刀把上绑着一封信，限我三天内交出那份证明，否则，炸死我全家。"

"一定是邱大伟派人干的。"李向民嘟哝了一句，心里很气愤。姓邱的太猖狂了，自己做下伤天害理的事，不思反悔，却要强行索取罪证。师父的一片苦心付之东流了。

他靠在床头毫无睡意。武专员一定要把矿难深究下去，查出死人的真实数字，借国家安监局马副局长之手，整倒郑为民和邱志伟。自己当然希望他大获全胜，取代郑书记的位置，那样他就可以顺理成章地跟着去党委，会比在行署更有前程。可万一失败呢，武专员就得离开中州，自己会被闲搁起来，每天坐在办公室喝茶看报，最多跟着别人搞调研，去下面混顿酒喝。

他真希望中州官场风平浪静。按照组织部论资排辈的惯例，只要不出什么幺蛾子，他年底就能转正，没有必要蹚这股浑水。国家安监局找不到证据，死两个人算不上特重大安全事故，中州官场就会有惊无险，按部就班地运行。那些本该下地狱的逃犯，安然地长眠在二号井下，虽然未经审判但并不冤枉，还能节约公安局不少子弹。这么一想，他突然希望邱大伟能得逞，把那份证据抢到手，当然不要伤及高志良一家人。或者，自己把它要来，锁进保险柜里，使其永远不见天日。

"这样最好。如果有必要，就献给邱志伟。他即使不把自己当成心腹，也能更进一步融洽关系，留一条退路。"李向民自言自语着，不知不觉地抓起床头柜上的话筒，拨通高志良家的电话，正要说话，瞥见腕上的手表已经零点，赶忙挂了线。

但很快，老同学就打过来，急切地问："是向民吧，看到我的传呼了？"

"还没睡啊，我怕打扰你，就挂了。"李向民解释道。

"我哪能睡得着哇。"高志良大声道，"向民，我不怕死，可姓邱的要杀我全家，女儿才四岁，你说咋办啊？"

"他要的是那份证据，在见到东西之前不会动手。"

"你是说给了他？"电话那头传来高志良疑惑的声音。

"可以转移出去。"

"邱大伟拿不到证据，会穷追不舍。"

"把东西交给我，我会让他相信，证据毁灭了。"李向民胸有成竹道，"明天我去找你。"

第二天上班前，李向民赶到高志良家，一进门见只有他一个人，问："弟妹和媛媛呢？"

"昨晚娘俩去岳母家住了，我哪敢让她们待在家里。"高志良从裤兜里掏出皱巴巴的两张纸，递给他道，"这是一颗定时炸弹，别把你炸了。"

"放心吧，我会处理好的。"李向民瞥了眼上面的几十个血指印，小心翼翼地装进上衣口袋说，"走，我送你上班。"

把高志良送到报社，李向民没有去单位，让司机返回达县。十点多走进公安局大楼，敲开乔永忠办公室门，压低声音道："永忠哥，我想见一下师父。"

乔副局长站起来让座道："先喝杯茶，我带你到看守所。"

"不喝了，现在走吧。"李向民说着，朝门口走去。

看守所在公安局南面，两人步行十分钟就到了。乔永忠让干警把陈连奎带到审讯室，压低声音道："向民，里面有监控，能摄像和录音。"

李向民会意地点了一下头，推门进去，假装激动地紧紧抱住师父，附在耳边悄声道："邱大伟追讨矿难证据，要杀我同学高志良一家。现在证据我拿着，永远不会让别人得到。师父一会儿回号子里给邱大伟写张纸条，就说证据在我手上，让他放心，不要做傻事。再过半个小时我买些东西送来，把纸条取走，我会想方设法给邱大伟。只要看见师父的条子，他就会相信，不会杀人。"

陈连奎嗯了一声。李向民故意大声道："师父，你怎么能替大鹏和邱大伟顶罪？把他们做的坏事全揽在身上，那要判多少年啊。"

"我是杀人逃犯，多点罪少点罪都一样，大不了一死了之。只要他们两人无罪，不连累你受害，我就知足了。"陈连奎一脸凛然，"我不想为了苟延残喘，找个安全的地方躲起来，每天受良心的谴责。我已经五十多岁，活得累了，与其提心吊胆地偷生，不如早点解脱。"

"师父，你杀那个禽兽，事出有因，最多判十五年。至于三合煤矿的事，都是邱大伟胡作非为，你最多算个帮凶，也顶不了他的罪，法院自有公正的裁决。"李向民盯着陈连奎，压低声音说，"我会给你留一笔钱，想吃什么和看守说，有什么要求，直接向乔永忠副局长反映。他是我兄弟，会关照你的，在这儿没有人敢欺负你。"

"号子里的人都叫我师父，求我教崩拳，我不会受气的。"

"我会让看守所给你安排一份轻松工作，能自由出入。"李向民又说了一会儿话，不舍地推门出来。

乔副局长一直守在门外。两个人走进刘所长办公室，李向民给师父留下两千元，让刘给保管好。刘所长满口应诺，看着乔永忠讨好道："陈连奎是自首，不会逃跑，可以当伙食管理员，外出购买东西。"

"好啊，那样能自由一些。"乔副局长朗声道，"我给你介绍一下，这位是行署秘书一科的李向民科长，武卫国专员的秘书，我的兄弟。他的事就是我的事，一定要办好，绝不能敷衍。"

"久仰大名，李科长冒死把杭县长从井下背出来，全达县都传遍了。"刘所长紧紧握住李向民的手。

半个小时后李向民又见了一次陈连奎，拿到纸条匆匆离开看守所，回到公安局和乔永忠打了声招呼，让司机直奔东河县。他一路上心事重重，闭住眼靠在后排座的椅背上，琢磨着怎么才能找到邱大伟。万一错过三天的期限，高志良一家就凶多吉少了。也许张大鹏会来拿钱，向周盈盈借的钱还在包里,他身无分文总得吃饭。

李向民迷迷糊糊地睡着了,昨晚和高志良打完电话就一直没合眼,实在太困了。等一觉醒来,小车停在行署大门口,满院坐着上访的人,头上都戴着矿工帽,足有上千号。他只好下车,小心翼翼走进人群,就听有个大汉举起标语高呼:"不许关停煤矿,我们要吃饭!"

人群骚动起来,跟着吼叫:

"武卫国下台!"

"赶走调查组!"

一个中年男人拉住他,递上一份材料,恳求道:"李秘书,你陪着大领导视察过牛沟梁矿,是我带着下井的。我们来静坐,实在是没有别的办法,不能因为三合煤矿出了事,就把中州一百一十七座中小矿全部停产整顿。上面的人怎么斗,我们管不着,怎么不分青红皂白让所有的矿停产,让五万多矿工停业。他们的老婆孩子喝西北风去?这些人都是大老粗,双手写不出个八字,经不起折腾。请你把上访书交给武专员,求求他体恤民情,让大家继续上班。他是个清官,不贪财不好色,一身正气,老百姓有口皆碑。"

"整顿小煤窑是为了消除隐患,保障矿工们的生命安全,不是武专员要为难大家,更不是和什么人斗气。煤矿要想长远发展,必须达到综合开采标准,这是保障矿工安全、减小劳动强度的必由之路。你们不要受人蛊惑,听信谣言,给领导头上扣屎盆子,误解国家安监局调查组。"李向民接住厚厚一叠材料,忽然想起眼前这个大汉叫倪宝柱,是牛沟梁矿一号井采矿队长,去年评为陕中省劳模,上过中州电视台。

"你说的都是大道理,可我们要挣钱,养活老婆孩子,不能失业啊。"

"倪队长放心,我一定把材料交给领导。"李向民说完瞅着地上的空隙,小心翼翼地穿过静坐的矿工群,进了大楼上到三层。见武专员办公室门紧闭着,敲了敲无人应答,掏出钥匙打开,走到老板桌旁,拿起桌上三份文件正要归档,一行醒目的标题映入他的眼帘:"关于免去张启维中州煤炭局局长、杭英杰达县副县长职务的通知。"

张启维是邱派实权人物,郑为民的妹夫,对于一个以煤炭为支柱产业的地区,有着举足轻重的分量。能把这样权欲熏天的人拿下,武卫国确实是王八吃秤砣——铁了心。当然这得归功于老同学马副局长，只是不得不让去年才外放的秘书杭英杰当了陪葬品。李向民心里有一种兔死狐悲的感觉，好像杭英杰的下场迟早会轮到自己头上。杭英杰是自己的好兄弟，本指望互相帮衬，在中州官场能有好的发展，没想到一夜之间他从县太爷，变成了一介草民。

他翻开第二份文件，是关于整顿煤矿的。凡年生产能力在三十万吨以下的企业全部整改，限期达到综合开采标准。按照这条要求，倪宝柱说得没错，一百多家矿被迫停产，或者兼并重组，只有不到百分之十的矿能勉强过关。虽然这是百年大计，响应国家政策，从长远和节约资源来说势在必行，但这会导致中州财政收入减半，行政事业单位发不出工资，引发大量群体性上访事件。作为中州的掌舵人，郑为民是决不会同意的。那为什么没有否决，这么快就把文件下发了？

这是欲擒故纵啊，郑为民要让武专员得罪一百多个煤老板。这些人都是腰缠万贯的头面人物，很多人头上顶着劳模和人大代表的光环，在省里甚至北京，也有不可小觑的人脉。看来中州官场要有一场殊死较量，不管哪派获胜，都会两败俱伤。李向民琢磨着，拿起第三份红头文件，上面赫然写着"撤地设市"几个大字，心里咯噔一下，终于明白武专员为什么抓住这次矿难不放，不惜撕破脸皮，原来是到了最后时刻，要竞选市长！

按说武卫国从专员过渡到市长，不应该有什么悬念。但要是过不了半数票就无法当选。李向民明白，这种情况本不太可能发生，可郑为民要赶走武卫国，情况就大不一样了。如果武专员下台，邱志伟会顺理成章地转正，自己就是个没有服务对象的秘书，犹如聋子的耳朵成了摆设。他冥思苦想着，得赶在选举前，劝说王艳艳和邱志伟摒弃前嫌，最好能发生点什么，那样自己成了穿针引线的红娘，自然而然就脚踩两只船了。

李向民把文件放进档案夹，转身出来看见邱志伟的门敞开着，他假装路过朝里瞄了一眼，见他一个人坐在老板桌后喝茶。他想进去又不知该说什么，正犹豫间，就听里面喊了一声："向民，进来坐一会儿。"

他快步走进去，没话找话道："首长，大院被矿工占了，要不要找警察过来维持秩序？"

邱志伟是党委常委、常务副专员，分管人事、财政、交通、经贸和煤炭工业。本来上访不归他管，可矿工聚众围堵政府就是分内的事。他看着李向民，不紧不慢道："不急，让他们发泄一下，怨气发不出来，憋在肚里会出事。"

"我看了上访书，矿工们提的要求好像并不过分。"

"他们不过分，那就是有人过头了。"邱志伟伸手从桌下拿出一个水壶和杯子，要给他泡茶。

李向民赶忙接过来，受宠若惊道："我自己来。"

"这几天陪着上面的人，有什么收获？"邱志伟装出漫不经心的样子，只是随便一问。

"没有进展。"他知道对方迫不及待地想得到安监局的调查情况。

邱志伟朝他点了一下头，说："再这样闹下去，今年的财政收入会减半，连工资都发不出来。"

"中小煤矿应该分批整改，限定期限，根据财力物力循序渐进。一下子关停一百一十七座，会引发一系列社会问题。"李向民知道姓邱的想听什么话。

"这才是正确的选择，实事求是。可是有人为了达到个人目的，不顾财政亏损，宁愿牺牲群众利益，也要盲目蛮干，太不负责任了。"邱志伟端起杯喝了一口，好像突然想起什么，不经意地问，"报社有个高志良，和你是同学？"

"嗯，大学上下铺。"李向民心里咯噔一下。

"听说矿难发生时他就在井下，手里有一份采访资料，矿工们按了指印。"邱志伟紧紧盯着李向民，不再往下说，想从他脸上看出点什么。过了好一会儿，才一脸期待地说："那天你把他背出来，救了他的命，能不能把东西要到手？"

李向民心里明白，邱志伟早把自己和高志良的关系摸得门儿清，就算今天不从门口经过，他也会打电话或让秘书叫他来的。姜还是老的辣，自己倒沉不住气，心浮气躁地送上门。他不能把证据交出去，那两张揉得皱巴巴的纸就在上衣口袋里，这么轻松地让姓邱的得到，显得太没有城府，而且让武专员知道了，自己就是吃里扒外。但必须找一句恰当的话，不能让对方看出破绽，还要表现得要为朋友可以赴汤蹈火似的。当然，他现在还不是人家的朋友。他装出虔诚的样子，斩钉截铁道："要出来怕有些问题，但可以让材料永远不见天日。"

"这样也行，等风头过去了，撤地设市一定下来，拿出来也是废纸。"邱志伟似有所指，话中有话。

"高志良不会胡来的，怕对他不利，引火烧身。"

"一个聪明的人，要学会审时度势。"邱志伟哈哈笑道，"高志良是一个记者，记者的天性就是疾恶如仇，热血冲动。看来，这主意是你出的吧？"

"不让材料出世是最好的结果。"李向民模棱两可道。

"你善于择机应变，有从政的智慧，是个难得的人才。"邱志伟点了一下头，"这次矿难你舍身救人，功不可没。我要在常委会上建议，提名你为本年杰出青年，上报省委。年底之前让你转正。当然，如果条件成熟，希望能跟着我。不要听信社会上的传言，什么邱派王派，好像两个阵营似的。要敞开胸怀，摒弃成见，干好自己的工作。"

"谢谢领导厚爱，有您这句话，我心里就踏实了。"

"哈哈，聪明人就是不一样，一点就通。"邱志伟笑着站起来。

李向民知道自己该走了，朝领导感激地一笑，转身快步走出来。他回到办公室坐进转椅里，兴奋地来回扭动着身子，犹如完成了一次远征，脸上禁不住露出得意的神色。

第三天晚上，李向民借了一辆出租车，等在高志良家大门旁的杨树下，坐在驾驶室，警惕地观察着四周，等待邱大伟的出现。直到凌晨三点，寂静的夜空传来一阵轻微的脚步声，两个黑影蹿到了大门口。李向民一个激灵，伸手推开车门道："大鹏，过来。"

只见黑影晃动，一个人走了过来。李向民跳下车，等张大鹏走近，一把拉住道："这是师父写的条子，拿给邱矿长。"

"爸在看守所没有受人欺负吧？"张大鹏接过纸条，压低声音道，"向民，爸怕你给他跑动关系，影响你的前程，才不听我劝，去自首的。"

"师父就是这么一个人，总是替别人着想，把责任全承担起来，想洗脱你和邱矿长的罪。"

"我和邱矿长犯的事,已经没有回头路,他顶替不了。"张大鹏停顿了一下,不好意思道,"有钱吗?我们两天没吃东西了。"

李向民掏出向周盈盈借的一万元,递给张大鹏道:"师父在看守所交代,矿上收留逃犯是他一人所为,与你们没有任何关系,要求公安局撤销追捕令。"

"他只知其一不知其二。如果只是拘押流浪汉和收容罪犯,凭邱家的势力会无罪释放。"张大鹏苦笑着摇了摇头,"我和大伟是死罪,你告诉他,不要再做无用功,别把责任揽在自己身上。"

"你们杀人了?"李向民惊愕地问。

"何止杀人。你就不要问了,以后会知道的。"张大鹏说完转身朝邱大伟走过去,递上那张纸条。

过了一会儿两人走过来,邱大伟伸手拍了一把李向民的肩,一字一顿道:"我听师父的,他老人家就拜托你了,你多多照顾,不要让在监狱里受罪。"

"这是我应该做的,你们就放心吧。"李向民看着两个黑影消失在夜幕中,走过去敲了两下大门。

高志良站在院子里颤声问:"谁?"

"把那份证据拿出来,要不杀了你全家!"李向民用手捏住喉咙,模仿着邱大伟的声音恶狠狠道。

"我把证据毁了。"高志良有气无力道。

"哄三岁小孩啊,你想找死,把老婆孩子都赔上?"李向民用力踹了两脚门。

"李向民没和你联系吗?他把证据拿走了,要转交给你。"

"那是个不知天高地厚的人,他的话你也信?"

"他是个很仗义的人,一定会转交给你的,不信你去问陈连奎。"高志良哀求道。

"放屁!我师父在监狱里,怎么去问?"李向民说这句话时,没有掐喉咙。

"向民,是你?"高志良听出来是李向民的声音,走过去边开门边埋怨:"你想把我吓死哇!"

"你也不想想，邱大伟会站在大门外，和你对话？"李向民走进院子，"赶紧炒一盘鸡蛋，我还没吃饭。"

"你找姓邱的去了？"高志良把李向民让进屋。

"我站在你家大门口，给你站岗放哨，守株待兔。"

"不知道那小子还来不来。"高志良走进厨房，从橱柜拿出一只烧鸡，放在餐桌上的盘子里，"下午买的，晚上我也没吃饭。"

"怎么不吃，想当饿死鬼呀。"

"吃不下。"高志良盯着他问，"见着你师父了吗？"

"姓邱的拿着师父的条子，已经走了。"李向民瞅着敞开的橱柜，"有酒吗？"

高志良一下振作起来，兴奋道："你给我的那壶酒还有一半，我们喝到天亮，好好庆贺一番。"

元旦一过，撤地设市的批文发下来，行署大楼的牌子换成"中州市人民政府"，武卫国为代市长，定在元月七日召开人代会。为确保选举顺利进行，省里派督导组进驻中州，提前与代表们谈话。

邱副市长近来忙得不可开交，这个星期跑首都，下个星期去省府。事故调查组的人虽然回去了，但以国家安监局的名义给省委发了一个函，建议降级使用他。在选举的节骨眼儿上，竟然来了这么一下，就连郑为民都替他捏着一把汗。可这能怪谁呢？当初老爷子派大伟去当矿长，明知那小子不称职，自己却没有坚持意见，只是提出一些忠告，现在事已至此，去哪儿买后悔药吃！最可恨的是，武卫国要求审计局查当年转制的账，要把老根子拔起来，给老爷子坐罪，一举打倒郑为民，彻底铲除邱派势力，真是恶毒至极。那样就会将蒋国庆牵扯出来。蒋副书记在三合煤矿有百分之三十的股份，每年分红利不下一千万，怎么能让一个代市长胡作非为呢？邱志伟放出狠话，就算自己不做官，把三合煤矿变卖了，也要让武卫国落选走人！

李向民刚给武卫国写好一份发言稿，正要送去对门，桌上的座机突然响了，他忙拿起喂了一声。

"市政府秘书科吗？我是省委办，明天上午十点，蒋书记要去视察，指明市政府一把手陪同。"

"具体到哪些地方，看什么项目，来多少人？"李向民赶紧问了一句。

"主要考察煤炭行业，一共十七人，达县是重点。"

"哪些部……"李向民想问哪些部门参加，好让相关人员做好准备，就听电话里已出现了嘟嘟的忙音。

他心里不禁咯噔一下，蒋国庆这个时候过来，很明显是冲着选举来的，给邱志伟助阵。他拿起发言稿快步走进对门，放在领导面前，压低声音道："明天上午十点，省委蒋国庆副书记来视察，指明要你陪同，主要考察煤炭系统，重点是达县。"

武卫国抬起头盯着李向民，好像从他脸上能看出蒋国庆的心思，过了好一会儿才道："他总算出洞了，该来的终究会来。"

"我把全市煤炭行业的情况，整理出一份汇报材料，打出来发给每位随行人员。"李向民拿起保温杯续满水，又恭敬地放回原处。

"嗯。"武卫国点了一下头，面无表情道，"准备得再充分，他也会鸡蛋里挑骨头，费尽心机抓住小辫子。"

第二天上午九点，李向民陪武卫国坐上二号红旗轿车，直奔中州与呼东市快速通道交界处，半个小时后停在路边。两个人刚下车，就见一辆警车鸣着笛冲来，后面跟着依维柯大轿车。武卫国赶忙挥手，想上去和蒋国庆打声招呼，没想到警车鸣叫着，丝毫没有减速的意思。武卫国苦笑一声道："上车。"

按照常规，即使蒋副书记不想半路见武市长，也应该下来一位秘书长或秘书，与地方上的人接洽，商量考察路线。二号车跟在大轿车后，李向民坐在副驾驶位，回头想请示领导是否超出去带路，见武卫国双目紧闭，就知道他生气了。他只好坐直身，看了司机一眼，准备等进了市区再说。

警车一路鸣着笛，好像怕路人不知道"依维柯"里坐着大人物，冲进市区也没有减速，不到一刻钟就穿过平时要半个小时才能走完的市区，直接拐上去达县的路。李向民再次回头，见市长仍闭目沉思，探过手拿起他身边的"大哥大"，拨通孔学文的电话道："孔县长，再过一小时，武市长陪着省委蒋副书记一行，就到县城了。"

"昨天一接到通知，就做好了准备，已经在政府大院门口等了。"

"可能不进城,直接到三合煤矿,你们在路口迎接吧。"李向民说完挂了线,转身把"大哥大"放回原位。

正像他估计的那样,警车绕过县城,驶上通往三合煤矿的沙石路,二十分钟就冲进矿区。新任矿长郑小兵带着六十多名管理人员,穿着崭新的工作服,别着胸卡,戴着矿工帽,齐刷刷地站在办公区的大门口,像训练有素的军人,突然变成方队,表演起阅兵场上的队列。蒋副书记带领十六名调研人员,直到十一点半才观看完队列表演。紧接着郑矿长站在蒋国庆面前,铿锵有力道:"欢迎首长莅临指导,三合煤矿自去年发生透水事件,不幸死了两名矿工后,所有管理人员大换血。中层以上全部是大专院校毕业生,我是K大八七届采矿系毕业,之前在神州集团东神矿区任矿长。我们的模式是军队化管理,强调统一指挥,统一服装,吹号作息,轮班作业,每班八小时,不得强迫加班。近期投入八千万,实现了机械化综合开采,不仅大大降低了劳动强度,而且杜绝了事故的发生。我代表全矿职工,感谢上级部门不辞辛劳莅临指导,现在请首长做指示!"

蒋副书记一脸严肃,往前迈出一步,大声道:"近来中州市的矿工,集体去省委上访,甚至跑到北京告状,提出要工作、要吃饭。为什么会发生这种现象?因为领导干部中有个别人不深入基层,拍脑门办事,没有根据中州市的实际情况拿出一套切实可行的措施,让煤炭产业健康发展。这是一叶障目,发生一起安全事故就一刀切,关停全部一百一十七座煤矿,在矿工中造成不满,引发群访事件!"

所有人都听得出来,蒋国庆说的个别人就是指武卫国。这位陕中省第三号大人物,是跑来给自己占有股份的煤矿撑腰的。在即将选举的关键时刻,而且随行人员中有省委组织部部长,这释放出什么信号?李向民心里咯噔一下,偷偷瞄了一眼武代市长,见他额头上沁出一层密密的汗珠,脸阴得像猪肝。

"同志们,作为市政府的主要领导,要有大局意识,从政治的高度把握未来,引导群众把火热的激情投入到经济建设上,而不是激化矛盾。政府要认真贯彻中央维稳精神,和党委保持一致,齐心协力让工作上一个新台阶,而不是搞独立王国!"蒋副书记讲完,也不和武卫国打招呼,径直走向"依维柯"。

　　元月六日晚上,邱老爷子别墅里坐满了各个身为人大代表的煤老板,他们义愤填膺,控诉武卫国打压煤矿。按照企业大小的顺序,全部表态发言,说为了把姓武的赶走,倾家荡产也在所不惜。他们最后达成一致意见,除了自己神圣的一票投给邱志伟外,每人准备再拉五张票,哪怕花五万元买一张。原则是必须保密,守口如瓶,决不能让省委督导组的人发现。这群一夜暴富的"窑主",举起粗壮的胳膊,像黑手党一样宣誓:"我们发誓,今天的事情,烂在肚里!"

　　一场选举就这么拉开序幕,直到元月九日下午五点人代会结束。晚上中央台《新闻联播》后,市电视台主持人韩丽丽用甜美的嗓音高调播报:中州市第一届人民代表大会胜利闭幕,共有二百六十一位人大代表,代表全市二百一十万人民,投下各自最神圣的一票。选出一位市长,七位副市长,邱志伟同志以一百八十七票,当选为中州市人民政府第一任市长。

抱远
负大

春节过后，中州市的人事进行了大调整。阎保国晋升为市政府办公厅副主任，分管吃喝拉杂后勤事务，他把武卫国那间办公室装修一新，原来的老板桌换成品牌，转椅变成意大利电动按摩椅，旧地毯由红色调换为天蓝色，说红色太过张扬，容易红得发紫。邱市长正值中年，当了堂堂一把手，远大前程才刚刚起步。装修完第二天，阎主任请来一班道士，整整闹腾了三天，说是要祛除武专员的晦气。李向民实在看不顺眼，把门紧紧关着。按照惯例，秘书的门在上班期间是常开的，何况自己和阎保国同时提拔，转正不到一个星期，更该注意这些看似无所谓的细节。本来大楼里的人都不看好他，以为会像杨怀仁一样，跟着武卫国调到陕中日报社。武专员平调为社长。像这种落选干部，依照规定完全可以不再使用，但蒋副书记不想一棒子把人打死，又给了他一个比较忙碌的职位。虽然没有多少实权，却是党的喉舌，掌控着陕中省的舆论工具，不能说不重要。

武卫国临走时和李向民谈了半个小时话，很想带走他。这不仅是因为他有才，笔杆子过硬，有一身功夫，跟在身边踏实，更因为这小子会揣摸领导心思，凡事都想在前头，安排得很周到，是个值得培养的苗子。在王老爷子别墅里举行的告别仪式上，王艳艳也提出同样的意见，希望李向民离开中州这个是非之地，免得受窝囊气，但他以蔡琳不愿两地分居为由拒绝了。其实他心里一直记着邱志伟的话，只要自己愿意，随时都能得到重用，两人的这种默契，那回在邱老爷子的灵柩前就达成了。何况他是矿难抢险的有功之臣，帮助老邱家渡过了一次劫难。他要是把那份证据交给调查组，死了十一个人的事会惊动上层。就算蒋副书记在陕中省位高权重，毕竟是副职，不能一手遮天，更不敢违抗上面的指示。

李向民心里很复杂，不知道自己留下来是不是正确。整个楼道里的人看他的眼神都怪怪的，为什么主子都夹着尾巴灰溜溜地走了，秘书还能得到提拔？是不是这小子一直暗度陈仓，身在曹营心在汉？要不邱市长怎么会把他带在身边，这可是有违常理啊。最愤愤不平的要数阎保国，虽然自己晋升为副处级洋洋自得，但仍想不通李向民为何当一号大秘。他故意推开李向民的办公室门，阴阳怪气道："大秘书，要不要把你的房间，像市长的那样装修一下？"

"要是阎主任有这份心，我也不好拒绝。"他故意激将一句。

"这个……等拨下经费，一定效劳。"阎保国被噎得一时找不到回击的话，只好胡乱搪塞。

"恐怕等到有了经费，我早给别人挪窝了。"

"你这就过谦了，市长都对你刮目相看，谁敢觊觎你的位子？"阎保国讪笑着走了。

"操！老子就是下海，也比你这个二尾子强。"李向民真想骂出声，看着这小子的背影，忽然想到阎保成。那小子已经当上公安局一把手，蔡琳上个星期跟着扶正，一个局长，一个刑侦大队长，配合得很默契，犹如一对蜜月期的小夫妻。就算他们曾经真的清白，彬彬和晶晶的配型纯属巧合，经过骨髓移植那场风波，自己恐怕早已将他俩逼在了一起！女人的心是豆腐做的，需要男人的爱抚。再爱你的妻子，长期被冷处理，都会红杏出墙。

他走到窗台边打开一扇窗，一股冷风吹进来，顿觉神清气爽。他张大嘴深深吸了一口气，又徐徐吐出去，心情一下好起来，走回办公桌拿起话筒，拨通周盈盈的电话，问："在哪儿？"

"我能在哪儿，基地。"电话里传来一股怨气。

"邱市长不是答应你当团委书记吗，晚上回来吧，把艳艳姐叫上，庆贺一下。"

"庆贺个屁！那个老王八蛋，说自己转正了要注意形象，提出和我分手。"话筒里突然没了声音，过了好一会儿才响起，"你会相信一只馋猫不吃荤腥吗？那天晚上在老爷子的别墅里，我一进门看见他和齐彩彩的妹妹在一起。一个老男人，一个懵懂的少女，不做那种事做什么？"

"你是说小兰？她还在上高二，才十七岁，这不可能！"李向民自从和齐彩彩见了面，每个星期都给齐小兰辅导两次。小兰那对大大的眸子，清澈得像天山上的泉水，让人不敢对视。可偏偏她却那么大胆，听完课抬起头盯着他，偏不称呼老师，甜甜地叫他大哥哥。

"我也不愿相信！邱志伟追我时，信誓旦旦保证：除了我，他这辈子不会有第二个情人。说家里那个黄脸婆得了一种怪病，只要一做'那个'，下身就出血，疼得大叫。他虽然熬到了副市长，却无儿无女，老邱家连香火都没人继承，让我给他生个儿子。我信了他的话，才到了今天的地步，结果人家玩腻了，还找出一个冠冕堂皇的理由来！"从话音里能感觉出，周盈盈的心情很坏，"我不会便宜那个老男人，上个星期吵架，我说出分手条件，要么当团委书记，要么拿出一百万，补偿我的青春损失。他竟然掐住我的脖子，要不是我拿那本笔记吓唬他，现在我可能已经躺在太平间了。"

"你疯啦，怎么能说笔记本？"李向民大惊失色，"他会因害怕产生仇恨，一定不会放过你，会找机会下手的。"

"不说出来，他能答应条件吗？我告诉他，只要自己一出事，有人就会第一时间把笔记本送到纪委。"

"没说出我吧？"李向民浑身一颤。

"我还没那么傻，让他永远不知道是谁，几个人手里掌握着证据。"周盈盈在电话里恨恨道，"姓邱的现在焦头烂额，就算我不检举，有人已把贿选的事捅到了上面，列出那些人大代表的名单寄给陕中日报社。武卫国派记者下来做了采访，很快就会见报。公安部侦查到九名A级通缉犯死在三合煤矿，要会同国家安监局重新启动调查，准备挖掘二号井出事地点，找到尸体。"

"你从哪儿得到的消息？"李向民听得心里发怵，额头上沁出一层密密的汗珠，过了好一会儿才问。

"从曾经想和你千里共婵娟的人那儿，不过现在很少联系。因为你从武卫国的秘书，摇身变成邱志伟的下属。她认为你是两面人，卖主求荣。"

李向民心里很不是滋味，知道周盈盈指的是谁，却又不好反驳。自己是王家扶持起来的，现在投靠了老邱家，社会上很多人都这么认为。就连蔡琳和自己吵架，也时不时挖苦："你不是很有骨气嘛，怎么会变节呢？"他感到很委屈，凭自己的才华，即使不攀附上王家，或者不转身依附邱家势力，也应该能得到今天的地位。他对着话筒大声问："这是宋玉凤亲口告诉你的？"

话筒里传来周盈盈酸溜溜的声音："你既然不相信，为什么不打电话问她？"

"我现在要你说！"李向民情绪有点失控，对着话筒吼了一嗓子。他明白周盈盈怨恨自己，总想找机会完成四年前在歌厅里的未尽"事业"，可他总是以各种理由推脱，直到今天都没有让她如愿。

"你给我发什么火？她当然不会那么直白！人家现在是司局级领导，不会像一般人那么没水平。"

"我就知道宋玉凤不会那样认为，她不会人云亦云。"

"告诉你一件事。'五·四'她要结婚，她家里没什么亲人，想让我们当'送亲'的。"

"好，到时候一起去。"李向民说了声"再见"，压了话筒坐回转椅里。眼前突然跳出齐小兰的情影，一个亭亭玉立的花季少女，怎么会把最珍贵的处女之身奉献给邱志伟？她还是个未出校门的高中生，单纯得像荷兰橱窗里的拇指姑娘，没有理由沦落到那种地步！一定是周盈盈出于嫉妒，为了报复邱志伟，才故意诽谤。可小兰去邱老爷子的别墅里干什么？又是在晚上，真有点解释不通。他正胡思乱想着，桌上的电话响了，他伸手拿起话筒喂了一声。

"向民，刚才公安部两个侦察员来报社，找我调查三合煤矿的事。你把那份证据烧了吧，免得夜长梦多。"高志良在电话里担心地说，"是不是邱大伟被抓，把证据的事说了出来？"

"不会的，那样的话你不交出材料，会被带走。"李向民想了想道，"这种时候不能毁灭证据，万一哪天姓邱的真被抓，供出那份材料，我们就说不清了。"

"这几天我总觉得有人跟踪，前天差点被摩托车撞上，好像是故意的。"

"你尽量少出门，不要到下面采访，注意保护自己，有什么情况随时告诉我。"

"公安部的人还问我东河县的治安状况，问有没有人贩毒，好像与什么案子有关。你要提醒蔡琳，不要着了人家的道，被卖了还替人家数钱。"

"你草木皆兵了。公安人员出于职业习惯，可能随便问一问。"李向民心想，蔡琳从来不回家谈工作，除了出于保密考虑，更怕引起自己对阎保成的反感。况且自从儿子骨髓移植后，两人很少说话。

"不那么简单，两个人问得很详细。我说去年有一家房地产老板，给老父亲过完寿，请二十多人到公司会议室赌博，卖一种叫K粉的东西，那东西人吸食后很兴奋。其中一人拿出小本子，记得很认真，不时打断我的话，问一两句。"

"这没什么大惊小怪的，你当了记者，对什么事都敏感了。"

"他们问我认不认得阎保成，社会上对他有什么反应，你不觉得奇怪？"

"公安部的人怎么会问起他，难道这小子要调到北京？不对呀，要是调动也不能由专案组考核，这里面有问题，一定与某个案子有关。"李向民兴奋道，"要是阎保成摊上事，阎家能倒台，也是东河县一大幸事哇。"

"但愿如此，能解你心头大恨。"电话里传来高志良不自然的笑声，"向民，这些天我要陪陕中报社的记者采访，调查人大贿选的事，每天呼你一次，要是中断，就说明我出事了。"

"知道危险，干嘛还要去？"

"这是记者的职责，我没有选择。再说舅舅来电话，要我协助他们，等采访结束把我调过去。"

"那样最好，到了省城更有前途，不过要注意安全。"李向民脑海里突然浮现出韩丽丽的倩影，那一口流利的普通话，甜甜的嗓音，看上去不由得让人想起日本明星"真由美"。这小子调到陕中日报社，把漂亮老婆丢在中州市，能放得下心吗？

"第一站去后沟村，找赫挨小采访。他是市人大代表，听说是你的发小？"

李向民心里咯噔一下，年前牛根来和自己说过，赫村长要了煤老板二千元，选市长时投了弃权票。当时并没在意，现在看来问题很严重。尽管弃权不违规，但拿人家的钱就另当别论了。说你受贿，就可以名正言顺地取消代表资格。他不无担心，道："挨小很厚道，你不要为难一个农民，把他牵连进去。"

"是他给报社写的检举信，要求查处贿选事件。"

"什么？"李向民惊叫一声。赫挨小这是犯哪门子傻劲，非要和老邱家过不去。他重重地压了话筒，一抬头见邱市长站在对面门口，赶忙跑过去打开门，跟在领导后面走进去。

"我那位前任派来几个记者，调查换届选举的事，你要多留心，有什么风吹草动随时汇报。"邱志伟坐进转椅里，一脸疲倦道，"国家安监局那个马成义又带着调查组下来，要挖掘二号井出事地点。看来这次来者不善。"

李向民拿起暖水瓶一边往保温杯加水，一边揣摩着领导的心思道："二号井已经配上大型综采设备，输送带也开始启用，正在紧张生产，怎么能破坏工作面？那条巷道地形复杂，煤层中瓦斯含量很高，容易引发爆炸。再说矿难都过去这么长时间了，为几个死人去挖掘，没有任何实际意义，要设法阻止这种破坏行为。"

"这次是公安部下来调查，蒋书记给打过招呼了，但无济于事。"邱志伟阴沉着脸，"看来武卫国不会甘心，非要斗得你死我活，玉石俱焚。"

"听说公安部追逃的九名A级通缉犯，怀疑都死在矿难中，才这么兴师动众的。"李向民想替武专员开脱，又不敢直说。

"都是大伟年轻气盛，结交三教九流，惹下这塌天大祸，让老邱家难逃一劫。"邱志伟端起杯喝了一口，平息了一下心中的怨愤道，"你和保国负责接待他们，让住在中州大酒店，按最高规格服务，想办法处好关系。"

"安监局的人没问题，上次下来每人送了一件羊绒衫，都很高兴。就怕公安部的人不好对付。"

"这次礼品选贵重些，每人一身仕达西服，一块羊绒地毯。"

"一块地毯要上万元，是不是贵了点？"李向民用征求的眼神看着邱志伟。

"不能让人家说我们小气，送点自己生产的品牌，也是打造企业形象嘛。和两家厂子说一声，多破费点，算我欠他们一个人情。"邱志伟说完，拿起桌上的一份文件，心不在焉地看起来。

李向民知道领导吩咐完了，给保温杯续满水，悄悄退出来。刚回到自己办公室，蔡永锋走进来，关住门，压低声音道："赫挨小被检察院带走了，阳阳让我过来告诉你一声，后沟村的人都跑到县里，围攻党委大楼，要求钱三宝放人。"

李向民惊得瞪大眼睛，随即摇了摇头苦笑道："刚才高志良打电话，说赫挨小举报贿选，我就有一种不祥的预感，没想到来得这么快。"

"你给孔县长打声招呼，姓钱的太张狂，不分青红皂白，把一个老实人抓走，简直无法无天！"蔡永锋看着李向民。

"他再大胆，一个副检察长，就算兼着反贪局一把手，也不敢肆意妄为。这一定是上面的意思。孔学文的话不好使，只能起到反作用，让赫挨小多受皮肉之苦。"李向民指了指对门，拉蔡永锋坐在沙发上，"赫挨小不会有事，等陕中日报社调查完了，就会放出来。"

"你的意思，钱三宝拘留赫村长，是怕他乱说？"蔡永锋骂道，"真他妈恶毒，对一个刨地球吃饭的人也使损招！"

"不杀他灭口，就算不错。"李向民给蔡永锋倒了杯茶，放在面前的茶几上，笑道，"你现在是人事局办公室主任，在中州市也算一个人物，还这么愤青。让赵大局长知道了，要毁掉前途的。"

"我算哪根葱，根本进不了人家的圈子，不过是上蹿下跳而已。赵局长要调到东河县当书记，接替蒋鹏程的位子。我还不知道能不能跟过去。"

李向民疑惑地盯着蔡永锋，摇着头道："不可能吧，人事刚变动完，怎么会再调整？"

"蒋书记要到省委当副秘书长，腾出位子，总得有人顶上去嘛。还有，煤炭局一直没有新局长，张启伟要官复原职。"蔡永锋端起杯喝了一口，压低声音道，"蔡琳没和你说，阎保成失踪了。"

"你哪来这么多耸人听闻的消息。"李向民心里咯噔一下，想起高志良说过公安部的人向他了解姓阎的情况，八成这消息是准确的。他抑制住内心的激动，故意试探道："那小子是刑警出身，没少得罪人，是不是被道上的人黑了？"

"社会上那些小混混，都是欺软怕硬的孙子，见了他恨不得趴下磕头，谁敢打公安局长的主意！"蔡永锋一脸神秘兮兮，"可能他被公安部的人带走了。"

"为什么？"

"张大鹏被捕了，交代出环球公司贩毒。"

"你说话大喘气，把我都听糊涂了，大鹏怎么扯上贩毒，又和阎保成搅到一起？"

"环球公司是邱大伟开的，专门从事毒品生意。张大鹏是总经理，怎么能脱得了干系！"

"这也扯不上阎保成嘛。"

"邱大伟贩运毒品，都是借他的专车。"

"阎保成不知情，也够不上犯罪。"

"邱大伟给阎保成送的香烟里，加进了'白粉'，抽的时间长了就慢慢上瘾。开始那小子没有发觉，等察觉出来已经晚了。阎保成是性情中人，讲哥们义气，没有抓捕邱大伟。况且，他老子是邱朝东的第三任秘书，阎家能有今天，全是老邱家带来的，怎么能翻脸？再说，就算大义灭亲，凭他一个东河县的公安局长，也撼不动邱老爷子。阎保成越陷越深，才导致今天的结局。"

"操！阎保成身为公安局局长，被邱大伟利用，真是咎由自取。只是张大鹏糊涂啊，助纣为虐，走上一条不归路。"李向民仰起头长叹一声，过了好一会儿道，"你刚才说，张启伟被重新启用？"

"已经上过常委会了，郑为民提出来的，谁还会反对？估计下个星期就上任。"

"现在当替罪羊的，只有杭英杰一个了。"李向民苦笑着摇了摇头。

晚上，李向民早早回到家，见蔡琳一脸茫然地窝在沙发里，眼圈红红的，好像刚哭过。他瞅了一眼，拿起遥控器打开电视，正好播放《中州新闻》。韩丽丽跟往日一样落落大方地出现在屏幕上，一脸阳光灿烂，那甜甜的嗓音里是满满的正能量。说全市人民在新一届政府领导班子的带领下，坚持两手抓，两手都要硬。从中根本看不出中州市会发生什么不好的大事。只是临近结束，韩丽丽话锋一转报道："东河县公安局局长阎保成，因涉嫌参与国际贩毒团伙，畏罪潜逃。"

蔡琳突然跳起来，一把夺过遥控器，烦躁地关掉电视，又哭丧着脸窝进沙发里。李向民鼻孔里冷哼一声，面无表情道："善有善报，恶有恶报。不是不报，是时辰未到。"

"你等这一天，等得心焦了吧？实话告诉你，我和他什么也没有发生，是你疑神疑鬼！"

"是吗？"李向民冷笑一声，"彬彬和晶晶的血液，你不会说是巧合吧？"

"你不相信，为什么不做亲子鉴定？是怕做不出自己想要的结果，无地自容？"蔡琳霍地站起来，指着李向民的鼻子，恨恨地说，"你为了泄愤，竟然和齐彩彩鬼混在一起，是不是想生一个儿子，来报复阎局长？"

李向民忽然有些心虚，刹那间有种错怪蔡琳的感觉。难道她和阎保成真是清白的？但随即摇了摇头，苦笑道："秃子头上的虱子明摆着，有那个必要吗？就算儿子是我的，这几年我们一直分开睡，连一次房事都不做。你就是赌气，也会和他好上的。"

"你总算明白了，一个女人，能受得了男人这么折磨？我也想不明白，两个孩子的配型为啥这么巧合。要不是害怕你承受不了打击，我早就和他睡一起了！"蔡琳突然放声恸哭。

李向民心一软，双手扶住蔡琳的肩膀，想安慰她几句，又不知道该说什么。经过这些年的风风雨雨，他已经不是那个单纯的书生了，不会因为老婆几句话，掉几滴眼泪，就能抹平心中多年的伤痛。蔡琳今天的反常，是因为姓阎的完蛋了，她失去了靠山，才这样的。人啊，就是一个势利动物。不管是夫妻，还是子女，只要你得势，有利用价值，就会得到更多的亲热。他的心又硬起来，松开手恨恨地说："我不做亲子鉴定，是怕得到证实，无法接受！"

"借口！"蔡琳说着从裤兜里掏出一张纸，摔在茶几上，"签字吧，离婚！"

"你……"李向民惊得目瞪口呆。尽管两人冷战几年，可他压根没想过要分道扬镳。

"我们缘分已尽，好聚好散。"蔡琳转身走进自己的卧室，砰的一声把门关上。

第二天，《陕中日报》头版头条登出一则新闻："中州市一村长，因为揭露换届贿选被逮捕！"李向民接了一个电话，拿着报纸走进对面房间，见邱市长靠在椅背上，闭目想着心事。面前的老板桌上放着一份同样的日报。他犹豫了一下，低声道："市长，郑书记秘书通知，让你过去。"

邱志伟慢慢睁开眼，一脸疲倦地站起来，阴沉着脸走出办公室。李向民跟出来，刚把门关好，屁股上的BB机响了，摘下来一看吓傻了："向民，我在大门口等你。今天一上班，武专员被刺伤。杭。"

李向民快步走下楼，走出门厅朝大门口跑去，看见杭英杰，迫不及待地大声问："谁干的？"

"邱大伟。"杭英杰迎上去，一把拉住他的胳膊说，"那小子跑了，公安局分析，可能潜回达县。"

李向民抬起手腕看了一下表，正好是十一点。如果邱大伟开车逃跑，已经到了县城。他突然有一种预感，姓邱的下一个目标是孔县长，脱口道："学文有危险！"

"我也有同感。邱大伟应该逃到外地，不会回达县自投罗网。"杭英杰浑身一颤。

"让学文来市里，住在中州大酒店。这几天公安部和国家安监局的人在这儿，我正好陪着，可以保护他。"李向民说完几步跨进门房，拿起桌上的话筒，拨通孔学文的大哥大，急促地说，"孔县长，我是向民，邱大伟刺伤了武专员，现在逃回达县。恐怕对你不利，你赶紧收拾一下，来市里住两天吧。"

"哈哈，算你小子聪明，不过已经晚了，姓孔的脖子上正架着我的刀。"

"你……邱大伟，你疯了！不要滥杀无辜！"李向民两眼一黑，差点摔倒，忙撑住桌子站稳。

"无辜？笑话！要不是武卫国和他揪住矿难不放，我会变成逃犯吗？不杀他可以，你拿命来换，我总得弄个陪葬品。"电话那头一声咆哮，"师父总是在我面前夸赞你，说你功夫在我之上。老子要和你一比高低，敢不敢？"

"好，你在哪儿，我赶过去。"

"晚上十点，在三合煤矿见。只许你一个来，要是带了别人，就替孔家人收尸吧！"

"一言为……"李向民还没说出"定"字，就听到一阵嘟嘟的忙音。对方挂了线。

送走杭英杰回到办公室，他茫然地坐在转椅里，一直等到楼道里没有响动，人们都已下班离开，才心神不宁地下了楼，朝政府后面的家属区走去。王老爷子去世后第二年，王艳艳搬进别墅，把自己的院子送给了李向民。本来他不想要，凭什么接受王家的房产？那样就真说不清了。可又拗不过王艳艳，怕伤了她的心，只好勉强接受。一进客厅见没有人，心里不禁一愣，难道蔡琳搬走了？可自己并没有在离婚书上签字。他赶忙跑过去推开卧室门，见蔡琳搂着彬彬正午休，才松了一口气。他苦笑着摇了摇头，自己今天是怎么啦，忽然儿女情长起来，甚至有点神经兮兮，可心里这么想，却不由自主地走进去，紧紧盯着儿子端详。那眼睛和鼻子，还有两道剑眉，活脱脱就是自己的翻版，怎么会是阎保成的种？他顿时很后悔，觉得对不起这对母子，竟然糊涂到把屎盆子往自己头上扣，逼着老婆出轨。儿子已经五岁，聪明乖巧，总是用一种探寻的眼神看自己，好像弄不懂爸爸怎么对他不冷不热，和别人家的爸爸不一样。他好几次发现他呆呆地站在墙角，默默地流泪，想扑上去抱起来，眼前却蹦出姓阎的那张嘴脸，硬生生把这个念头赶走了。

"操！再这样下去，我他妈要疯了。"李向民嘟哝着转身出来，逃也似的离开家。

下午他找阎保国要一辆车用。这小子分管市政府车队，阴着脸故意刁难道："李秘书，真不凑巧，车都派出去了。"

"阎主任，要是我自己的事，也不敢向你张口。可国家安监局的人，让我到三合煤矿取一份材料，要求连夜返回，总不能跑步去吧？"李向民摊开双手，做出无可奈何的样子。

"既然是上面交代的事，我就是去偷，也要给你弄一辆嘛。"阎保国讪笑道，"有辆皮卡车好几个月没人开，轮胎快报废了，要不你凑合着用？"

"谢谢阎主任，只要四个轮子能转就行。"李向民心里很不是滋味。姓阎的存心的。他装出高兴的样子，朝他笑了笑，转身快步走下楼。

太阳还没落山的时候，皮卡车驶进达县公安局大院。李向民推开乔永忠的办公室门，几步跨到跟前道："永忠哥，邱大伟绑架了孔县长，要与我比武。"

"他在哪儿？"乔永忠霍地从转椅里站起，转出老板桌，一把拉住李向民，兴奋道，"所有警察全城搜捕，找不到一点线索。这下好了，立即抓捕！"

"他说晚上十点，在三合煤矿碰面，只许我一个人去。"李向民笑道，"你带一帮警察去，还不把他吓跑？"

"不行，你去了我不放心。省厅通报，姓邱的身上绑着炸药和雷管，随时会引爆。"乔永忠斩钉截铁地说，"调动武警部队，包围矿区。"

"我要是不按时出现，他会和孔县长同归于尽，等于害了学文。"李向民摇了摇头，"那小子自知难逃一劫，已经变成一条疯狗，警察去了只会刺激他。"

"他决心要死，你去也救不出孔县长，还得白白搭上性命。"

"邱大伟很自负，在比武没有分出胜败之前，是不会和孔县长同归于尽的。"李向民胸有成竹，"我要装出和他武功相当的样子，瞅准机会卖个破绽，一招制胜，让他来不及引爆雷管。"

"这风险太大！万一他来得及呢？还是另想办法吧，我不能让你冒险。"乔永忠忽然一拍脑门，恍然大悟道，"把你师父从监狱里拉过去，劝他投案自首。那小子不是很听陈连奎的话吗？"

"使不得！他是破罐子破摔，不一定听师傅的。"李向民急忙摆手，"比武是唯一的办法，必须赴约。我来是让你一起去，等我和他打得难解难分时，你去解救孔县长。"

"既然你都想好了，就照你说的办，我安排刑警队接应。"乔永忠只好让步。

"不要安排，免得走漏风声。如果救不出孔县长，邱大伟引爆了炸药，我和他炸成了碎块，去再多的人也没用。"李向民声音低沉地说，"现在能做的，是找个僻静的饭店，好好吃一顿，我不想当饿死鬼。"

乔永忠心里很难受，可又想不出更好的办法，拉着李向民一声不吭地走出办公室。

晚上九点接近矿区时，皮卡车超过一辆拉煤车，故意挡在路中间。李向民扭头对乔永忠道："你坐后面的拉煤车混进去，姓邱的多疑。"

"好。"乔永忠说着跳下车。

煤车被皮卡车逼停，司机心里窝火，见有人走过来，摇下车窗玻璃正要大骂，乔永忠掏出警官证在他面前晃了一下，随即坐进副驾驶座，命令道："执行任务。你的车被征用了，跟在前面的车后面！"

"我还要拉煤，耽误了给钱吗？"司机是个四十多岁的汉子，一脸煤粉，说话时露出一口白牙，像个黑人。

"没问题，你要立了功，还有奖金。"

"说话要算数，我最怕你们这些吃皇粮的翻脸不认人。"司机虽然不情愿，还是踩彻油门，朝皮卡车追去。

到了矿上，不见邱大伟的人影。直到零点，一辆红色桑塔纳缓缓停在李向民身边。邱大伟跳下车，阴阳怪气道："你小子还是来了，有种，师父没有看走眼。"

"甭废话，孔县长呢？把他放了。"李向民紧紧盯着邱大伟的右手，那只手里攥着两节电池。

"在车上，只要你打赢我，我立马放人。"邱大伟冷哼一声，"你不要打歪主意，他身上和我一样绑着炸药。"

197

"好，你要守信用。"李向民拉开架势，气沉丹田道，"我是你师兄，你先出招吧。"

"看打！"话音未落，邱大伟一个饿虎扑食，从胸前打出左拳，快如闪电。

李向民知道这是崩拳中的狠招，看似平常，其实用尽了全身力气，如被打中，不死即废。他突然向后倒去，在背部就要着地的刹那，身子竟然向左旋转九十度，同时双手握拳砸向对方太阳穴。这是一招两式，第一式叫大挪移，化解掉邱大伟的攻势，紧接着打出第二式双拳贯耳。

邱大伟大惊失色，没想到李向民能够凭空移步，使出崩拳中的绝活，从侧面偷袭，这是一步险招，要是双拳向下砸来，自己就会脑袋开裂，他只好身子向下一蹲，踢出一式"螳螂腿"，躲过李向民的拳头。他自知不敌对手，怪叫一声："老子和你同归于尽！"右手搓动两节电池，想把正负极对上，引爆身上的炸药。

李向民一直紧盯着邱大伟的右手，随即改拳变掌劈了过去，就听哎哟一声，这小子连退几步勉强站稳，左手扶着右臂嚎叫道："姓李的，你也怕炸死？"

"我们还没分出胜负，干吗急着去见阎王？"李向民话音未落，飞身扑了过去。

这场恶战一直打了近一个小时。邱大伟的右手里始终攥着那两节电池。李向民没有找到一击毙命的机会，只能消耗对方的体力，待其疲劳后下手。他用眼角余光瞅着红色桑塔纳，突然见乔永忠打开车门，把孔学文抱出来，朝拉煤车跑去。

"姓李的，你诳老子，找帮手黑我！"邱大伟眼瞅着人质被救走，歇斯底里地狂叫一声。

就在他分心的刹那，李向民的两臂快如闪电般向前一伸，双手攥住师弟的右腕，用力一挫，就听咔嚓一声，腕骨断裂，电池掉在地上。

十一

抱负远大

　　第二天上班前,李向民赶回市政府,心事重重地走进办公室,想着邱市长得知邱大伟被自己抓捕,会是一种什么样的表情。也许自己的秘书生涯到此为止,被调到市里最不起眼的部门,安排个闲职。当然级别还会保留,毕竟没有犯错误,而且奋不顾身从死神手中救出一位县长,理应得到大张旗鼓地宣扬。可这又有什么用呢?他逮住的是市长的堂弟,邱氏集团的干将,谁能保证那小子行刺不是受邱志伟的指使,想除掉眼中钉?

　　他拿起暖水瓶倒了杯水,咕咕几口喝完,一屁股坐进转椅里,真想趴在桌上睡一觉。他把邱大伟押回看守所,天已经大亮,实在太疲惫了。原打算和师父见一面,过了年还没有来探望,可见面后说什么呢?把打败师弟的经过炫耀一番,看着那张饱经沧桑的脸痛苦地扭向一边?

　　楼道里响起咚咚咚的脚步声,这声音很特别,好像用脚后跟走路,听起来像锤子砸地。李向民知道是邱志伟来了,赶紧从转椅后跑出,打开办公室门,跟在领导后面走进去,拿起茶几旁的暖水瓶转身去打水。就听一声低沉的声音:"刚从达县回来?"

　　李向民一惊,仿佛被人按住,两只脚无力迈出步,脑子里只有一个疑问,他怎么知道得这么快?过了一会儿反应过来,扭回头答非所问地说:"邱矿长很狂躁,什么也不说,一心求死。"

"要他说什么,承认有幕后指使者?"邱志伟双眼犀利地盯着李向民,"道不同,不相为谋。我们终究走不到一起。"

"我是怕邱矿长杀死孔县长,后果无法收拾,给您带来更大麻烦。"李向民走回老板桌旁,装出一副谦卑的样子。

"还会比现在更糟糕吗?"邱志伟坐进转椅里,仰起头看着天花板,"我本希望改变你,假以时日,让你对官场有新的认识,彻底甩脱武卫国的影响,从书生气中走出来,成为一个识时务的俊杰。可惜我错了,低估了你的执拗。"

"市长,如果你有危险,我一样会奋不顾身地去救。"

"这我相信。"过了好一会儿,邱志伟长叹一声,"中州官场恐怕要来一次大地震。邱、王两派斗了这么多年,也该画上句号了。"

第一次从市长嘴里说出这样的话,李向民很是吃惊。他只能默不作声。

邱志伟面无表情,不知道在想什么,话题一转道:"近来周盈盈和我较劲儿,不依不饶,拿什么笔记本要挟!尤其她那个阴阳前夫,心怀不轨,像个幽灵似的跟踪我。明天不要上班了,你约她出来,我们一起去爬红古山,把事情说开了。"

"好,我带上厨具,中午在山上野炊。"李向民说完,见领导闭起双眼,好像很累的样子,知趣地退出房间,轻轻把门虚掩上。

红古山在市区南二十多千米,山脚下有一片万亩草地。正值初春,各种植物破土而出,带来春的气息,让人心旷神怡。李向民开着基地的三菱越野车,发现刚才在前面行驶的桑塔纳车,不知什么时候跟在了后面,而且始终保持着一定的距离。他踩油门加速,桑塔纳车也加速,他故意放慢速度,那辆车也减速行驶。从后视镜中隐约看见好像是张学义,又不敢确认,难道那小子跟踪自己和周盈盈?两人早已离婚了,完全没有这个必要啊。他双手猛地一打方向盘,冲下柏油路驶进草地,用眼角瞄了一下副驾座上的周盈盈,本想和她说张学义跟踪,见她拉着一张脸,欲言又止。

"干吗提前下了路?你这样开车,是想替邱志伟害死我呀?"周盈盈没好气地说。

"你这是什么话！"李向民也来气了，"我陪你出来，是想让你好好和他谈，怕你拿笔记本说事，把他逼急了吃亏。人家是大市长，我们是草民，胳膊永远拧不过大腿。再说，男女之间的这种事，本来就见不得光，到哪儿讲理去？闹翻了只会两败俱伤，没有赢家。"

"已经撕破了脸，没什么好谈的！他答应我的条件，我立马就离开他。"周盈盈扭回头看着李向民，"你救了孔学文，抓了邱大伟，邱氏集团还会容下你？醒醒吧，不要再自欺欺人了。等邱志伟逃过这一劫，第一个拿来开刀的就是你。你这个时候应该站出来，趁着公安部和国家安监局来调查，再放一把火。"

"我不这么认为，邱志伟不是那种小肚鸡肠的人，至少不会对我下手。你想，如果他心胸狭窄，当上市长后完全可以不用我，没必要等到现在。再说，我还有退路吗？自从改投邱氏门下，像犯了错似的夹着尾巴做人，总觉得背后有人戳我脊梁骨。要是邱家完了，我一样跟着遭殃。"李向民见二号车停在一条溪流边，一脚踩彻油门，冲了过去。

"市长早！"李向民停稳车，跳下去装出兴奋的样子问候。

"我也是刚到。"邱志伟从溪水边走回来，看见周盈盈穿着一件大红旗袍，是自己在北京出差时特意跑到王府井买的，心里一阵酸楚，不禁长叹一声道，"昨日花红今已落，佳人依旧犹不识。"

李向民谦卑地站在领导身边，不住拿眼神示意周盈盈，让她上前和邱志伟打招呼。

周盈盈仰起头，面无表情道："我没有你们的好心情，也没有才气吟诗作对。只有一句话，要么让我当团委书记，要么那本笔记很快就会摆在纪委的办公桌上。"

"你想要泼，也要看看对象！"邱志伟脸一沉，鼻孔里冷哼一声。

"我的要求并不过分，因为你，我离了婚，坏了名声。你拍着胸脯问一问自己，齐小兰是怎么回事？"周盈盈的眸子里含着泪珠，突然盯着邱志伟大喊道，"你追我的时候怎么承诺的？现在呢？"

"小兰还是中学生，我一个堂堂市长，能和她有什么关系？"

"既然你身正不怕影子斜，为什么不敢解释那天晚上在老爷子的别墅里，你们做了什么？"

"这是隐私，我不想说！"

"废话！和一个少女上床，当然是隐私啦。"

"变态！"邱志伟冷笑道，"你除了要官，就是要钱。你答应给老邱家接续香火，做到了吗？"

"你太没良心了，难道娟娟不是你的骨肉？"

"她长得哪点儿像我？一对三角眼，活脱脱就是张学义的翻版！"

"你敢去做亲子鉴定吗？"周盈盈怒吼一声，跨前一步，那两坨"肉馒头"几乎碰到邱市长的胸脯。

李向民心里咯噔一下，没想到张学义这么可怜，也是给人家顶缸的命。这年头男女之间，只要买个心爱的包包就能睡到一起。他盯着周盈盈道："你不要激动，市长让我把你约出来，就是想和你开诚布公地谈一谈。我去架炉子弄烧烤。今天难得出来一次，好好放松一下。"

三菱车后备厢里有一套烧烤设备，是宋玉凤当基地主任时在铁匠铺定做的。她最爱吃羊肉串。今天李向民特意从肉食市场买了一条羊后腿，路过一家小卖铺搬了三捆青岛啤酒，准备好好陪市长喝一顿，消除因为抓捕邱大伟引起的误会。也想借这次机会，化解这对野鸳鸯的矛盾。他没想到娟娟会是一个私生女。有了这么一条剪不断的纽带，自己插在中间就多此一举，甚至让领导难堪。天底下最不靠谱的是老夫少妇吵嘴，别看闹得很凶，看上去鱼死网破，睡一晚就雨过天晴了。他大步走到越野车跟前，迅速把炉子搬下来，找块没草的地方架设好。正要转身回车上取羊腿，就听砰的一声枪响。周盈盈手里拿着那本日记，号叫着朝他跑来。

"婊子！不把日记交出来，老子要了你的命！"邱志伟在周盈盈后面紧追不舍。

"市长，不要冲动！"李向民朝两人冲过去。

"你再跑，老子打死你！"邱志伟大声喊着，举起右手瞄准周盈盈。

"不要啊市长，娟娟还小，不能没有妈妈！"李向民这么喊着，想刺激领导的神经，让他看在私生女的情份上冷静下来。在邱志伟愣神的瞬间，他一把拉起周盈盈，朝越野车奔去。

"站住！"邱志伟怒喝一声，扣动手枪的扳机，子弹打在周盈盈左腿上，她应声倒地。

"盈盈！"李向民一把抱起她，奋不顾身地朝前跑去，就在拉开车门的刹那，又一颗子弹击中她的后背。等把她放进后排座，邱志伟奔过来，用枪指着他的脑门冷笑道："把这婊子手里的笔记本拿过来！"

李向民顺从地去取，可周盈盈攥得死死的，怎么也掰不开手指。邱志伟恼羞成怒，把枪对准周盈盈骂道："就要见阎王了，还要和老子过不去？"

李向民挥起右手打掉他的枪，同时左掌击在他的胸部。只见市长闷哼一声，一头栽倒在地。

李向民跳上车，踩彻油门，三菱车打着双闪风驰电掣般驶向城区，二十几分钟后停在市人民医院急诊楼门口。等他把周盈盈从车上抱下来，大喊着冲进楼里，发现她已经因失血过多休克。一个小护士见来了危急病人，赶忙请就诊的患者让道，打开抢救室门，把伤者放在手术台上。很快，一个中年大夫走进来，李向民认识，一把拉住恳求道："沈主任，救救她！"

沈大夫点了点头，顾不得说话，快速解开周盈盈的旗袍，大惊失色道："枪伤？后背这处要命啊，马上手术！"

李向民紧张地盯着大夫。周盈盈能不能逃过这一劫，就在人家的手术刀上了。

"要看打没打到心脏。"沈主任摇了摇头，"把手术费交了，通知家属在外面等候。"

"沈主任，你是大名鼎鼎的中州'第一刀'，要想办法把她救活啊。"李向民握住大夫的手，激动得身子有点颤抖。

"我会尽力的，放心吧。她叫周盈盈，我认识。"

"那太好了，我去交费。"李向民感激地点着头，慌忙退出来。

交完手术费，李向民拨通周阳阳理发店电话，要她关了店门赶过来。随即给蔡永锋打了传呼，走回急诊室坐在手术室门口的长条椅上，心里纠结起来。要不要报案呢？这个本来很简单的问题，却让他从抱起周盈盈的那一刻犹豫到现在。老婆是刑警大队长，打个电话很方便，可要抓捕一个市长，就是去摸老虎屁股。没有证人，要是邱志伟反咬一口，在寂静的红古山脚下，谁相信会发生这样的事，更不会有人相信市长会开枪打一个弱女子。何况，自己和周盈盈曾经是一对冤家，完全有作案的动机。

"操！怎么变得这么优柔寡断了？"李向民心里嘀咕一句，站起身想脱掉外衣，发现外衣上沾了一大片血，看着瘆人。刚把衣服脱下，就见周阳阳穿着理发店的大白褂，喘着气跑过来，边跑边喊道："向民哥，我姐醒了吗？"

"正在抢救。"

"报案了吗？"

"没有。"李向民把衣服扔在椅子上。

"为什么不报案，难道是你干的？"周阳阳冲到李向民面前，一把抓住他的胳膊，"说，是不是你？"

"我会害盈盈？你真是疯了！"李向民甩开她，气愤道，"邱市长干的！"

"就是天王老子杀人，都要偿命，我去公安局！"周阳阳怒吼一声，转身冲向门厅。

"阳阳！"李向民想阻止她，那身沾着星星点点染发水的大白褂已消失在旋转门外。

周阳阳刚离开，蔡永锋风风火火赶来，盯着手术室的门一脸焦急地问："大夫怎么说，有把握吗？"

"怕子弹打在心脏上，就……"李向民没有说下去。

蔡永锋大声骂道："那个王八蛋，就算要分手，也不至于杀人吧？"

"盈盈偷抄了一个日记本，里面有邱氏犯罪的秘密。她拿着笔记本进行要挟，才招致今天的杀身之祸。"

"能做到市长，早已百炼成钢，还怕恫吓？表妹糊涂啊，自己副处级了，还没有窥破世态，拿鸡蛋往石头上碰。"

"你不知道，娟娟是邱志伟的女儿。她以为有撒手锏，才肆无忌惮。"

"什么？"蔡永锋惊得瞪大眼睛，跌坐在长条椅上。

中午一点，沈主任从手术室出来，一脸疲惫道："子弹已取出，但伤及肝脏，失血过多，能不能醒来，就看她的造化了。"

"不啊！一定要把盈盈救活啊。"张学义不知从哪儿冒出来的，一把抓住大夫的右臂，哀叫一声。

李向民一个愣神，随即扳开他的手，解释道："沈主任医术高超，是中州第一把刀，已经尽力了。"

话音未落，周盈盈被推出手术室。张学义扑上去哽咽道："盈盈，是我不好，不该同意你离婚哇。我没有保护好你，让姓邱的把你害成这个样子！"

蔡永锋上前拉开张学义，让护士把表妹送进隔壁重症监护室。

周阳阳满脸泪痕跑回来，哀声问："我姐醒了吗？"

"没有，不过手术很成功，会醒来的。"李向民盯着周阳阳，见她泪流满面，忙问，"怎么样？报案了吗？"

"我找到刑警支队，一听说邱志伟杀人，都哈哈大笑，问我是不是从精神病院跑出来的。"周阳阳恨恨道，"推开公安局长的门，没等说完就让我出去，还警告说再乱报案，把我抓起来。"

"你留下守着你姐，我去找郑书记，就不信光天化日下杀了人，没人管！不把邱志伟绳之以法，我抱上炸药包和他同归于尽！"张学义大叫着，转身冲向门厅。

蔡永锋望着那小子的背影，苦笑道："张学义心胸狭隘，阴险多疑，从小就不是个省油的灯，这下邱志伟怕凶多吉少了。"

第二天一上班，李向民刚走进办公室，见邱志伟站在对面，赶忙跑过去打开门，刚想转身离开，就听一声低沉的叫声："过来！躲我干嘛，怕我吃了你？"

"市长开玩笑，昨天是走了火。"

"不是走火，是张学义故意枪杀前妻，昨晚被刑警支队逮捕了。"邱志伟坐进转椅里，盯着李向民不紧不慢道，"那个阴人经常尾随周盈盈，多次拦在路上恫吓，扬言要掐死娟娟。只有他有杀人动机。"

李向民听得毛骨悚然，原以为姓邱的要嫁祸于自己，没想到张学义去找郑为民，正好当了替罪羊。

"你可以做证，他出于嫉妒和仇恨，尾随三菱车到红古山，预谋杀死你。子弹打偏击中了周盈盈。"邱大伟一字一顿,"如果不是他背锅,那就是你!"

"雪地里埋不住死娃子。等盈盈醒来,去报案怎么办?"李向民的额头沁出一层冷汗。

"她永远醒不来了。"邱志伟靠在椅背上,脸上露出一种痛苦的表情。

李向民心里咯噔一下,再也控制不住自己的情绪,脱口道:"不!你不能这么做,她是你女儿的母亲,娟娟才五岁,不能没有妈妈。"

"我也不想这样,可等她醒来,我就得去见阎王。"邱志伟闭上双眼,两颗豆大的泪珠从眼角慢慢滚出来。

"市长,盈盈是爱你的。"李向民仰起头,声音哽咽道。

"是吗?你敢说和她没有一腿?"邱志伟的脸憋得通红。

"如果我们之间还存留一点好感,那也是小时候的情义,但并没越过底线。"李向民装出一副真诚的样子,眼睛却始终盯着他伸进怀里的右手,唯恐他掏出昨天那把手枪。

"你能不要命地救她,难道仅仅是好感?"邱志伟嘿嘿笑了两声,话题一转道,"那本日记,晚上十点必须放在这儿。你很聪明,我不希望你步张学义的后尘。"

李向民没有答话,见邱志伟拿起桌上一份报纸,装模作样地浏览起来,转身退出房间,急匆匆走下楼,朝市医院跑去。

急诊楼西侧,有一个不算大的殡仪馆,门口围着一群人。李向民奔进大院,一眼瞅见周阳阳扶着母亲。周长生手舞足蹈,好像做着超度的法事。他的心刹那间冷到冰点,浑身的血液仿佛停止了流动,两条腿一软,坐在地上。过了足有一刻钟,身上慢慢恢复了力气,才站起来踉踉跄跄走过去,走进殡仪馆。

周盈盈躺在冷冻柜里,身上盖着白布单,脸上没有一点血色,白得瘆人。李向民扑上去,双手拍着透明的有机玻璃盖,哽咽道:"盈盈!是我没有保护好你啊,我要是昨天不约你去红古山,就不会遭此劫难哇。我该死,怕毁了前程不敢报案,让姓邱的像没事人一样,还坐在原来的位子上耀武扬威。"

"向民,张学义自从昨天上午离开,再没有过来,是不是出事了?"

蔡永锋看见李向民走进来就跟在后面问。

"张学义找郑为民告状，被反咬一口，当了人家的替罪羊。"李向民扭回头，一脸绝望道，"只有我做证，才能救他，可自己就得背黑锅，被打入死牢。"

"你疯啦？为一个怀恨你的人，与邱氏集团做对，那和找死有什么两样！"

"我要对得起盈盈的在天之灵，让良心得到安宁。"李向民仰起头，两行热泪从脸庞滑下，"张学义为了前妻，明知捅马蜂窝会招来灭顶之灾，还是不顾一切地去找郑为民，这才是真爱啊。我这种时候还当缩头乌龟，不敢去伸张正义，还有什么脸面活在世上？"

"那也不能自投罗网，以卵击石。"蔡永锋一把拉住李向民的胳膊。

"就算我不去报案，不敢做证，也逃不过人家杀人灭口！要不，邱志伟会寝食难安。与其每天提心吊胆，不如放手一搏，或许能把姓邱的绳之以法。"

"异想天开！"蔡永锋苦笑一声，"蒋国庆就要当省长了，你怎么能把邱志伟扳倒？"

"不可能吧？上面高调反腐倡廉，怎么会重用一个只会玩弄权术的人？"李向民不太相信地摇了摇头。

"向民，我们是好兄弟，不怕你生气。有时候你爱钻牛角尖，一根筋。"蔡永锋拉着他边往外走边道，"蒋国庆能爬到省部级的高位，要是没有过人的本领，高超的领导艺术，绝对混不到那个地步。大人物都是久经考验出来的，千锤百炼，才一步步走向高峰，怎么会被轻易撸下去？他不倒台，邱志伟就稳如泰山，你放手一搏又有什么用？只不过多一个冤死鬼。"

"我就不信了，这是法治国家，岂能任由这些人祸国殃民！"李向民走出太平间，回头瞅了眼冷冻柜，感到自己很快就会追随盈盈而去。

下午一上班，高志良走进李向民办公室，随手把门关上，压低声音道："贿选的事查清了，明天《陕中日报》头版头条登出来。"

"蒋国庆分管宣传口，能让发表吗？"李向民从办公桌后走出，拉他坐在沙发上。

"我舅舅宁愿丢掉乌纱帽，也要把这件事披露出去。"高志良兴奋地说，"中央现在对贪腐案件是零容忍。只要有人实名举报，不管是谁，官位有多高，都要一查到底。媒体也会支持。有家重要报纸答应转载，中州市会成为全国舆论焦点，邱志伟在劫难逃。"

"如果不引起上面重视，下派专案组调查，在陕中省范围是扳不倒老邱家的。"李向民给高志良倒了杯水，挨他坐下，"舆论就是一股风，刮一阵就过去了。"

"这次是超强台风，一定能把邱氏刮倒。"

李向民没有接话，自己现在是风箱里的耗子，两头受气。邱志伟倒台也捞不到什么好处，甚至会被闲搁起来。关键是晚上该不该把日记本交给邱市长？那是周盈盈用生命换来的，要是交给纪委，中州官场就是一场大地震，有很多官员要被牵连进去。当然，即便是交出去，他还留了一招后手，他家里还有一本复印件，压在密码箱底。把周盈盈临死前攥在手里的那本交给姓邱的，正好迷惑他，可以摆脱厄运。要不自己会像张学义那样，不明不白地失踪。

"向民，要相信邪不压正，公安部和国家安监局的人，上午在三合煤矿二号井挖出十一具尸体，其中九具是A级通缉犯。邱大伟在铁证面前，一定会说出那份证据，临死也会把我们拉上做垫背的，你要有心理准备。"高志良见李向民心事重重，知道他现在很苦恼，进一步道，"中央高调反腐倡廉，决不会让贪腐分子肆无忌惮！在大学里你是学生会副主席，那么敢想敢干，无所畏惧，怎么出了校门没几年，就变得缩手缩脚，换了个人似的？"

"你不在其中，才说便宜话。"李向民自嘲道，"我真后悔给邱志伟当秘书，失去了王派的信任，现在又得罪了老邱家，成了一个丧家之犬。不过，已经无所谓了，像我这种从山沟里出来的穷学生，本来就一无所有。"

"正因为这样，我们才要改变现状，不然对不起自己的人生。"高志良端起杯子喝了一口水，顿了顿道，"我过来是和你打声招呼，我调到陕中日报社了，今天去报到。"

"恭喜你，终于离开了这个是非之地。"李向民看着老同学，心里生出一种羡慕的感觉。

高志良站起来,边往出走边道:"没什么好恭喜的,到了新岗位,又得重打锣鼓重唱戏。"

李向民送他出来,看着他在楼梯口消失,茫然地走回办公室。

整个下午他坐在办公室心神不宁,那本沾满周盈盈血的笔记本,就藏在墙角的保险柜里。他瞅了眼站起来,正要下班,桌上的电话响了,他伸手压掉。可刚要跨出门,铃声又响了,只好返回来拿起话筒,不高兴地喂了一声。

"老弟,和谁生气呢?我给你买了部大哥大,在大门口。"

"我马上下去。"他听出是杭英杰,挂了线走出房间。

杭英杰开着一辆崭新的奥迪车。他去年注册的宏大房地产公司在达县开发了一个棚改项目,现在已经身价千万了。李向民走到跟前,拉开副驾座门坐进去,笑道:"给我大哥大,也用不起啊。"

"话费你不用考虑,我公司报销。"杭英杰看他一脸憔悴,关心地问,"是不是身体不舒服,送你到医院检查一下?"

"没有那么金贵,周盈盈死了,心里憋屈。"

"我刚听说的,周主任很快要当市团委书记,真是太可惜了。张学义真不是个东西,已经离婚了,干吗还要下狠手!"

"他不是凶手,是被陷害的。邱志伟还逼着我做伪证。"

"是嫖头杀情妇?"杭英杰惊讶道,"你不能做伪证。一旦上了套,就出不来了。"

"我也不想,可人在屋檐下,怎敢不低头?"

杭英杰气愤道:"干脆辞职算了,我们一起干,何必伺候姓邱的!"

"我不甘心啊,就这样放弃从政的梦想。"

"向民,你不适合当官,不是那种逢场作戏的人,生来骨子里有一股傲气,很难得到赏识。实现人生的梦想有多种渠道,何必非要拥挤在仕途这条狭窄的羊肠小道上?我觉得你走进了一个误区。当官不过像一个提线木偶,一辈子不知道为啥活着。"杭英杰把大哥大递给他,"像我现在既自由又潇洒,想得到的金子、房子和车子都有,真该感谢郑为民和邱志伟把我赶出来。向民,你就不要在官场凑这个热闹了,早点醒悟,从头再来还不晚。"

"也许你说得对，下海经商是我唯一的选择。"李向民苦笑一声，"什么理想抱负，这些名词术语，只有坐在校园的白杨树下，靠在同学的背上，才能意气风发地谈出来。"

"也不能从一个极端走到另一个极端，人总得有点寄托，要不尘世中有那么多烦恼，很难熬到老。"杭英杰抬起手腕看了眼金表，"到时间了，一起去中州大酒店，我请蒋鹏程吃饭，还有艳艳姐和孔县长。"

"今晚十点，我和邱志伟有个约定，在办公室谈事，不能耽误。"李向民面露难色。

"酒店离这儿隔着一条马路，你提前走就是了。"杭英杰踩下油门，奥迪车冲了出去。

两人走进202雅间时，客人都已到齐。蒋鹏程正和孔学文交谈。王艳艳带着儿子。红星一见到老师，扶着餐桌要站起来。李向民几步跨过去，按住他道："不要站，我挨着你坐。"

孔学文自从被李向民救出，再没有和他见过面，赶忙离开座位走过来道："我俩坐一块儿，好长时间没见了，等会儿给恩人敬几杯酒。要不是你舍身相救，我早被邱大伟炸上了天。"

"我和你都欠向民一条命。"杭英杰走到孔学文刚才的位置，没有坐，端起银碗道，"今晚没有外人，是家宴，我就不说客套话了。大家有段时间没在一起喝酒叙旧，真还有点想念。正值鹏程书记荣升到省委，成为陕中省最年轻的厅级干部，借这个由头，好朋友们开怀畅饮，也是人生中一大快事。鹏程者，万里也，正应验了这名字。祝鹏程书记在新的岗位上大展宏图，将来晋升成为主政一方的大员。为了表达喜悦之情，我提议，大家共同干杯！"

五只银碗铮地碰在一起，都一饮而尽。

杭英杰拿起五粮液酒瓶，给每人斟满，扭头看着蒋鹏程道："感谢鹏程书记把东河县核心地段的棚改项目和县委后面的家属区开发交给我公司去做。我在这里保证，上半年完成拆迁任务，七月一日破土动工，明年国庆交付使用。在小区公园后，建一排连体别墅，两户一栋，每户一千平方米，三层框架结构，带地下停车库。给几位享受半价优惠，先不用交房款，可先入住。"

"还是交一点钱吧，免得让人举报，告一个变相行贿就说不清了。"孔学文端起银碗第一个响应。他正想在市里买房，为几年后升任市级领导解决后顾之忧。

李向民知道孔县长是不好意思，他和杭英杰的交情还没有到那份上，占人家的便宜。剩下三个人，艳艳姐虽然退居家中，却是王氏集团的象征。王老爷子有恩于杭家。蒋书记有功于项目。自己救过英杰的命，又是亲如弟兄，没必要见外。可他没有表态，晚上十点去见邱志伟，说不准老小子背后给他一枪，就呜呼哀哉了，要那么大房子干吗？

王艳艳端起银碗笑道："我就是掏不起物业费，但也要感谢英杰的一片心意。来，为了我们再干一碗！"

众人举碗为碰，嘴不离银碗咕咕喝干。

等每个人提议完，五银碗酒进肚了，大家都喝得面红耳赤。尤其是王艳艳，话也说不清。李向民心里有事，抬起手腕瞅了眼表，快到十点了。他假装出去解手溜出楼，被夜风一吹，酒劲上来，摇摇晃晃地朝政府大楼走去。

当他拿着那本日记打开邱志伟办公室门时，邱市长正坐在转椅里，仰头看着天花板。他快步走到桌边，把日记本轻轻放在桌上，紧紧盯着领导的右手，那只手和上午一样一直插在上衣兜里。

"你没留一手吧？"邱志伟的眼睛没有离开天花板，冷冷问。

"市长多虑了，我连看都没看。"

"那就好，聪明人好沟通，不用说废话。"邱志伟转过脸，面无表情道，"你明天去刑侦支队，指证张学义枪杀周盈盈。"

"我不做伪证，也不给他证明清白。"李向民低声道。

"你这种态度，就是不愿合作。知道后果是什么吗？如果他清白了，你就得背锅！"邱志伟突然拉下脸。

"我不能违背良心去陷害他人，再说做伪证是犯法的。"

"你要良心，就不能要命，这是道二选一题。你是高才生，聪明绝顶，不会不懂吧？"邱志伟站起来，不紧不慢道，"给你一晚上的时间，好好想一想，明天一上班回话。"

"不用了，现在就有答案。我不会做伤天害理的事，更不会去犯罪，让人抓着把柄，一辈子被牵着鼻子走。"李向民毫不犹豫地说。

邱志伟冷哼一声，把染着周盈盈血的笔记本揣进怀里，走出房间。

第二天一上班，李向民刚进办公室，四名警察便堵在门口。一个高个子掏出逮捕令，举在他眼前道："你叫李向民吗？"

"明知故问。"李向民面无表情，知道这一切迟早会来，但还是愚蠢地问了一句，"我犯了什么罪？"

"去了刑警支队就知道了。"高个子大手一挥，"带走！"

市公安局在政府的西侧，隔着一条柏油路，连警车都不用坐，走几分钟就到了。李向民被关进审讯室，锁在铁椅子里，双手套进上面固定的铁环，就听砰的一声，门被从外面反锁上。直到中午有人进来，把套手的铁环打开，吃完饭后又锁上。

一个星期过去了，只有吃饭和大小便时才能见到人。在这间没有窗户的黑屋子里，一只二百瓦的白炽灯泡从天花板上吊下来，离他的头顶不足五十厘米，二十四小时发出耀眼的光芒，让他在高温下享受"汗蒸"的滋味。他茫然地盯着对面墙壁，盼着有人来提审，只要听到过道里响起脚步声，就生出一线希望，又随着渐渐远去的脚步声黯然神伤。有时候控制不住悲愤的情绪，扯开嗓子大喊大叫一阵，真希望突然来一次地震，把这座房子埋进地下，结束这段时光。

终于有一天，盼到那个逮捕他的中年人带着两名干警进来，坐在对面的办公桌后，一脸威严地说："四月十二日上午九点，你和周盈盈开着三菱车去红古山，张学义是不是一直尾随着？"

李向民被问得心里咯噔一下，警察是怎么知道的？他说："后面是跟着一辆桑塔纳车，我快他也快，我慢他也慢，但从后视镜看不清司机面貌。为了摆脱尾随，我一打方向盘冲下了草地。"

"那辆桑塔纳就是张学义开的，到了红古山下他把车藏起来，躲进草丛里。"中年警官冷笑一声，"他想打死你，结果误杀了周盈盈，是吧？"

"警察不能凭想象办案。打死周盈盈的是六四式手枪，要先找到凶器，顺藤摸瓜，一步步取得证据。张学义去报案，说市长开枪杀人，你们就把他抓起来。如果他说周盈盈是我杀的，是不是还能领到一份奖赏?"李向民气愤地责问,"就算我看见张学义开枪,不想做证,你们就有权把我抓起来?"

"当然不是因为这个。你是聪明人,好好想一想,做过什么见不得人的勾当!"中年警官阴沉着脸,"作为秘书一科的科长,去调查三合煤矿透水事故,却故意向组织隐瞒真相,把证据藏匿起来。这不是我编故事吧?"

李向民什么都明白了,邱大伟狗急跳墙,为了报复自己,把高志良采访的证据说了出来。如果承认了,就会牵连老同学。他一脸不屑地说:"邱大伟是我逮住的,恨不能把他活吃了,他的话你们也信?"

"你给了张大鹏一万元,让他们远走高飞,难道是无中生有?"

"现在被人诬陷,我无话可说。"李向民知道,就凭这一条定个包庇罪,判坐一两年牢房绰绰有余,何况人家处心积虑想陷害你。必须想办法脱身,再这样关下去,不死在审讯室也会疯掉的。

"你想少受点罪,就乖乖签字画押。冥顽不化,是没有出路的!"中年警官霍地站起来,转身就走。

"等等!"李向民看着警官拉开铁门,一下子慌了。这一走不知再等多少天才能来提审,他已经撑不下去了。

中年警官侧过身,讥笑道:"怎么,想通了?"

"签字之前,我要见张学义。"

"为什么?"

"我要告诉他,自己做假证是被逼的。"

警官疑惑地盯着他:"别想耍花招,想和张学义串供?门儿都没有!"

"串什么供?"李向民大吼一声。

"好吧,就信你一次。不要耍心眼。"警官一挥手,两个小警察上前打开铁椅。

李向民被戴上手铐,押到公安局后院。他仰头看着湛蓝的天空,长长地吸了一口气,又徐徐呼出,浑身顿觉一阵舒坦。他故意扭动一下腰,瞟了一眼四周,琢磨着如何逃跑。一辆囚车开过来,跳下两名荷枪实弹的武警。中年警官大声道:"上去!"

警车拐上一条柏油路,很快穿过市区,驶进看守所大院。他被押下车，带到监控室，见张学义戴着手铐脚镣，一脸漠然地坐在凳子上。

"给你三分钟时间。"警官看了眼表，一挥手和几个干警退出去。

张学义见铁门关上，霍地站起来，急切地问："你快说，盈盈醒了吗？"

"没有。"李向民怕张学义控制不住情绪，不敢告诉他周盈盈已经死了，只好模棱两可地回答。

"是我害了她啊，那天早点冲过去，邱志伟就不会开枪了！"张学义痛心疾首地号叫一声。

"你一直跟踪我们？"

"我尾随姓邱的，发现你开三菱车在后面，就停在路边大树下，等你们过去，又跟上来。"张学义后悔道，"要是我不犹豫，把二号车撞到山沟里，和那个王八蛋同归于尽，盈盈就不会遭殃了。"

"你想谋杀邱志伟？"李向民吃惊道。

"他早该死了，我们结婚前他就霸占着盈盈，她已经怀孕，却不让打胎。这口恶气，每天晚上憋得我失眠。"张学义把牙齿咬得咯咯响，"要不是我十五岁那年在蔡永文家见到盈盈，就刻骨铭心地爱上她，怎么会甘心顶缸，把娟娟当成自己的亲生女儿！当我知道她和你青梅竹马，一直爱着你时，真想下药把你毒死。我发誓要比你强，在部队刻苦锻炼，积极表现，当上师长的警卫，后被提拔为营长。听说你从K大退学，我激动得一夜没有睡着，决定向盈盈求婚。第二天请求复员，转业到地区宣传部，任办公室副主任。"

"你真是有心人啊，原来你早知道她怀着邱志伟的孩子！"李向民感叹一声，"可惜我们两个大男人，都保护不好盈盈，让她在眼皮底下被枪杀。"

"都怪我没有提前下手，我该死啊！"张学义牙齿咬得咯咯响，竭力控制着自己的情绪，"我是一个窝囊废，可你怎么进来了？"

"邱志伟要我指控你谋杀盈盈，我不想违背良心，就和你一样了。"

张学义突然走到李向民身边，附在他耳朵上低声道："盈盈如果醒不过来，我也不想活了。你做伪证出去，到北京找我的老首长。他对我很关心，一定要让他为我和盈盈申冤。"

"我一签字，不等找到那人，就把你处决了。"

"不要傻了，你不做证，他们也会找理由害死我。我以前做了很多对不起你的事，不该小肚鸡肠记恨你。盈盈年初找我谈过，说你们是清白的，求我不要为难你。"

"做伪证是犯罪，被抓住把柄，以后就没有安宁日子了。"李向民心里很不是滋味，没想到周盈盈也敢说和自己是清白的，那只是她没有如愿而已。

"你不按他们的意思做，连命都保不住，还有什么'以后'？照我说的办，或许我还有救。要不，我们都得死在这里。"张学义说完坐回凳子里，用祈求的眼神看着他。

李向民点了一下头，转身走出监控室。中年警官一挥手，两名警察一左一右把他押上车。

"人也见了，良心得到了安慰，可以作证了吧？"李向民被押回审讯室，关进那把铁椅子里，中年警官道。

"签了字，就可以出去？"李向民故意大声问。

"那当然，决无戏言。不过，你要被监视居住，必须在法院审判时出庭做证。"

十二

抱负远大

一个星期后,《陕中日报》头版头条刊登出《中州市换届贿选真相》,署名高志良。一时间人们议论纷纷。李向民坐在办公室,不时抬头朝对面看一眼,邱志伟好几天没来上班。作为秘书竟然不清楚领导去了哪儿,又不好打电话问。自己和他已经产生对抗,虽然做了假证,可邱大市长并不领情。这个时候更应该小心行事,怎么能打问人家的行踪?他总觉得有什么事要发生,整个大楼里弥漫着一种压抑的气氛,秘书们变得特别谨慎,平时爱议论的人都突然缄口不语。公安部和国家安监局的调查结束,矿难确认死了十一人,有九具杀人逃犯的尸体。最引人注目的是邱大伟行刺武卫国,又绑架孔学文。邱志伟成了幕后指使的主要嫌疑。而且,周盈盈的死还没有结案,社会上传言是一起情杀,张学义是被陷害的。

"看来邱氏一伙在劫难逃,自己应去找张学义的老首长,让调查的速度快一些,也算对得起那个'阴人',让他在黄泉路上走得宽心些。"他心里正琢磨着,杭英杰快步走进来,把门关上。

"你不是昨天去省城,这么快就回来了?"李向民从办公桌后转出来,边说边拿起茶几旁的暖水瓶,泡了两杯狮子峰产的铁观音茶。

"昨晚请人吃饭,事情办得很顺利,就连夜返回来。"杭英杰坐在沙发上,"蒋国庆当了省长,以后邱氏团伙会更强势。"

"近来一直疯传孔纯一要扶正,难道是空穴来风?"李向民脸色一沉,端着茶杯的手一抖,茶水溅到手背上,赶忙把杯子放在杭英杰面前的茶几上。

"孔伯伯在顶层的人脉,比起蒋国庆要差一些,功亏一篑。"杭英杰摇了摇头,"不过,他接替了姓蒋的位子,成了陕中省的第三号人物。"

"我答应张学义进京找人给他帮忙,看来没有多少胜算了!"李向民长叹一声。

"省里斗得很厉害,虽然蒋国庆成了二把手,褚建光书记还是明察秋毫,坚持把邱志伟调到了人大。"

"真是老天睁眼,公道自在,党还有褚书记这样的好官,为老百姓撑腰!"李向民欣喜地挨着杭英杰坐下,又不无担忧道,"不知道谁来当市长,我这个政府一号秘书,会不会坐冷板凳。"

"这个还没定,有可能从北京调来。"杭英杰端起杯喝了一口,"赵啸林接了蒋鹏程的位子,白少志顶替赵啸林,学文调回东河县当县长,今天上任。"

"孔县长回来掰不过赵啸林。那个老家伙城府很深。"

杭英杰站起身,深有同感地说:"所以,我想建议他把永忠调过来,顶替阎保成空出的位子。"

"这恐怕有难度,赵啸林会竭力反对,趁机调回钱三宝。"李向民深知姓钱的为人,决不会放过任何提拔的机会,就是跪在赵啸林和邱玉梅的脚下,也要往上爬。

"我也有这个担心,咱俩一起去找学文,商量一下。"杭英杰走出房间,李向民随后关好门。两人刚到一楼大厅,邱志伟从外面进来,李向民只好迎上去问候:"市长,有几份文件放在桌上了。"

"你上来,我有事和你说。"邱志伟目不视人,径直走向楼梯。

李向民朝杭英杰苦笑一下,跟在领导后面。上了三楼,赶在前面打开房间,等市长进去把门关好,拿起暖水瓶沏了一杯铁观音茶,轻轻放在转椅前的老板桌上。

"这是你给我倒的最后一杯茶。我调走了,退居二线了。"邱志伟坐进转椅里，冷冷盯着他，好像不认识似的，过了好一会儿又道，"你很聪明，竭力装成一个恭顺的人，学着拍马屁，可骨子里有股傲气，让人一眼就能看出来。要是搞科研，凭你的学识能出不少成果，但你偏偏选择仕途，把优点变成了缺点。"

"我也在努力改变自己，尽量适应环境。而且给你做了证，让张学义变成了杀人犯。"

"你给张大鹏一万元，犯了协助逃跑罪，最少得判两年有期徒刑。"邱志伟端起杯喝了一口，"你说这话时，心里还有怨气，说明你没有改变多少。其实官场就是一个大熔炉，既然进来了就要和同事们融洽相处，步调一致，不要以为自己比别人有本事。即使你很聪明，也要装得愚笨。但你个性太强，不适合做官。我本来没必要说这些，明天就去人大那边了，看在你跟我的份上，奉劝一句。"

"你说的也许是心里话，可我没有半点感激之情，红古山的事永远不会从我脑海里消失。你可以忘掉盈盈，但你不能不管娟娟，她是你的骨肉！"李向民的鼻音很重，一转身跨出房间，朝楼梯口快步走去。

杭英杰一直在大厅等着李向民，见他下楼迎上去问："邱志伟和你说什么啦？"

"他明天去人大上班，算是和我打声招呼。"李向民气愤道，"他一拍屁股走人，我被闲搁起来，他还假惺惺地说，官场对我不适合。"

"这屁放对了，你真不该从政。"杭英杰笑道，"姓邱的总算说了句人话。"

杭英杰停顿了一下又说："向民，听哥一句劝，放弃当官的梦想，那只是你幼小的心灵遭受创伤时的逆反心理。退一步就会豁然开朗，原来人生的意义不是活在过去，也不是无止境地去追求和拼搏，而是把眼前的生活过幸福。把短暂的生命投入到无限的角逐中，伴随一生的只是疲惫和烦恼，只是满足了无聊的虚荣心，没有活出一点自我，留给自己片刻的恬静。你要下海，我给你公司一半的股份，等会儿到了学文办公室，就写一份赠予声明。"

李向民没有吱声，心里很乱，低着头跟在杭英杰身后走出大院。

东河县委和县政府在一栋楼里，政府在三层，党委在四层。杭英杰推开孔县长办公室的门，紧走几步道："学文，你给见证一下，我把公司一半的股份赠给向民。"

"他想从政，要了你的股是累赘。"孔学文从老板桌后转出，疑惑地问，"你们是唱的哪出戏？把我都弄糊涂啦。"

"向民不适合当官，还不如早点下海。"杭英杰笑道。

"向民现在确实进退两难，新市长到来之前，会被闲搁起来。"

"就算新市长来了重新使用，等熬到提拔的时候，如果郑为民还是书记，党委那边也不会同意。"杭英杰拿起桌上的纸和笔，唰唰写好《赠予声明》，递给李向民。

"哥，我不能接受。真到了下海那一天，我去公司当你的助手，挣一份年薪就行。"

"你忘了我们曾经说过'有福同享，有难同当'了吗？你要不接受，就把我的命拿走吧，咱们大路朝天各走一边。"杭英杰伸手把《赠予声明》装进孔学文的上衣口袋里，"你替向民保管，同时做见证人。"

孔学文看着李向民道："英杰一片诚意，你再坚持就伤了弟兄的心。"

"这是逼我下海嘛。"李向民苦笑着摇了摇头。

"能在一起打拼是上天的安排，谁让我们是磕头弟兄、生死之交哇。"杭英杰说完，又想起什么，拉住孔学文道，"阎保成在逃，随时会回来报复。把乔永忠调来接他的位子，确保你的安全，弟兄们也就放心了。"

"你们来之前，赵啸林打电话要调钱三宝。"

"决不能同意。那小子当了公安局局长，东河县就会不得安宁。"李向民脱口道。

"人家是书记，我的话不好使。"孔学文两手一摊，"只要郑为民不倒，中州市就是邱家的天下，赵啸林会独断专行。"

"要不，让老爷子出面？"杭英杰盯着孔县长。

"有蒋国庆撑腰，他们不会给老爸面子。"孔学文摇了摇头，抬起手腕看了一下表，"正好到下班时间，下午又没什么事，找个小酒店喝两杯。"

"公安局门口有个烩菜馆挺有特色，环境也不错，就去那里吧。"李向民说着，朝门口走去。

烩菜馆的客人并不多，李向民选了一间靠窗的包房，要了五斤牛大骨头，一份酸烩菜，四个凉盘。杭英杰从车里抱了一箱茅台酒，打开三瓶放在餐桌上，给每人倒了一银碗，足有二两，端起道："学文调回东河县，是一大喜事。今天弟兄三人要喝得尽兴。来，先干了这碗！"

三只银碗碰在一起，发出铮的一声脆响。

"向民，这酒是不是不合你的胃口？"杭英杰看着李向民问。

"酱香型还真喝不惯，一下就上头了。"李向民尴尬地掩饰过去。

"要不，给你换一种酒，我去车里取五粮液。"杭英杰说着站起来。

李向民一把拉住道："不用，茅台是国酒，有福气多喝几次就喝惯了。"

三瓶酒喝完，又打开两瓶，一直喝到下午四点，三个人才酒气冲天地走出烩菜馆。李向民不让杭英杰酒后驾驶，跑到路上拦出租车，突然一辆桑塔纳从后面冲来。杭英杰大叫一声扑过去，一把推开李向民，自己却被撞飞了两米多高，脑袋重重地甩在马路牙子上，鲜血顿时流出来。

李向民从地上跃起，疯了似的冲过去，抱住杭英杰的头大叫："英杰哥！"

"向……民，下海……接管……公司，把杭磊……培养……成人。邱大伟……要害你，我……把命……还你了。"杭英杰断断续续说完，头一歪，昏死过去。

"英杰——"李向民号叫着，抱起杭英杰奔向奥迪车。

一直抢救到晚上十点，因伤势过重抢救无效，杭英杰的心脏停止跳动，被送进市医院的太平间。李向民搂着九岁的杭磊，两眼空洞地望着天花板，等苏颖哭累了，沙哑着嗓子道："嫂子，是我害了英杰哥啊！"

苏颖披头散发，摇了摇头又点了几下。她已经心力交瘁，无法面对眼前的事实。她突然跳起来，一把揪住李向民的衣领，声嘶力竭地喊道："你还我男人！是你害死他的。"

"嫂子，英杰哥的死很可能与邱大伟有关。我们一定追查到底，替英杰哥报仇。"

"邱大伟在看守所戴着手铐，怎么会跑出来？"苏颖放开李向民，转身看着孔学文喊道。

"这里面一定有问题。"孔学文抬起头，盯着身旁的乔永忠。他是刚从达县赶来的。

"我回去成立一个专案组，尽快查出真相。"乔副局长一脸愧疚。

"嫂子带着小磊回家休息吧，我和永忠守着英杰哥。"李向民转身对孔县长道，"你也回去吧，刚来东河县上任，明天还有好多事要处理。"

"永忠哥，我就是一个扫把星，活着只能给身边的人带来厄运啊。"李向民痛心疾首，"不杀了邱大伟，我对不起英杰哥的在天之灵！"

"姓邱的自会受到法律的制裁，你犯不着去和他拼命。"

李向民哈哈大笑道："邱志伟贿选，又杀了周盈盈，只是从市长的位子移到人大。法律哪去了？邱大伟是亡命之徒，不达目的决不会离开中州市，还要伺机行凶。东河县公安局现在没有局长，哪天能抓住逃犯，只有鬼知道！"

"乌云遮不住太阳。"

"邱氏一伙长期为非作歹，为什么？"李向民说完大步朝门口走去。

"向民，你要去哪儿？"乔永忠看着他的背影喊道。

"我要把邱大伟的头提来，祭奠英杰哥！"整个太平间里回荡着李向民的怒吼声。

直到杭英杰出殡那天，邱大伟像人间蒸发似的再没有出现。李向民一身孝服，举着引魂幡，走在灵车的前头。杭磊拉着拴灵柩的白带，跟在后面。苏颖在起灵前哭得死去活来，等棺材一动被娘家人拉走。不知什么时候流传下来的陋习，男人死了，老婆不能去送殡。杭英杰才三十六岁，英年早逝，亲朋好友们都悲痛万分。雇来的一班吹鼓手，唢呐声像孀妇哭夫，婉转哀凄，让人听了浑身直起鸡皮疙瘩。

从墓地回来，李向民好像丢了魂似的，两眼发直，坐在宴席上一言不发。孔县长和他搭话，他也有一句没一句。整个大厅里没有人比他更悲伤，英杰哥是为了救他才死的，正如他咽气时说的，把命还给了你。可自己却不能给他报仇，说什么提着邱大伟的人头来祭奠，连人家的影子都找不到，还有什么脸面坐在酒桌上，举杯碰盏？要是自己没去求永忠，师父不当伙食管理员，也就没有机会放出那小子，悲剧就不可能发生。他霍地站起来，大吼一声："英杰哥！你用命换了我的命，我却不能杀死邱大伟,你让我怎么活下去啊!"

众人都惊异地把头扭过来。李向民面如死灰,目不旁视地走出宴会厅。

"李科长要疯了!"

人们低声议论。

一连几天,乔永忠都打不通李向民的大哥大,急得到处寻找,又不敢离开中州市。因为邱大伟逃跑,陈连奎打伤五名警察,作为分管看守所和刑警大队的公安局副局长,涉嫌给陈连奎提供方便,被刚上任的公安局长牛根来停职并限制外出,等待市局和县委处理。乔永忠想让李向民向牛局长求个情,大事化小小事化了,谁能想到陈连奎要救他徒弟?

乔永忠自和杭英杰、李向民结为患难之交,就成了王派圈子里的人,自然而然地站在了老邱家的对立面。牛根来和邱大伟称兄道弟,从一个无人看好的乡长晋升为公安局长,摇身变成达县的重量级人物,自然进入老邱家的圈子。最让人担心的是,钱三宝走马上任东河县公安局长,邱大伟的案子会一直搁置起来。这个亡命之徒有可能第二次刺杀孔学文和李向民。

乔永忠联系不上向民,只好去找蔡琳打问消息。刚走到她的办公室门口,就听里面传出钱三宝的声音:"你告诉李向民,不要去抓捕邱大伟,那是公安局的事。别以为自己会功夫,急于报私仇,就狗拿耗子多管闲事。"

"他出差了,我也不知道去了哪儿,打大哥大,关机。这几天一直联系不上。"

"是吗?都被闲搁起来了,还出哪门子差!如果我没猜错的话,一定是去追查邱大伟了。你也太不会说谎了。"

"钱局长,你认为是我说谎吗?你不要因为和李向民有积怨,就给我穿小鞋!"

"这不明摆着嘛,不是你说谎,就是他骗人。"

"他是他,我是我,作为局长应该明辨是非!"

乔永忠听得很清楚,蔡琳不知道向民去了哪儿,怕蔡琳一气之下摔门而出看见自己,他赶忙离开公安局大楼,朝市政府走去。其实李向民就在周阳阳的店里，前年她把理发馆装修后兼营化妆品，做得风生水起，在东河县设立了七个分店，几乎垄断了全城的化妆品市场，成了中州市的富姐。自从姐姐死后，她把娟娟接来抚养。她端起茶杯抿了一口，看着李向民问："张学义会不会判死刑？"

"他不死，就是我死，总得有人替邱志伟背锅，给你姐偿命。"

"那个王八蛋现在已经不是市长了，你不敢告，究竟怕什么？"

"蒋国庆当了省长，郑为民还没有下台，去哪儿告他？"李向民脸色一阵发红，自己答应张学义找他的老首长，却一直犹豫不决。

周阳阳猜摸着他的心思，不紧不慢道："你变了，变得谨小慎微，从前那个敢作敢为的山里娃子哪儿去了？人生在世不过几十年，干嘛活得那么累！不就是想当官，光耀门庭吗？下海经商一样挣钱，赚得更快更直接，而且心安理得，不怕半夜鬼叫门。我看你还是辞职算了，像我们这种人，就算每天琢磨人往上爬，变着法子溜须拍马，昧着良心为虎作伥，最大捞个处级领导，也不过是人前光鲜，回家憋气，一辈子唯唯诺诺。"

"你不懂。"李向民苦笑着摇了摇头。

"我咋不懂？你们这些念过几天书的人，嘴上说得好，其实还不是为了满足自己的欲望？"

李向民盯着周阳阳，忽然觉得她成熟多了，调侃道："你现在好像变了一个人，说话一套一套的，是不是有高人指点？"

"你还真说对了，我去上海购货，认识一位复旦大学毕业的女老板，给我讲了好几天人生哲理，让我茅塞顿开。"

"她不是搞传销的吧？引诱你上道。"

"人家搞房地产生意，还要来中州市发展，说和郑为民认识。"

"不是有一腿吧？"

"有几腿不知道，不过女老板很有气质，漂亮大方，像电视剧里的女明星。"周阳阳拿起拳头大小的茶壶，给酒盅似的杯里续满水，笑道，"向民哥，哪天你见了，别眼馋得走不动。"

"能让你赞美的，一定不是平凡的人，我倒想认识一下。"

"下个月她带一帮老板来中州市考察项目。"

"这正是个好机会，杭英杰开发的那个楼盘停建了，亟须找一个合作伙伴。我答应过他把公司搞起来，到时让那个巾帼英雄去现场看一看，说不定她能投资。"李向民端起小茶杯一口喝完，看了一下腕上的表，朝周阳阳笑了笑，起身往外走。

周阳阳知道他要做什么，也不挽留，送出门口关心地说："要小心，别着了那小子的道。"

"放心吧，我和他交过手。"李向民说着拐进旁边一条小巷。这些天他像幽灵一样到处游荡，去邱大伟可能藏身的任何地方，希望突然发现那小子。晚上十点，他就守候在孔学文住的县政府招待所，等待鱼儿上钩，他相信姓邱的一定会来刺杀孔学文。

当夜幕悄悄降临，喧嚣的城市安静下来时，他不知不觉走到中州市花园小区南大门，心里琢磨着邱大伟也许会来找堂兄。自从邱老爷子过世后，邱志伟搬进老人留下的别墅里，与王艳艳又成了低头不见抬头见的邻居，仿佛回到小时候一起玩耍的四合院。他想走进去，犹豫了一下，拐到大门旁边的小饭馆里，要了一盘烩面，坐在墙角的餐桌旁想起心思来。

他感到自己犹如漂浮在大海上的一叶小舟，随时会被巨浪打翻，而且找不到航标，不知道该去哪里。他现在每天无所事事，多少天不去上班也无人过问，就连阎保国都懒得讥讽他一句。

自己是不是得了抑郁症？再这样下去，要疯掉的！这个想法从脑海闪过，他苦笑着仰起头，忽然瞥见王艳艳和儿子正坐在斜对面的卡间里，忙起身走过去。

"老师！"杨红星撑着餐桌站起来。他的身体恢复得很快，咬字也清晰了，只是站立时显得吃力，身子摆动了两下。

李向民抢前一步扶住他的肩膀，说："两个月没见，你又好多了。"

"有个贵州来的老中医，用家传秘方治疗。"王艳艳伸手拉李向民坐下，关切地问，"蔡琳昨天找到我家，说你半个月没音信，担心你出事。钱三宝找她谈话，不许你抓捕邱大伟。她心里着急，要我劝你，你真去逮那个无赖了？"

"不杀他，我对不起英杰哥。"

"邱大伟作恶多端，迟早会被绳之以法。你去杀他，触犯国法，不是傻吗？"王艳艳给他倒了杯茶。

"不这样，我说服不了自己。"李向民痛苦地说，"姐，这几年我活得很累，有时候躺在床上盯着天花板，真希望房顶突然塌下来。为了晋升科长，武专员调离后我投在邱氏门下，像一个叛徒似的摇尾乞怜。"

"你也是没办法，就不要自责了，我们都理解。人事关系很复杂，人里面有王八，也有金鱼。善恶在一念之间。"

"我不知道该不该逃离出来？"李向民苦笑一下。

"要是真觉得累了，就下海吧，人活着不要太在乎名利。"王艳艳端起茶杯喝了一口，"谁都懂得这个道理，可有几人能跳出？追求虚荣，想出人头地，是人的本性。我提前退养，心里还斗争了好长时间，要不是红星需要照顾，恐怕早去东河县当县长了。"

说话间饭菜端上来，一盆水煮鱼，两碗米饭。王艳艳让李向民一起吃，李向民不好推脱，拿筷子夹起一块鱼肉，刚放进嘴里，烩面上来了。不多一会儿三人吃完饭，他把母子俩送到别墅门口，说要回家，匆匆离开，朝东河县政府走去。

拐过两个十字路口，就到了中州大酒店。西边是县政府大院，招待所在后排，三楼最东边的客房亮着灯，孔学文还没有睡。李向民抬起手腕看了一下表，不到十点，想着邱大伟不可能这么早出现，正琢磨到哪儿消磨时间，忽然看见齐小兰手里提着一个塑料袋，消失在酒店旋转门里。他心中不禁一惊："这么晚了她跑过来，是不是邱志伟在专用套间？"

周盈盈和姓邱的缠绵共枕，不过权色交易罢了。可小兰还是高二学生，一个懵懂的少女，像一朵花蕾含苞待放，连男同学们多看一眼她都面红耳赤，却让老牛吃了嫩草。这不仅突破道德底线，连牢房里那些流氓都会不耻。他妈的，这个老小子竟然对周盈盈大言不惭说："小兰还是中学生，我一个堂堂市长，怎么会和她发生那种关系？"他要抓奸成双！这么想着，转身冲进大门，不顾新来的保安在后面吆喝，人已经进了楼里。

让他没有想到的是，齐小兰一直走到顶层，回头张望了一眼，闪身从检查口上了楼顶。"她想干什么，要跳楼自杀？"这个念头从脑海里突然冒出，吓得他差点叫起来，快步跟进去，刚钻出检查口，就听一个熟悉的声音问："拿到了吗？"

"一个面包，我还以为什么好东西哩。"齐小兰把袋子递给阎保成。

"你不懂，货就在里面。"阎保成把面包掰开，掉出一个小塑料包，随手捡起装进裤兜。

"这是什么？"

"不要问，知道了对你不好。"阎保成拍了一下小兰的肩，"你回去吧，我约了一个人，办完事就离开。"

"你去哪儿？"

"我也不知道，也许走不出中州市。"

"姐夫，你不回家见我姐和晶晶？"

夜色阴沉沉的，看不见一颗星星，远处划过一道闪电，雨马上要来了。阎保成突然搂住小姨子，在她额头亲了一口，旋即松开手道："你快走，和谁也不要说见过我。"

"姐夫——"小兰低低地唤了一声，很不情愿地转过身，看见检查井口站着李向民，惊叫道，"李老师？"

阎保成正要掏出裤兜里那个小塑料袋，因为毒瘾上来，浑身的骨头像被无数条虫子啃噬。听到小姨子的惊呼，下意识地拔出潜逃时带的六四式手枪，冲过去大声道："李向民！我们真是冤家路窄，你竟然跟踪小兰到这里。"李向民这时才明白，邱志伟的枪是违规从公安局内部拿走的。

"我是路过看见她，出于好奇才跟过来。"李向民盯着阎保成黑洞洞的枪口，预感到今天难逃一劫。

"李向民！我本来不想难为你，可你以小人之心度君子之腹，怀疑我和蔡琳上了床。我爱她，就不会给她带来痛苦，做那种龌龊之事。既然你今天撞在我的枪口上，就送你一程，到地狱做你的美梦去！"

"姐夫，你不能伤害李老师，他是个好人！"齐小兰扑上去，挡在李向民的前面。

阎保成哈哈大笑道："他为了泄愤，和你姐鬼混在一起，这样的伪君子，你也认为是好人？"

"姐夫，这都是我姐的错。"齐小兰不敢回头，大声道，"李老师，快跑！"

李向民闻言向后一纵，冲下检查井。阎保成想开枪，怕误伤小姨子，只好眼睁睁看着他逃走。齐小兰扑进姐夫怀里，一脸执拗道："我姐欠你的，我替她补上。"

"你傻啊，这怎么能弥补呢？走，下去。"

李向民不知道该不该相信阎保成的话，心里直犯嘀咕，按理说到了这种时候，一个在逃犯没必要哄骗自己。那么，蔡琳就是无辜的。可两个孩子的骨髓配型完全吻合，从科学的角度怎么解释呢？他脑子里很混乱，竭力否定着阎保成的话，冲出大楼躲在一棵树后，掏出大哥大想报警，拨了几个数又停下来。报警有什么用，那些警察会去抓捕他们的大局长？刚才在楼顶听得很清楚，阎保成告诉齐小兰说自己约了一个人。这个人肯定是邱大伟，很可能密谋刺杀孔县长。今晚是最好的机会，可以把两个人一网打尽，要不是阎保成手里有枪，就算姓邱的身上绑满炸药，他也会孤军奋战。现在最好的办法是，等邱大伟上了楼顶，想办法把检查口的铁皮门锁死，只要守在下面等到天亮，就算钱三宝不想抓捕，也得摆出个姿态。可要是姓邱的不来呢？他正设想着几种可能性，见齐小兰从酒店出来，机警地朝四周张望了一会儿，向后一挥手，阎保成迅速蹿出，直奔西侧的党政大楼。

一声惊雷滚过，豆大的雨点落下来，天空和大地被雨水连成一片。李向民猫着腰，借着雨雾的掩护，迅速跟过去，和阎保成相距不到二十米的距离。突然，一个人跃过东院墙，冲到招待所的东墙下。李向民看不清楚，从身形上判断好像是邱大伟，很显然是去刺杀孔县长。可让他没想到的是，阎保成拔出手枪怒喝一声："邱大伟！不要再作恶了。"

"保成，你这是疯了？我们不是约好，一起做了孔学文吗？"

"我那是诱捕你，乖乖把身上的炸药扔掉。"

"阎保成，你现在是通缉犯，还以为是公安局长？"邱大伟怪叫一声。

"这些都是拜你所赐！"阎保成咬牙切齿道，"我把你当兄弟，没想到被你利用，开上我的专车贩运毒品。还设计让我染上毒瘾，受你控制，沦落到今天的地步。我就是被枪毙，也要先把你逮捕，无愧于曾经是个公安局长!"

"那你开枪吧,我们同归于尽!"邱大伟一把扯开外衣,露出身上绑的一排炸药。他的右手里攥着两节电池,始终放在胸前。

阎保成倒吸一口冷气。这小子把自己当成了人肉炸弹,已经做好了死的准备。如果不快速制服他,一旦跑进招待所引爆炸药,整栋楼就会被炸塌。他顾不得多想,猛地冲过去。就听一声巨响,招待所东侧倒塌了半截,火光蹿出几丈高,邱大伟和阎保成被炸成几块飞了出去。

李向民惊得张大嘴巴。那小子身上绑的什么炸药,怎么会有这么大的威力,竟然在墙外把半个楼炸掉?他还没缓过神儿来,半块砖头从天而降,正好砸在他的头顶,身子晃了一下向后栽倒。

当李向民睁开眼时,已经躺在市人民医院两天了。他看到的第一个人是周阳阳,想挣扎着坐起来,被她伸手压住道:"别动,你的颅骨粉碎性骨折,大夫说需要卧床静养。"

"扶我靠在床头,这样会舒服些。"

周阳阳跳在床上,抱住他的上身,费了好半天才挪到床头,喘着气问:"背上垫个枕头吗?"

"不用,现在舒服多了。"

"我去叫大夫,让过来给你检查一下。"周阳阳跳下床,快步走出病房。

李向民在床上躺了一个多月,直到办完出院手续也没有领导来慰问。好像他是无意中路过受的伤,阎保成奋不顾身逮捕邱大伟,是两个逃犯互相残杀的事。何况,招待所炸塌一半,孔县长在睡梦中死于非命,这是一个负面事件,不应该在媒体上做宣传。让他更失望的是,就连高志良也仿佛人间蒸发了,几次打电话没人接听,是不是那小子被拘留了?因为这太不正常,三合煤矿的矿长和东河县公安局的局长同归于尽,而且一县之长被炸死,别说在中州市,就是在陕中省也是天大的新闻,作为一个记者能不知道?他已经是一个名记者,中央媒体都转载了那篇报道,引起上层的重视,还以为要把他调到北京去担负更大的重任呢。没想到雷声大雨点小,邱志伟贿选没有受到处分,只是把屁股挪到了人大常委会主任的位子上。

"操！不能就这么便宜了邱志伟。张学义还押在看守所，自那次见面后再无任何消息。不管是为了对那小子的承诺，还是给周盈盈报仇，都应该去北京找张学义的老领导，把他解救出来。再说，杭英杰的死让自己失去了最后一个靠山，别说将来升迁，就是想混下去，都得忍气吞声，还有什么理由留恋这里？"李向民走出医院大门，各种无聊的想法一个接一个地从脑海里蹦出来。好在没有被那块砖砸死，只要活着就有希望，还有资本重新开始。这么想着竟然有种劫后余生的庆幸，顿觉浑身有了力气，那种曾经不屈的性格又慢慢回到身上。可现在每天无所事事，只等着新领导到来。谁又知道人家是啥想法，对一个跟过两任市长的秘书，会不会避而远之？

李向民走到市政府对面，不由得扭头朝周阳阳的理发店看去，见大板玻璃门上贴着一张告示："本店迁址到中州大酒店对面，给您带来不便，敬请谅解！"好端端的干嘛要搬？他走出几步一抬头，旁边的商铺一溜关门，墙上赫然写着大红字："拆迁"。他不由得想起杭英杰的楼盘，还有十一户没有拆，尤其张二秃家有个泼皮儿子，张口要用住宅置换底店，否则免谈。杭英杰活着的时候找社会上的混混打过一架，没想到那小子更狠，纠结一批黑社会把公司拆迁办给砸了，还扬言要放火烧掉宏大公司。

这年头刁民比老板厉害，有理就去法院起诉，没理跑到政府上访。反正政府又不敢强拆，不给个下半辈子够花不搬家，看你开发商能咋的？

市政府北面有一大片清一色红砖起脊房，属于党委和政府的家属区，大部分是五六十年代建起来的。邱志伟在大会上宣布了拆迁方案，按占地面积等平方米置换新楼房。王艳艳送给自己的那套房子，院落和建筑加起来有二百八十多平方米，能回迁一套复式楼房，可姓邱的挪到人大后，置换楼房的事再无人提起。唉，个人的命运总是和单位绑在一起。再说，房产是王艳艳的，房本上写着人家的大名，在拆迁巨大的利益面前她或许反悔，要回自己的房子。这也不能怪她，自从自己改弦易辙跟了邱志伟，心里总有一种别扭，不知不觉减少了去她家的次数。他烦躁地掏出钥匙打开大门，院子里种的黄瓜和豆角秧子长了有一米长，该给上架了。因为很少浇水，叶子发黄，就要旱死。难道蔡琳一直不在家？

自己在医院住了一个多月,她只来过病房一次,而且坐了一会儿一声不吭就走了,看得出,阎保成的死对她打击很大。

他正要走进房里,大哥大突然响了,忙掏出喂了一声。

"向民哥,我去医院找你,护士说出院了。"大哥大里传来周阳阳欢快的声音。

"刚回到家。"

"快来中州大酒店,你想见的美女老板来了!"周阳阳咯咯笑道。

"好,马上过去。"

不到十分钟,李向民走进一楼大厅。一眼看见周阳阳身边站着个高挑的女人,发型、衣着得体,气质优雅,透着知识女性的智慧。他赶忙快步向前,伸出手道:"早听阳阳说,要来一位美女老板,今日一见,比想象中的还漂亮。"

"是吗?你真会夸人。"女老板淡淡一笑。

李向民紧紧握住她雪白的手。

周阳阳推了一下李向民说:"快放手哇,把若男姐握疼了。"

女老板真的被握疼了。李向民松手,她抽回玉指揉起来,说:"你看上去文质彬彬,却像个练武之人。"

"他从小跟村里一个遣返户学长拳,练得一身功夫。"周阳阳眉飞色舞,好像有种自豪的感觉,"七年前我在车站被欺负,还没看清是怎么回事,他身子一晃,三个手持弹簧刀的流氓就倒在地上。"

"花拳绣腿而已,只能唬那些小混混。"李向民道。

"我怎么觉得在哪儿见过你。十年前那次武术比赛,冠军被陕中大学夺走,就是你吧?"女老板有点儿兴奋,"当年还是我把奖杯递在领导手里,颁发给你的。"

"你是志愿服务者?"李向民想起来了,一九八五年全国大学生武术比赛,是在复旦大学体育馆进行的。

"那年我大三,是校学生会宣传部长,负责比赛的接待工作。"女老板灿烂一笑,"我叫荣若男,学中文的,毕业分配在上海一家报社,四年前下海,注册了荣达房地产公司。"

"荣总年纪轻轻就当大老板,让我这个大男人汗颜啊。"

荣若男道:"阳阳对你很崇拜,说你是后沟村的骄傲,上过两次大学,从小志向高远。"

李向民苦笑着摇了一下头,红着脸道:"那是小时候的梦想,一个山娃子没见过大世面,不知道天高地厚。到现在好不容易混个小科长还是处处受气,奢谈志向!"

"李科长不必妄自菲薄。走哪条路其实都不容易,你没想过改变一下路径?"

"这些天我一直犹豫,该不该下海,几次写好辞职报告又撕了。"不知道为什么,李向民见了这个素不相识的女人,居然有一种见到老朋友、急于诉说的感觉。他端起水杯喝口水,皱着眉头说:"就算下决心经商,重启宏大公司的楼盘,可去哪里筹集资金?蛇要站,腰背没力。一个人想出人头地,真比登天还难。"

荣若男听他说出这么一句俗语,把自己比作蛇,差点儿笑出声来。她觉察到这个官场上的男人还不是那种见了漂亮女人就可劲儿恭维,没一句真话的腌臜蠢货。他还有一种真率。她对他的戒备就有些放松了。"李科长说话真有意思。聪明的人是用人家的鸡,给自己下蛋。"她说。

"这种金鸡,去哪儿找哇!"

"你和若男姐合作,共同开发宏大公司的楼盘,不就行了?"周阳阳傻乎乎地说了一句,拉住荣若男的手,"到预约时间了,郑为民书记还等着咱们哩。"

"李科长,如果有时间,晚上邀请你一起喝茶。"荣若男走出几步,又回头道。

"向民哥,拿出你当年退学的勇气来!"周阳阳也转过身,大声道。

看着两个女人离去的背影,李向民心里更乱了,他真有点拿不定主意,该不该辞职下海。

十三

抱负远大

一个星期后，李向民办完辞职手续，刚走出人事局劳资科办公室，迎面碰上蔡永锋。他心里突然别扭起来，仿佛做了什么见不得人的勾当，想躲开又来不及了，只好讪笑着道："我辞职了。"

蔡永锋两眼盯着他，看了好一会儿才道："这样也好，在商海中可以自由拼搏。"

"这个世界，就没有自由的地方。"李向民苦笑一下，"宏大公司那个楼盘，手续刚办完还没来得及开工，英杰就出了事。听说东河县要收回批文，转给万世集团开发，是不是真的？"

"万世集团是中州市的民企老大，董事长徐永世是郑为民的小舅子。社会上传言郑书记是大股东，这样的企业你惹不起。"

"宏大公司手续齐全，就算徐老板是皇亲国戚，也不能像土匪一样强行抢夺吧？"

"当然会找个冠冕堂皇的理由，让你有口难辩。"蔡永锋拉李向民走进办公室，关住门道，"已经开过会了，鉴于宏大公司资金链断裂，法人代表遭遇车祸，已经无法完成棚改项目，决定由万世集团接管楼盘。要求半个月内拆掉剩余的十一户，月底准时开工。"

"你从哪里得到的消息？"李向民心里咯噔一下。

"昨天下午开的会，我做的会议记录。"

李向民像被人狠狠刺了一刀，觉得自己就是一个小丑。早知道楼盘被徐永世霸占，还辞职干什么？就算自己被闲搁起来，谁也不能把他撵走，挣一百多块工资养家糊口没问题。现在倒好，成了无业游民！关键是和荣若男说好了要合作开发，要是鸡飞蛋打了，无法给人家交代。他沮丧地盯着妻哥，又像是自言自语道："这事还能挽回吗？"

"除非宏大公司注入资金，立即启动楼盘，证明给县委看。"蔡永锋顿了顿，"赵书记对你虽然不满，不过是赵军和钱三宝从中作梗，你跟他没有太大的过节。但阎保国一定会使坏。"

"怎么扯到那个太监，他在市政府，就是想使坏也不好插手嘛。"李向民疑惑地看着蔡永锋。

"我刚从县委回来，市委组织部派他到东河县当县长。"

"什么？他也能当县长？老天真是瞎了眼！"李向民大叫一声，脸一下憋得像猪肝，好像全身的血液都涌到了头上。过了好一会儿，才问："刚才你说做会议记录，你调到东河县了？"

"还没发文，先去上班。"

"晋升了？"

"党办副主任，还是科级，原地踏步。"蔡永锋勉强挤出一丝笑意，"赵啸林答应，年底转正。"

李向民心里一阵难过，凭自己的能力，要不是武专员败走麦城，早像杭英杰那样放下去当副县长了，何至于落到今天的地步？唉，人啊，他妈的后路是黑的，尤其在深不可测的官场。可他不能流露出来，他必须装出高兴的样子由衷祝贺，将来好多事还得求人家。这么想着，朗声道："恭喜二哥，早日当常委！"

"呵呵，你也和我来这一套，俗气。"蔡永锋抬手拍在他的肩膀上，神秘兮兮道，"这几天和宋玉凤联系了吗？听赵书记说，她很可能空降到中州市。"

"当市长？这不太靠谱吧？"李向民惊得瞪大眼睛，半天缓不过神来。早知道她空降到中州市，自己就不用辞职了。蔡永锋太混蛋，干嘛不早一天告诉自己！

233

"亏你和她走得那么近，连这么重要的信息都不掌握。从司级干部下来当市长，是很正常的组织安排，有什么不靠谱的？何况她是京城一位老干部的亲孙女。"蔡永锋压低声音道，"当年前沟乡来了一位知青，与当地一个漂亮姑娘处对象，两人好得形影不离，偷吃禁果把肚子搞大了。不知道那知青怎么弄到返城的指标，说好回北京后来接她，却一去不复返。女人顶着各种压力把女儿生下来，含辛茹苦拉扯孩子，整日郁郁寡欢以泪洗面，在女儿十四岁时生病死了。那个知青的老子是个领导，听儿子说起过此事，一直于心有愧，指示有关部门对那个遗留在乡下的孙女用心栽培……你以为她凭什么提拔得那么快？"

"你说得有鼻子有眼，好像那个知青就是你。如果真是这样，宋玉凤就能空降回来。身后有那么大的靠山，她一定斗得过郑为民，让中州市重见天日。"李向民仰起头，因为过于激动，嘴唇不住地颤动。

"你就权当这是真的，好运会降到头上。只要坚持到她来，不让徐永世把楼盘抢走，就算成功了。"蔡永锋停顿了一下，若有所思道，"马上开工，让万世集团无法插手。"

"住户还没拆完，强行施工会引起纠纷。"李向民面露难色。

"顾不了那么多了，先开挖拆完的楼位，把钉子户晾在一边。这样既能保住项目，又逼迫那些漫天要价的钉子户放弃非分的念想，接受拆迁。"

"看来不做恶人，成不了大事。借开槽之机断水断电断路，让那十一户住不下去，乖乖地搬走。"李向民拍了一下蔡永锋的肩，调侃道，"没想到二哥的馊主意这么多，要不怎么老奸巨猾的赵啸林都离不开你呢。"

"有好多民营企业，因为涉及老百姓的问题得不到合理解决，不得不与黑社会为伍。"蔡永锋边收拾办公室里的东西边道，"我一会儿还得去县委，下午有一个会。"

"你忙吧，我走了。"李向民推门出来，看见赵军朝三楼走去，不由自主地跟在后面。让他大跌眼镜的是，那小子掏出钥匙，竟然打开自己的办公室门，从容地走进去。

"操！"这他妈也太快了，自己前脚离开，人家后脚就调进来。一个不学无术的混混，也能当秘书科的科长？走出市政府大院，他无心回家，边走边琢磨着蔡永锋的话。最好明天就开工，宜早不宜迟，免得夜长梦多。他忽然想起赵二牛的儿子赵军伟，前年重新注册了鑫辉建筑公司，跑来市政府几次找自己揽工程。现在何不就让他承包施工？既有情有义照顾了赵老板的儿子，又能借此抗衡县委收购楼盘，看他赵啸林怎么从工地赶走亲侄儿。他知道军伟当过武警，上初中时跟师父练过崩拳，算是半个师弟；而且为人仗义耿直，好打抱不平，和赵老板一个性子。这样的人最好用，当枪使了还感谢你。呸！自己咋变得这么龌龊！没有赵二牛挺身而出，后沟村老李家那片坟地里早已多了一个小土包。

他恨恨地啐了一口，一抬头看见小区大门旁那个小饭馆，顿觉饥肠辘辘，转身走进去，坐在靠窗的餐桌边，要了一份上次吃过的烩面，又想起心事来。自己怎么不知不觉地走在这儿，是不是一遇到烦心事就想起王家，希望还能得到王艳艳的出手相助？可惜今非昔比，曾经的两强对立一去不复返了，现在是邱氏独大。唉，三十年河东三十年河西，出校门不到十年就卷入派系争斗，不得不退出来，过早地结束了从小梦想的仕途。难道这不是自食其果？要不是急于出人头地，何至于走到今天的地步！人啊不该奢望太高，出生在草窝里的麻雀永远飞不到九霄云外，是土命还是金命呱呱坠地时就已决定。尽管你不服气，又能怎样呢？想跻身上流社会，还差十万八千里！

"向民哥，一个人发什么愣呀。"正在他想入非非的时候，周阳阳搀着杨红星走进来，咯咯笑道。

"大姐呢？"李向民站起身，朝周阳阳笑了一下，扶杨红星坐在椅子上。

"去医院输液了，一会儿过来。"红星说话不吃力了，咬字也清楚了，看上去几乎和正常人一样了。

"你恢复得很快，老中医的偏方挺神奇啊。照这样再吃一段时间，能完全康复哇。"李向民由衷地高兴。

"就是腿上没力气，走路不稳，好像踩在海绵上。"杨红星沮丧地说，"我都二十四了，耽误了读高中，连大学也考不上，活着成了妈妈的累赘。"

"你要下决心考大学，我每天晚上给你辅导，一定帮你实现梦想。"

"真的？老师，我会努力学习的。"杨红星兴奋地拍了一下餐桌，脸上溢满憧憬的神情，但随即摇了摇头，"你当秘书很忙，哪有时间教我。"

"我辞职了，从今天晚上开始就给你辅导。"李向民用力抓住杨红星的手，重重地点了一下头。

"你终于想通了，离开了那条羊肠小道。"周阳阳像忽然想起什么，心情沉重地说，"若男姐的公司给朋友担保，被法院冻结了账户，投资的钱恐怕打不过来，合作意向可能作废，你要早做准备。"

"屋漏偏逢连阴雨啊。看来我的命就是被踩上一万只脚的八字，被你父亲算准了。东河县昨天开会，让万世集团接手宏大公司的楼盘，我唯一的希望也要破灭了。"

"不是已经办完手续，政府怎么能强行干涉？"周阳阳疑惑地问。

"拆迁户围堵政府，讨要过度费，要求尽快开工，按时回迁安置。赵啸林召开常委会，以宏大公司资金链断裂无法启动楼盘为名，决定由徐永世接管。"

"按说东河县的决策是正确的，拆了八百多户，又是核心地段，那么大的楼盘扔下，领导们看见都心烦。要是不立即开工，拆迁户的事怎么解决？"周阳阳挨着李向民坐下，"必须先挖基槽，堵住赵啸林的嘴，再慢慢筹措资金。"

"挖槽好解决。我准备把工程承包给赵军伟，估计没有人敢阻拦他。"李向民讪笑一声，"只是没有钱买材料，巧媳妇难做无米之炊，用不了多长时间就得停下来。"

"开弓没有回头箭，哪怕借高利贷，也得硬着头皮干下去。等若男姐的钱解冻了，或提前预售房子，再把利息还上。"

"借高利贷得有声望的人，要是大姐出面，事情就好办了。可我不想把她牵扯进来，万一项目失败，背负一身债务，还会连累到红星。"

"老师你尽管放手去干，只要能帮上你，我和妈妈做什么都愿意。"

"红星说得对。这个世界上我们是最亲的人，遇到困难自己人不帮谁帮。"王艳艳不知啥时站在门口，"咱们不妨开个公司融资，除了解决项目用钱，再加点利息向社会上放出去，也能有收入。"

李向民赶忙站起来让大姐坐下，拿起暖水瓶边倒水边关心地问："还要输几次液?"

"输完了,也就是发烧,没啥大碍。"

"经常发烧,怕是有其他症状,去医院全面检查一下。"李向民想起儿子得白血病的前几个月,连续高烧不退,吃什么药都不管用。

周阳阳把话题引回来道:"上次去温州,小额贷款公司很活跃,人家的思维就是超前。"

"想得到别人得不到的东西,就要敢做第一个吃螃蟹的人。"王艳艳端起杯喝了一口,"老爷子一生清廉,除了留下一套别墅外,就是给红星存了六万块看病的钱。明天去银行取出来,你先拿着应急。"

李向民心里一阵惭愧。自己为了仕途脚踩两只船,改弦易辙侍奉邱志伟,才落得今天的下场。关键时候大姐没有半点怨言,不计后果出手相助,这是多么大的恩情啊!他不知该不该接受杨红星看病的钱解决燃眉之急,正犹豫间,服务生端着一盘烩面走过来。

第三天,赵军伟指挥着四台挖掘机和十几辆翻斗车,不顾城管执法人员的阻拦,轰轰烈烈地开挖。为了把动静闹大,还燃放了十挂鞭炮,故意让前面党政大楼里的领导们知道,宏大公司动工了。阎保国从大院后门走过来,绕过一群围观的拆迁户,看着隆隆作响的挖掘机,挥起手正要阻止,见赵军伟站在不远处虎视眈眈地瞅着自己,抬起的手只好放下来,装出高兴的样子招呼道:"军伟,这是你的工地?"

"阎县长是新官上任,不会第一把火就烧我吧?"赵军伟本不想理会阎保国,但还是耐着性子走过来。毕竟人家是县长,大爹要不是上挂市委常委,和这小子就平起平坐了。

"赵总是取笑我哩。宏大公司能开工,政府求之不得啊。"阎保国拍着赵军伟的肩膀,试探地问,"李向民想启动这个楼盘,筹足资金了吗?"

"这个你要问他,不是我考虑的事情,鑫辉公司只负责施工。"

"军伟啊,我是替你担心,别干到中途没钱了,停工。一旦变成烂尾楼,工程款就打水漂了。"阎保国一脸认真的样子,"常委会已经决定,由万世集团接这个盘子,现在宏大公司要开工,这事需请示赵书记。"

赵军伟鼻孔里冷哼一声,不屑地说:"宏大公司手续齐全,合法合规干自己的工程,政府不是多管闲事吗?你们想强行干预,把这块蛋糕送给郑为民的小舅子，除非让警察把我逮捕！"

"别激动嘛，我也是为你考虑，有啥想法找你大爹，一家人没有解不开的疙瘩。不过我在这里保证，徐永世接管了这个楼盘，工程照样由你做，谁也别想抢鑫辉公司的饭碗。"阎保国拍了两下胸脯。

"要是姓徐的开发，就算让我做，我还不干哩！"赵军伟一听徐永世的名字，火气就上来了，冷笑两声，丢下阎县长扭头走进挖开的基坑。

阎保国的脸色变得很难看。这要是在当县长前，赵军伟给他甩脸子，他会一笑了之。可现在自己是一县之长，在众目睽睽之下，他必须维护县长的尊严。他左右环顾了一眼，期待有人给个台阶下。不料这些拆迁户对他的心思根本不理解，有几个人嘴上还挂着一丝讥笑。他失望地抬起头，突然见李向民从基坑跳上来，朝他挥手道："阎县长亲临指导，宏大公司的楼盘一定能顺利启动。"

"李秘书辞职下海，真乃有胆有识。不知道资金落实了吗？这么大的楼盘，要是账上没有一个亿，很难维持下去嘛。不要干到中途停下来，影响回迁户安置，引发群体性事件。"阎保国装模作样，打出一副官腔，终于找回了刚才的面子。

李向民知道这小子在套自己的话，大声道："资金不是问题，宏大公司与上海荣氏集团合作，开发几十万平方米的楼盘，对合作双方来说是小菜一碟。"

"可我听说王艳艳开了一个贷款公司，专门为宏大公司融资，一天内就筹措了上千万，可有此事？"阎保国撇了一下嘴，没等李向民回答，继续道，"上次县里招商引资，雷声大雨点小，真正落地的企业就一家造纸厂，还是当地怕环境污染，才不得不搬到咱们这儿来。那个荣氏集团，因为替别人担保二十个亿，被法院冻结了账户。"

"二十亿？"李向民惊得瞪大眼珠。担保要承担连带责任，这么一大笔钱，荣若男即使有回天之术，在短时间内也不会解套。看来这棵大树是指望不上了。

就在两人说话之际，钉子户张二秃瘸着一条腿，挂着拐杖站在龙门架下，堵住倒土的翻斗车。那些未拆迁的住户见有人带头闹事，都一窝蜂地涌过去，嘴里骂着难听的话给拐子助阵。阎保国抬头望了一眼，怕这伙人调头围攻自己，阴着脸一言不发地转过身，快步走向来时的那个小门。赵军伟一声大喊，跳上基坑冲到张瘸子跟前，一把抱住他拖到一边。几乎同时，从外面冲进十几个小青年，每人手里提着一根两米长的木棒，不由分说朝赵军伟劈头盖脸打来。多亏赵军伟是军人出身，又跟着陈连奎练过崩拳，快速往下一蹲，躲过当头一击，但身上还是结结实实地挨了好几棒。

李向民在阎保国离开时跟出几步想送一下，没想到人们会向赵军伟动手，连忙飞身扑过去，照着张二秃的儿子张勇亮的后背打出一拳。他没敢用力太大，知道崩拳过于凶猛，可那小子扑通一声向前栽去。在众人惊愕之时，他又接连挥出几拳，三个混混趴在地上，哼哼着动弹不得。

赵军伟趁机站起来，大声喊道："向民哥，不要手下留情，把这些人渣全打倒！"

混混们一看李向民功夫了得，面面相觑，手里举着木棒不敢砸下来。张二秃扑在儿子身上，边摇边放声大哭："勇亮啊，你不能走呀，留下我一个人咋活哇……"

他这一哭，把在场的人都给镇住了。那些混混们以为张勇亮死了，互相对视一眼，悄悄地溜之大吉。很快，三辆警车鸣着笛冲过来，跳下十几个威武的警察，不由分说掏出手铐，咔嚓一声铐住李向民。他们同时想扶起地上躺着的四个混混，不料这些人都一翻身站了起来。

赵军伟上前拦住警察，怒吼道："这些王八蛋聚众闹事，用木棒一起砸我，老板出手救人，干嘛要抓？"

"差点打出人命，还不能抓吗？"一个胖子手一挥，瞪着赵军伟大声呵斥："走开！不要妨碍执行公务。"

"你们不能带走开发商，好不容易动工了，我们还盼着回迁哩。"一个老大娘走上前，指着李向民道，"这小伙子是救人，要不是他出手快，他们就真打死人哩。"

"就是，大伙儿都能做证！"

"不能乱抓人！"

"……"

众人七嘴八舌，围住胖警官。

239

"我也是执行命令，大家想替开发商说情，可以到派出所里做证。"胖子脱不开身，又不能对这些老人动手，无可奈何地说。

"叫钱三宝过来！"赵军伟一把抓住胖子，怒目圆睁，"只要他敢让你抓人，我们决不阻拦。"

"你算哪根葱，要钱局长出面？"胖子唰地掏出手铐，在他面前晃了晃，"滚开！别他妈瞪着两个驴蛋，假装老大。"

啪！警官手里的铐子被打落在地，赵军伟本来想掴他一耳光，举起手，瞬间改变了主意，毕竟人家在执行公务。胖警官哪受过这等窝囊气，又是在众目睽睽之下，一伸手从裤腰上拔出枪，恶狠狠骂道："老子毙了你！"

"住手！"人群里站出一位老人，虽然头发花白，看上去精神矍铄。

"老县长，您怎么向着他们？"胖警官一脸疑惑。阎中厚是阎保国的父亲，儿子都躲走了，老子还管什么闲事？况且，李向民和阎保成有过节，在东河县路人皆知。

"向人向不过理！"老县长自从房子被拆掉，每天散步来这里，看着这片空地就闹心。人到这个年纪，总觉得老地方好，盼着早点回迁，可偏偏杭英杰被邱大伟害死，楼盘搁置下来。

胖警官见阎中厚虎着脸，不好再耍狠。倒不是忌惮他的余威，一个退休县长并没有什么权力。可人家子承父业，东河县还是阎家的天下。他只好把枪收起，手一挥让人把李向民放开，捡起地上的铐子，朝老爷子勉强笑了笑，心有不甘地上了警车。

李向民过来想和老县长打招呼，老人鼻孔里冷哼一声，转身走了。赵军伟指着张勇亮大声喝道："滚！下次再来闹事，让你爬着出去。"

"姓赵的，这是老子住的地方，你让谁滚？"张勇亮嘴上这么说，偷偷瞄了眼李向民，仍然心有余悸，灰溜溜地走了。

张二秃一看儿子离开，不敢再耍赖挡在大门中间，坐到基坑边，像个泼妇不停地骂着。那几家钉子户见已闹不起事来，也心有不甘地散了。李向民走到张癞子跟前，掏出一根烟递过去，想给他点着，烟被一掌打进坑里。

"二秃，你有甚要求跟开发商说嘛，又没仇没怨，非要怄气？"一个老太太颤巍巍走过来，看着李向民道，"他是个残疾，儿子又不争气，就靠房租过日子。你们一拆，断了来钱的路，没法活下去。"

"他家院子大，能置换两套房，一套住，一套卖，够养老的钱。"

"放屁！我儿子三十岁了，还光棍一个，不给他留一套房，去哪儿讨老婆？"瘸子一手撑地一手拄拐，吃力地站起来，"不给三套房，老子就是死在这儿，也休想拆！"

"你家有困难，应该找政府，企业又不是民政部门，还给你养老。"

"不养老就别拆，反正老子靠房租活得好好的。"

"老板，你就可怜一下，多给他一套房，我们都不攀比。大娘在这儿住了一辈子。二秃是政府司机，年轻时性子耿直，从来不贪公家便宜，要不是二十年前出车祸碰断一条腿，也不至于落得这么艰难。现在是真没办法，儿子要打光棍，只能舍出这张老脸。"

李向民看着老汉的邋遢样，心里不禁软下来。一个县政府司机，在七八十年代是多么牛逼。农村孩子看见一辆吉普车，稀罕得跟在后面要追出老远。人啊，真是三十年河东三十年河西，谁也不知道自己的后路。算了，和这种人较劲，到头来吃亏的还是公司。他一咬牙，掏出拆迁合同道："好，就照大娘说的，现在签。不过要保密，一旦传出去，有人就会跟着多要。"

"谁找你的麻烦，我去解释。"大娘让李向民当面填好合同，接过来递给张二秃，签了字按上手印。

"大娘贵姓？"李向民多了一个心眼儿。以后有人攀比张二秃，也好找她帮忙。

"我叫韩秀玲。"

"哦，你是韩丽丽的姑妈？"李向民想起来了，高志良结婚那天，老太太是证婚人，还上台讲了话。

"你认识丽丽？"老人家疑惑地盯着他。她侄女是中州电视台的主持人，一对水汪汪的大眼睛好像会说话，打她主意的人不知有多少。

"我是高志良的大学同学，上下铺住了四年。"

"是这样啊，哪天和小高来家里，给你们包饺子吃。"韩大娘一脸高兴，但很快皱起眉头，"丽丽昨天打电话，说要离婚，我劝了几句，她就把电话挂了。唉，这孩子命苦，母亲死得早，是我从小带大的。"

李向民正要答话，大哥大响了，忙掏出来按下接听键。

"向民，在哪儿？我去找你。"大哥大里传来高志良的声音，真是说曹操曹操就到了。

"我在工地。"李向民瞅了眼韩大娘，走开几步问，"你和老婆闹别扭了？"

"离了。"

"混蛋！"李向民脱口骂了一句。

"我不想再折磨自己了，找个漂亮老婆每天窝一肚子气，少活他妈十年。"

"你大度一点，不疑神疑鬼，不就长寿了？"

"别站着说话不腰疼，阎保成不死，你不也提心吊胆和蔡琳冷战了好几年？我和韩丽丽是她姑妈做的媒，没啥感情基础。这年头最不可信的，就是有姿色的女人。"

李向民一时无语。他理解老同学的心情，一对两地分居的小夫妻，一个风流倜傥，一个如花似玉，怎么能熬过漫漫长夜？尤其改革开放十几年，随着思想大解放的热潮，男女之间的情爱像山花一样烂漫绽放。他不知道该怎么回答高志良。韩丽丽的情影突然从脑海里冒出来，那张甜甜的笑脸，衬托着会说话的大眼睛，只要是一个正常男人，都会为之心动。正在他想入非非的时候，赵军伟走过来问："张二秃签字了？"

"嗯。"李向民回过神来，对着大哥大道，"志良，你到中州大酒店，我马上过去。"

"瘸子签了，张勇亮也不会同意。"

"公司租的房还有两间，下午就让搬家。你安排好拆房工人，瞅着张勇亮不在家时，用挖掘机先把正房的后墙推倒。房子是张二秃的，等生米煮成了熟饭，那小子也无计可施。"李向民说完穿过政府后院那个小门，向西一拐来到中州大酒店，刚要进去，被站岗的武警拦住了。他感到很奇怪，平时只有两个门卫把守，怎么突然如临大敌，保卫得如此森严？正想开口问明白，见蔡永锋快步从里面出来，一脸紧张的样子，赶忙迎上去道："二哥，来了谁，要如此大动干戈？"

"老领导，省委褚建光书记亲自陪同。"蔡永锋拉住他，压低声音道，"听说，宋玉凤随行。"

"宋玉凤半年前才转正，晋升为正司级，按理说轮不上她露脸。莫非这次回来，是要高升？"李向民好像自言自语，脸上散发出红光，无法掩饰内心的激动。

"你总是疑神疑鬼。我上次跟你说了，人家是这位领导的孙女，今天当着众人的面，叫老领导爷爷哩。"蔡永锋看着他，有点不理解，"什么高升不高升，秃子头上的虱子，明摆着要来当市长嘛。"

李向民刚才的兴奋劲一下无影无踪。真后悔急火火地下海，要不宋玉凤回来，第一个重用的人就是自己。现在倒好，连蔡永锋在自己面前都牛逼起来。人啊，随着地位的变化，一切都跟着改变。

"别走神了，我有急事，回头再聊。"蔡永锋见李向民的脸色由红变白，知道他在想心事，匆匆朝县委走去。

李向民目送妻哥离开，一转身高志良站在面前，一把拉住道："你也真舍得，丽丽那么漂亮，说离就离了？"

高志良长叹一声："与其在一起两人都痛苦，不如早一点解脱。"

"算了吧，你又不奉行单身主义，今天跳出火坑，明天再跌入苦海。人就没有好活的时候，想解脱，只有到极乐世界。"

"怎么，辞职了自由自在，还有怨气？"

"失去了才知道珍贵。我现在成了真正的无业游民，低人一等，就连蔡永锋都看不起我了。"

"不会的，他不只是你的好同学，还是你的妻哥。是你心态有问题，把仕途看得太重，还没有调整过来。"高志良盯着老同学，发现他瘦了，两边的鬓角生出一缕白发，看上去老了很多，不由得关心道，"是不是遇上麻烦了？"

李向民苦笑一声："拆迁就没有他妈公平的，我想一碗水端平，可钉子户一闹就得多给。这年头就得欺软怕硬，谁要赖谁占便宜。张勇亮父子俩一起上阵，白白讹了一套房。"

"向民，这事不会就这么完了。那小子是出了名的混混，手下有一帮小兄弟，给万世集团的娱乐城站场子，每年得到不少好处，就像徐永世养的一条狗。你要多防着点。"

"我说警察为什么只抓我，对那帮小混混问都不问一声，原来背后有靠山啊。"李向民当时觉得奇怪，以为警察不愿招惹那些无赖。

"今天这一架，十有八九是姓徐的指使的，逼你放弃楼盘。"高志良担心地说，"万世集团是中州市民营企业老大，资产号称五百亿。徐永世神通广大，不仅有郑为民撑腰，和蒋国庆关系也不一般。社会上传言蒋是第一大股东，徐只是蒋和郑的代理人。"

李向民仰天长叹一声，自嘲道："我这人八字不好，一出生是地主崽子，退学回来得罪了村长。好不容易调到市政府，却卷进派系斗争，不得不辞职下海，又与中州市首富争夺楼盘，拿鸡蛋往石头上碰。"

"你不是五月初一正当午时出生的吗？是金命，大富大贵之人。之所以不顺，都是性格造成的。只要你肯低头，收敛自己的傲气，把锋芒藏起来，总有一天会时来运转的。"高志良笑道，"哪天我找一本《周易》，好好给你占一卦。走，我饿了，先找个地方填饱肚子。"

"去公安局门口那个烩菜馆，把周阳阳叫上，说不定你俩能碰出火花来。"李向民拍了一下高志良的肩膀，朝马路对面的理发店走去，说是理发店，其实已经变成主要经营化妆品的大公司。

"得了吧，她对你那么崇拜，我怕戴绿帽子。"

周阳阳的化妆品卖得红红火火，二层楼的门厅前停满了摩托车。最显眼的是她那辆上个月买的红色桑塔纳轿车，放在门口的正中间，让人一看就知道老板是个有钱的主儿。大厅足有一千平方米，装潢得很上档次。两根柱子上挂着深棕色花岗岩，顶棚用银灰色铝塑板做出波浪式造型，显得很气派。两个人走上二楼，董事长的办公室门开着。一个漂亮的女孩听见脚步声从旁边的房间出来，热情地迎上去问："向民哥，找董事长吗？"

"小玲？你不是在上海打工，怎么在这儿？"李向民突然见赫挨小的妹妹站在眼前，惊讶地瞪大眼睛。

"我半月前回来的，在这儿当办公室主任。"赫小玲和周阳阳从小学到初中都是同桌，两人一块儿上学一块儿回家，好得像亲姐妹。

"你很称职哇，听见脚步声就迎出来。"李向民夸赞了一句。

"这是我的工作，要对阳阳负责。"赫小玲说着抢先走进周阳阳办公室，一本正经汇报道，"董事长，李向民来了。"

"向民哥来，还用通报吗？"周阳阳赶忙从老板桌后走出，看着门口的李向民和高志良，笑道，"进来呀，和我还这么客气？"

"你现在是大老板，不能破坏公司的规矩嘛。"李向民环顾着房间，足有二百平方米。东边用纯木家具隔出一个会客的地方，像茶吧。他走过去坐进真皮沙发里，靠在后背上调侃道："只有懂得生活的人，才会工作。"

"这是装门面，招待客人用的，我哪有时间享用。"周阳阳请高志良入座，赫小玲早已撅起圆滚滚的屁股，娴熟地做起那套泡茶的功课。

高志良目不转睛地盯着赫小玲，唯恐错过每一个细节。刚才一见面心里就像揣着一只兔子怦怦直跳，那种感觉从来没有过。其实赫小玲并不比韩丽丽漂亮，更没主持人落落大方的气质，但不知为什么，一下就吸引住了他。

李向民瞅着老同学，就知道这小子对赫小玲动了心，有心撮合他们，端起酒盅大小的茶杯抿了一口道："正好小玲也在，中午我请吃火锅，去小肥羊涮坊？"

"想涮就在这儿，前沟乡的羊肉。"

"真是鸟枪换炮，一条龙服务啊！"李向民站起来，"我们喝酒吧，这茶杯太小，喝着让人别扭。"

"好，到雅间，边喝边聊。"

这顿饭一直吃到下午四点。高志良喝多了，和赫小玲碰了十几杯，两人合唱了一首《夫妻双双把家还》。李向民怕老同学失态，毕竟是第一次见赫小玲，端起杯正要提议结束，裤兜里的大哥大突然响了，忙掏出来喂了一声。

"向民哥，我们正要拆房，张勇亮突然回来，从张二秃手里抢过《拆迁合同》一把撕了，不让拆房。"赵军伟在电话里大声道。

"房产证上写着张二秃，他说了不算。"李向民很不高兴，"让人把他架开。"

"那小子手里拿着砍刀，挡在挖掘机前面，见人过来就砍，真不要命。"

"张二秃呢？"

"说他管不了儿子，把东西搬完，走了。"

"那就等到后半夜拆，看那龟孙子能不能守一晚上。"李向民气愤地挂了线，好像和谁赌气似的，大声道，"来，干杯，今天我们一醉方休！"

天快亮时，李向民被一阵急促的敲门声惊醒，一骨碌从床上爬起，跳下地打开门。昨天喝到半夜，周阳阳没让回家，给他和高志良在二楼一人开了一间客房。赵军伟喘着气站在门口，一脸沮丧道："向民哥，张勇亮不知什么时候跑进房里，挖掘机师傅没看见，推倒墙给压死了。"

"报警没？"李向民盯着惊慌失措的赵军伟，急切地问。

"没有。司机当时吓傻了，拔腿就跑。"赵军伟压低声音，"你也出去躲一躲吧，等我把事情摆平了，再回来。"

"我不能走，走了就说不清了。"李向民苦笑道，"是祸躲不过，逃是没用的，让挖掘机师傅去自首。"

"当时还有四个拆房工人，跑进房看了一回，什么人也没有，才让挖掘机师傅推墙的，都能做证。"

"这么说张勇亮是在墙要倒时，突然从外面跑进去的？"李向民眼睛一亮，"要是这样，就属于意外事故。"

"从哪儿跑进去的，黑灯瞎火看不清，反正房里没人。"赵军伟想了想道，"当时有两个人影，在张勇亮被墙压住时，一闪不见了。"

"这个情节很重要，是有人预谋好的，张勇亮被人故意推在墙下。"

"王八蛋！一定是徐永世指使人干的，想抢楼盘，玩这种下三烂的伎俩。"赵军伟气愤道，"那人心术不正，我爸就是和他合作，才把公司赔进去的。"

"哦？我还一直纳闷，鑫辉公司好好的，怎么就亏了。"李向民气不打一处来，"走，去报案，把事情说清楚。"

"向民哥，钱三宝和你有过节，那小子会公报私仇的。我一个人去吧，他们不敢把我怎么样。"

"正因为有仇，怕他陷害，我才要主动去。"李向民说着朝楼下走去。

公安局就在理发店的斜对面。两人走进值班室，讲清压死张勇亮的来龙去脉，着重强调那两个人影，涉嫌预谋杀人，要求公安机关立案侦查。值班民警认识李向民和赵军伟，一个的老婆是公安局刑侦大队长，一个的大爹是县委书记，都得罪不起。李向民和钱三宝是冤家，在中州市公安系统人尽皆知。他打电话请示局长。

不到十分钟，钱三宝赶到办公室，连夜召开局务会，成立专案组。蔡琳因回避没有参加。专案组挑选十二名业务骨干，由分管刑侦的副局长梁铁挂帅，一路人马追捕挖掘机师傅，另一路去案发现场取证。会议一结束，赵军伟被放出。他虽然是现场负责人，但受命于宏大公司。李向民作为企业主要负责人涉嫌暴力强拆，造成拆迁户死亡，报检察院批捕。

天一亮，在张家被推倒的房子前，万世集团从工地拉来一车钢管和帆布，派来十个小青年搭设起高大的灵棚。徐永世带人买了一口柏木棺材，亲自指挥把张勇亮的尸体放进去，掉了几点眼泪，悲伤地离去。灵柩前放着一张八仙桌，上面摆着一只整羊，两边各立着一个纸糊的童男童女，供死者在地府驱使。张勇亮生前给人当狗仔，没有享受过人间的尊严和富贵，死后下了地狱要成为鬼上之鬼，所以铺排浪费点也情有可原。万世集团拥有五百亿的资产，开销这点费用不过九牛一毛。再说，张勇亮为公司娱乐城站场，打过好多次架，没有功劳还有苦劳。这一次要不是故意给李向民出蹄子，回迁安置三套房已经很知足了，怎么会发生这种事故？等到下午三点，两班乐队为了尽量占领施工场地，在离灵棚三十多米处搭起大舞台，尽情地吹拉弹唱。反正万世集团有的是钱，比灵棚前烧的阴币都多。

周阳阳心急如焚，想把李向民保释出来，去中州大酒店求见宋玉凤。不巧领导们昨晚飞回京城，只好拨通荣若男的大哥大，带着哭音道："若男姐，李向民被逮捕了。"

"为什么？"电话里传来惊讶的尖叫。

"拆迁压死了人，本来是意外事故，公安局长和他有仇，故意整他。"

"你别急，我晚上飞过去。"

"好，我去机场接你。"周阳阳挂了线，长长地叹了一口气。她知道荣若男和郑为民交情不一般。只要她出面，一定会救出向民哥。

吃过晚饭,周阳阳开着桑塔纳直奔机场,八点半停在出口处。十分钟后接到荣若男,一上车她就迫不及待地说:"我问过赵军伟,拆迁是他负责的。挖掘机推墙前四个工人进房里检查,没有发现有人。"

"那怎么压死的?"荣若男一脸疑惑。

"赵老板看见两个人影,一闪就消失了,怀疑是张勇亮在墙倒前被人推过去的。"

"谁要谋杀一个混混?"

"徐永世,想嫁祸于向民哥,收购宏大公司的楼盘。"

"真是这样,问题就严重了。我去求郑书记,他也不能把自己的小舅子绳之以法呀。"荣若男苦笑了一下,"不管怎么说,我们要把李向民救出来,他是个人才。"

"他就不应该得罪那么多人。不过,像他那样的性格,经商也会上当受骗。"周阳阳双手紧握方向盘。她学会开车才一个月,又是第一次走夜路,紧张得额头上沁出了密密的汗珠。

荣若男瞅着周阳阳两眼紧紧盯着前方,笑道:"看你紧张的样子,不和你说话了,用心开车吧。"

第二天一上班,周阳阳开着桑塔纳把荣若男送到市委大院门口。荣若男肩上挎着坤包,走进大楼,上到三层,敲开郑为民的办公室。一进门见领导坐在沙发上品茶,赶忙紧走几步,笑盈盈道:"书记好雅兴,日理万机还能悠闲自得,真是庞统在世哇,半天就能处理完一个月的公务。"

"是若男啊,什么风把你刮到这小地方来了?我哪能和凤雏先生相提并论。那是个怪才,智慧在诸葛亮之上。"郑为民站起身,一脸欣喜,"刚吃完烧卖,太油腻,喝茶有助于消化。"

"书记对养生也很有研究啊。"

"身体是革命的本钱,也是自己的资本嘛。要不,怎么干好工作、享受生活?"郑书记盯着荣若男,向前走了两步,"你是无事不登三宝殿吧?这么风尘仆仆从上海飞来,一定有急迫的事情。要是我没猜错,是为李向民来的吧?"

"老领导真是料事如神哇。"荣若男心里还真是有几分佩服。既然人家说破，就不需要藏着掖着了。她直接打开坤包，取出三根金条道："一点心意，不成敬意，换回他的自由。"

郑为民瞅了眼金灿灿的黄货，哈哈笑道："若男啊，你怎么也来这一套？"

荣若男心里咯噔一下。自己和这老小子在复旦上学时认识，当年他上成人班，从此来往了十年。虽然没有突破那道防线，也算蓝颜知己，难道为了小舅子，不给一点面子？她装出恭维的样子道："书记是少有的清官，就像自己的名字，一心为民。"

"作为一个领导，要想不栽跟头，就不能贪得无厌。金钱，谁都喜爱，够花就行了。要那么多钱干什么？生不带来死不带去，留给后辈儿孙多了，都是祸害。"郑为民长叹一声，"人到了我这把年纪，想要的东西得不到，才是最大的遗憾。"

"书记境界太高，一般人入不了您的法眼。"荣若男知道郑为民想要什么，真想骂出声，可嘴上只能假装糊涂。

郑为民脸色一沉，转身坐回老板桌，一本正经道："小李的案情我听说了，暴力强拆，反响很大，又压死了人，不得不严肃处理，给中州市的老百姓一个交代，以免引发上访事件。"

"我听说当时有两个人影一闪，把张勇亮推倒在就要倒塌的墙下，显然是预谋杀人。"

"这需要证据，用事实说话，不是写侦探小说凭空想象。"

"是赵军伟亲眼所见。"

"小赵是工地负责人，当然会向着李向民。"

"公安局可以侦察，找到那两个嫌疑人。"

"那就等着结果嘛。"郑为民往椅背上靠了靠，一脸冰霜。

"书记既然这样说，恕我冒昧，打扰您了。"荣若男知道今天只能这样了，多说无益，抓起金条朝门口走去。

郑为民没有起身相送，只是对着她的背影说："今天要是不走，晚上给你接风洗尘。"

荣若男没有吱声，快步推门出来，心情沮丧地走出大楼。周阳阳迎上去问："怎么样，答应了吗？"

"老家伙的心思不在金条上，"荣若男气愤地说，"十年了还不死心，想拿这件事逼我就范。"

"就范什么?"周阳阳咯咯笑道。

"这个老东西，以为自己位高权重，天底下的女人都可以呼之即来挥之即去。"荣若男骂了一句。

"和向民哥的自由比起来，睡一晚又算什么!"周阳阳拉开车门，坐进驾驶座打着马达，等荣若男上了车，一脚踩下油门冲了出去。

"听你的话，愿意陪那老东西?"荣若男吃惊地瞪大眼睛。

"晚上把他约出来，我们一起吃饭，试探一下。"

"阳阳，你还是一个黄花大闺女，可要想好了。这是身败名裂的事，迈出一步可能万劫不复。"

"只要能救出向民哥，做什么我都愿意。"说话间到了理发店，桑塔纳停在门口，两人跳下车走进去。

下午，郑为民主持完常委会已经七点多了，让司机送到中州大酒店，兴冲冲地走到201雅间门口，边推门边道歉："若男，我来迟……"见有外人在场，硬生生把到嘴的话咽了回去。

荣若男乖巧地迎上去，甜甜地道："书记，她是我最要好的小妹，叫周阳阳。"

"啊哈，既然是你的好朋友，就不是外人。"郑为民伸出宽厚的大手，和周阳阳握了握，毫不谦让地坐在首席位置上。

荣若男挨领导坐下，周阳阳知趣地站在另一侧，麻利地给郑为民倒了杯泡好的明前龙井，笑盈盈道："郑书记是贵人多忘事，去年三八节，您还给我佩戴过大红花哩。"

"哦，我说面熟嘛，原来是我们的红旗手。"其实郑为民没有一点印象，那种场合他经得太多了，哪能记得一个小劳模。

荣若男端起预先倒好的五粮液，侧身看着郑为民："书记，上午多有冒昧，小妹敬你一杯。"

"既然自称小妹，为什么不叫我大哥呢？一口一个书记，听起来别扭。"郑为民知道她带着人来，是不想给自己机会，这顿饭吃得没有意思，可又不能拂袖而去。

"小妹不敢高攀呗。"

"是嫌我老了啊。"郑为民一语双关。

"大哥，你这么说小妹就无地自容了。"荣若男装出楚楚可怜的样子。

"好啊，就这么叫才对嘛。"郑为民乐呵呵地端起杯，一饮而尽。

周阳阳把酒斟满，不失时机道："我这当小妹妹的，虽然不比姐姐花容月貌，也给大哥哥敬一杯。"

郑为民哈哈大笑道："我今天艳福不浅嘛，怕过不了美人关呕。"

这顿饭一直吃到十点。周阳阳和荣若男想把郑为民灌倒，就轮流劝酒。谁知郑书记酒量大得很，没有一点醉意，她俩却酒劲儿上了头。荣若男想早点结束，假装喝多了趴在桌上。周阳阳趁机站起来，挽住书记的胳膊，故意娇滴滴道："哥，若男姐不胜酒力，让她在雅间缓一下，我扶你上去休息吧。"

郑为民没有吱声，随着她走出雅间，朝楼上走去。

中州大酒店五楼全是套房，平时并不对外，专门为贵宾预留着。周阳阳和大堂经理很熟，特意给荣若男预定了502室。两人上到五层，她正要开门，郑书记掏出房卡打开501房间，径直走进去坐在双人大床上。

周阳阳过去挨着坐下，故意用胸部蹭他的胳膊，嗲声嗲气道："哥，我给你脱衣服，早点睡哇。"

"你们灌了我那么多酒，睡不着。"

"要不，我给你按摩，解解乏？"周阳阳说着伸出纤细的小手，拿捏起郑为民的肩膀。

"你的手法很娴熟，像个专业的。"郑为民微闭双目，讥讽道，"为了一个小秘书，你和若男真是用心良苦，他有那么好吗？"

"若男姐和李向民是合伙人。要是他被判刑，投资就打了水漂，所以才从上海飞来，求大哥帮忙。"

"你呢？"郑为民睁开眼，紧紧盯着她，"又为了什么？"

"我们是前后院邻居，小时候他每天给我辅导功课，像亲兄妹一样。哥，你就帮帮忙，压死人是意外事故。再说，赵军伟在现场指挥拆迁，看见两个人影一闪就消失了。死者可能是被推在墙下的，有人想制造重大事故。"周阳阳说着，突然扑进郑为民的怀里，双手搂住他的脖子。

郑为民一把推开她，声音低沉道："为了一个帅气的小白脸，你就甘愿委身于人，用肉体去救他。要知道，不是所有当官的男人，都会搞权色交易！"

"是我长得不好看，不值得你喜欢？要是换成若男姐，你还能把持得住？"周阳阳满脸绯红，羞愧地跳下床。

"你很漂亮，也很性感，可人是有选择的。"郑为民苦笑一声，"我十年前第一次见到若男，就喜欢上她，到现在都无法忘记，可她却假装不懂！"

"你，你真是……"周阳阳用手捂着脸冲出了门。

十四 抱负远大

　　李向民很后悔没有去北京找张学义的老首长，不是没有时间，更不是怕花路费，他是有了私心，担心张学义放出来自己又得顶上去，变成替罪羊。那么大一个官，怎么会枪杀情人？现在被关进看守所，他才有些后悔。尤其是肚子里憋着气，难以接受。他不知道那个"阴人"是怎么熬过来的，没有在狱中自杀，也许对自己抱有一线希望，才坚持到今天。他算了算进来的日子，明天正好是六个月，起初还有人来提审，慢慢地好像就被遗忘了。

　　有人说坐过牢房的人才算完人，这种完人谁他妈愿意做？每天无所事事，像一具行尸走肉，看着屁眼大的一片天井，连脑子都生锈了。犯人最期待的时刻就是上午九点放风，可不知为什么，自己却没有享受过一次。"操！这是虐待，剥夺权利。"每当别人出去放风，他在监室里大叫一阵，直到看守过来喝止。有时连自己都感到好笑，已经被关押在牢里，还奢望什么权利？

　　"16号，收拾你的东西，出去！"两名看守过来，打开监室喊道。

　　李向民心里咯噔一下，以为听错了。

　　"愣什么？你被无罪释放了。"

　　"老天有眼啊！"李向民喜极而泣，麻利地捆好行李，拿上洗漱用具和衣服，像小时候过年似的一脸欢喜地跟在看守后面，走进值班室，办完手续，背着铺盖卷跨出看守所大门，一眼看见周阳阳的红色桑塔纳轿车停在路边。

"向民哥，你瘦多了。"周阳阳迎上来，接过行李放进后备厢里，心疼地说，"先去我公司洗个澡，理个发，换上衣服，宋市长要见你。"

"宋市长？"李向民什么都明白了，宋玉凤终于空降中州市，自己是遇上救星了。

看守所到理发店有二十几分钟的车程，周阳阳把荣若男找郑为民的事一五一十地描绘了一番，苦笑道："老家伙对若男姐真是情有独钟。我想以身救你，都被拒绝了。"

"你傻啊，咋这么糊涂？"李向民痛苦地叫了一声，过了好一会儿，才喃喃道，"阳阳，你对我的恩情，这辈子恐怕都无以为报。"

"你比我还傻，我要你回报吗？"周阳阳脸色一阵绯红，眼窝里有两颗晶莹的东西在滚动，模糊了视线。她只好把车速放慢，抬起手擦拭了一下。

李向民怕影响她开车，没有再说话，身子往椅背靠了靠，微微闭起眼睛。

快到下班时，周阳阳开车把李向民送到市政府大门口。他穿着阳阳预先给他买好的一套西服，敲开市长办公室门，快步走向那张熟悉的老板桌。

"坐了半年牢，还挺精神呀。"宋玉凤从桌后转出来，上下打量着他。

"我在阳阳的理发店把自己修整了一下，要不一副邋遢样，哪敢来见你。"李向民不好意思地笑了笑，"你要不来中州市，我恐怕要把牢底坐穿。大恩不言谢，这辈子只能欠你的。"

"欠着就好，我就要这个效果。"宋玉凤指了指靠墙的沙发，让他坐下，"不过，你能走出高墙是公事公办，我不是徇私情。这些人太目无法纪了，肆无忌惮地搞冤案。"

"案子是不是查清楚了？"

"这件事刑侦支队正在侦察，会有一个结果的。"宋玉凤走过来，在他旁边坐下，侧过身道，"有一点搞清楚了，拆房前四个工人的确进去查看过，赵军伟才让挖掘机推墙。这是正常的施工，并没有过错。有人说是暴力强拆，明明房主签了拆迁协议，房屋也搬空了，算哪门子强拆？不能一死了人就不分青红皂白，倒向受害者一边。"

"中州市的情况特别复杂。你要想为官一任造福一方，必须铁腕整治，顶得住各方的压力，大刀阔斧地任免一批干部，才能令行禁止。"

"我是市长，不是书记，没有人事权。"

"先从经济入手，让国有企业转型升级，加大发展煤化工、煤制气、煤制油等深加工。中州是一个煤炭大市，只要把煤炭系统的班子调整好，让一百多家煤矿上一个新台阶，财政收入就能翻番。你这个市长就有政绩，老百姓就会拥戴，就能树立起自己的威信。"

"这是中长期规划，怎样才能立竿见影？"

李向民明白了，宋玉凤是要一两年内见成效，快速打开局面。像她这样高深的社会背景，只要干出成绩，很快就会高升。他顿了顿道："全面推开旧城改造，用房地产带动民生产业，让老百姓享受到改革开放的红利。可以实施开发铁西新区战略，把市委市政府迁过去，形成巨大的社会效应，吸引外资和外地企业投资。"

"不愧是才子，有想法。"宋玉凤高兴地站起来，"你不是怕欠我的人情吗？帮我多出些好点子，就扯平了。"

"愿效犬马之劳。"李向民站起来，故意朝宋玉凤作了一个深深的揖，咧嘴一笑。

"贫嘴！小心别人听到。"

赵军走进来，拿起老板桌上的保温杯小心地续满水，快步过去放在宋玉凤面前的茶几上，又不太情愿地给李向民倒了一杯，谦恭地看着市长，见领导没有吩咐，悄悄退出去。

这些动作，李向民太熟悉了，他心里涌出一股酸水。

"听说你和赵军有过节？"宋玉凤端起茶杯，轻轻抿了一下。

"我退学回来打工时，遇见他在一中门口调戏蔡琳，出手打过他。"

"你是英雄救美哇。这么说，是赵军当了月下老人呀。"宋玉凤抿住嘴，没有笑出声。

"本来没什么，那都是年轻时的事，连上帝都会原谅。可这小子霸道惯了，记仇，处处找碴儿，后来把他爸和钱三宝又扯进来。"李向民摇了摇头，"秘书工作他不称职，不学无术，比张勇亮好不了多少。要不是有个好爸爸，说不定现在都游手好闲。本来我不该说这些，看着他在你身边不放心，你可得防着他点儿，这小子肚子里坏水可多着呐。"

"冤仇宜解不宜结，该饶人处且饶人。"宋玉凤会意地点点头，抬起手腕看了一下表，说，"我有个会，到时间了。"

李向民站起来，朝她点了一下头，转身走出门。

"晚上来招待所一号雅间，有几个北京朋友，一起吃个饭。"宋玉凤拿着文件夹，跟出来道。

一走出大院门口，周阳阳早等在那里一脸期待地问："怎么样，见到宋市长了吧？"

"没有。她去开会了。"

"骗人！我明明看见她跟在你后面出来了。"

"就你鬼精灵。走，回去再说。"李向民挥挥手。周阳阳上了车，等李向民坐进来，一脚踩下油门，桑塔纳呼地冲了出去。

市政府招待所是三层楼，外墙干挂石材，门窗全是高档铝合金制作，显得很气派。一层为大餐厅、包间和厨房，二层是棋牌室和健身房，三层为客房，把两头各有四间套房。虽然没有星级酒店豪华，但里面家具和电器一应俱全，很上档次。李向民当秘书时，因为领导们都是当地人，每天在家吃饭，上面来的人安排在中州大酒店，这里没用多长时间就闲置了。宋玉凤一上任，重新启用，规定凡上面来人，没有特殊原因，都在招待所吃住。

李向民准时赴宴，没让周阳阳开车。

一号包间在过道的最东头。他紧走几步推门进去，人已经到齐，宋玉凤坐在东道主的位子，正和四个客人谈笑风生。他真后悔没有提前来，她已今非昔比，不是从前的基地主任了，而且自己的命运掌握在人家手里。尽管有那么一段特殊的关系，谁知道呢，也许只是一件往事。他赶忙歉意道："不好意思，让大家久等了。"

"你没晚点，是我们早到了一会儿。"宋市长抬起手腕看了一下表，站起来介绍道，"这是我的老乡，宏大公司董事长，李向民。"

客人们一见市长起立，都不约而同地站起来。一个小巧玲珑的少妇离开座位从坤包里掏出一张金灿灿的名片，很优雅地递给他，笑吟吟道："我叫韩燕，京帝实业集团副总。"

李向民接过名片，上面除了韩燕两个字是中文，其他都是英文缩写字母，任凭他上过大学，也看不懂是什么意思。

"韩总好！我刚下海，不知深浅，宋市长让我来向你们诸位取经哩。"

挨着宋玉凤的男子有点不耐烦，嫌他们说话冷落自己，想坐下又碍着市长的面子，勉强伸出手道："鄙人胡岩，永大集团董事局主席助理。"

李向民一看这派头，就知道来头不小，脖子上挂着一条筷子粗的金链子，戴着一块劳力士金表。这种人一般爱面子，他赶忙握住手道："永大集团在上海排名前三，胡总从首都飞来，想必把业务拓展到了北京？"

"老爸想打入京城，派我在海淀区先开发一个八十万平方米的小楼盘。"

"胡总财大气粗，四环内房价涨到了二万。这个楼盘的产值，少说一百六十亿。这要在中州市，能建八百万平方米的高楼大厦。"宋玉凤说完，看着另两个中年人道，"张主任和戚主任，还记得不？你来北京跑项目时，一起吃过一次饭。"

"李乡长一年时间就把乡镇企业搞得红红火火，怎么辞职了？"张主任惋惜道。

戚主任见李向民有些尴尬，忙打圆场道："李乡长是辞职下海，一定会另有展布。"

宋玉凤手一摆，让大家坐下，言归正传道："今天是我来到中州市过的第一个周末，感谢大家从京城来看我，先共同干一杯。"

六只银杯碰在一起，发出铮的一声。

李向民一仰头喝完，麻利地拿起瓶给大家斟酒，又给每个杯续好茶水。他坐在背对门的位子，是整个客人中最不起眼的角色，主动当起服务生来。

"第二杯，敬给两位老哥，也是我工作中的好搭档，感谢的话尽在杯中，就不多说了。"宋玉凤一直没有坐，两个主任只好站起来，三人一饮而尽。

257

"这第三杯，要敬给胡总和韩总。中州市准备新建一个区，请二位支持我的工作，成为招商引资的第一批企业。当然，也希望老总们财源广进，挣得盆满钵满，包括向民老板。"

"这杯酒，李总也得陪。"韩燕看着李向民。

"好，四个人一起喝。"宋市长笑道。

李向民不好意思拒绝，只得端杯。

因为酒桌气氛活跃，不到半小时喝了两瓶五十二度的五粮液。北京客人都有了醉意。李向民喝得最少，刚从牢房出来还不适应。韩燕端着杯走过来，较劲儿道："李总，一个大男人一直眉头紧锁，有啥想不开的？今朝有酒今朝醉，干！"

"我这一段遇到点事，半年连酒都没闻过，原来的小酒量也没了，实在喝不了。"李向民站起来，举杯轻轻碰了一下。

"你怕是有心病吧？"韩燕的小脸蛋被酒精烧得通红，不知出于什么原因，一见面就和李向民较上了劲儿。

"韩总眼毒，我确实有件愧疚的事，天天折磨着自己。"

李向民苦笑一下说："有个被冤枉的犯人让我替他去北京找他的老领导，可我犹豫着不敢去。"

"他能认识什么大人物？就算找到了，未必帮得了他。"胡岩有些盛气凌人地说。

"那人是中央警卫局的，与韩总一个姓。"

"我哥？"韩燕大张着嘴，好一会儿才缓过神来，低声道，"三年前，我哥调任西南某军区副政委，途中飞机失事了。"

李向民一惊，手中的银杯铮地掉在地上。

宋玉凤扭回头问："向民，你没事吧？"

"没事，只是张学义，要含恨九泉了。"

"一个枪杀老婆的人，早该死了，含恨什么？你今天没喝多，怎么尽说胡话！"宋市长一脸不快，周盈盈的死让她一直无法释怀。

"是邱志伟杀的盈盈，张学义是替罪羊！"李向民突然大叫一声，喊出来后却后悔了，他不该在这儿发火。

"你说什么？"宋玉凤也激动起来，杏眼圆睁道，"你坐下，把事情说清楚!"

李向民坐回椅子,把枪杀的经过细细述说一遍,又把张学义和自己先后被捕,邱志伟强逼自己做伪证一一道来。听得众人一阵惊愕,没了喝酒的兴致,不到九点散了席。

第二天,宋玉凤陪客人吃完早点,把韩燕叫到一边压低声音道:"昨晚我写了一份材料,你上午飞回去交给我爷爷,让他当即转交公安部,按一号机密处理。"

"玉凤姐,什么事这么神秘呀,还要动用老爷子?"

"邱家的势力很大。"

"光天化日之下行凶,就算天王老子,也难逃国法!"韩燕激动起来,大声道。

"你小点声。"宋玉凤拉着她一边朝楼上走,一边低声道,"现在最重要的是找到证据。只要铁证如山,任凭谁说情都不能颠倒黑白。你对中州市不了解,在这儿没有人敢动邱志伟。即使公安厅抓捕,也得请示省里同意,结果如何很难预料。"

韩燕苦笑道:"这么个小小的地级市,竟然有这么多乱七八糟的事情!"

"这里很多人都能和上面攀上关系。"

一个星期后,邱志伟神秘地失踪了。整个中州官场犹如投下一颗重磅炸弹,各大局的头头和县里领导都在惴惴不安中观望,猜测新市长下一步的动作,邱家根基会不会动摇。同时失踪的还有李向民,只是他无足轻重,没有引起人们的议论。只有周阳阳急得要哭,不停地拨打他的大哥大,一直提示关机。

"难道被绑架了?"赫小玲站在老板桌前,提出疑问。

"要绑架,也是徐永世干的。"

"不可能,万世集团又不是黑社会,没有必要这么做。"高志良摇头道,"十有八九宋市长知道怎么回事,你们想一想,自她来到中州市,半个月发生了多少大事?"

"这么说是好事啦?"周阳阳转忧为喜,开心地咯咯笑道,"玉凤姐一身正气,头脑清晰。上面派她来,就是要铲除中州的毒瘤,整顿吏治。

她一定能将邱志伟绳之以法，我姐在九泉之下可以安息了。"

高志良一拍脑门，好像想起什么似的道："想证明这件事，去探监。如果张学义被带走，说明上面在查这个案子。"

"好主意，现在就去！"周阳阳高兴地从老板桌后转出来，快步走出办公室。

正如高志良所说，张学义在李向民失踪的当天，被专案组带走了。赫小玲追问是什么人，干警说："告诉你张学义被带走，已经违犯纪律，还啰唆什么！"

三个人虽然被训斥，心里却乐呵呵的。走出看守所大门，周阳阳兴奋地说："去王艳艳的公司，把好消息告诉她。"

贷款公司位于花园小区门口西侧，一栋三层独体楼，外墙干挂花岗岩，显得很气派。楼顶上竖立着十一个大字："中州市福利小额贷款公司"，是用钛金板制作的，在临近中午的太阳照耀下，反射出灼人的光芒。高志良跳下车，手搭在额头望着楼顶，哈哈笑道："我大姈子真是有心人，让老百姓一看这招牌，以为是政府发放福利的单位。又选在花园小区门口，装修得这么高档，来这里放款的人，心里一定踏实。"

"听你这话音，好像你姈子在骗人？"赫小玲不高兴地说，"你们记者，总是戴着有色眼镜看世界。这儿每天有上百人交易，百分之三的利率，存十万月息三千，顶一个人上班的工资，还不算给老百姓搞福利？社会上都传王艳艳是财神婆，玉皇大帝的八仙女，专门下凡救济穷人的。"

正好是星期六，杨红星也在，坐在老板桌边复习功课。一抬头见是周阳阳和高志良，高兴地走过来道："妈妈要给我过生日，正嫌两个人孤单，你们来就好了。"

"哦？我倒忘了，今天是五月初九。"高志良上下打量着表弟，惊喜地说，"几个月没见，你康复了？"

"能做广播操了。"

周阳阳道："我在喜利来店提前定做了生日蛋糕，中午我请客，红星想吃什么？"

"去天外天吃海鲜，好久没去那里了。"杨红星感激地看着周阳阳，没想到她还记着自己的生日,不知道为什么,脸一下红起来。

赫小玲跟王艳艳不认识,给老板使了一个眼色,悄悄溜出来,打的直奔喜利来蛋糕店。等一行人到了天外天,她早已定好雅间等在大厅,像一个迎宾小姐在前面引路。

今天是给杨红星过生日,自然让他坐在主客的位置,王艳艳和周阳阳一左一右,高志良挨着妗子,赫小玲背对着门。众人唱完《生日快乐》歌,杨红星双手合十许愿,然后一口气吹灭蜡烛,站起来给每位分蛋糕。周阳阳端起杯,一脸开心地说:"我提议三杯酒,因为今天三喜临门。第一喜,祝红星生日快乐!"

五杯酒碰在一起,一饮而尽。

"第二喜,庆贺红星康复如初!"周阳阳带头喝干,众人举杯为碰。

"第三喜,邱志伟被抓,还中州市人民一个清明的政治,让冤死者在九泉之下安息。"

王艳艳喝完酒,沉着脸道:"鹿死谁手,还指不定呢。邱家人脉复杂,想扳倒谈何容易!郑为民老奸巨猾,宋玉凤要是没有上面支持,第一回合就会落败。更别说蒋国庆,一省之长,孔纯一与他斗了大半辈子,一直处在下风。"

"玉凤姐没做好准备,不会贸然动手。她是从中州市出去的,对邱家的势力应该很了解。"周阳阳很有信心。

"阳阳分析得有道理,也许上面派她下来,就是想整治中州市。"高志良看着妗子,疑惑地问,"舅妈这么说,是不是有不利的消息?"

"我昨天去省委见了孔书记,李向民把一个笔记本交给了宋玉凤。宋玉凤把笔记本交给了反贪局。邱志伟随后就被反贪局的人带走了。"

众人惊得目瞪口呆。

元旦过后,张学义被无罪释放。他买了满满一三轮车纸火,跪在周盈盈的坟堆前,边烧边放声号啕。这一幕正好被前来吊唁的宋玉凤和周阳阳看见,因为今天陕中高院宣判邱志伟死刑,剥夺政治权利终身,报最高院复核后执行。周阳阳陪着市长,提着一塑料袋祭品,来告慰屈死的亡灵。她俩怎么也没想到,一个被抛弃的顶缸男人,竟然不怀恨连累自己坐牢的前妻,趴在坟上痛哭流涕!宋玉凤快步过来,扶起张学义安慰道："人死不能复生，好在邱志伟被绳之以法，盈盈可以瞑目了。"

张学义双腿一屈，又跪在宋玉凤脚下，哭道："大恩不言谢，我这条烂命是您救的，只要有用得着我张学义的地方，万死不辞！"

"男儿膝下有黄金，你这是干什么？"宋玉凤道。

"我算什么男人，连自己的老婆都保护不了，差点屈死在狱中，活着就是一个窝囊废。"张学义站起来，用手背擦了一把泪水。

"你要振作起来，明天回宣传部上班，恢复原来的职务。"宋玉凤走出几步回头道，"既然你的命是我救的，就要替我好好珍惜，不能自暴自弃！"

李向民在高院宣判邱志伟死刑的这一天被释放回来。要不是张学义为他在法庭辩解，说自己让他做伪证混出去，到北京找老领导帮忙，法庭会定他一个做伪证罪，至少坐两年牢。他想去宣传部见张学义，当面道歉，向他忏悔自己没有去找老领导，尽管那人三年前已经死了。走近市政府大楼，人山人海，马路都堵得水泄不通。就听齐彩彩尖着嗓门大喊："妹妹！你不能跳，为了邱志伟，不值得！"

"姐，我不是因为他，你们误会了！"

"误会？你怀着他的孩子，还说误会？"

"孩子不是他的，我和他没有任何关系！"

"那孩子是谁的？"

"我不能说！姐，你别逼我了。"

人们一阵唏嘘，猜测着这女生肚子里的孩子，究竟是谁造的孽？李向民抬头望去，五层楼顶的挑檐上，站着大肚子的齐小兰，随时都会一头栽下来。他不顾一切地扒开前面的人，挤到齐彩彩跟前，大声朝楼顶喊道："小兰，你是个勇敢的姑娘，忘了怎么救我的吗？不管肚里的孩子是谁的，决不能做傻事啊！"

"李老师，学校要开除我，逼我说出孩子的爸爸是谁。可我不能连累他，宁愿为他去死！"

"你不想说，谁也没有权利逼迫你！你才十八岁，生活的路还……"李向民的话还没说完，齐小兰便纵身一跃，从楼顶跳下来。

李向民双手往上一托，在接住小兰的同时，两人甩出好几米。幸好倒下的地方，警察早已铺好厚厚的海绵垫子。众人围上来，看人摔死没有。他松开小兰弱小的身子，慢慢站起来。

齐彩彩扑上去扶起妹妹，她的大腿根部黏糊糊的一片，胎儿流产了，好在大人没有受伤。

一场闹剧在救护车的鸣笛声中结束了。围观的人唏嘘不已地散去，一步三回头。李向民和齐彩彩打的去医院，坐在妇产科门口的长条椅上，等着小兰检查出来。两个人默默地坐着，没有心情说话，似乎无话可说。自从阎保成死后，他俩再没有见过面。

"我心里很自责。"李向民淡淡道，"也许我们误会了阎保成，他还算一个有良心的警察。"

"你是说他是被冤枉了？"

"他是被邱大伟利用了，染上毒瘾才不能自拔。那天晚上他想逮捕邱大伟，在最后时刻与其同归于尽。要不是他，招待所整栋楼会被炸塌，死的就不仅仅是孔县长一个人。"

"他已经走了，就算生前有什么过错，我们也没必要记恨了。你现在一个人带着孩子，挺不容易，不打算再找？"李向民话一出口就后悔，真是没话找话。

恰好小兰从治疗室出来，齐彩彩迎上去扶住妹妹，朝大厅走去。

李向民跟在齐彩彩和小兰身后走出市医院，和姐妹俩打声招呼，转身朝工地的方向走去。自从宋玉凤空降中州市，阎保国的态度来了个一百八十度大转弯，见了面总要关心地问两句，尽管言不由衷，也是一种积极的态度。只是徐永世仗着姐夫仍然步步紧逼，大有不把宏大的楼盘收购到手不罢休之势。好在张勇亮死后，剩下的钉子户都不敢再漫天要价，都签了合同。他刚走进龙门架，大哥大响了，忙拿出来按下接听键喂了一声。

"在哪儿？到我办公室，胡总和韩总来了。"

"我在工地，马上过去。"李向民转身走出工地。没想到宋玉凤打电话，一路小跑直奔市政府。

宋玉凤的办公室里，除了胡岩和韩燕外，坐着市规划局和土地局的一把手。让李向民意外的是，徐永世坐在沙发上，面无表情地盯着对面墙上的四个大字："难得糊涂"。其实这幅字武卫国当专员时就挂在那儿，至于武专员的前任是不是也挂着，就不得而知了。他曾经琢磨，为什么领导都喜欢这四个字，难道想糊涂还糊涂不了？

"昨天开常委会，市里决定建设铁西新区，成立一个筹建组，由我任组长。总体思路是，政府出优惠政策，减免土地增值税、交易费和城建配套费；企业投资，进行一级土地开发，利润分成。郑书记提出让万世集团参与，我推荐宏大公司，并邀请上海的永大和北京的京帝两家大企业来竞标这个三十平方千米的大项目。各企业可以强强联手，共同出资，合作开发。土地和规划部门要积极行动起来，在半个月内拿出实施方案，只许提前不能拖后，谁误事谁走人，春节前完成招标工作。"宋玉凤端起保温杯喝了一口，看着四位老板问，"有什么想法，或者好的建议，请现在提出来。"

"最好分三期进行，每期一万五千亩，可以降低财务成本，规避风险。"李向民觉得如果一次性投资，宏大公司根本拿不出钱来。

韩燕明白李向民的用意，即使让自己投资，也拿不出足够的资金。宋市长的设想太高了，按照中州市现在的规模，真要开发出来，需要增加二十五万人口，就算放开生育，建成后也是一座空城。她瞅了眼胡岩，不紧不慢道："我支持李总的建议，三十平方千米正好四万五千亩，分成一区、二区和三区，逐步推进。"

胡岩撇了一下嘴，不服气道："不就四万五千亩嘛，不用分什么期呀区的，一亩投资二十万，总共九十亿，永大全包了。"

"宋市长，万世集团愿意一次投资，加快开发进度。"徐永世眼睛一直没有离开过"难得糊涂"四个字，仿佛要从中悟出取胜的秘诀。

"既然你们都想开发，就把准入门槛提高，凡竞标者预交五亿保证金，一次性打入政府共管账户。"

"大市长，这有点强人所难了吧？"徐永世面无表情，"虽然企业有这个实力，但把这么多钱作为保证金，会增加很大一笔财务成本。"

"就这么定了，元月二十日开标。如果没有其他问题，会议到此结束。"宋玉凤站起来。

李向民心里明白，宋玉凤就是不想让徐永世竞标。至于其他三家短时间凑不齐资金，可以联手合作。她要的就是这个结果。

晚上宋玉凤有会，没时间宴请胡总和韩总，委托李向民招待。他叫上高志良和周阳阳一起去中州大酒店。三个人刚走进大厅，见蔡永锋和阎保国从楼上下来，想回避已经来不及了，只好迎上去。阎保国尖着嗓音道："李总是要请客？在哪个雅间，一会儿过去叨扰几杯。"

"202，招待两位北京客人，阎县长能过来，真是给我捧场啊。"

"李总既然这么说，一定过去。"阎保国一脸热情，尖着嗓音大声道。

"我们在201，徐永世请客。"蔡永锋故意插话，给妹夫透露实情。说完和阎保国走出酒店。

"向民，阎大县长怎么对你这么客气，他不是想着法给你穿小鞋吗？"高志良疑惑地问。

"此一时彼一时，向民哥背后站着大人物，他怕打小报告。"周阳阳抢过话，"社会上传言郑为民要提前退休，阎保国的风向转变得挺快。"

"他只适合当个道士，除此之外狗屁不是。"李向民哈哈笑着，推开202雅间的门，见胡岩和韩燕两人头凑在一起，密谈着什么，见他们进来立即把话打住，显得有些尴尬。他也有点不好意思，以为房间没人直接推门进来了，故意大声调侃道："二位是饿了吧？都跑到东家前头了。"

"坐在房间无聊，还不如下来泡美女老板。"胡岩用手比画着，给韩燕做了个亲昵的动作。

三人调笑间，服务生端着六盘凉菜进来，麻利地摆在餐桌上，弯腰打开地上预先放的一箱剑南春酒，拿出一瓶斟满五杯。转身要出去，高志良叫住道："还有两位，把餐具摆好。"

等服务生忙完退出去，韩燕一本正经道："喝酒前先谈正事，李总带来的两位朋友，想必不是外人，就不拐弯抹角了。刚才我和胡总商量了一下，铁西区项目最大的竞争对手是万世集团。徐永世背后有郑书记，又是中州市民营企业老大，无论从哪方面说都比我们占先机。所以，我们必须合作，共同拿下开发权，然后再分蛋糕。"

"我刚下海，还没入门道，占多少股份无所谓，重在参与。"李向民说。

"李总太过谦虚，就显得没有诚意，把我们当外人了。"韩燕盯着李向民，"我和胡总飞来，是受玉凤姐的邀请，为她打开局面尽点力，并不是来争食吃，更不想在三四线城市发展。你想，北京那么大的市场，房价比这里高出十倍，随便开发个楼盘，钱就哗哗地进账，保赚不赔。开发铁西区风险很大，土地整理出来，没人接盘就会砸在手里。"

"中州市发展很快，号称大陆的小香港，土地肯定增值，这点没有疑问。将来市委市政府搬到新区，成为中州市行政、商业、文化、教育和医疗的中心，就打造成了核心区域。要不，郑为民也不会插手政府这边的事，让小舅子竞标。"李向民说。

"既然李总有信心，可以多投点，韩总和我占小股。"胡岩本来不想投资，他眼里哪看得上一个地级市，只是碍着宋玉凤的面子不得不来。

"宏大公司今年才重新启动，资金很紧张，实在拿不出太多的钱。"李向民没敢说三分钱融资，怕北京人一听，连合作的机会都没了。

"搞房地产的，哪家资金都紧张。我们先想办法筹够保证金，等竞标成功后，拿项目向银行贷款。"韩燕端起茶杯喝了一口，很自信地道，"我和胡总负责协调贷款，银行会让当地企业担保，由李总解决。贷款作为共同投资，三家股份平摊，等款进账就把保证金如数返还，只拿银行的钱运作。"

"韩总这招实在高明。即使土地没人接手，风险也是减小了。"胡岩大声道，"为了合作愉快，干杯！"

高志良和周阳阳也端起杯，五个人一饮而尽。

李向民总觉得这里面有什么不对。拿项目抵押贷款用于开发，贷款进账后把保证金全额退了，他们一毛钱没出，等于空手套白狼。可宏大公司作担保，万一铁西区开发失败，土地不够还贷，就要承担连带责任，到时只有倒闭关门。他盯着韩燕，觉得这女人直率干练，眉宇间透着真诚和调皮，不是那种阴险奸诈之人。也许是自己想多了，人家只是来给宋玉凤助一臂之力，根本没把这个小城市放在眼里。自己这么谨小慎微能成什么事？再说，开发一定能成功，中州市号称资源大市，经济正在腾飞，城区必然会扩展，而市区三面环山，只有开发铁西区一条路。如果失去这次合作机会，宏大公司不可能竞争过万世集团。这也是宋玉凤为什么要引来外资的原因。她不想徐永世竞标成功，是怕郑为民操控，变成姐夫小舅子的项目，公私不分。

"李总有什么想法？"韩燕发觉李向民心事重重，看她的眼神怪怪的。

"我们合作竞标，也未必有把握。徐永世的实力在中州市是公认的。要是专家评标时把分给他打高，或者那老小子暗箱操作，鹿死谁手就不好说了。"李向民被她一问，忽然灵机一动，想出这么一个问题来。

"我们提前庆贺，藐视对手，这是兵家大忌。"胡岩咧了咧嘴，拿起筷子吃了一口凉菜。

"依你看，该怎么办？"韩燕双肘支在餐桌上，尖尖的下巴撑在手心里，凝视着李向民。

"我们开发一半，让给徐永世一半。"

"那要是人家不同意呢？"高志良插嘴道，"姓徐的在中州市霸道惯了，向来喜欢吃独食，不会把这么肥的一块肉，让人分一杯羹。"

"他不让步，我还不乐意呢！不就是市委书记的一个小舅子吗，能一手遮天？"胡岩知道宋家和韩家的背景，他们在京城都说一不二，何况一个地级市。他有点狗仗人势的样子，说话的口气就大了。

"社会上传言，蒋国庆省长与万世集团关系很深。"周阳阳插了一句，坤包里的大哥大响了，她赶忙掏出来喂了一声。

"阳阳，我明天上午十点从上海飞过去。"大哥大里传来荣若男清脆的声音。

"好，若男姐，我去机场接你。"

"你说的若男姐，是不是姓荣，上海人？"没等周阳阳挂断线，胡岩急迫地追问。

"是。你认识？"

"高中同学，大班长，学习第一名。"胡岩兴奋地说，"没想到在中州市能见到冷美人。就算项目做不成，这一趟也没有白来哇。"

韩燕挖苦道："是不是当年追人家没追到手？"

"她是才女，长得又漂亮，眼界很高，连一些高官的儿子都看不上！"

"你也不比那些公子哥差呀。"韩燕撇了撇嘴。

胡岩自嘲道："当时我爸从农村进城，领着上百号村民打工，连个房子都买不起。我念书的那所学校，还是给人家赞助了十万，老父亲鞠躬作揖才进去的。"

"今非昔比嘛，现在变成了暴发户，成了上流人士，有资本吃天鹅肉了吧？"韩燕长着一张刀子嘴。

"她是个独身主义者，一般男人根本放不进眼里，到现在还是个老处女。"不管韩燕怎么讥讽，胡岩仍乐呵呵的，一点不生气。

"拉倒吧，你咋知道？"

大伙儿禁不住笑起来。

第二天，李向民睡了个懒觉，起床后蔡琳已经送彬彬去上学。儿子二年级了，学习与自己当年一样优秀，数学和语文每次考满分。仅从这一点看，是自己的骨肉无疑。因为阎晶晶和他同桌，要不是小家伙故意把答卷放在两人的中间，恐怕齐彩彩看到女儿的成绩会气得跳起脚来。不过小女孩活泼可爱，有一副天生的好嗓子，遗传了歌舞团台柱子的基因。最让人心疼的是小小的年纪就会看大人的脸色行事，不愧是阎保成的后代。也许是父母经常吵架，她幼小的心灵受到了伤害，过早地学会了自我保护，就像自己从小对政治敏感，埋下仇恨的种子一样。

"唉，家庭决定一个人的前半生，不管你多努力，多么聪慧早熟。"他感叹一声，走进洗漱间把自己修整完，一转身见赵军伟站在客厅。他以为是农民工还没有拿到工资，在工地围堵项目部，赶忙走出来问："工人又闹事了？"

"昨天最后一批拿上工钱，都回家了。"赵军伟环视着房间，"你的大哥大呢？我一直打不通。"

"在卧室，还没开机。"

"县里联合大检查，第一站就到咱工地，指明要你在场，估计快到了。"

"怎么不提前通知？走。"李向民推门出来，边走边问，"有哪些部门？"

"我大爹带队，主要是城建和金融系统的，有二十多个单位。"

"银行也来凑热闹？"

"听说政府牵头，给企业贷款，解决融资难问题。"

"领导怎么良心发现，关心起民营企业来了？真是太阳从西边出来了。"

"自从邱志伟被枪毙,我大爹到工地好几次,表面上关心我,其实是来打问你的情况。"

"打问就好,说明人家重视了。"

两人说着到了工地。龙门架旁停着一辆依维柯大轿车,二十多名各部门的头头脑脑,望着已经封顶的十三栋二十层住宅楼,指指画画。李向民紧走几步,站在赵书记的对面,说了句客套话后介绍道:"宏大公司开发的颐美小区,占地面积三百九十六亩,拆迁住户共计八百二十三户,建筑面积八十万平方米。计划分两期建成,第一期三十九万多平方米,就是现在封顶的十三栋楼,明年国庆前交工,让回迁户按时乔迁新居。"

"小李啊,是金子,放在哪里都会发光。如果有才能的人都像你这样创业,东河县的GDP会翻一番。"

没有谁带头,赵啸林的讲话一结束,人们很自然地拍起手来,就像少妇到钟点给婴儿喂奶一样。美中不足的是,因为突击检查,没有来得及挂横幅插彩旗,显得不够排场。但书记似乎不在意,其他领导就跟在首长后面,一脸喜气地上了"依维柯",奔向下一个目的地。

等车队扬起的尘土散去,赵军伟扭头对李向民道:"昨天晚上,刑侦支队把推张勇亮的那两个人从云南逮回来了。"

"老天睁眼,总算给我们还了清白。"李向民高兴道,"是不是徐永世指使的?"

"不是,那两个混混与张勇亮不和,一直想下手,看到机会来了就动手了。"

李向民心里忽然有种失落感。本来以为徐永世是幕后主谋,难逃一劫,偏不遂人愿。他自嘲道:"看来姓徐的并没有我们想得那么坏,还是有做人的底线。"

"不是他不坏,是不值得那样去干。"赵军伟不以为然,"一个中州市首富,没有必要为了争夺人家的楼盘,去杀人行凶。如果真要那么做,用不着谋害自己的下属再嫁祸于人,会直接对我们下手。"

"现在形势不一样了,我想和姓徐的见一面,好好谈一谈。斗则两败俱伤,和则可以互惠互利,没必要闹得你死我活。"

"那种小人不可交,当年我爸和他是结拜兄弟,结果怎样?"

"他能把万世集团做到中州市老大，一定有过人之处，可以取长补短嘛。"

"道不同不相为谋，还是远离为上。君子永远斗不过小人。"赵军伟忽然想起什么，有点难为情地说，"赵军想请你吃饭，让我约你。我没有答应，也没拒绝。"

"这又何必？只要他做事像个人，不处处设套陷害我，就烧高香了。"李向民抬起手腕看了一下表，"荣老板上午飞过来，定好在中州大酒店101雅间。你跟他说一声，方便的话中午一起坐吧。"

周阳阳从机场回来，直接把车开到中州大酒店门前，走进大厅开了间五楼的套房，和荣若男朝101走去。让她大跌眼镜的是，赵军坐在李向民的身边，像多年没见的老朋友一样谈笑风生，十人的大圆桌除了留出两个空位，都坐好了客人。胡岩一见荣若男进来，激动地站起来，跨前几步紧紧握住她的小手，大声叫道："冷美人！没想到哇，我们真是有缘，在中州市遇上了。"

"你怎么在这儿？"荣若男疑惑地盯着他。

"昨晚我梦见你要到中州市，一早就飞来了。"胡岩嬉皮笑脸地说。

"你是梦见淘金，闻到铜臭味了吧？"荣若男笑着说完，与赵军伟打过招呼，和其他人礼节性地点了一下头，坐在空位上。

李向民端起酒杯，大声道："人都到齐了，先共同干一杯，再介绍。"

大家举杯为碰，一饮而尽。

赫小玲赶忙拿起酒瓶，转着圆桌把酒斟满。李向民一一介绍完，看着荣若男道："我单独给荣总敬一杯。茫茫人海，能够相识、合作，是我前世修来的缘分。在这个人心浮躁不想实干的社会，荣总敢从上海报社辞职，创建荣达集团，真乃巾帼不让须眉，可敬可佩！"

"我赞助一杯。"胡岩站起来走到荣若男身边，"今天若男的酒，她喝不进去，我全代。"

"好哇！"韩燕大声道，"这桌酒是给荣总接风洗尘，她从三千千米外的大上海飞来，等会儿大家都得给荣总敬酒，正好验证胡总的诚意。"

一圈酒敬完，荣若男喝了四杯，小脸就红扑扑的，说话都有点卷舌，剩下的胡岩全代了。不到一小时，地下放的一箱酒空了，大家都喝多了。

胡岩有了醉意，朝门口大声喊道："服务生，上酒！"

李向民怕胡岩喝醉闹事。这种人霸道惯了，万一耍起酒疯来，人就丢大了。可又不能阻拦，哪有请客喝完酒不上的，而且是招待大城市的客人，决定自己成败的合作伙伴。很快，服务生又抱来一箱，打开两瓶放在桌上。荣若男见状直摇头，给周阳阳使了个眼色，站起来刚要离开饭桌，胡岩一把拉住她道："若男，你……不能走，和梦中情人在一起，烧酒……能把人喝醉？"

"我出去方便一下，马上回来。"

"不就……尿尿嘛，多大点事，我……陪你去！"

"人家女人的事，你也能陪？"韩燕挖苦他，"来，我们再干一杯。"

"喝就喝，公鸡……还怕个母鸡？"胡岩手一扬，一杯酒一半洒在地上，一半灌进肚里。

"这杯不算，重喝！"韩燕拿起酒瓶，又给胡岩倒满。

"喝就……喝。"胡岩端起杯，嘴还没张开，便一头栽倒在地上。

赵军伟和高志良赶忙把他扶起，一左一右架着胳膊，像抬伤员似的朝楼上走去。剩下的人没了雅兴，等搁锅面上来每人吃了一碗，散了。

荣若男让周阳阳开车把她送到市委。这次飞来是郑为民邀请，有重要的事情商量，在电话里不方便说。一个市委书记突然邀请一个远隔千山万水的女老板，肯定有大事商谈。别人又替代不了，这说明她在他心里有分量，至少是值得信赖。她琢磨着郑为民的用意，走上三楼最东头的那间办公室，轻轻敲了两下门，没等里面回应就推门走进去。让她意外的是，他和一个老女人坐在真皮沙发上，头凑在一起，好像密谋什么大事，显得很神秘。见她进来尴尬地站起身，讪笑道："荣总风尘仆仆赶来，辛苦啦！"

"首长召唤，哪敢不来。"荣若男嘴上这么说，却瞅着老女人，她看上去比郑为民小不了几岁。

"哈哈，我给你介绍，这位是邱玉梅，邱老爷子的千金。"

"哦？邱会长，九二年上海举办佛教大会，我采访过您。"荣若男假装谦恭地走过去。

"是吗？我每天拜佛念经，除了佛教界人士，很少与外界接触。"邱玉梅没有站，示意她坐在自己身边，"我这个佛教会长，本不想当，是推不掉，也算给社会做点有意义的事吧。"

"佛教劝人向善，放下尘世的纷争，追求内心的平和，宣扬因果报应，生死轮回，从精神上慰藉受苦受难的众生。"荣若男见邱玉梅面无表情，没有和她谈经论道的意思，没再说下去。

郑为民站在她俩对面，知道该进入主题了，盯着荣老板不紧不慢道："若男不是外人，我就开门见山了。老爷子留下的三合煤矿，市值六个亿，你想不想买？"

"我就是想买，一下子也拿不出那么多钱。"荣若男终于知道郑为民让自己来的意图了。

"只要你接受这个价，我负责和银行协调，用煤矿抵押给你贷一笔款，不就解决了？"邱玉梅淡淡道。

"现在煤价上涨，行情火爆，干嘛要出手？"荣若男真的不理解，疑惑地问。

"你也知道，邱家一连出了些事，就剩下我一个人，不可能去过问煤矿。留着不定惹出什么是非，不如卖了，图个清净。"邱玉梅声音很平淡，好像不是在谈买卖，而是在讲述一件多年的往事。她随手从脚下拿起一个包说："这么大一笔生意，也不急着表态，拿回去研究一下煤矿的资料，找专家出个评估意见。"

"若男，当地有好几家公司要出这个价，但不能卖给他们，会让人抓住把柄。你知道邱家在中州市的地位，本来正常的买卖，人家说你以权压人，不定里面有什么勾当。你是上海人，不会生出流言蜚语。邱家势力再大，也够不到上海，可以堵住那些小人的嘴，所以才请你来。"郑为民顿了顿道，"这里面有很大的利润空间，如果不想自己经营，可以转手卖给万世集团，徐永世那里我和他说。"

荣若男相信郑为民的话。他即使想帮邱玉梅，也没有必要给自己下套。一个市委书记，卖座煤矿只是一句话的事，何况价格公道，又是煤炭价格暴涨的时候。她觉得他在暗中帮自己，尤其是最后那句话，转手卖给万世集团，已经说得很清楚，下家就是他的小舅子。退一万步讲，徐永世不买单就把煤矿交给银行，反正是拿煤矿做的抵押，不要的话贷款就打了水漂。这是一笔毫无风险的买卖，说不定能挣得盆满钵满，傻子才不干哩。但她必须沉住气，不能让那个老女人看出自己的心思。她装出犹豫不定的样子，勉为其难地接住资料包，不情愿地道："邱会长，郑书记是我的老大哥，他都把话说到这个份儿上了，我没有理由拒绝。"

"这才是我的好妹子，晚上在中州大酒店好好庆贺一下。"郑为民如释重负。

荣若男知道该走了，站起来道："那我先走一步，晚上见。"

一出门，迎面碰上徐永世。她想低着头走过去，又一想要是煤矿卖给他，把关系弄僵了不好，只好装出惊讶的样子问："徐总，来找郑书记？"

"啊哈，荣总，我正要找你。中州市新建铁西区，想不想和我联手竞标？"徐永世只不过是随口这么一说，心里根本没有与她合作的意思。

"竞什么标呀，还不是郑书记一句话，这对你来说还不是小菜一碟？别拿我这个外地人开涮了。"她知道因为和李向民合作，姓徐的早已把自己当成了对手。

"这年头外地的和尚好念经。不管大小老板，只要是招商引资回来的，都当成了金娃娃。好像我们这些当地企业是后娘养的，得不到一点优惠政策。"

荣若男心里明白，徐永世指的是胡岩和韩燕，但她故意道："徐总这么说，我就更不敢来中州市投资了，抢你们当地人的饭碗。"

"你是姐夫请来的贵客，另当别论嘛。"徐永世自知说错了话，不好意思道，"荣总不要见外，我徐永世是真心实意，想跟你这个女强人合作。"

"铁西区项目，我不想参与。"

"好吧，那就不强人所难了。以后，荣老板有什么挣大钱的项目，别忘了老哥。"

"那是自然，我还想沾万世集团的光呢。"荣若男看着徐永世推门进去，连敲都没敲一下，忽然觉得这老小子是被郑为民叫来的，可能一直等在外面。那么，让她购买三合煤矿，目的是通过自己的手转卖给徐永世，最后再回归老邱家，来一次华丽的蜕变？

十五

抱负远大

春节一过，宋玉凤以微弱过半数的表决票数，正式当选为市长，去掉了头上的"代"字。而在选举前，省委专门派了督导组进驻中州市，耐心细致地找人大代表谈话，要求选举必须公正，决不能让上次的贿选重演。虽然有惊无险，但还是让她受了点刺激。这是等额选举，又没有竞争对手，要是有别人参与竞争，自己落选无疑。年前铁西区竞拍，评委们给两家企业打了一样的分，不偏不倚，报到市政府让领导拍板定夺，故意给她出难题。看来，邱氏集团的势力根深蒂固，邱志伟被枪决只是一时震动。郑为民不倒，中州市很难政治清明，这里拉帮结派，腐败成风，老百姓仍然怨声载道。自己要想有所作为，不辜负领导的厚望，必须采取强硬手段，让郑倒台或挪窝。她抬起手腕看了一下表，早过了下班时间，拉开门刚走出办公室，见李向民提着一个纸袋子，从楼梯间走过来，她就站在门口等他。

整层楼没有一个人，对面赵军的办公室门也关着。平时她没走他不会离开，今天可能有什么急事。她走出两步迎上去，调侃道："不是彩票中奖吧，还带着礼品？"

"送你个好东西，你一定喜欢。"李向民走进办公室，等宋玉凤进来关住门，掏出袋里一个精致的纸盒，放在老板桌上道，"这叫摩托罗拉手机，比起大哥大又便宜又省话费，今天刚上市，我买了两部。"

宋玉凤也不客气，打开纸盒拿起手机，翻开盖问："这个比大哥大小多了，现在能打吗？"

"插上卡就能用。"李向民掏出两张卡，看着宋玉凤问，"一个尾数6666，另一个8888，你要哪个号？"

"6666吧，你去发财呗。"

李向民把两张卡分别插进手机，递给她一部道："你拨我的号。"

宋玉凤接过来按下一串数字，顿时一首《乡间小路》从手机里播出，歌声婉转动听，一下把她带进思乡的情绪里。她心里一热，但很快控制住情绪道："走，我请你到门口那个饭馆吃酸菜鱼。"

走出南大门向东一拐，不到二百米有一家"黄河鱼馆"。门脸虽不大，走进去是一户住宅，装修得却很有特色，像一个郊外山庄。老板认识宋玉凤，赶忙领进最靠里面的雅间，谦恭地问："宋市长，想吃什么？"

"二斤酸菜鱼，一盘小葱拌豆腐，一盘黄豆芽，来一瓶中州老窖。"

"好嘞！"老板是个中年汉子，满脸喜悦地退出去。市长能光顾他的小店，真是让小店蓬荜生辉。

"向民，铁西区让我进退两难。如果给了你们，徐永世那边说不过去。郑为民老奸巨猾，就看我怎么拍板，能不能公正处理。"

"那就放一放，不能操之过急，等到时机成熟再定，免得让人抓住把柄。"

"不主动出击，怎么扭转局面？自从邱志伟被枪决，中州市的官场风气好了许多。我想趁热打铁，制定出一套切实可行的办法，规范官员的行为，提振各部门的工作效率。时间不等人啊，现在正是春天，各个项目开工的季节。"

"可以从三合煤矿入手，调查转制时的账册，找出国有资产流失的破绽。"李向民顿了顿，"社会上传言，郑为民有百分之二十的股份，这里面一定有问题。"

"审计局是他的人，即使查出问题，也不会向我汇报。"

"那就找个借口，把局长换了。"

"我自己又没人，让谁上呢？"宋玉凤苦笑道。

"把副职提拔起来，他会感恩戴德，自然就成了你的人。"

两人正说话间，听到过道里有脚步声，不再言语。很快，老板端着凉菜和酒进来，麻利地摆好，知趣地退出去，随手关好门。李向民拧开瓶盖，倒满两杯，话中有话："请国家部委的人多来中州市指导工作，对你打开局面有好处，比如审计署，一个处长下来就能解决问题。"

宋玉凤会意："想动哪个局，就请上面对口部门来人，名义上督察工作，实则来找问题。磨道里总能发现驴踪。"

两个人相视一笑，举起杯一饮而尽。

过了几天，国家审计署一行四人，由一名副司长带队，省审计厅谢副厅长陪同，来中州市搞调研。宋玉凤把赵军叫进办公室，一脸冷峻地说："审计署康司长来调研，这几天你专程陪同。人家想去哪个单位检查，必须认真配合，不许找理由走过场。要把吃住安排好，不能慢待客人，更不能出现什么差错。"

"市长放心，我一定让上面领导高兴而来，满意而归。"赵军写材料不行，论吃喝玩乐招待人，还是很称职的。

宋玉凤毫无表情，没有吱声，拿起一份文件浏览起来。

赵军知道该走了，他到现在还没有摸透这个女人的脾性。本来以为会被调离岗位，也做好了思想准备。自己是邱家的亲外孙，舅舅年前被枪决，按照常理自己不能留下来。何况李向民和她走得那么近，可能早已有了默契，姓李的是不会说自己好话的。他心烦地拉开门，刚迈出腿，就听身后传来低沉的声音："要守规矩，不能送礼。"

"是。"赵军回头应了声，把门轻轻关上，边走边琢磨这句话的弦外之音。为什么要专门提醒？这是故意说反话。要让领导满意，除了每天招待好，临走时还得带上礼品，而且不能太小气。

审计局的潘亮局长忙坏了，上面来人，没按惯例提前打招呼，而且第一个督察的是审计部门。他把分管业务的副局长刘愫愫和相关科室的人叫到办公室，开了一个短会，让停下手中的一切工作，全力"应付"检查。特别强调该提供的提供，不该暴露的决不能拿出来，谁坏了规矩谁兜着。

康副司长是个爱较真儿的人，中央财大毕业分配到审计署，一干就是二十年，凭着业务能力熬到副司级。他一到中州市就亲自查账，像个懂事的小学生一样一丝不苟，半天时间查出三大问题。

潘局长急得像热锅上的蚂蚁，在办公室来回踱步，琢磨着该给姓康的送多少钱，可试探了两次，人家连话茬都不接，怎敢贸然出手？他拨通赵军的手机，压低声音问："赵科长，在哪儿？"

"你这大局长太官僚了，我还能在哪儿，在你们楼里，伺候那五个人嘛。"

"兄弟，来我办公室一下，有明前龙井茶，未出嫁的少女采的，正适合你的胃口。"

"不是吧，能闻到少女的气息？"赵军调侃一句，挂断线很快推门进来。

"我的大秘书，替老哥想想办法，怎么摆平姓康的。"潘亮从柜子里拿出一个精致的木盒，打开里面的包装，一股茶香扑鼻而来。

"果然好茶。"赵军呵呵道，"是不是张启伟局长忍痛割爱送你的？"

"你咋知道？"潘局长泡了两杯，拉他坐在沙发上。

"昨天在老爷子那儿，正好张局长拿出这么一个盒子，说他上星期去了趟杭州，在狮子峰茶场买的。但没听说是未出阁的少女用小手手采的哇。"

"你老弟风流倜傥，不说少女采的，没有兴趣。"潘亮哈哈笑着，伸出巴掌晃了晃，"康司长那儿，打点这个数？"

"毯！我问过谢厅长，那个人油盐不浸。"

"谢副厅长去年来检查工作，送的礼品有点不上档次，好像不满意。"潘亮苦笑一声，"这次下来的人不好应付，有点专门针对审计局，我的头都大了。"

"不管是针对谁，必须认真对待，高度重视。宋市长特别吩咐，不能慢待了上面的人。晚上在中州大酒店201雅间设宴接风洗尘，你把刘愫愫带上，她唱得不错。"赵军端起杯抿了一口，不停地咂巴着嘴唇。

"局里有两个漂亮少妇，能喝会说，我都带过去，保证让北京人满意。"潘局长看着赵军，试探地问，"下一站，去哪儿审查？"

"煤炭局。"

潘亮心里咯噔一下。他很清楚煤炭局那些烂账，漏洞百出，别说审计署的专家，连他这个财校毕业的中专生也瞒不过去。这明摆着是有人在暗地里鼓捣，要在中州市掀起风浪。那么这个人会是谁，究竟要干什么？他不动声色道："张启伟是郑书记的妹夫，当了十几年的局长，煤炭行业又是中州市的经济命脉，去那里审计是太岁头上动土，张局长不会配合的。"

"我正头疼这事，想和张局长打声招呼，不要与审计署硬碰硬，别惹出麻烦来，如果人家抓住把柄，郑书记也不好协调。"

"打狗还得看主人，好多年没去审计煤炭局了，这次上面来人，你不觉得有猫腻？"

赵军明白潘亮想探听底细，可自己什么都不清楚，今天一上班才接受的任务。但他不能实话实说，让姓潘的小看了。他装出惊讶的样子反问道："这里面有问题？我咋没看出来，你老兄有点过于紧张吧？"

"你想啊，下来检查也不打招呼，第一个就拿审计局开刀，想找出什么线索，然后再顺藤摸瓜。"

"兵来将挡，水来土掩，天塌不下来。"听潘亮这么一说，赵军心里也直犯嘀咕，难道宋市长要开始动人？自己的处境很尴尬，说不定哪天就得挪窝，这个时候更应该谨言慎行。他站起来打着哈哈道："我得过去了，别让领导等急了，产生什么误会。"

不到下班时间，赵军提前赶到中州大酒店，点好凉盘和热菜。特意加了一只烤全羊，要了一箱十五年窖藏五粮液，按中州市最高标准招待。等服务生摆好凉盘和餐具，他站在大厅迎候，见徐永世领着几个人进来，其中一个女的好面熟，像什么明星，就是想不起叫什么。

"大秘书，发啥愣啊，给你介绍一下，从中州市出去的当红歌手，杨……"

"是杨娜！"赵军想起来了。他和杨娜的大哥是同学，在她家见过几次。没想到女人一出名，长相也跟着变漂亮了。

"我们在202雅间，等会儿过来喝几盅。"徐永世走过来拍了一把赵军的肩膀。

"巧了，我在201招待北京来的领导，到时候让小妹过来捧个场，助助兴。"赵军喜出望外，杨娜唱的情歌火辣奔放，传遍神州大地，一定能让康副司长尽兴。

"没问题，老弟张口，当哥的能不答应？"徐老板说着，一行人上了二楼。

赵军没想到，康副司长不胜酒力，十个人还没提议完，就喝得满脸通红，说话舌头有点发僵。刘愫愫端着杯站起来，故意挑逗道："首长，喝哑酒容易上头，我给你来个荤的。"

谢副厅长领教过刘愫愫的绝招，拍着手兴奋道："好，让领导解解酒。"

刘愫愫一仰头，把一杯酒倒进嘴里，含着不咽，走过去双手搂住康副司长的脖子。

康副司长不知道她要干什么，就觉得好像有两个热馒头压在胸上，让他浑身一颤，张大嘴正要说话，刘愫愫的嘴突然吻上来。他猝不及防，酒呛进喉咙里，一把推开压在身上的女人，低头哇地吐在地上。

赵军心里一惊，这北京人也太不能喝了，还没半斤就到了这份儿上。赶忙过去给他捶背，弯下腰讨好道："首长，送你去医院吧？"

康副司长喉咙里呛进酒，说不出话来，用手朝上指了指。赵军明白，搀住领导走出雅间，小心翼翼地上了楼梯。

这顿饭吃得索然无味，烤全羊还没上桌，就草草结束了。

第二天一上班，康副司长带着手下赶到煤炭局。赵军看着他精神抖擞，突然觉得昨晚这老小子是故意呕吐装醉离席。赵军把工作交代完，走进张启伟的办公室，见他正悠闲自得地品茶，满不在乎的样子，心里就来气。但不好发火，压低声音道："大局长，火烧眉毛了，还有这心情？"

"上面来的人，都是坐腻了办公室，出来散心的。查账不过做个样子，走走过场，有啥好紧张的嘛。"

"不能掉以轻心，那个康司长，是个油盐不浸的主儿。"

"昨晚不是被刘愫愫灌得吐了吗？什么油盐不浸，十个男人九个色，一个不色是二尾子。"张局长从老板桌后转出来，把赵军拉在沙发上，拿起刚泡好的茶壶，一边给赵军倒茶一边道，"兄弟，这茶味道纯正，喝进肚里有一股清爽的感觉，早上来一壶，一天都有好心情。"

"要是查出问题来，你也能坐得住？"赵军接过张启伟递来的茶杯，轻轻抿了一口，比潘亮的茶好喝多了。这老小子把最好的留给了自己。

"怕什么，天塌下来有大个儿顶着。"

"你见过郑书记了？"赵军盯着张启伟，想从他脸上找到答案。

"昨晚北京来的人不是在201？你们散桌后，我和妻哥去了202。"

赵军恍然大悟，要不他怎么知道刘愫愫灌醉了姓康的，这么看来，人家早已做好了准备，自己真是皇上不急太监急。不过，他还是站起来劝道："小心驶得万年船。康司长看起来像个学究，文质彬彬，其实骨子里明白得很。"

"谢谢兄弟提醒，我心里有数。皇城里干活儿的人，没有几把刷子也混不下去。"张启伟从墙边柜子里拿出一个精致的木盒子，"这是上好的龙井茶，和刚才喝的一样。"

"比给潘局长的好？"赵军伸手接过，转身时不忘调侃一句。

"呵呵，你小子哪壶不开提哪壶。"张启伟拍着赵军的肩，把他送出门。

在煤炭局查了四天，又去三合煤矿核对两天，审计署的人带着六袋资料，当晚飞回京城。赵军都不知道人家什么时候订的机票。买好的羊绒衫和羊绒毯，虽然几天前就送到了客房里，但人家连包装都没有拆开，原封不动地放着。他心里一阵发凉，竭力回想着什么地方得罪了这些钦差大臣，他们竟然不辞而别，这怎么向宋市长交代？

一个星期后，市政府收到省政府转发的审计署报告："三合煤矿时价一亿八千万，中州市煤炭局以六千万卖给邱朝东，国有资产净流失一亿二千万。建议追究相关人员的责任，追回流失的国有资产。中州市审计局出具虚假审计报告，造成国有资产流失，要求一并处理。"宋玉凤从办公桌上拿起审计报告，不由得心潮澎湃。尽管之前已经得知结论，没想到文件下发得这么快。她重复看了几遍，确认把报告中的数字记住了，才拿着文件走出房间，径直走下楼。

"郑为民再老谋深算，看到报告还会无动于衷？社会上传言他有三合煤矿百分之二十的股份，蒋国庆占百分之三十，可惜章程里没有他们的名字。也许私下里和邱老爷子写了协议，或者只是口头约定。但转制时他是书记，张启伟又是煤炭局长，即使没入股也有责任。"她心里琢磨着，迈开大步，很快进了市委大楼，上到三层，敲开郑为民的办公室。

"玉凤市长，什么重要的事情，要你亲自过来？"郑为民从老板桌后转出，拿起茶几旁的暖水瓶，要给她沏茶。

"我来吧，怎么能让老书记动手哩。"宋玉凤说着拿过暖水瓶，先给桌上的保温杯续好水，又给自己倒了一杯，顺手把《审计报告》递过去。

"呵，是审计署的。"郑为民快速浏览了一遍，面无表情道，"你觉得该怎么处理？"

"国有资产流失一亿二千万，数额巨大，应该依法从严惩治。"宋玉凤故意停顿一下，想看他有什么反应。但郑书记一脸和蔼的表情，没有丝毫变化。她只好换了个口气道："要是煤矿转制给别人，这事就好处理。可邱老爷子是有功之人，一九四九年后又是第一任中州地委书记。"

"你说得有道理，这件事要慎重，处理意见要报省委批示。"郑为民说。

宋玉凤一时答不上来。邱老爷子一儿一女，邱志伟被枪决，就剩下邱玉梅了，唯一的侄子邱大伟与阎保成同归于尽，真是于心不忍。她有点后悔，不应该来中州市，全国各地那么多地方，随便去哪儿都一样。要不是有家乡情结，她何苦……

她正盘算着，郑书记声音低沉地说："玉凤市长，省里不直接处理，把文件转发下来，就是感到问题棘手，有意回避。当然，流失的国有资产必须追回来，不能给国家造成损失。这是起码的要求，毋庸置疑。可以把三合煤矿进行拍卖，用拍卖所得给财政补交回一亿二千万，剩下的由邱家处置。"

"现在煤价翻了几倍，即使补交回流失的国有资产，邱家还能挣几个亿。"宋玉凤笑了一下。

"话不能这么说，当时拍卖价是一亿八千万，即使不卖给老爷子，也会卖给别人。"

"应该把这些年的利息算上，才算合理。"宋玉凤不想让步，"流失一亿二千万，八九年转制到现在，整整八个年头。按人民银行贷款年利率百分之七计算，大约七千万，要如数补回。"

郑为民心里很不高兴，没想到这个丫头片子要算利息。可人家说得在理，为了不把事态扩大，不上升到反腐高度，损失点银钱是小。再说煤矿卖给了荣若男，六个亿上星期已经按照股份比例分了，谁会吐出来？只能帮助荣若男把煤矿转手卖到七亿九千万以上，让她不要亏本，把事情悄悄摆平。凭自己市委书记的面子，与那几家煤炭集团打声招呼，让出手慷慨一点，以后找机会给个优惠政策，亏损的钱就补回来了。他这么一想，怨气消了，端起保温杯抿了一口道："玉凤市长想得周到，利息必须补回，国家财产一分钱也不能损失。"

宋玉凤一时无话可说。姜还是老的辣，自己费尽心思要追究责任，让人家轻易就化解了，而且说得冠冕堂皇，好像站在国家的利益上。看来想借三合煤矿案整顿官场已经不可能，但必须有所斩获，大鱼逮不到，就逮几条小的。她故意把脸沉下道："党纪国法不能用金钱改变，就算国有资产追回，也要追究责任人。当年煤炭局长就是张启伟，违法乱纪，一手操作，要移交检察院立案侦查。还有潘亮，审计署的文件中很明确，出具虚假审计报告，造成国有资产流失，一并立案。"

郑为民一听火气就直往头上蹿，费了半天劲，话都白说了。他阴着脸道："如果你执意要追究，下午三点开常委会讨论，集体表决，少数服从多数。我这个书记不搞一言堂，实行民主集中制。"

下午的常委会准时召开。九个常委里，除了宣传部长杨宏生和常务副市长荆开达没有表态外，其余五个常委都一致同意郑书记的观点。但为了照顾二把手的面子，郑书记站在全局的高度，以大义灭亲的姿态，提议免去张启伟的煤炭局长职务，改任市人大秘书长；免去潘亮的审计局长职务，改任财政局调研员；同意宋玉凤市长的提议，由梁晓光副局长主持煤炭局工作，沈惠佳副局长主持审计局工作。大家一致表示同意。

宋市长虽然没有达到最终目的，总算取得局部胜利。她只有让步，因为这是常委会集体表决的结果，九个常委中除去她和郑为民，五个是邱派的人。

吃过晚饭，李向民低着头快步走进政府招待所。他敲了两下门进去，其实可以直接推门而入。她打电话让自己过来，肯定一个人在房间，又不会做什么隐秘的事情。

宋玉凤正慵懒地躺在床上看书,见他进来,坐起道:"这几天见荣若男了吗?"

"没有,打过一次电话,说她买下了三合煤矿,转贷六个亿。"李向民坐在沙发上。

"哦,邱家六千万买的煤矿,八年翻了十倍。还没掏一分钱,只是转贷在邱朝东名下,多么好的空手套白狼!"她把书放在床头柜上,抬手捋了一下披在额前的头发,"审计署查出三合煤矿转制时,国有资产流失一亿二千万,市里要公开拍卖煤矿。"

"荣若男买成才半个月,中介人是郑为民,要是拍卖价低于六个亿,就赔进去了。"李向民苦笑一下,"好在是拿煤矿抵押的,让银行收回去,最终还是国家吃亏。"

宋玉凤忽然盯着他道:"审计是十天前的事,这么说与荣老板买煤矿前后相差不过五天,难道邱玉梅能未卜先知?"

"估计早已谋划好了,只是巧合吧。"李向民顿了顿,"既然查出问题,上面为什么不追究责任,仅仅追回流失的国有资产?郑为民作为书记,即使不占股份,也难辞其咎。"

"事情比我们想象的复杂。按理应该省纪委介入,却把《审计报告》转回中州市,明摆着要让中州市先出处理意见。三合煤矿涉及蒋国庆,这是一省之长,牵一发而动全身。再说,邱老爷子已经作古,人家要是不承认,把所有责任推到死人身上,我会很被动,甚至无法收场。下午的常委会上,我虽然和郑为民没有翻脸,但已经挑明了立场。看来这场斗争已拉开了序幕,现在是箭在弦上,不得不发。"

"只有从查处腐败入手,才是最好的办法。郑为民不贪不占,以清廉自居,一定有个很大的来钱地方,要不靠那点工资连应酬人的烟钱都不够。除了三合煤矿外,万世集团是唯一的渠道,那是他一手扶植起来的。社会上传言徐永世是丫鬟带钥匙,根本不主事,对付企业老板,审计和纪委不管用,只有出动税务局查账,才能立竿见影。"

"嗯,明天就让地税局进入。"宋玉凤看着他,调侃道,"知识分子鬼点子多,这话用在你身上,一点不过分。"

李向民苦笑一下："为了不让郑老头认为你是故意和他对着干，要在全市范围内开展税务大检查，所有企业一视同仁。这样既能麻痹徐永世，不会引起警觉，又能师出有名。"

半个月后，宏大公司收到地税局大检查的通知，后面附着各企业的名单和查账时间表。万世集团作为中州市民营企业老大，自然排名第一，而且文件是稽查小组带去的，当即查封账册，进入紧张的工作。

起初徐永世并没有重视，以为是例行检查。税务局每年都来一两趟，走马观花弄上一天，找出几张假发票，故意磨蹭到下班时间，说是要从严处罚，到酒店喝上一顿酒，就没有下文了。可这次查得很仔细，把十几年前的旧账都翻出来，刨根问底，不放过任何蛛丝马迹，好像不找到偷漏税款的把柄，誓不罢休似的。他觉得是有人存心找茬儿，拿起手机拨通稽查局王耿明局长的电话，没好气道："大局长，你们是哪根筋抽了，到我公司翻箱倒柜，要把老祖宗挖出来？"

"徐总，我们也是没办法，市局下的死命令，必须彻底清查全市企业账务，不能有半点马虎。要不，老哥怎么会查你？不是自找没趣嘛。"

"既然不是你的事，我给市局打电话。"徐永世挂断线，拨通汪留良的号，大声道，"汪局，你的人像一帮侦探，唯恐找不到破绽，来我这儿要大闹天宫？"

"老弟，正想给你打声招呼，市里要求税收大检查，我也没办法啊。"

"每年都检查，不过是个形式，今年干嘛这么较真？"徐永世不客气地问。

"这次不同了，宋市长亲自挂帅，成立联合检查组，重点针对纳税大户。你是首富，当然第一个光顾。"

"那个女人，他妈是冲着我来的？"

"不会吧？这是全市大检查，每个企业都不放过。动员大会上宋市长表态，只要查出问题，不管哪个企业，都要从严处理；涉及大额偷税漏税的，移交检察机关起诉。你不要掉以轻心，要高度重视啊。"

"现在说这些还有用吗？账都被你们封了，怎么个重视？马后炮！"徐永世气哼哼地挂了线。这帮白眼狼，平时吃上喝上拿上，到关键时候什么用都没有。

三合煤矿定于四月八日公开拍卖。荣若男提前两天从上海飞来，给郑为民打手机，提示关机或不在服务区，打办公室电话没人接听。只好去市委找，被门卫拦住道："郑书记不在。"

"去哪儿了？"

"领导出门，我们哪知道！"保安很不高兴，好像上班前和老婆吵了架，带着情绪来的。

荣若男觉得自己真是昏了头，问这些人和问扫大街的没什么区别，真是多此一举。这年头的人都烦躁，每个人活得不容易，使点小性子情有可原。但堂堂市委书记，有多少大事等着处理，也这么任性地关机，难道怕见自己，故意躲起来了？

她气咻咻地走下台阶，忽然看见赵军拿着一份文件，快步从政府那边赶来，忙迎上去问："赵科长，知道郑书记去哪儿了？一直打不通手机。"

"去中央党校学习了，已经走了一个星期，你不知道？"赵军嘴角撇了一下。

"哦？"她一脸愕然。快到退休年龄了，还上中央党校，难道要提拔？她不相信地摇了摇头。

赵军见她发愣，说了声再见，朝大厅走去。

晚上周阳阳在中州大酒店做东，给荣若男接风洗尘。除了李向民、高志良和赫小玲外，还叫了蔡永锋。蔡副主任上星期升为主任，但没有进常委会，还是正科级，心里有些不痛快。等周阳阳提议一圈后，他主动端着杯站起道："像我们这种无根草，就不应该走仕途，累死累活工作，夹着尾巴做人，到头来只能混个科级。荣老板和向民下海经商，真是有先见之明。凭本事挣钱，靠智慧经营，干自己想干的事情，不受人约束，不用窝在那些无能的领导下，每天谨小慎微，唯唯诺诺，逢年过节还得送点礼品，比他妈孙子都孝敬。说不准哪天一句话说不对，无意中惹着上司，一辈子就得原地踏步，都不知道因为什么。"

"表哥，像你现在这样已经是寒门出贵子了，你就知足吧。永文哥干了快一辈子，还是达县教育局的一个股长，难道他没有能力，比你干得差吗？这个世界不能纵向比较，越比越活不成。你这么一想，心里就平衡了，感觉自己活得有滋有味，端着铁饭碗放着死骆驼，已经是最幸福的人了。"周阳阳说。

"阳阳是实践出真知，一个初中生，说的话在理。你以为经商就能任性，不用低头折腰，做自己想做的事情？老板不过是一个有钱的孙子，离开你们这些官僚，什么事也做不成，连个批文都拿不上。若男购买三合煤矿，如果不是郑为民引荐，会那么快成交？"李向民看着荣若男阴沉的脸，不想把话说透，只是点到为止。其实大家都明白，只是大家都没想到，审计署横插一杠。

高志良看着荣老板，打抱不平："这是预先挖好的一个坑，让荣总往下跳。"

"按理说，郑书记不应该害若男姐，毕竟十年的朋友。"周阳阳也端起杯，一边琢磨一边道，"再说，凭郑为民在中州市的权威，随便卖给哪家企业，都是一句话的事，干嘛要拉若男姐下水？"

荣若男正要说话，坤包里的手机响了，忙掏出来喂了一声。

"若男，上课没有开机，抱歉。给我打电话，是不是拍卖三合煤矿的事？"

"郑书记，你去学习，高枕无忧了，让我怎么办？"荣若男气愤地道，"给财政补交一亿九千万，加上交易税，煤矿得卖八个亿才能持平。"

"现在不是还没开拍嘛，等结果出来，看卖了多少再商量。"郑为民说完挂了线。

众人听得很清楚，姓郑的不想让荣若男吃亏。如果卖低了，兴许邱家能补窟窿。当年六千万转贷在邱老爷子名下，卖给荣若男六个亿，就算拿出一亿九，也能净赚三亿五。况且，国有资产流失，装进了邱朝东的口袋，吐出来是理所当然。周阳阳骂道："这还算句人话，若男姐放心吧，姓郑的要是说话不算数，就去找邱玉梅。"

蔡永锋一直端着酒杯站着，等众人七嘴八舌说完，侧身看着荣若男道："邱家侵吞国有资产，让补交财政亏损，已经是最大的宽容。邱会长不会让你背黑锅。今天难得一聚，把烦恼的事抛在一边，我先敬你一杯，祝天天有个好心情。"

这顿饭一直吃到零点，大家都有了醉意。荣若男喝得最多，说话语无伦次，站起来想出去方便，一个趔趄向后摔倒，幸好李向民眼疾手快拦腰抱住。周阳阳和赫小玲赶忙过来，一左一右架着她，慢慢朝楼上走去。

　　不知从哪天起，突然传出郑为民被双规了，说是从中央党校带走的。李向民从不信谣，这些都是闲得蛋疼的人茶余饭后杜撰出来的。老百姓宁信其有不信其无，贪官就应该被查。但一个星期后，李向民改变了自己的看法，万世集团偷逃税款高达两亿，徐永世指使会计销毁凭证，让保安殴打稽查人员，涉嫌犯罪，被拘留理所应当。最关键的是，两笔上亿元的分红，分别打入蒋国庆和郑为民老婆的存折，与公司章程里的股东不符。

　　宋玉凤身为检查领导小组组长，指示查清万世集团所有股东身份。既然抓了徐大老板，就与郑老头撕破了脸皮，不需要再藏着掖着。她打电话叫来李向民，开门见山道："你想办法，收集蒋国庆和郑为民直系亲属的签名，尽量多取样本，送司法部门做笔迹鉴定。只有这样才能弄清章程上的股东签字，找到冒名顶替的人，揪出幕后的真股东。"

　　"这恐怕需要一段时间。"

　　"时间不能拖得太久，抓紧做。"宋玉凤仰起头望着天花板，一字一顿地说，"能不能把大老虎挖出来，关键在此一举。"

　　"是不是动作太大了？"李向民突然犹豫起来。

　　"我也不想这样做，可不把他们挖出来，中州市想政治清明，犹如痴人说梦。"

　　"要不中央要深化改革。"宋玉凤长叹一声，"不过，踏上这条路，只能向前走，不能回头，不能半途而废，像虔诚的宗教徒一步一叩头地去圣地朝觐一样，必须坚守心中的信念。"宋玉凤接着说。

　　"我已经站在风口浪尖，没有了退路，既然当了中州市的市长，就要对得起二百万人民的殷切期望。"宋玉凤收回视线，好像下了很大决心，"明天召开市政府常务工作会，宣布铁西区由你们几家企业竞标，如能中标就联合开发。万世集团偷漏税款，销毁会计账册，阻挠税务机关调查，取消竞标资格。"

　　李向民看着宋玉凤，突然觉得她已经成熟了。从邱志伟被绳之以法那天开始,她就变成了一个政治女强人。现在又要对付最大的拦路虎,这需要多大的勇气和魄力!这个在前沟乡长大的女孩,没有受过多少教育,担任基层领导的经验也不算多,但凭着一股信念,一种对党和人民伟大事业的无比忠诚,干劲十足,让他肃然起敬。如果照这样下去,中州就大有希望!河清海晏、日月朗照的那一天就会到来!

不过世事难料。人一半靠努力,一半靠运气。再说,就算宋玉凤将来干成功了,到时还能不能和她联系上,有没有现在的关系,谁能说上哇。"操!想些什么呀。"他不由自主地摇了摇头,竟然忘了是在市长办公室。

"你怎么了?"宋玉凤奇怪地盯着他。

"我想起荣若男,这次赔了,怕再没有翻本的机会。"李向民慌忙编着故事,装出一副忧心忡忡的样子。

"她是自找的,想傍郑为民发横财,动机就不纯。"宋玉凤面无表情,"社会上传说,他们是情人关系,你觉得呢?"

"若男不是那种人,她还单身,眼界很高,守身如玉。"

"是吗?"

"一个漂亮的女老板,总有一些绯闻缠身,就像才貌出众的女官员一样。现在无聊的人太多,不奇怪。"

宋玉凤的脸微微一红,好半天才道:"有些人真是用心良苦。"

李向民笑了笑,正要说话手机响了,掏出一看是荣若男的号,赶紧挂了,但电话接着又打过来,只好按下接听键喂了一声。

"向民,竞拍结果出来了,五亿九,咋办呀?"

"找邱玉梅。老邱家的事,不能让你背黑锅。"李向民看了眼宋玉凤,"你别急,和刘行长联系,煤矿抵押给银行,让他们收购。羊毛出在羊身上。"

"找他们没用,只有找宋市长,才能解开这个死结。你替我求一下情。我现在正去机场。如果她不愿帮忙,我只能回上海起诉中州市违法拍卖。"荣若男说完挂了线。

宋玉凤听得很清楚,随口道:"我爱莫能助,不能因私废公,必须追回流失的国有资产。她想告到法院,中州市随时奉陪。"

李向民苦笑道："本来是一个腐败案件，应该由纪委审查，却让中州市成为被告，牛头不对马嘴。"

　　"荣若男在上海起诉，事情就闹大了。你不要掺和进去。"宋玉凤抬起手腕看了一眼表，"下班了，走，到招待所吃饭。"

　　李向民跟在市长后面，忽然发现她身段那么匀称，直直的背，没有一点弯曲，像钢模里刻出来似的。纤长的脖子雪白细嫩，一头齐耳短发，显得飒爽英姿，活脱脱是不爱红装爱武装的巾帼英雄。以前怎么没留心观察。他突然有些自卑，感到自己那么渺小，满肚子私人欲念和争斗伎俩。自己原来这么猥琐。

　　他这么想着，不知不觉和宋玉凤走进招待所，坐在一号大雅间里，等待服务生按惯例端上两菜一汤，外加一碗米饭，当然今天是双份。

十六 抱负远大

　　五月一日上午九点，铁西区奠基仪式按时举行。蒋国庆省长亲自从呼东市赶来，发表热情洋溢的贺词，虽然有点心不在焉。围观的老百姓都能看得出来，他手里拿着讲稿，眼睛却瞟向远处一棵杨树上的猫头鹰。好像它影响了他的情绪，竟然跳过了稿子中的几行字，让人听得一头雾水，不知道首长在说什么。但他的声音很洪亮，完全掌控着场上的局面，所有人都面带喜悦，表现出激动的样子。

　　其实他完全可以拒绝参加这么一次活动，但宋玉凤一邀请他就欣然答应了。她只好按照首长来的规格做准备，专门搭设主席台，并指定市级行政单位必须派二人到场，而且要求政治素质较高的。蒋省长演讲一完，立刻响起热烈的掌声。

　　宋玉凤等掌声平息，大声宣布第二项议程："请铁西区合作开发人，永大集团董事局主席助理胡岩先生讲话！"

　　胡岩和韩燕并排坐在台上，拿起桌上的麦克风试了一下音，故意拉长声调道："今天是铁西区奠基大典，是中州市最重要的一件大事。把市区面积扩大一倍，建设上千栋二十层以上的高楼，打造出全市政治、文化、教育、商业……"

　　李向民作为合伙人，坐在蒋国庆的后面。胡岩讲了些什么，他一个字都没有听进去。"难道是因为万世集团被踢出局外？那么他这次大驾光临，一定还有别的目的，或许就是为了徐永世而来，要求宋玉凤放人。"他正想着心事，裤兜里的手机响了，掏出来一看，是杨红星打来的，忙按下接听键喂了一声。

"老师！你快来家，妈妈昏过去了。"

"什么？快打120，叫救护车！"李向民惊得浑身一颤，扭头和韩燕说了下情况，从主席台后面跑出去。

等他打的赶到花园小区，救护车正鸣着笛从大门口冲出。他让出租车师傅跟在后面，直奔市医院。

王艳艳被直接送进手术室，下午四点躺在手推车上出来，李向民和杨红星扑上去。但她仍然处于昏迷状态。主治大夫摇了摇头道："能不能醒过来，就看病人的造化了。"

"大夫！你要救救我妈。"杨红星抱住医生，声音颤抖地叫了一声。

"我们已经尽力了，病人的脑神经组织内长着一颗胶质瘤，压迫脑干出血，随时会引起呼吸衰竭。"

"能转院治疗吗？"李向民急促地说。

"想转也可以，不过根据病人情况，没多少意义。"

"只要有一线希望，就决不放弃！"李向民和杨红星几乎是异口同声。

"去北京肿瘤医院，我姑夫是那里最权威的专家。"韩燕快步走过来，后面跟着胡岩。

"那就现在动身，不能耽搁，多抢一秒多一分希望。"李向民握住韩燕的手，感激地说，"医院的事就拜托了，早点与你姑父联系。我和红星坐救护车去，凌晨能赶到。"

第二天上午十点，王艳艳在北京肿瘤医院做了开颅手术。十天后奇迹发生了，她竟然睁开眼，两颗泪珠从眼角慢慢滑出，那眼神让人不敢看，满是乞求和生的渴望。李向民伸手轻轻为她擦掉滚到鬓角的泪水，想安慰几句，又怕她听不到，痛苦地把头扭向一边。他知道大姐最不放心的是儿子。红星身体基本恢复，但心地过于纯真，就像山上从未污染过的清泉，透明得一眼就能看到底，怎么去适应纷繁复杂的社会？还有，她手上十个亿的高利贷，如同一枚定时炸弹长期压在心上。她为此整日忧愁，又不愿说出来。如果是由此诱发病变，那自己就是罪魁祸首！一旦债主们听到她住院的消息，会蜂拥而至，老爷子留下的那栋别墅就会成为争夺的焦点，杨红星将无家可归。

"大姐为了我默默承受着压力，活在惶恐和自责中，是我害了她啊。"李向民心如刀绞，泪水在眼眶里直打转。

"老师，你别太难过，妈妈会好起来的。"杨红星见他哭了，轻轻搂住他的肩膀。

"姐，你要是能听见，就放心吧，我一定培养红星考上大学，帮他成家立业。还有高利贷，回去抓紧售楼，想办法全还了，决不让你背上骂名。"

王艳艳的眼窝里全是泪，这是她唯一能表达的方式。

一个月后王艳艳从重症监护室转到康复病房。李向民雇了一个护工，二十四小时照看大姐，恋恋不舍地回到中州市。第二天一走进工地，就被债主们团团围住，叫喊着讨要高利贷。

"李老板，王艳艳借的钱，全用到宏大公司的楼盘，你要替她还债！"

"要是拿不出钱，就分楼房，利息一毛钱不能少！"

大家七嘴八舌，手里拿着福利小额贷款公司的借据，一个个理直气壮。

李向民知道，这些人是害怕钱打了水漂，不得已跑来闹事的。其实他们心里很清楚，那张条子与他无关，尽管钱用在了工地，是福利小额贷款公司作为股份投资到项目上。既然是投资，就有赔有赚，投资者要承担风险，等小区竣工清算完才能分红还债。他扫了一眼众人，不紧不慢地说："各位都是明白人，你们手中的那张纸，既没有我的签字，又无宏大公司的印章，你们跑来做什么？至于钱用在了这片楼房上，是根据合作协议的条款约定，按股份投资的。"

"我们管不了那么多，欠债还钱，天经地义！"

"谁欠你们的钱，和谁讨债去！冤有头，债有主，你们不会连这个道理都不懂吧？"李向民见众人一时答不上来，趁机道，"请大家放心，我姐的债务我替她还，但必须有一段时间，而且不能来工地闹事。否则，你们爱去哪儿去哪儿，我把话撂在这儿，宏大公司一分钱不掏！"

"你说，要等多长时间？"有人喊道。

"一期工程竣工。"李向民斩钉截铁地说。

"那要是变成烂尾楼呢？"

"真要那样，别说你们的钱，整个项目投进去的钱全打水漂。"李向民气愤地说，"到时我大不了跳楼自杀，向你们谢罪！"

话说到这份上，债主们哑口无言。本来跟宏大公司要钱就没有多少理由，闹一闹发泄一下，不一会儿都散了。李向民拐进售楼部，整个大厅挤满了人。回迁户开始办理认购手续，一期工程进入尾声，二期四十万平方米的高层住宅楼冒出地面。如果资金没问题，八月份就能封顶。他朝二楼走去，迎面碰见销售经理苏娟走下来，抬头问："一期还有多少房没卖？"

"十三万平方米。"

"不要捂盘，全部出售。"

"李总，房价天天看涨，我姐让把好楼层留下。"苏娟是杭英杰的小姨子，"现在卖到七千多了，估计国庆前会涨到八千，卖了太亏。"

"你没看见那些放高利贷的人围堵工地？听到王艳艳病重，都提心吊胆，怕钱收不回来。再不还，会闹出人命。"李向民心里明白，苏娟只听苏颖的话，和她说这些没用，换了话题问，"二期的预售证办下来了吗？"

"办好了，哪天开盘？"

"要是铁西区的贷款进账，资金就不紧了，可以缓一缓。"李向民说着上了楼。

苏颖正坐在一块垫子上，慢慢抬起双脚搭在肩膀，只用两只手撑地。这动作把他吓住了，呆呆地站在门口，不敢上前打招呼，怕惊扰了她岔气。她的头由下向上仰起，使劲拉伸着脖颈，像一只鸭子要吃上面够不着的东西似的。突然看见李向民，她的身子敏捷地向前一滚，站起来笑道："没事干，练练身子。"

"嫂子练的是什么功？柔软得像条蛇。"李向民走过去，上下打量着苏颖。一身白色运动服，梳着齐耳短发，显得英姿飒爽，根本看不出是一个寡妇，缺少男人的滋润。

"瑜伽。最适合女人练习。"苏颖拿起暖水瓶泡了杯茶，递给他道，

"艳艳姐的病，能治好吗？"

李向民接过茶杯摇了摇头道："现在只能睁开眼，浑身不能动，也不会说话。不过，从她的眼神可以断定她有思维，我说替她偿还那十个亿的高利贷，她就流出了眼泪。"

"也许不开贷款公司，就得不了这个病。高利贷的压力太大了。"苏颖长叹一声，"她虽家境好，却历尽磨难，还不如平常人家的女人活得滋润。"

"我们能做的，就是尽快还清高利贷，让她早日解脱。"李向民坐在靠墙的沙发上，喝了一口茶，"把一期的房全部出售，差不多够还债了。"

苏颖没有说话，过了好一会儿道："钱是应该还，可二期正热火朝天地施工，卖了房还要投入，总不能为了还高利贷停工吧？"

"我想过了，铁西区贷款这几天就进账，那笔保证金一退出来，正好用上。"李向民顿了顿，好像忽然想起什么，"万一资金短缺，把二期开盘，也能补得上。"

"现在房价飙升，二期要捂盘，不能卖。"苏颖的声音虽不高，却有一种不容反驳的口气。本来宏大公司是杭英杰一手创办的，李向民占百分之五十的股份，还是人家老公赠予的。

"那就用退出的保证金先偿还七个亿，要不债主闹起来，赵军伟无法施工。"李向民不想和苏颖争辩。

"保证金一退出，北京人的钱就全部收回了，等于他们一分钱没投，纯粹空手套白狼。可宏大公司担保，万一开发失败或中途停建，就要承担连带责任。"苏颖脸色阴郁，显然很不高兴。

"贷款是用铁西区项目抵押的，土地只有增值，宏大公司担保不存在什么风险。嫂子放心吧，就算赔得倾家荡产，我也会替英杰兄养活你和杭磊。"

"我是怕北京人把你算计了，那些老板精明得很。"

"人家挣钱凭的是资本运作，拿银行的钱投资，没有几个自掏腰包。可我们要想发展壮大，必须借助人家。宋市长有意拉来他们，就是想让宏大公司分一杯羹。要不，铁西区早成了万世集团的项目，哪轮得上我们参股。"李向民说，"等开发成功，想办法把公司上市，就会做成中州市民营企业老大。然后进军省城，再到北京发展，就会立于不败之地。"

苏颖没有反驳，知道眼前这个男人雄心很大。他要是自己的老公就好了。可现在她输不起。英杰为了救他撒手人寰，丢下自己和儿子相依为命。万一项目失败，公司就会破产，甚至背负累累债务。她偷偷瞄了他一眼。自己只比他大一岁，身体柔软得像舞蹈演员，别人说从背后看上去像十七八岁的小女生，长相也不逊色蔡琳，要是他能离婚……她正胡思乱想着，桌上的电话响了，走过去一看来电显示，伸手挂了，脸一红尴尬道："一个痞子，经常打电话。"

"实在心烦就报警。"李向民看得出，苏颖心里有事，故意这么一说。

"要是再打，我就去找弟妹，让刑警大队去收拾他。"苏颖装出气愤的样子。

李向民站起来，正事已经说完，不想在这儿多耽搁，怕别人说闲话。他边往出走边道："嫂子，你忙吧，我找军伟商量点工程上的事。"

"杭磊上初二了，等杨红星高考完，你腾出时间给辅导一下，每周晚上两次就行。"苏颖跟在后面，声音很低，好像怕楼下听见似的。

李向民一回头，看见她眼里有种异样的东西，心里不禁咯噔一下，却装作什么也没有发觉，道："好，我一定把磊儿培养成大学生。"

赵军伟没在工地，一早去呼东市采购钢材，现场只有技术负责人老张。他攀谈了一会儿，走到龙门架下掏出手机，打高志良的电话，想问他这些天在干什么，咋不去北京看望舅妈。连续拨了好几次都提示关机，觉得奇怪。这小子是记者，平时二十四小时开机，就怕有突发事件误了采访。他随即拨通周阳阳的电话，直截了当问："高志良的手机打不通，知道去哪儿不？"

"带着赫小玲回省城拍婚纱照，做新婚体检了。"

"他俩要结婚？"李向民吃惊地问。

"你傻呀，还没看出来？人家早那个了。"

"我还以为……"他没有往下说，觉得两人不合适。高志良大大咧咧，什么都满不在乎。赫小玲却心机很深，处处耍心眼儿。

"你以为人家是玩小孩过家家？这个世界看上去不般配的人，都幸福地成双人对了。你要没事过来吧，中午一起吃饭，省得为别人瞎操心。"

"也是，我杞人忧天，费哪门子脑筋哇。"李向民挂了线，从前面那个小门进去，穿过政府大院，斜对面就是理发店。

刚走出大门，见蔡永锋手里拿着一份文件从外面进来，迎上去没话找话道："二哥，哪天回达县，和永文哥吃顿饭？"

"哪有时间哩，每天迎来送往，不是喝酒就是按摩，一熬就到后半夜。"

"这好啊，过着神仙般的日子，还叫苦连天。"

"你又不是没经历过，那几年当秘书，你是怎么熬过来的？自己跳出苦海，站在岸边说风凉话。"蔡永锋拉住他的胳膊，神秘兮兮道，"郑老头到底斗不过宋市长，已被停职调查了。"

"不会吧？"李向民惊讶地瞪大眼睛，疑惑地看着妻哥，脑子里第一个出现的就是宋玉凤。她终于有可能主政中州市，大展宏图了。而荣若男，姓郑的一倒台，那个黑锅她就背定了，谁还会替她出头？去法院起诉市政府，想民告官？没有听说过。

"省委已经上过会了，书记是宋玉凤，很快会下文。"蔡永锋撇了一下嘴，"蒋鹏程回来当市长。真是三十年河东，三十年河西啊！"

"宋玉凤当书记，是预料中的事。可蒋鹏程杀回马枪，升得也太快了，出人意料。"

"他是沾了宋市长的光，被点名要回来的，要不根本轮不上。"蔡永锋压低声音道，"向民，我求你一件事，答不答应？"

"只要我能办到的，没问题。"李向民疑惑地问，"我一个无业游民，泥菩萨过河自身难保，还能办什么事？"

"只要你愿意，肯定能成，就怕你不想开口。"

"你就别绕了，直截了当说。"

蔡永锋盯着李向民，犹豫了一会儿道："我这个党办主任还是正科，按照规定应该是县委常委，可上面没人说话，迟迟不研究。等宋玉凤挪到市委，你给我活动一下，做事的规矩我懂，不会让她白帮忙的。"

"英杰兄，宋市长大刀阔斧整顿中州市，得罪了很多人，人家正愁抓不住她的把柄，你这不是想买官吗？你是想害她？这事要从长计议，别光为了自己那点小九九，不顾大局。"

蔡永锋呵呵笑了两声，伸手拍了一下妹夫的肩膀，转身走进大院。

李向民知道他不高兴，苦笑着摇了摇头，走过马路径直进了理发店。周阳阳正坐在老板桌后品茶，办公室门开着，见李向民进来，起身迎上去道："向民哥，社会上传郑为民被停职调查，是真的吗？"

"是的，他已经被革职查办，蒋国庆也同时要接受调查处理。"

"万世集团和三合煤矿的事，能不把他牵连进去？"李向民坐在真皮沙发上，若有所思道，"郑为民一被法办，荣若男算栽了，最少要赔两个亿。她要是在市场上融资成功，或许还有转机。"

"我刚才给她打电话，她好像急疯了似的，说话语无伦次。"

"什么？"李向民霍地跳起来，过了好一会儿才稳住情绪，掏出手机拨打荣若男的号，只听到嘟嘟的忙音。

"关机了？"周阳阳一脸惊讶。

李向民又拨了几遍，无法接通，一屁股坐下道："可能真被你说准了。"

屋子里突然静下来，两个人谁都不说话。一个复旦大学的才女，敢拼敢干的老板，一下子就被击垮？而她身后留下那么多烂事，与宏大公司签订的合作协议还没有兑现，两亿股份一分钱也没进账。要不是王艳艳的小额贷款公司，颐美小区资金链早就断裂了，支撑不到现在。

中午李向民和周阳阳没有喝酒，两人心情很坏。让厨房炒了个菜端进办公室，简单吃了口，坐在东边茶吧式的会客厅，闷闷不乐地喝茶。李向民嘴里含着茶水，一股清香混杂着苦涩，沁入喉咙，他忽然有种对人生的感悟。自己这么苦苦拼搏，即使机关算尽，也不能出人头地。人啊，从生到死就像喝茶一样，慢慢品着生活的诸般滋味，直到蹬腿咽气那一天，也不会品出多少好味道来。

他喉咙咕噜一声把茶水咽进肚里，仰头望着雪白的天花板，那上面不知什么时候爬着一只蜘蛛。他盯着盯着产生了幻觉，那小东西仿佛成了精，突然变大，变成了荣若男，头发蓬乱，身上脏兮兮的，好像刚从地窖里爬出来。多好的一个女人，优雅贤淑，浑身透着书香气，怎么就精神失常了？他不相信她经不起一次投资失败。就算被郑为民设套骗了，在商场上胜败也是常有的事，要是都耿耿于怀，不定哪天想不开从阳台上潇洒一跃，一切都成了身后事。

周阳阳瞅着李向民呆呆的神情，吃惊地问："你怎么啦？头上出了汗。"

"哦？"李向民愣怔了一下，抬起手抹了一把额头，一脸痛苦道，"荣若男怕是真的疯了。"

"你这个样子真吓人，别人没疯自己倒先疯了！"周阳阳站起来，走进对面的卫生间，刚坐在坐便器上，裤兜里的手机响了。她以为是荣若男打来的，掏出来按下接听键喂了一声。

"阳阳，志良要杀我！"赫小玲哭喊道。

"什么？你说清楚！"周阳阳一下尿意全无，一把拉起裤子。

"他要和我同归于尽！"

"高志良疯了？"周阳阳冲出卫生间，"快说，出了什么事？"

"我们体检，查出……艾滋病。"

"啊？"周阳阳的头都大了，"谁给谁传染的？"

"他怨我，我怪他。医生又查不出谁先感染的。"

"不管怎样，不能做傻事！"周阳阳大喊道。

"他像一个疯子，现在就要杀……"那头突然挂了线。

周阳阳脸色煞白，预感到闺蜜凶多吉少，哇地哭出声来。

李向民听得很清楚，走过来轻轻搂住她的肩膀，安慰道："没事的，他们也就瞎咋呼一下，一会儿就冷静了。"

"小玲不遇到危险，决不会给我打电话。走，现在去呼东市。"周阳阳边说边走向门口。

两个小时后红色桑塔纳轿车驶进市区，周阳阳打赫小玲的号，提示已关机。李向民拨通高志良的手机，大声问："你们在哪儿？"

"正回后沟村。"

"怎么回老家了？"李向民疑惑地问。

"见到泰山大人，好成亲哇。"手机里一副凄凉的声音，随即挂了线。

周阳阳早把方向盘一打，调头返回。用目光扫了他一眼，问："你觉得他俩回后沟村，是不是要自杀？"

"如果我们赶不在前面，悲剧就会发生。"李向民长叹一声，身子往椅背上靠了靠，闭起眼睛来。

红色桑塔纳飞驰在柏油马路上。下午四点冲进后沟村，直接开到赫挨小家大门口。没等停稳，李向民跳下车，跑进去大声喊："挨小，小玲回来了吗？"

赫挨小闻声推门出来，疑惑地问："他们去黄河大桥了，你慌慌张张的，有事吗？"

"不好了，他俩要跳河！"

"什么？"赫挨小惊愕在院里。

李向民来不及解释，转身上车，急促道："快，到黄河大桥。"

"你咋这么肯定？"周阳阳还没有下车，虽然心里疑惑，仍调转车头，朝村北的黄河大桥驶去。

"我有一种预感，两个人想一起死，这是最简单的办法，而且能手挽着手。"李向民说着，眼睛盯着前方，很快看到大桥上隐约站着两个人。

周阳阳也看见了，吓得啊啊连叫几声，一脚踩彻油门，冲上长长的引桥。

当小车越来越靠近时，高志良发现了红色桑塔纳，认出了李向民和周阳阳。他一把拦腰抱住赫小玲，纵身跃过铁护栏，跳进翻滚的河水。

"志良！"李向民没等车停稳，一把推开门跳下去，号叫着奔向护栏。

桥高近百米，就是一个出色的跳水运动员，撞击水面的瞬间也会昏死过去。李向民的手刚抓住栏杆，看见高志良和赫小玲的身体在水里沉浮了两下，随即被翻滚的河水吞没。他长啸一声，突然失去理智，身子跃上护栏。周阳阳一把从后面抱住，大声呵斥道："你疯了？"

李向民清醒过来，自己水性再好，跳下去也是白白送命，大喊道："快去桥下！"

一切努力都无济于事，那对艾滋病恋人再没有露出水面。

第二天，高志良和赫小玲的尸体在离大桥十一里远的河湾找到了。周阳阳很悲伤，李向民怕她哭坏身子，找了个借口说保证金已转进账上，急着替王艳艳还高利贷，没有参加葬礼就和她返回。中州市福利小额贷款公司门口，债主们听说还钱，都手里捏着借据翘首以待。一连忙了四天，偿还了六亿多，才消停下来。李向民终于脱开身，走到颐美小区售

299

楼部,不知为什么,平时人满为患的大厅里,除了工作人员没有一个买房的。他看着苏娟问:"咋这么冷清?"

"我也觉得奇怪,今天很反常。"

"要是其他房地产公司的楼盘都这样,就出问题了。"李向民说着走出来,拐上西边的马路,看见万世集团的售楼部门口连个人影也没有。他顺着人行道,一直往前溜达,走出三里多,是一家外地企业开发的楼盘。售楼部的门大开着,里面两个售楼小姐坐在椅子上闲聊。他的心一下凉了,预感到不妙,掏出手机拨通蔡永锋的号:"二哥,中央最近有没有出台楼市政策?"

"没听说。你问这个做甚?"蔡永锋口气生硬道。

"售楼部突然没人来了,我以为国家出台了调控新政。"李向民知道蔡永锋还在生自己的气。

"你不说我倒忘了,美国发生了金融危机,各大银行急着收贷。"

"哦?这就对了。"李向民挂了线,自言自语道,"人算不如天算,我真是八字不好,二期正要开盘,就赶上金融海啸!"

一个月后,街上的楼盘几乎全部停建。贷款公司浮出水面,中州市的开发商都有高利贷,资金链一下断裂。很多老板为了躲债跑路。有的干脆到公安局自首,请求关进号子里,免得被人追讨,危及生命。政府为了维稳,以公安局牵头专门成立了"打非办",处理非法吸收公众存款的犯罪行为。受楼市影响,各行各业都凋敝疲软。有人编出顺口溜:

中州市全民放贷,家家户户老少受害;
金融危机来得太快,民间资本出了意外。
国家调控买房停贷,房地产业没了买卖;
所有家当全放在外,家里没留零花一块。
没米没面难揭锅盖,真的快要沦为乞丐;
夫妻不和父子不爱,六亲反目上门讨债。
饭店萧条空桌没菜,宾馆门前被褥晾晒;
会所酒吧不再气派,桑拿按摩没人喜爱。
公主小姐寂寞难耐,情人小三激情不再;

珠宝首饰身上不戴，言谈举止也不豪迈。
满城楼房缺钱停盖，塔吊设备风吹日晒；
外来人口卷起铺盖，回家没钱车票难买。
融资老板良心真坏，挥金如土变了心态；
有钱不给就会耍赖，跳楼上吊抹了外债。

让李向民头疼的是，建行停止给铁西区项目放贷，已经进账的三十亿，要求提前归还。他掏出手机拨通韩燕的号，直截了当道："韩总，你和建行沟通一下，再不放款，铁西区就得停工。"

"出款不可能了，央行紧缩银根，建行也没钱。"

"那项目咋办？"李向民突然大吼一声。

"天要下雨娘要嫁人，银行想收贷，就让拍卖那块土地好了。"

李向民完全明白了，韩燕和胡岩一直躲在北京，按协议约定上个星期开股东会，既不过来也不打招呼，看来要放弃这个项目，反正他们的保证金已经收回，没有一毛钱的损失。可宏大公司担保着，基本账户开在建行，人家哪天想划走账上的钱，轻而易举。他拨通苏颖的手机，急促道："嫂子，把账上的钱转进你的存折，越快越好。"

"昨天发工资，一天只能转十万以下。"

"那就每天去办，直到把钱全转出来。"李向民气愤道，"法院又没冻结我们的账户，银行这么做是违规的。"

"人家说凡是有贷款的企业，都要监督资金使用。"

"强盗逻辑！"李向民挂了线，顿觉浑身无力，有种末日来临的感觉。铁西区停建不说，颐美小区也跟着受害，劳务费发不出去，工人会天天围着要工资。现在整个中州市没有几个楼盘施工，自己费尽九牛二虎之力勉强维持着，没想到东河县建行不守规矩，处处设置障碍。他仰天长叹一声，心灰意冷地朝周阳阳的理发店走去。

周阳阳正站在桑塔纳旁，用一块湿毛巾擦车，见李向民过来，迎上去道："昨天我大打电话，说今天给小玲和志良设道场，让我们回去，顺便看一下工程，已经开始装修了。我准备擦完车给你打手机，你就来了。"

李向民抬起手腕看了一下表，快到十点了，现在出发正好赶上吃午饭，点了一下头道："走，今天烦心，回去散散心也好。"

"遇上不顺心的事啦？"周阳阳说着坐进车里，等李向民上了副驾座，打着马达一脚踩下油门，桑塔纳呼地冲了出去。

"银行限制出款，铁西区半途而废，颐美小区迟早停建。"

"大势所趋，就连我这个理发店都门庭冷落。原先每天的营业额上万，现在不到一千。"

"我真不理解，经济下行有个过程，怎么一夜之间企业就瘫痪了，快得让人无法适应。"

"其实早有迹象，是我们没有察觉，被这几年的高速发展冲昏了头。中州市全民放贷，高额利息月月进账，花钱不用取工资，每天花天酒地，前呼后拥，聚众赌博。一个小青年弄个典当行，开路虎戴劳力士，把别人的钱当自己的花，从来没想过要还账，你觉得这正常吗？"

"这是一个疯狂的年代，每个人都是受害者，又是肇事者。只是人生短暂，经历一次滑铁卢，也许这辈子再没有翻身的机会了。"

"用不着这么悲观，大不了从头再来。"周阳阳目不斜视，双手紧紧握着方向盘，驶上去年新修的高速公路。

道场设在赫小玲和高志良的坟墓前，在新建的道观后面五十步。一根高高的引魂杆插进坟头，上面系着用整张麻纸剪成的幡子，被风吹得上下舞动。九个道士分三排坐在正前方，距离墓碑约十步，口中念念有词，听不清说些什么。当桑塔纳停在道士身后时，周长生跨前一步道："来得正好，午时刚到，给你俩备了一篮纸钱，到坟前焚烧吧。"

李向民和周阳阳并排跪在坟头，两人心如刀割，泪水止不住夺眶而出。周阳阳接过老爹递来的纸钱，刚用火柴燃着，一股旋风刮来，刹那间把麻纸刮上天空。周长生吓得连连后退，嘴里快速念着咒语。旋风在坟头绕了三圈才慢慢刮走，好像恋恋不舍似的。

李向民不想多说什么，扶着周阳阳走向桑塔纳。他掏出她身上的钥匙打开车门，把她扶进后排，自己坐进驾驶座打着马达，朝黄河大堤冲去。

夕阳映照在浑黄的河面上，往日咆哮的河水仿佛疲倦了似的，驯服地缓缓流动着。李向民和周阳阳坐在堤坝的半坡上，好像所有的话都已经说完，默默地望着无情的河水。天上的星星窥视着大地，他抚摸了一下她的秀发，低声道："太晚了，回去吧。"

"不。"周阳阳轻轻说了一声，把头抵在他的胸脯上。

两个人就这样静静地坐着，不知过了多长时间，周阳阳抬起头盯着他，咬了一下嘴唇道："向民哥，我想把第一次给你。"

"不能，我有老婆孩子。"

"我愿意。"周阳阳低声道。

李向民忽地站起。

第二天吃过早饭，李向民和周阳阳转了一圈，刚走到红色桑塔纳旁边，裤兜里的手机突然响了，掏出来一看是赵军伟的号，随即按下接听键喂了一声。

"向民哥，工地上闹事，一个四十多岁的架子工，站在塔吊的横臂上，说今天不付工钱，就从上面跳下来。"

"报警了吗？"李向民一听就头大了，对着手机大吼一声。

"二十多个警察在下面，谁也不敢上去。"

"你把他稳住，我现在往回赶，千万不能出事！"李向民挂了线，急着道，"走，能开多快开多快！"

十点半，桑塔纳开进颐美小区。不等小车停稳，李向民一把推开车门跳下去，拨开围观的人群冲到塔吊横臂下，看着上面的架子工大声喊道："我是开发商，有什么要求，下来说！"

横臂上的人摇晃着，已经站了两个多小时，显然吃不消了。一听下面的人是老板，心情一激动，没有控制好身子，横着摔下来。下面的人见状怕砸在身上，呼啦一下四散蹦开。李向民伸开双臂，对准坠落的农民工，做好迎接的准备。就听砰的一声，那汉子砸在他身上，两人同时弹出六七米。

人们蜂拥上来，把李向民和架子工抬进救护车里，听着揪心的鸣笛声，眼看着"120"疾驰而去。

李向民再次睁开眼睛，看到母亲和妻子、儿子围着他。

儿子喊道："爸爸醒了！爸爸醒了！"

他的一只手在母亲手里，一只手在妻子手里。李向民说："我这一路上跌跌撞撞，做了很多违心的事情，让你们操心了也让你们伤心了……"

母亲说："我知道你是我的儿子民民。"

妻子蔡琳说："你是我的丈夫李向民，一个有血有情有担当的男人回来了！"